KATE MEADER

Love Breaker – Liebe bricht alle Regeln

Kate Meader

Love
BREAKER
Liebe bricht alle Regeln

ROMAN

Aus dem Amerikanischen
von Heidi Lichtblau

PIPER

Mehr über unsere Autoren und Bücher:
www.piper.de

Wenn Ihnen dieser Roman gefallen hat,
schreiben Sie uns unter Nennung des Titels »Love Breaker – Liebe bricht alle Regeln« an *empfehlungen@piper.de*,
und wir empfehlen Ihnen gerne vergleichbare Bücher.

Von Kate Meader liegen im Piper Verlag vor:

Kitchen Love

Band 1: Love Recipes – Verführung à la carte
Band 2: Love Recipes – Süßes Verlangen
Band 3: Love Recipes – Happy Hour fürs Herz

Laws of Attraction

Band 1: Love Breaker – Liebe bricht alle Regeln
Band 2: Love Maker – Nach allen Regeln der Verführung
Band 3: Love Taker – Die Regeln der Anziehung

FSC
www.fsc.org
MIX
Papier aus verantwortungsvollen Quellen
FSC® C083411

Originalausgabe
ISBN 978-3-492-06271-8

Published by Arrangement with Linda C. O'Dwyer
Titel der amerikanischen Originalausgabe:
»Down with Love«, Loveswept, New York 2018

Redaktion: Antje Steinhäuser
Satz: Tobias Wantzen, Bremen
Gesetzt aus der Cardea
Druck und Bindung: CPI books GmbH
Printed in the EU

1. KAPITEL

Max

»Ramen. Läppische. Instantnudeln!«

Ich lege meine ganze Verachtung in die Worte, damit unmissverständlich klar wird, was ich davon halte. Die Mundwinkel meines jüngeren Bruders James zucken bereits.

»Warte mal, Max. Dafür brauche ich was von den teureren Tropfen.« Er winkt eine Bedienung in der *Gilt Bar* des *Kinzie*-Hotels herbei, in der wir uns seit sechs Jahren jeden Donnerstag treffen, selbst bei Schneestürmen oder während einer Hitzewelle.

Diese blonde Kellnerin kenne ich noch gar nicht. Verzückt betrachtet sie James mit seinem schwarzen Haar und den stahlblauen Augen, beides Merkmale, die wir von unserem Dad geerbt haben. Mein kleiner Bro, der alte Strahlemann, kriegt mit seinem Lächeln grundsätzlich jede herum. Was ihn aber nicht interessiert, da er derzeit vergeben ist.

Doch auch mir fliegen genügend Frauenherzen zu, und – ihr habt es schon erraten – ich nutze das weidlich aus. Ich bin eine handfestere, rauere Version von James (darüber streiten wir, aber da ich der Ältere bin und Anwalt dazu, gilt, was ich sage). Ich weiß, ich kann den Fokus unserer Bedienung problemlos auf mich umlenken, und, jepp, schon ist es so weit. Die Kellnerin blinzelt, da ich meine schärfste Waffe hervorgeholt habe – ein größeres, strahlenderes und aufgrund seiner Seltenheit besseres Lächeln –, und der Bedienung geht auf, dass sie fünfzehn Sekunden ihrer Lebenszeit für einen blassen Abklatsch verschwendet hat.

Da ich mit dem Bezahlen dran bin, bestellt sich James einen Glenlivet 18 Years Of Age, obwohl er von Scotch keinen Schimmer hat. Ich schon, weshalb meine Wahl auf einen Laphroaig Quarter Cask fällt.

»Okay«, sagt unsere Bedienung, klingt allerdings alles andere als okay. Aber ich verstehe schon. Ich trage einen Anzug von Ted Baker, und alles an mir schreit nach Reichtum, Selbstvertrauen und dem Versprechen nach einer guten Zeit. Benommen stolpert sie davon.

»Fucker«, murmelt James in meine Richtung, und ich muss lachen. »Wie war das mit den Nudeln?«

»Instantnudeln«, stelle ich klar, denn das ist der springende Punkt. »Drei Monate lang habe ich mich mit diesem Paar im Kreis gedreht, und dann kommt er endlich mit der Vermögensaufstellung daher.«

»Vermögensaufstellung?«

»Ja, wenn sich die Ehegatten nicht im Großen und Ganzen oder, na, auf überhaupt etwas einigen können, dann lassen wir sie eine Bestandsaufnahme ihrer Vermögensgegenstände machen. Wer was möchte, so was in der Art. Und dieser Drecksack« – nicht mein Mandant, vielen Dank auch – »listet Instantnudeln mit auf. Und weißt du, was noch?«

James kann sich nur noch mit Mühe zusammenreißen, und zwar nicht wegen der Nudeln, sondern wegen meiner Darstellung. Als Scheidungsanwalt habe ich schon sämtliche miesen Tricks und Kniffe erlebt, wenn ich also den ersten Teil unseres wöchentlichen Treffens einer Kanzleigeschichte widme, weiß er, dass sie gut sein wird.

»Ja, was noch?«

»Daneben, in die Schätzwert-Spalte also, setzt er neunzehn Cent ein. Neunzehn verdammte Cent! Auf der Liste findet sich nur diese eine Packung Instantnudeln, die jemand vom Personal zum Spaß in der Vorratskammer liegen gelassen haben muss, denn diese Leute essen so was gar nicht.« Es geht um zwei der vermögendsten Philanthropen Chicagos, mehr darf ich nicht verraten. Vor zwei Jahren haben sie sich bei einer schillernden Glamourhochzeit, die so viel gekostet hat, dass man davon zehn schlagkräftige Hilfsorganisationen hätte gründen können, das Jawort gegeben. Es heißt ja, Nächstenliebe beginnt zu Hause, aber sag das mal dem Mistkerl, der eine Packung Instantnudeln als Wertgegenstand auflistet.

»Mann, wie kommst du mit so was nur klar?«, prustet James.

Diese Frage stellt er mir nicht zum ersten Mal, und trotz seines Gelächters höre ich sie sehr deutlich heraus. Die Sorge, es könnte mich verändern, immer wieder das Ende einer Liebe zu erleben. Dem ist aber nicht so. Ich habe schon immer zu denen gehört, die das Glas weder halb leer oder halb voll sehen. Stattdessen frage ich mich, ob genügend drin ist, um meinen Durst zu stillen. Ich bin der Realist von uns beiden.

Meine Leute (sprich: meine Anwaltskollegen, nicht meine britisch-deutsch-schwedischen Vorfahren) haben da einen Spruch: In strafrechtlicher Hinsicht zeigen die Menschen ihr bestes Benehmen, in familienrechtlicher ihr schlechtestes. Ich hatte Mandanten, die sich einst für unsterblich verliebt gehalten hatten und sich am Besprechungstisch am liebsten die Augen ausgekratzt hätten. Ich hatte einen Fall, da händigte ein Typ seiner krebskranken Frau die Scheidungspapiere aus, obwohl sie im Krankenhaus auf dem Totenbett lag. Ein anderer wollte den Richter dazu bringen, die

Einäscherung des Hundes der Frau zu veranlassen, damit man sich die Asche aufteilen könnte. Ich erklärte ihm, Euer Ehren sei ein Tierliebhaber, weshalb er sich eine andere Möglichkeit ausdenken müsse, seiner Ex eins auszuwischen.

Allem Anschein nach waren das alles einmal ganz normale, nützliche, *zurechnungsfähige* Mitglieder der Gesellschaft. Insofern ist die Behauptung, man würde sich nach der Heirat verändern, noch eine Untertreibung.

»Jeder verdient eine faire Behandlung«, sage ich, meine Standardantwort. Doch in Wahrheit genieße ich es. Genieße es, zu gewinnen, vor allem, wenn es sich um eine Ehefrau handelt, die von ihrem Ex betrogen wurde. Ich vertrete zu achtzig Prozent Frauen und darunter vor allem solche, deren Kinder inzwischen aus dem Haus sind. Frauen also, die ihre Kids gerade aufs College geschickt haben und zum Lohn Scheidungspapiere in die Hand gedrückt bekommen. Diese treuen Frauen haben stinkende Windeln gewechselt, glamouröse Dinnerpartys geschmissen und ihren Göttergatten immer den Rücken freigehalten, nur um dann herauszufinden, dass er schon seit dem Pubertätseintritt des ersten Kindes seinen Ausstieg plante. Der eine zweiundzwanzigjährige Personal Trainerin und ein Bankkonto auf den Kaimaninseln mit einschließt.

Als Erstes sage ich diesen Frauen immer, dass sie das Ganze nicht als das Ende, sondern einen Neuanfang betrachten sollen. Und dann sorge ich dafür, dass ihre Ex-Männer ordentlich bluten müssen.

Die Bedienung kehrt mit unseren Drinks zurück. »Sagt Bescheid, wenn ihr Jungs noch irgendetwas braucht«, haucht sie verführerisch, wobei man das »brauchen« so oder so verstehen kann.

Als sie weggeht, sehe ich ihr nach, denn ich will ja nicht

unhöflich sein. Sie hat sich bemüht, insofern obliegt es mir, diese Gefälligkeit zu erwidern. Die Bedienungen hier kleiden sich schwarz, und sie trägt einen engen Rock, in dem ihr Po zwei Cantaloupe-Melonen gleicht, die um Vorherrschaft ringen. Netter Hüftschwung, gute Beine, die sich zu den High Heels verschlanken, die ihr höllische Schmerzen bereiten müssen, wenn sie den ganzen Abend damit herumrennen muss. Nur zu gern würde ich ihr später dabei helfen, die Füße hochzulegen - vorzugsweise über meine Schultern.

Gerade will ich den Blick von ihr losreißen, als ihre schlanke Gestalt auf dem Weg zur Bar plötzlich vor einem kräftigen pinkfarbenen Kontrast im Hintergrund zu einem schwarzen Schattenriss mutiert. So, als hätte jemand mit einem Messer ein Ölgemälde aufgeschlitzt. Einen Augenblick bin ich geblendet, nicht von dem Pink, auch wenn sich meine Augen erst daran gewöhnen müssen, sondern davon, wer es trägt: eine Frau.

Erstaunliche Schlussfolgerung, Henderson. Aber ... diese Frau ist schlicht sensationell!

Sie sitzt mit übereinandergeschlagenen Beinen an der Bar, einen ihrer schwarzen High Heels an der Fußstütze des Barhockers eingehängt. Durchschnittliche Größe, würde ich sagen, doch da endet der Durchschnitt auch schon. Honiggoldene Haut schimmert in dem Halbdunkel der Bar, in das kein Tageslicht dringt. Es ist später April, die Baseballsaison hat begonnen, Chicago ist in guter Form, und die weiblichen Fans sind es auch. Ladys holen ihre Sommergarderoben hervor und zeigen ihre sexy Arme und Killerbeine der männlichen Bevölkerung, die seit Monaten nicht mehr so viel Haut gesehen hat. Das Kleid dieser Frau ist am Saum kokett gerüscht und, wenn sie steht, vermutlich knielang, zeigt nun aber, da sie sitzt, anständig Schenkel.

Unanständig eigentlich.

Gerade arbeite ich mich aufwärts, als ich ein Hüsteln vernehme. Seufzend drehe ich mich zum *Idiotus interruptus* um – meinem Bruder. »Ja?«

»Himmel, Max, besorge dir die Nummer der Bedienung, und dann schenk mir wieder deine ungeteilte Aufmerksamkeit.«

Nachdem ich mich innerhalb von zehn Sekunden von ihr abgewandt habe, wäre das vermutlich reichlich schwach. Ich brenne ja förmlich darauf, mich wieder zur Bar und der Frau in Pink umzudrehen!

»Na, und wie geht's Gina denn so?«, frage ich stattdessen. James ist alle zwei Monate frisch verliebt, doch mit Gina Torres ist er jetzt schon seit drei zusammen. Ich mag sie, weil sie ein Kumpeltyp ist. Sie begleitet uns zu den Eishockeyspielen der Blackhawks, und so, wie sie ihr Bierchen kippt, käme man nie darauf, dass sie in einer schicken Schule in Lincoln Park als Lehrerin arbeitet. Wobei, vielleicht ist das ja der Grund, warum sie abends trinkt.

Was ich noch an Gina mag? Sie hat es nicht eilig, meinen Bruder an sich zu fesseln. Inzwischen würden die meisten Frauen schon einen Schlüssel für seine Wohnung verlangen, demnächst ganz einziehen wollen und auf die gefürchtete Frage »Wohin führt das Ganze?« zu sprechen kommen. Dabei ist mein Bruder erst achtundzwanzig, zwei Jahre jünger als ich, und bevor er sich über so etwas Gedanken macht, möchte ich, dass er sein Leben erst mal gründlich genießt.

Besser, er macht sich darüber überhaupt keine Gedanken, schaltet sich mein Anwaltshirn ein.

James verzieht das Gesicht zu einem verträumten Lächeln, was daran liegen könnte, dass ihm nun der Scotch den Magen wärmt, eher aber auf die Erwähnung seines Girls zurückzuführen ist. Sollte ich je so dreinschauen, wenn der Name einer Frau in einer Unterhaltung genannt wird, gebt mir die Kugel.

»Sie ist der Wahnsinn.« Mit zuckenden Lippen greift er nach seinem Drink. Ich möchte ihn gerade auf dieses seltsame Zucken ansprechen, als eine Bewegung an der Bar meine Neugierde weckt.

Ein neuer Akteur ist auf der Bildfläche erschienen, ein Typ in einem Brook-Brothers-Anzug, der sich nun daranmacht, die Göttin in Pink zu küssen. Auf die Wange, aber trotzdem. Ich weiß, es ist unhöflich – sowohl meinen Bruder zu ignorieren, dessen zuckenden Mundwinkeln man auf den Grund gehen müsste, wie auch diese Frau anzustarren –, aber ich muss die zuvor begonnene Bestandsaufnahme unbedingt abschließen! Sie ist eine Blondine in Hitchcock-Manier, so ganz die kühle Tippi Hedren mit Hochfrisur und makellosem Profil. Perfekt geschwungene Nase, perfekte Wangenknochen, perfekte Kinnpartie. Ihre Augen kann ich nicht sehen, aber vom Rest her tippe ich mal, dass sie blau sind.

Ich sollte wegschauen, denn sobald sie sich herdreht, wird sie real, dabei wäre es mir lieber, sie würde weiterhin ausschließlich in meiner Fantasie residieren. Anderen Männern funke ich nicht gern dazwischen, insofern will ich lieber nicht wissen, was mir entgeht. Daher reiße ich meine Augen von ihr los und richte den Blick, eigenartig aufgewühlt, auf den Mann, seltsamerweise fast wie auf einen Konkurrenten! Mir reicht ihr makelloses Profil, doch todsicher will ich nicht, dass er den Rest von ihr hat. Er sieht mir nach einem Investmentbanker oder Handelsmakler aus oder aber wie der Blödmann mit der Frau-mit-dem-perfekten-Profil.

Ich verdränge diese verrückten Gedanken und wende mich wieder James zu, der mich neugierig ansieht.

»Da drüben ist ja ganz schön was los, Max.«

Ein wenig beschämt über meine auf Abwege geratenen Gedanken, die sich wie ein Kinofilm auf meinem Gesicht widerspiegeln müssen, schüttele ich den Kopf. »Wurde nur kurz abgelenkt.«

»Von unserer Bedienung?« Er wendet sich im selben Moment um, als ich »Von der Frau in Pink« sage. Ich kann es genauso gut zugeben. Es ist ja nicht so, dass irgendetwas laufen könnte, da sie eindeutig ein Date hat.

James zieht die Augenbrauen nach oben, und so etwas wie Belustigung huscht über sein Gesicht. »Oha!«

»Oha?«

Er schwenkt eine Hand vor meinem Gesicht. »Hör mal, die ist nichts für dich.«

Ich stutze. Versucht er wirklich, mir den Wind aus den Segeln zu nehmen? Dafür kann es nur einen Grund geben.

»Du kennst sie?«

»Allerdings.« Wieder dieses schadenfrohe Funkeln in den Augen. »Und sie ist nichts für dich.«

Meine Neugierde ist schlagartig geweckt. Dem Aussehen nach ist sie genau was für mich!

»Ist sie eine Freundin von Gina?«

Er schüttelt den Kopf.

»Verheiratet?« Dass sie ein Date haben könnte, scheint kein Hindernis mehr zu sein.

Er wirft einen Blick über seine Schulter und betrachtet die Szene hinter sich. Brooks Brothers lehnt sich ganz nah zu ihr, was sie aber kaltlässt. Sie schreckt zwar nicht direkt zurück, mit ihm nach Hause gehen will sie aber wohl kaum. Stellt sich nicht vor, wie er diesen Rock über diese tollen goldenen Schenkel hebt, um einen Finger in ihren Tanga zu schieben. In einen schwarzen Seidentanga, der feucht wäre, bis ich dorthin gelänge.

Mit einem noch immer albernen Grinsen sieht James wieder zu mir. »Nope.«

»Fan der Chicago White Sox?«

»Nicht, dass ich wüsste.«

Allmählich reicht es mir. Mit einer Raffiniertheit, mit der er seinen Jahren weit voraus ist, hat James schon immer gewusst, auf welche Knöpfe er bei mir drücken muss. Als er acht war und ich zehn, hat er seine verdiente Prügel mit erstaunlichem Gleichmut hingenommen. Außerdem hält er gern mit Informationen zurück, was dem Anwalt in mir mächtig stinkt.

Und die ganze Zeit über bemühe ich mich, Pink und BB keine Beachtung zu schenken, auch wenn ich eine gewisse Genugtuung verspüre, dass James ihren Single-Status bestätigt hat. Doch dann begehe ich den Fehler, wieder hinzuschauen, und erwische BB dabei, wie er ihr die Hand auf den Schenkel legt, denselben Schenkel, den ich vor einem Moment in meiner Fantasie erforscht habe. Mein Herz setzt kurz aus, und als würde Pink es beruhigen wollen, entfernt sie die übergriffige Pfote und legt sie auf die Bar.

Hände dahin, wo ich sie sehen kann, du Idiot!

Ich müsste über mich selbst lachen – das kommt manchmal vor –, wenn ich mich nicht immer noch so darüber ärgern würde, dass man James alles so aus der Nase ziehen muss.

»Woher kennst du diese Frau?« Es kommt scharf heraus, anwaltsmäßig.

»Sie ist eine Geschäftspartnerin.«

James arbeitet im IT-Bereich bei *Chase in The Loop*, weil er (a) ein Nerd und (b) ein Nerd ist, der durch seine Kenntnisse über Computerserver ordentlich Kohle macht. Oder so was in der Art. Ich weiß genug, um meinen drahtlosen Router zu installieren, doch das bringt mir nicht hundertfünfzigtausend Dollar im Jahr ein.

Wie ein Nerd sieht Pink nicht aus, aber *Chase* ist eine große Organisation, insofern könnte sie alles tun. Ist mir auch egal, denn ich denke nicht, dass wir uns darüber unterhalten werden, wie unser Tag war.

»Und wieso ist sie noch mal nichts für mich?«

»Na, du bist Zyniker.«

Ah, sie ist eine von denen. Die an die große Liebe glauben. Mir recht. Solange sie versteht, was erwartet wird – Spaß, während die Geschichte läuft, aber bloß nichts Verbindliches. An so etwas glaube ich gern. So wie ich auch an meine Fähigkeit glaube, es mit dieser Frau treiben zu können, bis sie vergessen hat, warum ich nicht ihr Typ bin.

»Auch Zyniker brauchen Blowjobs«, erkläre ich mit meiner pathetischsten Stimme.

Lachend schüttelt James den Kopf. Da ist wieder dieses Zucken der Mundwinkel, und diesmal spreche ich ihn, guter Anwalt, der ich bin, gezielt darauf an.

»Was ist eigentlich los, Jim-Jam?«

Er atmet aus, dann noch einmal. Eindeutig steht irgendeine große Enthüllung an. Shit, jetzt mache ich mir Sorgen. Ist er krank? Stimmt was mit Mom und Dad nicht?

»Nachdem du ja so dagegen eingestellt bist und das alles, wollte ich es eigentlich nicht erwähnen, aber du findest es ja sowieso heraus, da ich es heute Abend unseren alten Herrschaften verkünden möchte.«

In meinem Schädel schrillen Alarmglocken, und ich weiß schon, was er gleich sagen wird, bevor es ihm über die Lippen kommt.

»Ich werde heiraten.«

2. KAPITEL

Max

Als könnte ich dadurch die letzten zehn Sekunden ungeschehen machen und mein Bruder wäre gar nicht drauf und dran, sein Leben unauslöschlich zu verändern, stiere ich einfach vor mich hin. Meinem Umfeld ist meine Meinung zum heiligen Bund der Ehe bestens bekannt. Klar, bei manchen funktioniert er. Bei meinen Eltern zum Beispiel. Jack und Susanne sind seit zweiunddreißig Jahren verheiratet und benehmen sich immer noch wie triebgesteuerte Teenager. Dieser Tage muss ich meine Ankunft bei jedem Besuch entweder lautstark verkünden oder riskieren, meinen Vater beim Hereinkommen mit der Hand in der Bluse meiner Mom zu erwischen. (Eigentlich sollte ich eine Therapie machen.) Im Grunde sind die beiden also ein echtes Vorzeigepaar, das es mit sechzig immer noch tut und bis ans Ende ihrer Tage glücklich sein wird.

Wobei, ich denke ja gern, dass sie auch deshalb noch zusammen sind, weil wir Jungs ihnen einfach so viel Freude bereiten. Zudem haben sie auch in einer einfacheren Zeit geheiratet, als man sein Gelübde noch ernst nahm. Bei all den Ablenkungen und Versuchungen heutzutage will sich doch keiner mehr richtig reinhängen. (Netflix hat mehr Ehen zerstört, als man meinen würde, Freunde.) Ein weiterer Pluspunkt ist das lange Liebeswerben meiner Eltern von drei

Jahren. Vermutlich sogar ohne Sex, die zwei müssen sich also wirklich gesucht und gefunden haben.

James kennt Gina hingegen seit drei Monaten.

Es gefällt mir gar nicht, wie er mich gerade ansieht. Als würde er im Geiste alle meine typischen Reaktionen durchgehen. Entschlossen, ihm eins auszuwischen, ändere ich die Taktik.

»Dann hast du sie also geschwängert?«

»Blödmann«, murmelt er, allerdings gutmütig, denn so ist er nun mal.

»Warum denn dann? Ihr wohnt ja nicht mal zusammen.« Meine Güte, wenn ich auflisten müsste, wie man einen Kickstart zu einer erfolgreichen Ehe hinlegt, dann wäre das Regel Nummer eins. Bekommt heraus, wie sehr ihr einander hasst, *bevor* ihr »Ja« sagt.

»Wenn man's weiß, weiß man's einfach«, erwidert er, ganz der Zenmeister.

Mit jedem seiner Worte rammt er mir einen Pflock ins Herz, so bedeutungslos sind sie. Mag philosophisch klingen, ist es aber nicht.

Ist. Es. Aber. Nicht!

Noch bleibt Zeit, das herauszufinden. Die meisten Eheschließungen werden von der Hochzeitsindustrie an sich gerissen und brauchen für die Planung ein Jahr. Nach einer langen Verlobungszeit, in der die beiden zusammenwohnen, wird ihnen die Lust daran schon noch vergehen.

»Habt ihr schon ein festes Datum?«

»Juli.«

»Nächstes Jahr«, sage ich. Voller Hoffnung.

»Nein, dieses!« Wieder diese Mundzucken, das ich allmählich hasse. Ich versuche, mir aus all den Informationen, die mir im Kopf herumschwirren, einen Reim zu machen.

Drei Monate des Datens, drei Monate bis zur Hochzeit, noch nichts unterwegs …

Von einer Heirat mit Gina kann ich meinem Bruder nicht in gutem Glauben abraten. In der Hinsicht habe ich keine juristische Berechtigung. Sein Leben ist nicht mein Leben, und auch wenn ich alles daransetzen würde, damit er diesen übereilten Schritt überdenkt, werde ich jetzt nicht versuchen, ihn umzustimmen.

Eine allerletzte Hoffnung bleibt mir allerdings. »Juli«, sinniere ich mit einer Nonchalance, auf die ich, in Anbetracht der Art, wie mein Herz gerade verrücktspielt, mächtig stolz bin. »Standesamt dann also.«

Wenn du jemanden heiraten willst, den du kaum kennst, dann mach es auf die billige Tour. Wenn alles später mal den Bach runtergeht, wird diese Beschränkung des großen Tages auf ein Minimum ein Punkt weniger sein, der den Auflösungsprozess aufhält. Als Scheidungsanwalt staune ich immer wieder, wie oft der Hochzeitstag erwähnt wird. Selbst wenn er schon dreiunddreißig Jahre zurückliegt, blickt doch jeder auf diese goldene Zeit als den Höhepunkt zurück. Auf diesen einen Tag, als der Himmel voller Geigen hing, Lämmchen herumtollten und jeder die beste Version seiner selbst war.

Die Feier fand im Drake statt, Max. Oprah befand sich unter den Gästen.

Der Kuchen war perfekt, Max. Fünfstöckig und so makellos, so repräsentativ für unsere Liebe.

Das Kleid wurde von einem Assistenten Carolina Herreras entworfen, Max. Wir haben einen Preisnachlass von zehn Prozent bekommen.

Wenn man mal überlegt, wie viel Geld dafür ausgegeben wird, diese lächerliche Fantasie zu weben! Es sollte ein Gesetz dagegen geben.

Deswegen frage ich meinen Bruder nach dem Standesamt. Gina ist eine Lehrerin, die Bier trinkt, sich Eishockeyspiele anschaut und eine ungesunde Besessenheit mit den Pittsburgh Penguins an den Tag legt (sie stammt nicht mal von dort, weshalb ich annehme, dass es ihr einer der Spieler angetan haben muss). James ist ein Nerd, der, da bin ich mir ziemlich sicher, null Interesse an einer extravaganten Hochzeit hat, außer sie läuft unter einem Motto, bei dem er sich als Legolas und Gina als Hobbit verkleiden darf. Artübergreifende Ehen sind im Auenland gestattet, richtig?

Wenn sie es so eilig haben, sich das Jawort zu geben, dann sollte das Drumherum keine Rolle spielen.

»Nun, es gibt einem Empfang im …«

Er zögert. Ich stürze mich darauf.

»Im?«

»Im *Peninsula* in der Michigan Avenue. Jemand hat abgesagt …«

»Seinen Fehler eingesehen, meinst du wohl.«

Das sollte ihm zu denken geben, aber er ist ein Mann, der liebt, und gegenüber meinen Hieben immun, wie ich zähneknirschend feststelle.

»Und wir konnten den Termin ergattern. Insofern: 15. Juli. Save the date!« Er stößt mit mir an. Der Bursche triezt mich nun und genießt es höllisch. »Du solltest dein Gesicht sehen, Max. Du schaust jetzt genauso drein wie damals, als ich dir deine Spider-Man-Comics zerknüllt habe.«

»Erinnere dich an die Folgen. Ich hab dich verdroschen!«

»Das war's so wert.«

Ich betrachte ihn. »Sag mal, veräppelst du mich eigentlich?«

Er verzieht den Mund zu einem mitleidigen Lächeln. »Wünschst du dir wirklich so sehr, dass ich *nicht* heirate?«

»Ich will doch nur …« Ich verstumme und überlege, worauf genau ich hinauswill. Ich bin nicht völlig gegen wahre Liebe eingestellt. Ich habe nicht lauter kaputte Beziehungen hinter mir. Oder nicht direkt. Kurz habe ich Beccas Gesicht vor mir, aber ich verdränge es. Unsere geplatzte Verlobung hat mich nicht nachhaltig beschäftigt.

Was denn dann, könntet ihr fragen? Der ganze Mist, den ich als Anwalt laufend erlebe. Für meinen Bruder wünsche ich mir Besseres. »Das geht alles so schnell. Ich möchte einfach nicht, dass du aufs Kreuz gelegt wirst.«

»Von Gina?«, fragt er und lacht bei dem Bild, das bei »aufs Kreuz legen« heraufbeschworen wird, wie ein Teenager.

»Von überhaupt jemandem. Das *Peninsula* ist nicht billig. Warum zur Hölle willst du für nur einen Tag so viel Schotter zahlen?«

»Die Hochzeitsplanerin …«

Ich hebe die Hand, als wäre er ein Mandant, der seiner Ex unaufgefordert das Ferien-Cottage im schicken Badeort Saugatuck anbieten will. Ich *wusste* doch, dass an der Sache etwas faul ist. »Es ist schon eine Hochzeitsplanerin im Spiel? Wann habt ihr euch denn verlobt?«

»Vor sechs Tagen.«

Fuck! Als wir uns letzte Woche trafen, hat er das Ganze bereits geplant und es dennoch mit keiner Silbe erwähnt. Hat es eine Woche verschwiegen, weil er wusste, wie mies ich reagieren würde. Und genauso mies fühle ich mich jetzt auch.

Schuldgefühle verschatten seine gewöhnlich so offenen Gesichtszüge. »Ich wollte dich schon anrufen, es dir dann aber doch lieber persönlich sagen. Ich weiß ja, dass du mit Veränderungen nicht gut klarkommst.« Er sieht auf seinen Scotch hinunter und checkt dann mit einem kurzen Blick meine Reaktion.

Das mag er im Spaß gesagt haben, doch es ist schon was dran. Ich hänge an meinen Gewohnheiten, insofern bringen mich größere Veränderungen in meinem Leben leicht aus dem Tritt. Ich laufe immer die gleiche Strecke im Lincoln Park, esse jeden Sonntagabend im selben Restaurant, trage bei Gericht immer denselben Anzug (einen blaugrauen Zweiteiler von Ermenegildo Zegna aus kariertem Wollstoff, Ton in Ton). Aber ich kann denen, die mir am nächsten stehen, nicht mit dem Argument »Veränderungen sind schlecht!« ihr Leben vorschreiben.

»Herzlichen Glückwunsch?«, biete ich fünf Minuten zu spät an. Dann stoße ich, um meine unbändige Begeisterung zu unterstreichen, mit ihm an und kippe den Scotch runter.

Es brennt.

»Na, das war doch nicht so schwer, oder?« Der Mistkerl hat einen Mordsspaß. »Und ich brauche nun wirklich keinen griesgrämigen Trauzeugen an meiner Seite.«

Ich grinse, denn ich mag zwar so meine Bedenken haben, aber mein Bruder möchte mich als seinen Trauzeugen. Mir wird warm ums Herz.

»Ich bin mir nicht sicher, ob drei Monate reichen, um einen Junggesellenabschied zu planen. Na, und erst recht keine Hochzeitsfeier, die dem *Peninsula* gerecht wird.« Die Location wurmt mich immer noch ein bisschen. So überzogen, wie sie ist, frage ich mich, ob besagte Hochzeitsplanerin James und Gina nicht hereinlegt. Genau so machen diese Chicks das doch – erschaffen mit nichts als Schall und Rauch und möglichst viel Extrafirlefanz ein Märchen, das mit dem Bankrott flirtet.

James tut so, als würde er meine Gereiztheit gar nicht bemerken. Das kann er gut.

»Ich bin sicher, dir wird was einfallen. Erinnerst du dich an Toby aus dem *Patterson*?«

Er spielt auf eine unserer Lieblingsgeschichten über Toby an, einen Typen, den wir aus einer Kneipe in der Nachbarschaft kennen und der seinen Junggesellenabschied in einem Sex-Kerker gefeiert hat. Egal, wie oft wir uns und anderen diese Geschichte erzählen, sie wird nie alt, und bis wir an die Stelle kommen, wo ein Roastbeef-Sandwich von *Arby's* für eine simulierte Fetisch-Sexszene (ohne Witz!) herhalten musste, ist meine schlechte Laune zwar nicht verflogen, hat sich aber schon etwas gebessert.

James' Telefon klingelt, und seine Miene verklärt sich. Mit einem »Den muss ich annehmen« will er den Tisch verlassen, doch ich halte ihn fest.

»Ich muss eh mal pinkeln gehen. Und du unterhältst dich mit deiner … Verlobten.« Wie eigenartig das klingt!

In seinen Ohren allerdings nicht. Ich bin bereits vergessen, und mit einem Lächeln, das das ganze Citynetz mit Strom versorgen könnte, nimmt er mit einem »Hey, Honigbärchen« ab.

Ernsthaft?

Ich gehe an der Bar vorbei in Richtung der Toiletten und bemerke vage, dass die Göttin, die nichts für mich ist, dort nicht länger sitzt. Genauso wenig Brooks Brothers, insofern habe ich meine Chance wohl verpasst. Die heiße Bedienung lächelt mich an, und beinahe bleibe ich stehen. Aber nur beinahe.

Denn ich brauche eher Klarheit als eine schnelle Nummer.

Noch immer bin ich wegen James' Verkündung etwas geladen und denke darüber nach, wie man dafür sorgt, dass er auf sich aufpasst. Ich will ja nicht behaupten, Gina sei eine Goldgräberin, aber mit dem Unterrichten quengeliger Achtklässler verdient man sich keine goldene Nase, da kann die Schule noch so nett sein. Erzieher werden nie nach ihrem Wert bezahlt, wenn Gina allerdings jeden Morgen mit einem Kater erscheint, bekommt vermutlich jeder das, was er verdient.

Wenn ich einen Ehevertrag erwähne, wird James an die Decke gehen, aber ich muss es tun. Nicht, weil er hundertfünfzigtausend Dollar im Jahr damit verdient, den Nerd zu spielen, sondern weil mein Bro ein Eigenkapital von rund zehn Millionen im Rücken hat. Früher saß ich im selben Boot, aber das ist eine andere Geschichte. Ihr könntet den Namen unseres Urgroßvaters väterlicherseits kennen – Hank Henderson, der Schweinebaron, der sein Vermögen Anfang des 20. Jahrhunderts machte. Diese kleinen Quieker haben meiner Familie zu Wohlstand verholfen, und auch wenn wir unser Geld nicht länger mit Blutvergießen verdienen (außer natürlich, ich nehme vor Gericht meine Gegner auseinander), wirft der Fonds über Zins und Zinseszins immer noch ordentlich was ab.

Man könnte sagen, Frauen eines gewissen Mindsets nehmen uns gern ins Visier, wobei ich nicht glaube, dass Gina so drauf ist. Ich mag sie außergewöhnlich gern, aber …

»Hey, können Sie nicht aufpassen, wohin Sie gehen!«

Ich bleibe stehen, zu spät, um aufzupassen, wohin ich gehe, aber genau rechtzeitig, um zu sehen, wohin ich gegangen bin. Besser gesagt, worauf ich gestiegen bin.

Auf den Fuß meiner Göttin.

Mittlerweile steht sie auf einem Bein und massiert sich besagten Fuß. Ihr Gesicht ist eher genervt als schmerzvoll verzogen, und mir geht auf, dass sie bei unserem Zusammenstoß gerade die Damentoilette verlassen haben muss. Mit den Gedanken mag ich anderswo gewesen sein, aber ich bin mir ziemlich sicher, dass ich Vorfahrt hatte.

Darüber könnte ich sie aufklären, doch da sie gerade in gebeugter Haltung dasteht, warte ich noch damit, meinen Fall darzulegen. Besser lässt sich die zuvor begonnene Bestandsaufnahme nämlich gar nicht abschließen.

Das pinke Kleid verfügt über einen etwas tieferen V-Ausschnitt, der einen perfekt proportionierten Vorbau und glatte, goldene Haut enthüllt. Ein verführerischer Anblick! Sommersprossen sprenkeln ihre Schultern wie Sterne einen Nachthimmel und bringen mich auf lüsterne Gedanken. Wer hätte gedacht, dass eine Überproduktion an Melanin so verdammt sexy sein könnte? Meine Reaktion ist uneingeschränkt viszeral. Das überrascht mich, denn auch wenn ich ein gesunder, heißblütiger Mann bin, neige ich beim Anblick heißer Frauen nicht zu Spontanständern.

Schließlich späht sie durch lange, goldene Wimpern zu mir auf, und ihre einzigartige Schönheit haut mich um. Grüne-nicht-blaue Augen, kirschrote Lippen, ein Cindy-Crawford-Schönheitsmal.

Sie ist absolut umwerfend.

Sie ist auch absolut angepisst.

»Haben Sie nichts zu sagen, Sie Riese?«

So riesig bin ich gar nicht. Gerade mal ein Meter dreiundachtzig, wirke wegen meiner breiten Schultern allerdings größer, da ich den ganzen Winter über jeden Morgen im Pool meines Wohngebäudes meine Bahnen ziehe. Das behalte ich aber für mich, denn es klingt so, als fehlte nicht viel, und sie würde flirten.

»Dann schauen wir uns den Schaden doch mal an.« Ich gehe vor der Damentoilette in der *Gilt Bar* in die Knie.

Das überrascht meine Göttin so sehr, dass sie sich aufrichtet und ihren Fuß ruckartig wegzieht.

»Darf ich?«

Das überrascht sie noch mehr. »Ich …« Sie zwinkert.

»Ich möchte nur sichergehen, dass mit Ihrem Fuß alles okay ist.«

»Ähm, klar.«

Bevor sie diese hervorragende Entscheidung rückgängig machen kann, ergreife ich ihren vermeintlich verletzten Fuß. Schuh aus. Handfläche um die Ferse. Schaue eifrig nach dem Abdruck meiner Toe-Cap-Oxfords von Ferragamo.

Ich fahre mit der Daumenkuppe über ein leicht dunkleres Hautstück an ihrem Zehenknöchel und freue mich, als ich spüre, wie sie erschauert. Ihre Fußnägel hat sie in einem perlmuttartigen Blau lackiert, was angesichts ihrer weiblichen Eleganz, des pinken Kleides und der Qualität ihres Schuhwerks irgendwie überrascht.

»Pocht es immer noch?«, frage ich beim Aufsehen mit frecher Unschuldsmiene.

Beinahe verziehen sich ihre Lippen, doch sie kämpft dagegen an. »Nur ein Schock, mehr nicht. Sie müssen wirklich aufpassen, wohin Sie treten.«

»Sie sind aus der Toilette gerast gekommen, ohne auf die Hauptverkehrsstraße zu achten. Dabei hätten Sie auf den entgegenkommenden Verkehr achten müssen!«

Ich habe keine Ahnung, ob sie herausgerast ist oder was immer, aber ihre Ungläubigkeit genieße ich mal sicher.

»*Sie* sind in *mich* reingerannt! Sonst würde sich ja auf *Ihrem* Fuß ein Abdruck *meines* Schuhs befinden!« Im Geiste höre ich am Schluss noch das Wort: »Trottel!« Bestimmt wünscht sie sich, der Abdruck ihres High Heels würde sich in einem sensibleren Bereich meiner Anatomie wiederfinden.

An ihren Worten ist was dran, doch anstatt es einzuräumen, greife ich zu einer Verschleierungstaktik. Damit verdiene ich mir schließlich meinen Lebensunterhalt.

»Was kann ich tun, damit es besser wird?« Kein Schuldeingeständnis, sondern ein Angebot, das Ganze zur Zufriedenheit beider Parteien beizulegen. Wieder fahre ich mit dem Daumen sanft über ihren Fuß, von außen nach innen, verweile auf dem Fußgewölbe. Als ich höre, wie sie scharf einatmet, werde ich steinhart. *Früher oder später musst du dich wieder aufrichten, Maxie-Boy, warum machst du es dir also so schwer?*

Sie weicht zurück und tastet mit dem Fuß nach ihrem Schuh, doch wie ein hellseherischer Prince Charming bin ich schon zur Stelle und lasse ihren Fuß in den Schuh gleiten. *Dieser gleitende Akt,* einfach schön! Okay, ein schnulziger Gedanke, aber solange er sich nur in meinem Kopf befindet, kann ich so kitschig drauf sein, wie ich will.

»Ich werde es überleben«, murmelt sie.

Ich richte mich auf, und selbst in ihren High Heels ist sie gute fünfzehn Zentimeter kleiner als ich.

»Sollten wir unsere Versicherungsinfos austauschen?«, frage ich.

»Ich denke, wir bekommen das auch ohne die ganze Bürokratie hin.«

»Richtig, wir wollen doch nicht, dass uns der Schadensfreiheitsrabatt flöten geht.«

Wir sehen einander schweigend an, und es ist nicht unangenehm. Eigentlich sogar ziemlich nett. Mit der Versicherungsmetapher sind wir durch, sie war aber ohnehin irgendwie lahm.

Abwartend linst sie zu mir auf, dabei wäre eigentlich sie an der Reihe, etwas zu sagen. Ausnahmsweise einmal möchte ich nicht reden. Möchte einfach nur ihren Anblick genießen. Sie ist so makellos, wie es mein erster Eindruck war, mit Lippen, die frisch nachgezogen wurden, vermutlich gerade eben auf der Damentoilette. Das erinnert mich an Brook Brothers, dabei ist er der Letzte, mit dem ich mir mein Gehirn verpesten will.

Als würde ich sie dadurch vom Rest der Bar abschirmen können, stütze ich mich mit einem Arm an die Wand. Entsprechend wölbt sich mein Bizeps gegen meine Anzugjacke, und auch wenn sie nicht hinschaut, weiß ich, dass sie ihn bemerkt. Wieder holt sie scharf Luft und hypnotisiert mich mit diesen smaragdgrünen Augen.

Ich kann nicht fassen, dass ich das gleich sagen werde …

»Wie hast du es nur angestellt, so zu werden, wie du bist?«

Leichtes Brauenhochziehen (sie). Episch angehaltener Atem (ich).

»Guter Spruch.«

»Danke«, sage ich um meine Enttäuschung herum.

Der »gute Spruch« stammt aus meinem liebsten Hitchcock-Film *Der unsichtbare Dritte* und klingt noch besser, wenn ihn der adrette Leinwandgott Cary Grant mit seinem eigenartigen abgehackten Akzent von sich gibt. Wenn mich eine Frau interessiert, lasse ich ihn raus – okay, da habt ihr mich, es ist eine Art Test. Ich erwarte zwar nicht per se eine Antwort, aber doch eine leise Ahnung, dass man sich seiner Großartigkeit bewusst ist.

Hätte sie gesagt, »Einzig und allein Glück«, wie Eva Marie Saints Antwort in dem Film lautet, wäre ich vermutlich wieder auf die Knie gesunken und hätte ihr einen Heiratsantrag gemacht. Ich liebe Frauen, die Klassiker zu schätzen wissen.

Moment mal, Henderson! Mit mir gehen gerade die Pferde durch, und nun kommt mein Hirn – völlig verknotet durch diese Frau – quietschend zum Stillstand. Ich möchte ganz bestimmt nicht mit ihr auf dem Sofa kuscheln und dabei zuschauen, wie James Stewart Kim Novak stalkt oder Anthony Perkins seine mamabedingte Identitätskrise durchmacht.

Ich habe Dates, bin aber an nichts Langfristigem interessiert, zumindest zurzeit nicht. Meine Partner bei Wright, Lincoln und Henderson springen in der Hinsicht für mich ein. Lucas ist ähnlich gestrickt wie mein Bruder, ein hochgradiger Romantiker, der zwar eine Beziehung nach der anderen führt, den es früher oder später aber wohl erwischen wird, während Grant sich nach einer schmerzhaften Scheidung von einer meiner besten Freundinnen, Aubrey, gerade erst wieder aufs Dating-Pferd schwingt. Bei der Vorstellung, wie die beiden leiden - und wofür? Im Namen der wahren Liebe! -, zieht sich mein Herz zusammen. Es reicht, um jeden zum Skeptiker werden zu lassen.

Es genügt zu sagen, dass ich nicht auf eine Beziehung aus bin, diese grünäugige Göttin hingegen schon, wenn man meinem Bruder glauben darf. Ergo muss ich optimale Voraussetzungen schaffen.

»Haben Sie Brooks Brothers abserviert?«, frage ich in rauem Ton, tief und sexy, damit sie weiß, die Spielzeit ist vorbei. Kommen wir zur Sache!

Ich rechne damit, dass sie nach meinem Eingeständnis, dass ich sie den ganzen Abend beobachtet habe, große Augen macht. Aber Fehlanzeige, sie scheint es für selbstverständlich zu halten, dass jeder Mann in dieser Bar sie bei einem Cocktail mit Blicken verschlingt.

»Vielleicht ist er ja auf der Toilette?«

»Vielleicht hätte er Sie nicht allein lassen sollen?«

»Vielleicht kommt dieses Mädel ja auch allein klar?«

»Vielleicht sollte es sich ja jemanden suchen, der weiß, was er tut?«

Sie schwankt, ob sie belustigt oder sauer sein soll. »Haben Sie damit Erfolg?«

»Womit?«

»Mit dieser dreisten, auf Schockwirkung ausgelegten Aufreißermethode!«

Das Hirnquietschen von vor einer Sekunde hat sich in die Kollision eines Ashton Martin mit einem Baum verwandelt. Da dachte ich, wir würden munter hin- und herflirten, und nun spüre ich so etwas wie Gegenwind.

Ich beschließe, aufs Ganze zu gehen. »Jedes. Verdammte. Mal.«

Ich strotze vor Selbstvertrauen. Das war nicht immer so, als Kind mangelte es mir eindeutig daran, aber ich habe hart daran gearbeitet, meine frühen Unzulänglichkeiten in den Griff zu kriegen. Nun bin ich der Typ, der weiß, wie man Frauen zufriedenstellt – meine Mandantinnen natürlich, doch insbesondere die Frau in meinem Bett. (Für den Fall, dass ihr euch fragt: Diese beiden Kategorien überschneiden sich nie. Dafür liebe ich meinen Job zu sehr.)

Meine Großspurigkeit mag bestimmte Frauen aus der Bahn werfen. Aber *diese*? Sie fährt auf mich ab, aber etwas – ihre weise alte Grammy vielleicht oder ein noch immer schmerzendes Herz – sagt ihr, dass sie die Spröde spielen muss.

»Nein danke«, sagt sie.

»Nein danke, was?«

Sie wedelt mit der Hand zwischen uns hin und her. »Sie sind nicht mein Typ.«

»Sicher?«

Ihre üppigen Lippen formen ein O. »Ich habe dafür keine Zeit. Ich bin auf der Suche nach etwas … Unwiderstehlicherem.«

Ich bin versucht zu sagen, sie würde niemals eine unwiderstehlichere Zeit erleben, als wenn sie mir ins Ohr stöhnt, sie härter zu nehmen, als ich hinter mir meinen Bruder »Max!« sagen höre. Widerstrebend lasse ich meinen Arm fallen, wodurch das perfekte Profil der Göttin in James' Blickfeld gerät.

»Charlie!« James gesellt sich zu uns – stellt sich zwischen uns, sodass ich zurückweichen muss – und umarmt sie. Ein bisschen mehr, als man bei einer Beziehung zwischen Geschäftspartnern erwarten würde. Vielleicht tauschen sie sich beim Trinkwasserbehälter ihrer Firma ja über Computerfreak-Codes aus.

Und Charlie? Abkürzung für Charlotte? Es passt zu ihr. Hitchcock wäre stolz.

Wie hast du es nur angestellt, so zu werden, wie du bist?

Mein Bruder unterhält sich mit ihr und beachtet mich gar nicht. »Ich habe dich vorhin schon gesehen und hatte vor, zu dir zu kommen und Hallo zu sagen, aber …« Er sieht mich an und legt den Kopf schräg, diese Belustigung ist zurück. »Wie ich sehe, hast du Max kennengelernt.«

»Max Henderson.« Ich strecke ihr die Hand entgegen, und sie ergreift sie nach kurzem Zögern.

»Der Bruder.«

Oh-oh. Offensichtlich hat sie mich bereits auf dem Schirm, und ich bin schon unten durch bei ihr. Jetzt bin ich verwirrt, so verwirrt, dass es einen Augenblick dauert, bis mir aufgeht, dass ich immer noch ihre Hand halte.

Verärgert über mich selbst, lasse ich sie los. Normalerweise bin ich viel cooler. Zur Hölle, noch vor zehn Minuten war ich zehnmal cooler drauf!

»Ich habe Max gerade von der Verlobung erzählt«, sagt James, wieder in einem Ton, der nahelegt, dass ich ihre Beziehung total falsch eingeschätzt habe. Das hier ist nicht kollegial. Die beiden sind Freunde.

Was zwei Fragen aufwirft: Warum zur Hölle bin ich ihr noch nie begegnet, und warum zur Doppelhölle meint mein Bruder, sie wäre nichts für mich? Inzwischen platze ich vor Neugierde, und ich schaue ihn an, nur um herauszufinden, dass er grinst. Ich bin nicht gern im Hintertreffen und schon gar nicht bei meinem kleinen Bruder, der heute in jeder Hinsicht die Nase vorn zu haben scheint. *Das wird dir noch leidtun, Kleiner!*

Mir ist es egal, wenn James denkt, ich sei nichts für Charlie, weniger egal ist mir, dass sie ihm zustimmt. Ich möchte diese honigfarbenen Schenkel um meine Hüfte, diese perfekten Brüste an meiner Wange spüren und alles kosten, was ihre große Klappe zu bieten hat.

»Na, und woher kennt ihr zwei euch?«, frage ich, super beiläufig.

»Charlie hilft bei der Hochzeit.«

Ich nicke und versuche, dahinterzusteigen. Wenn sie mit ihm bei *Chase* arbeitet, dann ist sie vielleicht … »Sie schießen das Geld für die Hochzeit des Millenniums vor?« Es ist ein Scherz, doch ich möchte einfach, dass mir jemand auf die Sprünge hilft.

»Oh, ich schieße kein Geld vor. Ich gebe es aus!« Sie zwinkert, und das ist wunderschön anzuschauen. »Ich bin Ginas und James' Hochzeitsplanerin.«

James lacht, denn er weiß, was ich von Hochzeiten halte. Genauso, wie er weiß, was ich von schmarotzerhaften Hochzeitsplanerinnen halte, diesen Schandflecken der Gesellschaft, die das Geld anderer Leute ausgeben!

Oh, das gefällt mir ganz und gar nicht.

3. KAPITEL

Charlie

»Na, und wie hat er's aufgenommen?«

Zunächst gibt sich James auf meine Frage hin bemüht neutral, und ich frage mich, ob ich seine Beziehung zu seinem Bruder falsch eingeschätzt habe. Als ich mich in der vergangenen Woche mit ihm und Gina hinsetzte, habe ich mich über ihre Familien erkundigt. Das mache ich grundsätzlich, da ich gern weiß, ob ich es mit bösen Stiefmüttern zu tun bekomme oder Eltern, die im Streit liegen und daher möglichst weit auseinandergesetzt werden müssen. Der Erste, den sie darauf erwähnten, war Max. Er sei Scheidungsanwalt und, so warnten sie mich, kein Fan von Hochzeiten. Oder der Ehe. Oder der Liebe, wie es aussieht.

Und der mir nun an dem Tisch gegenübersitzt, an den mich James für eine Runde Drinks eingeladen hat. Nach diesem kleinen Flirt im Flur – *du hast ihn deinen Fuß liebkosen lassen!* – sollte ich das nicht. Doch Max Henderson hat etwas an sich, das mich ganz kirre macht. Er ist bei Weitem zu heiß, zu großspurig, zu *alles*. Am liebsten würde ich dem ja mal so richtig – äh – den Kopf zurechtrücken!

»Ich sitze direkt vor euch, schon klar, oder?«, sagt er, bevor James mir antworten kann. Er ist sauer, und auch wenn es dafür alle möglichen Gründe geben könnte, tippe ich mal auf die drei Gründe. (Ich liebe Listen.)

1. Ich habe ihm seinen Auftritt mit dem Zitat von Cary Grant aus *Der unsichtbare Dritte* vermasselt.
   (Mann, ich war trotzdem so beeindruckt. Echt!)
2. Ich habe ihm deutlich gemacht, dass ich seine Aufreißermasche durchschaue.
3. Ich verkörpere alles, was er verachtet, sprich: den Glauben an die dauerhafte Macht wahrer Liebe.

Natürlich wird ein Zyniker wie Max Henderson behaupten, dass ich an die *Kosten* wahrer Liebe glaube, je teurer, desto besser. Ich weigere mich, mich dafür zu entschuldigen, dass ich damit meinen Lebensunterhalt bestreite, nicht, wenn Menschen bereit sind, für die von mir angebotenen Dienste viel zu zahlen.

Ich bin ausgezeichnet in dem, was ich tue.

»Er hat es ungefähr so gut aufgenommen, wie ich erwartet habe«, erwidert James mit einem Grinsen, das seinen heißen Bruder mit einschließt. Der heiße Bruder grinst nicht zurück, aber der finstere Blick steht ihm wirklich gut.

»Hat er sich die Haare büschelweise ausgerupft?« Ich mustere Max' dunkles, ziemlich perfekt frisiertes Haar, das mal ordentlich durchgewuschelt gehört. »Hat er seinen maßgeschneiderten Anzug zerknittert, als er auf dem Boden einen Wutanfall bekommen hat?« Der Anzug ist makellos gebügelt und eindeutig knitterfrei. Meine nächste Antwort lasse ich mir erst ein paar Sekunden durch den Kopf gehen. »Oh, ich weiß. Der Anwalt ist eher von der verbalen Sorte. Wahrscheinlich hat er ein paar abfällige Bemerkungen darüber gemacht, dass …«

»… ich Gina wohl geschwängert habe«, ergänzt James fröhlich.

Ich schüttele den Kopf in gespielter Missbilligung, woraufhin sich Max' Miene noch mehr verfinstert. Er hat eine Intensität an sich, die ihm in einem Gerichtsraum dienlich sein könnte. Oder im Schlafzimmer.

»Das ist aber nicht sehr nett«, rüge ich.

Jetzt lacht James. »Nein, das ist es nicht, aber so ist mein Bruder eben. Er nimmt kein Blatt vor den Mund.«

»Ich war nur überrascht, das ist alles«, murrt Max.

James verdreht liebevoll die Augen und wendet sich wieder mir zu. »Wie läuft die Jagd nach Mr Right so? War das vorhin ein Date von dir?«

Ich bin belustigt und ein bisschen gerührt, dass er sich an unsere Unterhaltung von vor ein paar Tagen erinnert. Gina und ich sind im selben Buchclub, daher der Kontakt, und als ich sie und ihren Verlobten kennenlernte - die übrigens so süß zusammen sind -, verstanden wir uns auf Anhieb. Später kam das Thema Daten auf. Also meines. Vor allem, wie ich mich entschließen konnte, jetzt, wo der Sommer fast da ist, damit Ernst zu machen.

Den Sommer kann in Chicago niemand wirklich ohne gut aussehende Begleitung genießen. Wenn er ein Boot besitzt, umso besser.

Ehrlich gesagt, bin ich auf mehr als einen kleinen Flirt aus. Durch meinen Job bin ich ständig umgeben von glücklichen Paaren, erlebe die Liebe in all ihren Formen, ob offen oder in subtiler Form gezeigt. Von der Aufmerksamkeit eines Typen, der seine Verlobte berührt, wann immer es nur geht, bis zur Kompromissbereitschaft bei der Frage »Band versus DJ«. Sie will die Band - soll sie sie haben! Glückliche Ehefrau gleich glückliches Leben.

Ich bin bereit, eine glückliche Ehefrau zu sein.

Vor achtzehn Monaten stand ich kurz davor, und diese Erfahrung hat mich eine Menge über meine Bedürfnisse und, sagen wir, die Parameter der Ehemannjagd gelehrt. Den Erstbesten nehme ich nicht, aber ich werde auch nicht nach den Sternen greifen.

»Der von heute Abend war ein Fehlgriff.« Der Typ von heute Abend wollte die Dating-Phase eindeutig überspringen und gleich ins Bett mit mir, was seine wandernden Hände bestätigten. Und das war, bevor ich Max Henderson in diesem Flur den sexy Podologen spielen ließ.

Für die Fußmassagen könnte es das Ganze wert sein …

»Vielleicht kann dir Max ja weiterhelfen.«

»Das bezweifle ich.« Das kommt unhöflicher heraus als beabsichtigt, und zwar vor allem deshalb, weil ich mich über meine offensichtliche Bereitschaft ärgere, meine Prinzipien für eine halbwegs anständige Massage meiner müden Füße aufs Spiel zu setzen.

»Oh, ich meine nicht persönlich«, sagt James mit einem verschmitzten Blick zu seinem Bruder. »Aber er weiß, wo sich all die frischen Singles aufhalten – und ihre Vermögenswerte kennt er auch.«

»Du meinst einen kürzlich geschiedenen Mann mit lauter Mist im Gepäck, der meint, seine Ex hätte ihm übel mitgespielt? Bin dabei!« *Charlie, was ist los mit dir? Einen Bären soll man nicht hetzen!*

Max wirkt nicht beleidigt, andererseits muss ein Scheidungsanwalt berufsbedingt an Giftpfeile gewöhnt sein. Einen Augenblick lang tut Max mir leid. Er muss sich jeden Tag mit so viel negativem Kram auseinandersetzen!

Doch damit ist es vorbei, sobald er spricht. »Ich würde meinen Mandanten vermutlich empfehlen, sich nicht übereilt in eine Beziehung zu stürzen. Vor allem nicht mit jemandem, der so verzweifelt darauf aus zu sein scheint, unter die Haube zu kommen.«

Mein Puls schnellt in die Höhe. »Bereit ist nicht dasselbe wie verzweifelt.«

Schweigend fährt er mit einem Finger um den Rand seines Glases. Vermutlich eine Falle, um mich dazu zu bringen, mich zu verteidigen und mich dabei zum Affen zu machen.

Ich tappe geradewegs hinein.

»Nur weil eine Frau sich nach einer ernsten Beziehung umsieht, kriegt sie automatisch das Etikett ›verzweifelt‹ verpasst?«

Anstatt zu antworten, stellt er eine Frage: »Wie alt sind Sie?«

»Neunundzwanzig.«

»Ihre Eltern haben in welchem Alter geheiratet?«

»Dad war sechsundzwanzig, Mom vierundzwanzig.«

Er nickt, lässt das sacken. »Und Sie bekommen mit, wie alle aus Ihrem Collegefreundeskreis und Ihr aktuelles Umfeld sich langfristig binden?«

Ich genieße das Kreuzverhör nicht sonderlich und winde mich auf meinem Platz. Am Ende wird er mich wahrscheinlich mit der fachkundigen Schlussfolgerung verblüffen, ich hätte Angst, keinen Partner mehr abzukriegen. Meine Eltern würden bestimmt ständig Andeutungen fallen lassen, ich solle mir den Mann fürs Leben suchen. Meine zwei festen Freundinnen seien garantiert schon verheiratet. Miteinander.

Und wenn das stimmt? Na, wennschon! Ich brauche mir keine Argumente anzuhören, die ich mir genauso gut selbst zusammenreimen kann.

»Schon klar, worauf Sie hinauswollen. Ja, ich stamme aus einer Familie, die Ehe und Kinder hochhält, und sie wünscht sich das für mich. Ja, ich bin bereit, einen Mann zu finden, der keine Bindungsphobie, dafür aber ähnliche Ideale und

Werte hat wie ich. Und, ja, ich habe diese ganzen Spielchen satt und bin für etwas Tiefschürfenderes bereit als zwangloses Daten und One-Night-Stands, ganz gleich, welch großartiger Sex mir in Aussicht gestellt wird. Zählt das in Ihrer Welt als verzweifelt, Mr Henderson?«

Er behält seine reservierte Coolness bei, die ich allmählich hasse. »Mit ›Mr Henderson‹ wird mein Vater angesprochen. Ich wollte lediglich darauf hinweisen, dass Sie sich doch amüsieren können, während Sie auf Mr Right warten.«

Aha, immer noch verschnupft, weil er abgewiesen wurde. Ich zwinkere ihm zu. »Amüsiert habe ich mich schon jede Menge.«

»Amüsiert« mag übertrieben sein, aber immerhin habe ich in den letzten beiden Jahren drei halbwegs anständige Lover gehabt. Bereit für eine weitere Liste?

1. Gaston Ramirez (ja, er hieß wirklich Gaston): Ein Player genau wie Max, auch wenn er nicht annähernd so viel Selbstvertrauen ausgestrahlt hat wie dieser Augenschmaus mir gegenüber.
2. Jase Colfax (klingt wie ein internationaler Spion, oder?): Es hat wehgetan, ihn dabei zu ertappen, wie er und meine Yogalehrerin ihre Biegsamkeit testeten, das kann ich nicht bestreiten, aber als Ehemannmaterial habe ich ihn ohnehin nie betrachtet. Sein Bonus: Er war richtig gut bestückt!
3. Jeremy Craven: Bei ihm stand ich knapp davor, Ja zu sagen. Zugegeben, nachdem es aus war, geriet ich in ein Tief, aus dem ich erst kürzlich wieder aufgetaucht bin.

Das Fazit? Ich habe keine Zeit für Kerle, die nicht bereit sind, eine Schippe draufzulegen, oder sich gern auch noch anderweitig umsehen. Außerdem habe ich meinem Dad versprochen, den einen zu finden.

Max mustert mich mit seinen kristallblauen Augen.

»Während Sie also auf den einen warten« – *Hey, verschwinde aus meinem Kopf!* –, »leben Sie quasi als Erfüllungsgehilfin der Kunden, arrangieren verschwenderische, monströse Hochzeitsfeste und verkaufen Leuten eine unmögliche Fantasie. Überkompensieren Sie da nicht ein wenig zu viel?«

»Maxie«, mahnt James, »reiß dich zusammen.«

Diesen Typen kenne ich schon – nicht Max im Speziellen, aber die Sorte Mensch eben, die sich lieber auf das Schlimmste fokussiert, was das Leben zu bieten hat. Sie nennen sich »Realisten«, was, wie wir alle wissen, der Code für »zynischer Volltrottel« ist. Ich verstehe schon. Menschen haben die Veranlagung, auf negativen Erlebnissen herumzureiten, die uns vermutlich eher formen und hängen bleiben. Was man dadurch nicht alles verpasst!

Ich weigere mich, mich von diesem Strudel mitreißen zu lassen.

»Wissen Sie, was, Mr …«

»Max«, korrigiert er mich.

»Wissen Sie, was, Mr Max? Ich organisiere innerhalb von zwölf Wochen eine Hochzeit für zwei bezaubernde Menschen. Das wird eine Menge Arbeit sein, aber auch ein Riesenspaß, da mich nichts mehr begeistert, als einem Paar den Tag ihres Lebens zu bereiten.« Ich drehe mich zu James, der grinst wie ein Honigkuchenpferd. Offenbar genießt er es, dass jemand seinem Bruder mit seiner Weltsicht Paroli bietet. »Pfeif doch auf diesen Typen und das apokalyptische Pferd, auf dem er hergeritten kam. Hier geht es darum, dich und Gina zu feiern und wie verdammt großartig ihr seid.«

Dann konzentriere ich mich wieder auf Max, dessen Augen sich vollkommen verdunkelt haben. An seinem Kiefer pulsiert ein kleiner Muskel. Hm, wie er wohl schmecken würde?

Wie Treib's-mit-mir-an-der-Wand und Reue-am-nächsten-Morgen, wette ich.

»Ich schätze, dass ein beschäftigter Mann wie Sie keine Zeit hat, sich um die Details einer Hochzeitsplanung zu kümmern«, fahre ich fort. »Tauchen Sie doch einfach nur zu Ihrer Smoking-Anprobe auf und lassen Sie Ihren Hass vor dem Kirchenportal zurück.«

Wow! Das ist ein ziemlich großartiger Satz für »Abgang, Bühne links«, weshalb ich mich zum Gehen erhebe. Doch ich hätte wissen sollen, dass ein so redegewandter Mann wie Max Henderson darauf besteht, das letzte Wort zu haben.

»Das klingt wie eine Kampfansage, Charlie.« Er sagt es leise, als würde er *mir* die Kampfansage machen. Mein Name aus seinem Munde ist Sex in zwei Silben. »Sie glauben, ich kann James nicht brüderlich unterstützen? Kann meine Sorgen nicht beiseiteschieben und dafür sorgen, dass James' Ehe einen tollen Start hinlegt?«

»Ich bezweifle es. Dafür sitzt Ihnen Ihr Zynismus einfach zu tief in den Knochen. Der trieft Ihnen doch jedes Mal, wenn Sie den Mund aufmachen, unweigerlich aus den Poren!« *Zusammen mit Ihrem Testosteron.* Ich glätte den Rock meines Kleides von Tory Burch, eine List, um meine Hände vom Zittern abzuhalten.

Max steht auf und zieht an seinen Manschetten, etwas, das ich bei Männern so gerne sehe. Diamantbesetzte Manschettenknöpfe glitzern in dem Licht, das vom Eingang hereinfällt und auch sein Haar erreicht, sodass es blauschwarz aufleuchtet. *Come on!* Selbst die Sonne trägt ihren Teil dazu bei, dass Max Henderson wie der heißeste Typ wirkt, der mir je begegnet ist.

Er sieht mich an, in mich hinein, was, so nehme ich an, eine Strategie von ihm für ausgemusterte Ehefrauen in Gerichtssälen ist. (*Sagen Sie die Wahrheit, Mrs GoldDiggah. Sie haben meinen Mandanten in diese Scheinehe gelockt, und jetzt wollen Sie den Lamborghini? Keine Chance!)*

»Die nächsten drei Monate über kann ich den Zynismus wegpacken. James und Gina bedeutet es viel, von daher werde ich, wann immer Sie mich sehen, den Disney-Prinzen hervorkehren.«

Mühsam verkneife ich mir ein Lächeln. Schaffe es gerade so eben. »Werden Sie während der Anproben zu singen anfangen? Während des Probedinners Balladen schmettern?«

»Aber ja! Ich bin schon dabei, die Melodien zu komponieren.«

In der Nähe prustet jemand los. Max' Bruder hatte ich gar nicht mehr auf dem Schirm – äh, ich meine James, meinen Auftraggeber. Max Henderson macht einen so kirre, dass man nicht mal merken würde, wenn es um einen herum zu brennen begänne.

»Das sollte gut werden«, sagt James, eindeutig belustigt, und dann zu mir: »Charlie, wie zur Hölle haben wir es geschafft, die beste Heiratsplanerin Chicagos an Land zu ziehen?«

Ich erwidere seinen Blick, obwohl sich meine nächsten Worte eigentlich an seinen Bruder richten. Bemüht, es ganz wie Eva Marie Saint in *Der unsichtbare Dritte* klingen zu lassen, beantworte ich Max' Frage von vorhin.

Wie hast du es nur angestellt, so zu werden, wie du bist?

»Einzig und allein Glück.«

Ich gönne mir eine Sekunde, um mir die offenkundige Überraschung von Mr Spitzenanwalt zu geben, schenke James ein Lächeln zum Abschied und begebe mich hinaus in den April-Sonnenschein.

Wenn *das* kein Abgang war!

4. KAPITEL

Max

Lieber würde ich ja schwimmen. Stattdessen laufe ich durch den Lincoln Park und höre dabei notgedrungen Lucas, einem meiner bereits erwähnten Partner bei Wright, Lincoln and Henderson, zu, der erzählt, wie er am Abend zuvor - wieder einmal - eine Frau kennengelernt hat. Möge Gott verhüten, dass er ins Detail geht.

»Ihren Namen habe ich nicht mitbekommen, aber ich glaube, es ist besser so.«

Warum ist das besser so?, sollte ich nun fragen.

Lasse es aber tunlichst. Was für Lucas eh keinen Unterschied macht, der eine Richterin einmal widerrechtlich zur Aussetzung der Vollstreckung eines Urteils überreden und Euer Ehren kurz darauf beschwatzen konnte, ihr im Richterzimmer an die Wäsche gehen zu dürfen. Er ist der wortgewandteste Mensch, den ich kenne, und auch wenn das Britische Weltreich nicht mehr das ist, was es mal war, gleicht sein britischer Akzent einer Massenvernichtungswaffe.

»Das war einer dieser Augenblicke, wie sie nur einmal vorkommen«, fährt er fort, immun gegenüber meinem mangelnden Interesse. »Dunkle Bar, Blickkontakt, nicht lange danach geht's auf dem Waschtisch der Toilette zur Sache.«

»Eine Oberfläche voller Bakterien, Körperflüssigkeiten vermischen sich, zum Lohn gibt's eine Geschlechtskrankheit.«

»Maxie, der Romantiker schlechthin.«

Zunehmend genervt, beschleunige ich das Tempo. Vielleicht liegt es daran, wie mir Lucas seine Sexabenteuer aufdrängt – noch dazu solche in öffentlichen Toiletten –, während ich erst am Abend zuvor eine längst nicht so befriedigende Begegnung *vor* einer Toilette hatte.

Ich ärgere mich immer noch über Charlie Love.

Selbst mit ihrem Namen habe ich ein Problem. Er klingt erfunden, wie der Künstlername einer Frau, die Liebesromane schreibt. Es könnte im besten Interesse aller sein, ihren Hintergrund durchleuchten zu lassen, um zu sehen, ob sie ist, wer sie zu sein behauptet.

»Na, und das von James sind ja super Nachrichten!«, meint Lucas.

»Ja, ganz toll.«

Sein Seitenblick spricht Bände. Wir haben uns vor sechs Jahren, beide frisch fertig mit der Uni, durch die Arbeit in einer großen Kanzlei kennengelernt, und nachdem wir seitdem auch privat öfter miteinander abhängen, kennen wir einander ziemlich gut. Als Grant und ich beschlossen, unsere eigene Kanzlei aufzumachen, war klar, dass Lucas, unser nassforscher britischer Kumpel, mit von der Partie sein müsste.

Irgendwie hat der Mistkerl uns herumgekriegt, dass sein Name als Erster aufgeführt wird. Hat behauptet, es klänge melodischer, wenn erst ein einsilbiger Name kommt, dann ein zwei- und zum Schluss ein dreisilbiger. Dass der letzte Name des Trios einem am meisten in Erinnerung bleibt. Er ist so gut, dass ich darauf hereingefallen bin.

»Tja, wir wissen ja beide, dass du damit nicht zu hundert Prozent *d'accord* bist, Maxie. Also sprich mit Onkel Lucas!«

Ich stoppe, denn nur so kann ich verhindern, es mir wirklich von der Seele zu reden. »Es ist irgendwie zu früh, findest du nicht?«

Lucas ist so nett, meine Sorgen nicht mit einem verächtlichen Blick oder Schnauben abzutun. »Für andere wär's das vielleicht. Aber James ist ein schlauer Kopf und weiß, was er tut.«

Da hat er recht. Und Gina ist eine Nette. Es liegt an der Hochzeitsplanerin! Was anfangs eine kleine Irritation war, hat sich durch sie zu einem Riesenärgernis entwickelt. Ich verstehe ja, dass einige Leute meinen, ich wäre durch meine Arbeit Nutznießer des Leids anderer, aber sie ist nun mal notwendig. Diese Frau – Charlie Love dagegen, wenn das denn überhaupt ihr richtiger Name ist – schlägt aus dem Wunsch anderer nach Pseudoglück dreist Kapital! Und nicht nur das, sie erzeugt ein Bedürfnis, das nicht existiert.

»Sie haben eine Hochzeitsplanerin ...«

»Schon gehört. Und ich habe auch gehört, dass ihr zwei euch in die Wolle gekriegt habt.«

»Du und Jim-Jam, ihr unterhaltet euch zu viel miteinander, Wright.«

»Er meinte, du könntest während deiner Trauerzeit eine Schulter brauchen, und hat mich mit einem Anruf vorgewarnt, es könnten Tränen fließen. Wir wissen alle, wie sehr du Veränderung hasst.«

Auch wenn es mich wurmt, diesen Stempel verpasst zu bekommen, hat er nicht ganz unrecht. Grant musste mich fast schon zwingen, meine alte Kanzlei zu verlassen. Ich mag meine Routinen, habe mein Leben ganz auf Stabilität eingestellt. Das eine Mal, als ich meine Komfortzone verließ und jemandem Einlass in mein Leben gewährte, endete katastrophal.

»Ich mag, was ich mag«, murmele ich. Vielleicht ist das langweilig, aber Überraschungen sind einfach nicht mein Ding.

»Dein Leben gehört mal ordentlich durcheinandergewirbelt, mein Freund«, sagt Lucas. »Musst mal raus aus deinem eingelaufenen Trott.«

So etwas brauche ich alles nicht. Schnell wechsele ich das Thema.

»Meine Eltern sind ganz aus dem Häuschen.« Sie malen sich die Zukunft der beiden in den schönsten Farben aus. Ich liebe sie von Herzen, aber ihre Naivität darüber, wie das Leben funktioniert, macht mir Sorgen.

»Und du bist den Druck los. Sohn Nummer eins ist damit vom Haken!« Er linst mir über die Schulter. »Äh, sag, wie hieß die Frau noch mal, die du im Dezember mit zum Anwaltskammerball gebracht hast?«

Noch bevor er seine Frage ganz ausgesprochen hat, laufe ich los. Manche könnten das feige nennen. Ich nenne es einen eindeutigen Fall von Selbsterhaltungstrieb.

Mitzi von Stueben ist eine reizende Frau, viel zu nett für meinesgleichen, was ich herausfand, nachdem sie nach zweimaligem Treffen das Thema »Haustiere« anschnitt. Wenn man sich mit einer Frau gemeinsam um einen Hund kümmern will, ist das anscheinend ein klares Zeichen für die Bereitschaft zu einer festen Bindung. Auch wenn es mir gestunken hat, meine übliche Runde abzuändern, jogge ich nun immer eine andere Strecke, da mir Mitzi seit meiner Erklärung, das mit uns würde nicht funktionieren, schon mindestens sechs Mal »zufällig« über den Weg gelaufen ist.

»Ist sie immer noch da?«, frage ich Lucas und sprinte, als hinge mein Leben davon ab. Er hält spielend mit mir mit. Zum Glück sind wir fit!

»Nope, sie ist Richtung Zoo abgebogen.«

Gut. Vielleicht entdeckt sie dort einen Affen, den sie adoptieren kann.

Nichts geht über einen Kleenex-Vorrat!

Ich reiche die Box mit Papiertaschentüchern an Mrs Steven MacKenna – diesen Namen trägt sie noch immer, obwohl die nächste Mrs Mac metaphorisch schon die Hüften schwingt und in der Zweitwohnung an der Goldküste auf ihre Armbanduhr pocht. Das ist so etwas, das eine schnelle und gründliche Scheidung oft verhindert: das Wissen, dass jemand in den Kulissen wartet und schon am Abmessen der Wandschränke ist.

»Ich verstehe nicht, warum er« – also eigentlich *sie* – »die Eigentumswohnung in Schillerpark kriegt«, schluchzt meine Mandantin.

»Elizabeth, das haben wir doch alles schon besprochen. Du bekommst das Haus in Lake Forest. Fast tausend Quadratmeter Grund und acht Millionen Bucks sind allemal besser als eine beengte Sieben-Zimmer-Wohnung im Wert von gerade mal 3,9 Millionen.« Auf diesem Markt fast eher schon 4,2 Millionen, aber ich spiele es ein bisschen herunter, weil alles andere sie sofort in eine Spirale der Unentschlossenheit katapultiert. »Zusammen mit der Unterhaltsvereinbarung kommst du da finanziell ausgesprochen gut weg.«

Ich verwende den Ausdruck »finanziell«, auch wenn sie noch nicht ganz so weit ist, das Ganze als Transaktion zu betrachten. Ich kann sie an einen Ort bringen, an dem sie ihre Gefühle in den Griff bekommen kann, doch zunächst einmal müssen wir das Thema Vermögensteilung zum Abschluss bringen. Elizabeth ist eine Freundin meiner Mutter und wollte mich anfangs als Anwalt nicht, da ich ihr als Dreijähriger in den Swimmingpool gepinkelt habe. Inzwischen kommt sie klar, doch dieses Bild von mir wird sie wohl nie aus dem Kopf kriegen.

Unsere Unterhaltung wird durch ein sanftes Klopfen unterbrochen, das von Sadie, unserer Büroleiterin, stammt, wie ich weiß.

»Herein!«

Sadie kommt mit einem Silbertablett herein, das mit einer vollen French Press, Tassen, Sahne und Biscotti mit Mandeln und Aprikosen beladen ist.

»Hierher bitte, Sadie, danke.« Ich deute auf den Couchtisch vor dem Sofa, auf dem ich mit Elizabeth sitze. Diesen emotionalen Gesprächen gebe ich gern den Anstrich eines gemütlichen Plausches.

Sadie – eine hübsche Afroamerikanerin Anfang vierzig mit kurzen schwarzen Haaren und schokoladenbraunen Augen – ist der Inbegriff der Diskretion und von Anbeginn bei uns dabei. Ihr Mann, ein Feuerwehrmann, und ihre fünfjährigen Zwillinge halten sie auf Trab – *sie sind reifer als ihr drei zusammen,* sagt sie gern. Das bezweifle ich nicht.

Sie verlässt uns so leise, wie sie hereingekommen ist.

»Möchtest du den Pressstempel runterdrücken, Elizabeth?« Ich deute auf die French Press. »Das kann erstaunlich kathartisch sein.«

In dem Versuch, zu lächeln, wandern ihre Mundwinkel leicht nach oben. Sie ist wirklich recht attraktiv, knapp über fünfzig, mit einer rosigen Zukunft vor sich. Sie wird die Trennung verkraften.

Auf meine Aufforderung hin drückt sie den Stempel nach unten und atmet zufrieden aus.

»Sie oder er?«, frage ich.

Ihr Lächeln wird breiter, selbstbewusster. Ich mag es,

wenn meine Mandantinnen so lächeln. Es zeigt an, dass Hürden genommen werden. »Ich soll mir dabei wohl vorstellen, wie ich seine Eier zu grobem Kaffeesatz zerquetsche. Mir ist schon klar, dass die Schuld bei ihm liegt und diese Frau nur ein Symptom ist, aber ...« Sie sieht mich mit ihren erstaunlich klaren grünen Augen an, und einen Augenblick lang erinnert sie mich an Charlie Love, auch wenn Charlies Augen mit goldenen Flecken gesprenkelt sind. »... ich habe wirklich das Gefühl, er hätte diesen ganzen Unsinn satt, wenn man ihm noch einen weiteren Monat gäbe.«

Steven MacKenna hatte acht Monate Zeit, diesen Unsinn sattzubekommen. Tatsächlich zieht er ihn vor und besitzt die Ressourcen, seine späte Midlife-Crisis voll auszuleben.

Ich muss das Ganze auf die nächste Stufe heben.

»Kaffee, Max?«

»Ja, bitte. Danach muss ich dir noch was zeigen. Unseren Punch Palace nämlich.«

»Ein Fitnessraum?« Elizabeth blickt sich erstaunt in dem Raum um, den wir gerade betreten haben. »Warum hast du mich in den Fitnessraum deiner Kanzlei gebracht?«

»Treibst du Sport, Elizabeth?«

»Das Übliche. Ich nehme Zumbastunden.«

»Zumba gibt's hier nicht.« Ich deute um mich herum auf die Sandsäcke, die Ringerpuppen und jedermanns Liebling, Bob, den Torso. Hier herrscht ein auffallender Mangel an traditionellen Fitnessgeräten wie etwa Laufbänder und dergleichen. Hierher kommt man nicht, um fit zu werden, sondern um abzurechnen.

»Als du *Punch Palace* sagtest, dachte ich, du würdest ein Lokal meinen, in dem man Punsch trinken kann.« Nur eine Frau, die in denselben gesellschaftlichen Kreisen verkehrt wie Elizabeth MacKenna, würde so einen voreiligen Schluss ziehen. Sie geht im Raum herum und bleibt vor Bob stehen, der als Popeye hergerichtet ist. Ihre Miene spiegelt Neugierde gepaart mit Abneigung wider. »Meine Güte, wie hässlich der aussieht!«

»Es geht durchaus noch hässlicher.« Ich gehe zu einem Schrank und öffne ihn. Sobald ich das Gesuchte gefunden habe, geselle ich mich zu ihr und Bob.

Als sie sieht, was ich dabeihabe, reißt sie die Augen auf. »Du machst Witze!«

»Nope. Mal sehen, wie es aussieht.« Dreißig Sekunden darauf starren wir auf ein erschreckend ähnliches Faksimile von Steven MacKenna III über einem nackten Torso aus Polyethylen, der mit Sand gefüllt ist.

Elizabeth greift sich an den Hals. »Das ist so … ich will nicht sagen lebensecht, weil das mit einschließt, dass dieser Dreckskerl menschlich ist, aber auf jeden Fall recht bemerkenswert. Gruselig. Woher hast du diese Maske?«

»Wir haben eine Firma an der Hand, die so was auf Grundlage von Fotos anfertigt, die wir den Leuten dort schicken. Nicht jeder bekommt diese Behandlung, aber ich versuche vorherzusehen, wer eine helfende Hand bräuchte …«

»Oder eine Faust.«

»Oder eine Faust, um die Kurve zu kriegen. Augenblicklich steckst du im Niemandsland fest. Du hasst Steven, denkst aber, es bestünde noch Hoffnung. Ich denke, eigentlich weißt du, dass deine Ehe aus rechtlicher Sicht vorbei ist, aber das Hirn spielt noch nicht mit.«

»Du meinst, ein Dummy mit dem Gesicht meines Mannes hilft mir darüber hinweg?« Seitdem ich diese Maske über Bobs hässliche Fratze gestülpt habe, hat sie den Blick nicht von Fake-Steven gelöst.

»Na, ein Versuch kann ja nicht schaden.«

»Während ich mich diesem albernen Spielchen hingebe, wird mir vermutlich dein voller Stundensatz berechnet.« Sie kann sich nicht entscheiden, ob sie beeindruckt oder abgestoßen sein soll. »Wenn man bedenkt, dass du früher deine Blase nie so recht unter Kontrolle hattest …«

Mein dreijähriges Selbst verfolgt mich also tatsächlich immer noch. »Manche meiner Mandantinnen erzählen mir, sie würden für diesen Service gern auch eine Extragebühr bezahlen.«

Manchmal hat das Ganze auch einen positiven Nebeneffekt. Zum einen bekommen abgelegte Frauen nicht nur die Gelegenheit, ihren Ex grün und blau zu schlagen, viele werden auch süchtig nach dieser Ertüchtigung. Dass sie die Pfunde verlieren, die sie im mittleren Alter zugelegt haben, die, die ihr Ex-Mann nicht als das Opfer wertschätzen konnte, das sie gebracht haben, um seine Kinder zur Welt zu bringen, ist das ultimative Fuck-You für den Mistkerl, der sich einem neueren, glänzenderen Modell zugewandt hat. Es versetzt mir einen ungewöhnlichen Kick zu beobachten, wie einem Mann beim Anblick seiner auf Vordermann gebrachten Ex, die er wegen ihres zu großen Hinterns und ihrer Unfähigkeit, ihn noch zu überraschen, ausgemustert hatte, die Kinnlade runterfällt.

Elizabeth betrachtet ihre elfenhaften Hände, die mit Hausarbeit nie etwas zu tun hatten, und ballt sie zu Fäusten. »Muss ich einfach nur …«

Ich lege meine Hand über ihre, bevor sie sich über Fake-Steven hermachen kann. »Gebrochene Finger bringen dich auch nicht weiter.« Na, und ich bekäme vermutlich eine saftige Klage an den Hals. »Holen wir dir lieber ein paar Boxhandschuhe.«

5. KAPITEL

Charlie

»Mit mir will sie partout nicht sprechen«, erklärt Nathan. »Sie sagt, entweder rufst du sie innerhalb von zehn Minuten zurück, oder sie geht zu Fuß.«

Ich knurre in mein Telefon.

»Keep cool, Mädel.«

»Nat, warum habe ich dich eingestellt?«

»Weil ich seit dem College dein bester Buddy bin, verflucht gut aussehe und ordentlich was in der Hose habe!«

»Nein, mein Süßer, ich habe dich eingestellt, weil du flirtest, als gäbe es kein Morgen, und genau das brauche ich, um diese ganzen divenhaften Bräute zu beruhigen. Warum machst du also nicht, wozu ich dich eingestellt habe?«

Ein Blick auf meine Uhr sagt mir, dass mich Gina und James schon fünf Minuten warten lassen. Wir sind im *Peninsula* verabredet, wo wir eine Auswahl für das Hochzeitsmenü treffen und die Tischdeko besprechen wollen. Im Foyer schweben schöne Menschen auf ihrem Weg zu glamourösem Leben und zu Afternoon Tea an mir vorbei.

»Ich hab ja alles versucht, aber es ist schwer, am Telefon mein Bestes zu geben«, sagt Nathan. »Das geht viel besser, wenn ich meine Grübchen auf maximale Weise einsetzen kann, das weißt du.«

Da muss ich ihm zustimmen. In der Hochzeitsplanungsindustrie gleicht Nathan, ein heterosexueller Mann, der den Kick liebt, einem Paar seinen Traumtag zu ermöglichen, einem magischen Einhorn. Jeder geht davon aus, dass er schwul ist, und wird dann sauer auf ihn, weil er schwulen Hochzeitsplanern angeblich den Job streitig macht. Wir haben uns im College kennengelernt, und nach einem kurzen Zwischenspiel im Eventmanagement einer großen Hotelkette stieß er zu mir, als ich mich vor zwei Jahren mit *Perfect Day,* meiner Hochzeitsplanungsfirma, selbstständig gemacht habe.

Bei der Kundin, die ich beruhigen soll, handelt es sich um Kennedy Faulkner, die die Rolle der Bridezilla übernommen und beschlossen hat, darin oscarreif rüberzukommen. Normalerweise bin ich für meine Kunden jederzeit zu sprechen, aber Kennedy … ich habe schon drei ihrer Anrufe verpasst, weil ich in einem Meeting steckte, dann zwei weitere ignoriert, weil ich vermutete, dass es sich um einen Sturm im Wasserglas handelt. Und ich habe recht. Laut Nathan macht sich die Braut Sorgen, dass die Foie gras auf dem Menü des Hochzeitsempfangs durch natürliche Fütterung erzeugt worden sein könnte statt durch die traditionelle Zwangsmästung, die alle Foie-gras-Liebhaber kennen und schätzen. Mit anderen Worten, Kennedy möchte eine Zusage, dass die barbarischsten und grausamsten Praktiken angewandt wurden, die möglich sind, um ihren ersten Gang hervorzubringen.

»Ich habe schon den Chefkoch angerufen«, sagt Nathan. »Und der sagte, er verwende grundsätzlich die echte Foie gras – klang sogar beleidigt, dass ich überhaupt danach frage –, aber sie muss es aus deinem Mund hören. Sagt, ihr Vater würde nichts anderes essen, und er sorgt sich, dass ihm jemand heimlich ›faux gras‹ vorsetzen könnte.«

Meine Zeit in Heimen, wo ein Sandwich mit Erdnussbutter und Marmelade als Gourmetgericht betrachtet wurde, hat mich auf so etwas nicht vorbereitet. »Gib ihr die Durchwahlnummer von Chefkoch Fontaine.«

»Ernsthaft?«

»Jepp. Kennedy mag ja behaupten, sie möchte es von mir hören, aber eigentlich möchte sie Luft ablassen, und das kann sie genauso gut bei ihm.«

»Gutes Mädchen.«

Wir unterhalten uns über ein paar offene Fragen auf unseren Listen und beenden das Gespräch. Zehn Minuten Verspätung inzwischen. Was ich nicht so toll finde, da die Timeline dieser Hochzeit viel knapper ist als üblich. Ich bin stolz darauf, imstande zu sein, alles zustande bringen zu können, doch dafür müssen meine Kunden schon mitspielen.

Mein Handy meldet sich mit einer Nachricht von - oh-oh - Gina.

Sorry, mein Wagen hat am Lake Shore Drive den Geist aufgegeben, und James kann sich nicht von der Arbeit loseisen.

Verdammt, die totale Zeitverschwendung!

Tipp … tipp.

In ungefähr zwanzig Minuten kann ich da sein, doch bis dahin schicken wir dir jemanden, damit es schon mal losgehen kann.

Tipp … tipp.

Ich brauche die nächste Nachricht gar nicht zu lesen, da sich mir in plötzlicher Erkenntnis ohnehin schon die Nackenhaare aufstellen. Blödmann-Alarm! Anscheinend muss ich es mir mit dem lieben Gott in einem früheren Leben gründlich verscherzt haben. Gerade als Der Zyniker erscheint, sehe ich auf.

»Ms Love.«

Schon zuvor haben Typen versucht, meinen Namen vielsagend auszusprechen, kokett, flirtyhaft sogar. Ich bin an Männer gewöhnt, die tief nach ihrem inneren Barry White graben, diese eine Silbe gedehnt aussprechen und mich in eine Welt einladen, in der es mir durch die rauchige Aussprache dieses einen Wortes schon ganz schwummerig werden soll.

Es hat nie geklappt. Bis eben.

Und das stinkt mir gewaltig!

Max Henderson spricht meinen Namen aus, als sollte ich auf die Knie sinken und die Gottheit preisen, die diesen Mann erschaffen hat. Na, jedenfalls habe ich gerade keine andere Wahl, als auf seinen Reißverschluss und all das zu schauen, was ihn umgibt und dagegen drängt. Starke Schenkel, schlanke Hüften, schmale Taille, und das alles gehüllt in einen marineblauen Nadelstreifenanzug, der wie angegossen sitzt.

»Mr Henderson.« Da ich mich sonst benachteiligt fühlen würde, stehe ich auf. Viel besser ist es zwar auch so nicht, aber zumindest befinde ich mich nicht mehr auf Augenhöhe mit seinem Schritt.

»Nennen Sie mich doch endlich Max. Na, und duzen sollten wir uns ja wohl auch. Also: Hast *du* von Gina gehört?«

»Gerade eben. Wir können den Termin vermutlich verlegen …«

»Damit du das auch noch in Rechnung stellen kannst? Das glaube ich nicht.« Er sieht auf seine Uhr, etwas unglaublich Teures, das aus der Manschette eines Hemdes hervorlugt. Das Ding hat wahrscheinlich ein Vielfaches meiner monatlichen Hypothekenraten gekostet. »Ich habe schon gesagt, dass ich gern aushelfe, und Gina sollte bald eintreffen. Na, sollen wir loslegen?«

Ich setze mein künstlichstes Lächeln auf. »Sicher, warum nicht?« Ich gehe voran. »Ich bin mir nicht sicher, inwieweit Gina und James Sie, äh, dich informiert haben. Heute wollen wir die Tischdeko aussuchen und ein Probemenü essen. Weißt du, ob jemand im direkten Familienumfeld an Allergien leidet?«

Max Henderson betrachtet eifrig meine Beine.

Ich bleibe stehen, damit er aufschließen kann.

»Spielverderberin!« Er verzieht einen Mundwinkel nach oben. Er ist wirklich attraktiver, als mir guttut.

»Nahrungsmittelallergien …?«, helfe ich nach.

»Zäher Gummiadler zum Wucherpreis von hundert Dollar pro Nase.«

Mit großer Geste notiere ich das auf meinem Handy. »Hat ja nicht lang gedauert.«

»Was denn?«

»Dass du in alte Muster verfällst und wieder den Dagobert Duck raushängen lässt.«

»Huch, wie hast du denn meinen Spitznamen auf der Highschool rausgekriegt?«

»Oh, ich wette, der lautete anders.«

Er lehnt sich zu mir, und, heilige Nadelstreifen, er riecht unglaublich! Wie eine männliche Orchidee. Eine Mannorchidee. »Du hast recht. Vielleicht verrate ich ihn dir eines Tages …«

Vor einer Woche hat Max Henderson in der *Gilt Bar* schwer mit mir geflirtet, doch damit war es vorbei, sobald er erfuhr, wer ich bin und was ich beruflich mache. Nun scheint er über seinen ursprünglichen Groll allerdings hinweg zu sein und seine Prinzipien zugunsten seiner Libido über Bord geworfen zu haben.

Es wäre so einfach, sich in seinen gefährlichen blauen Augen zu verlieren, sich – ganz ohne Verpflichtungen – auf einen leidenschaftlichen Austausch körperlicher Flüssigkeiten einzulassen. Doch am nächsten Morgen würde ich mich hassen.

»Ich hoffe, du hast Hunger«, sage ich. »Das Essen hier ist göttlich.«

Sein Blick bleibt auf meinen Lippen geheftet, dann schnellt er zu meinen Augen. »Was ist dein liebster Hitchcock-Film, Charlie?«

Der Themenwechsel und die Liebkosung meines Namens mit seiner Zunge bringen meinen Puls zum Rasen. »Wie kommst du darauf, dass ich einen habe?«

Um seine Augen bilden sich Fältchen auf die »Na komm, ich weiß, dass du einen hast«-Art. Diese Lachfältchen haben etwas Weiches, Feinfühliges an sich, etwas, das verheißt, dieser Mann könnte mich überraschen.

»*Das Fenster zum Hof*. Der Film ist perfekt.«

»Das ist er.«

Mich überläuft es heiß und kalt bei dem Gedanken, dass wir der gleichen Meinung sind – aber vielleicht hat er das Ganze auch extra so gedreht, damit wir uns über *irgendetwas* einig sind. Es ist albern, wirklich, denn viele Leute mögen Hitchcock-Filme.

»Wir sollten …« Ich deute hinter mich.

»Geh voran«, murmelt er.

Das Probeessen ist viel intimer, als mir lieb ist. Der Hintergedanke von Melissa, meiner Kontaktperson im *Peninsula*, dabei ist, für das glückliche Paar eine möglichst lauschige Atmosphäre zu schaffen. *Sexy Essen sorgt für gute Bewertungen*, sagte sie mir einmal.

Das Licht mag gedämpft sein, doch es reicht, dass Melissa Max abchecken kann. Sobald sie hört, dass er als Stellvertreter des Bräutigams da ist, vergisst sie prompt, dass sie selbst verlobt ist. Andererseits, diese Wirkung scheint Max einfach zu haben. In seiner Nähe machen sich gesunder Menschenverstand, Selbstachtung und auch Höschen auf und davon.

»Die Braut verspätet sich ein bisschen, aber Mr Hend…« Es kommt mir komisch vor, ihn so zu nennen, vor allem, wenn Melissa ihn anblinzelt, als wäre er ein Gottesgeschenk. Unvermittelt packt mich die Eifersucht. »Aber Max ist sich ziemlich sicher, dass er die Wahl in ihrem Sinne treffen kann.«

»Natürlich«, erwidert Melissa, ohne den Blick von Max zu wenden. »Wie wäre es vorab mit einem Champagner?« Ein weiterer Griff in Melissas Trickkiste. Nötige den Kunden zum Trinken von Prickelbrause, umso leichter kriegst du ihn dazu, sich mit einer Auswahl teurerer Tropfen einverstanden zu erklären. Ich behalte allerdings lieber einen klaren Kopf, und das weiß Melissa nur zu gut. Sie sieht mich vielsagend an, und ich sehe vielsagend zurück. Ich lasse nicht zu, dass meine Kunden über den Tisch gezogen werden.

Sie zieht eine Flasche kalifornischen Sekt aus einem Eimer auf einem Nebentisch, doch ehe sie ihn entkorken kann, hebt Max abwehrend eine Hand.

»Ich denke, das können wir besser, Mel. Welches ist der beste Champagner, den Sie auf der Karte haben?«

»Moët & Chandon, natürlich.«

»Ich ziehe zwar Veuve Clicquot vor, aber wenn Sie nur den Moët dahaben, dann nehmen wir auch den. Er geht auf mich.« Er lächelt Melissa an, und, wow, die schummrige Romantik im Raum erhellt sich zu Megawatt-Sexiness.

Überwältigt von Max' Gewandtheit, nickt sie bloß, wohingegen ich mir ein Augenrollen verkneifen muss. Melissa rennt förmlich zur Bar, um den Champagner zu holen.

»Und ich dachte, du machst dir Sorgen ums Budget.«

»Meine Angst vor miesem Champagner wird immer größer sein als die ums Budget.«

Unwillkürlich muss ich lachen. »Das klang ja überhaupt nicht hochtrabend.«

Sein Grinsen sagt mir, dass er weiß, dass es das tat, und, hey, ist es nicht lustig, dass wir alle eingeweiht sind? Wieder kommt mir, dass an Max vielleicht mehr dran ist, als er zeigen möchte.

»Dir kann es doch nur recht sein kann, wenn die Ansprüche steigen. Du schiebst doch auch mehr Provision ein, wenn die Kunden sich die Getränke mehr kosten lassen.«

»Darum geht es eigentlich nicht. Zumindest mir nicht. Ich bin hier, um meine Kunden davor zu bewahren, übers Ohr gehauen zu werden.«

»Richtig.«

»Gib's doch zu, Max. Wir sind beide Teil des Kreislaufs von Liebe und Ehe, nur dass mein Beitrag die Menschen tatsächlich glücklich macht.«

»Du hast eben noch keine meiner Mandantinnen kennengelernt. Klar, glücklich sind sie zunächst mal nicht, was vermutlich auch mit den unrealistischen Erwartungen zu tun hat, mit denen sie von skrupellosen Marktschreierinnen der Liebe zwangsgemästet werden. Nachdem ich mit ihnen durch bin, sind sie zwar noch ein bisschen angeschlagen, finden aber zum ersten Mal seit Ewigkeiten ihren Frieden. Dein Beitrag wiegt sie in einem falschen Gefühl der Sicherheit. Meiner stellt das Gleichgewicht wieder her, das du und deinesgleichen erschüttert habt.«

So ein Unsinn! Ich öffne den Mund, um genau das zu sagen, werde von Melissa aber unterbrochen: »Dann fangen wir mal an, oder?«

Eine Viertelstunde später habe ich mein Glas Champagner, den ich eigentlich nicht anrühren wollte, zur Hälfte geleert. Es ist ein Moët & Chandon, Max zahlt ihn, und ich bin mit Uber hergekommen, warum also nicht?

Vier Möglichkeiten für Appetizer haben wir schon durchprobiert: Garnelen mit Schnittlauch, Ricotta-Ravioli, so eine Sache mit Krabben und eine mit Spargel. Dass ich sie »Sachen« nenne, deutet darauf hin, dass ich eindeutig zu wenig Alkohol vertrage.

»Die Krabbensache und die Ravioli«, erklärt Max.

»Einverstanden. Der Schnittlauchgeschmack überwältigt den der Garnelen …«

»Und der Spargel ist einfach nur grottig«, beendet er den Satz.

Genau das finde ich auch. Nun, sozusagen. »Grottig?«

»Rechtsterminologie für Gleichgültigkeit gegenüber Spargel-Vorspeisen. Ich bin nur überrascht, dass der Chefkoch Rosenkohl nicht ausrangiert hat. Gott, ich hab's so satt, die auf jeder Speisekarte zu sehen.« Er füllt mir nach. »Nun, Mel, kommen wir zur Sache. Nennen Sie mir ein paar Zahlen.«

Melissa schiebt eine perfekt gedruckte Liste mit Pro-Kopf-Preisen zu Max hinüber. Ich beobachte seine abgeklärte Begutachtung der zugegebenermaßen hohen Kosten. Aber das hier ist das *Peninsula*, das zu einer der Top-Luxushotelketten der Welt gehört und genau in der Mitte der Michigan Avenue liegt, einer der berühmtesten Straßen im Land also. Eine Hochzeit im *Peninsula* – in *diesem Peninsula* – gibt es nicht umsonst.

Dafür, dass er sich so über Hochzeitsplanerinnen und den hochzeitlichen Industriekomplex echauffiert hat, reagiert er erstaunlich zurückhaltend. Was wohl nötig wäre, damit er seine Selbstbeherrschung verlöre? Wird er emotional, wenn er sich für seine Mandanten einsetzt? Wenn er mit einer Frau schläft, kommt dann ein anderer Max Henderson zum Vorschein?

Ich bezweifele es. Der Mann vor mir ist aalglatt, ausgeglichen und ein klein wenig *künstlich*. Das Recht steht ihm.

Er sieht auf, und einen Augenblick lang fühle ich mich in einer selbst gebauten Falle gefangen, als würde er meine Gedanken kennen und sagen: »Total auf dem Holzweg, Charlie!« Sein Blick huscht über mich hinweg und landet auf Melissa. »Da gibt es doch wohl noch ein wenig Spielraum, Mel, meinen Sie nicht?«

Melissa lächelt ihn verzückt an. Hallo? Du bist verlobt, Mädel!

Hinter ihr ist plötzlich lauter Krach zu hören, und alle Augen richten sich dorthin. Zu Ginas Füßen liegt ein Edelstahldeckel, und sie sieht aus, als würde sie am liebsten im Erdboden versinken.

»Es tut mir *so* leid!«

Bevor eine wütend dreinblickende Melissa sich noch im Ton vergreift, springe ich auf, um die Braut zu begrüßen. »Alles bestens! Bin nur froh, dass du es hergeschafft hast. Was ist mit dem Auto?«

»Es wurde abgeschleppt. Hab ein Taxi genommen.« Sie ergreift meinen Arm wie eine alte Freundin. Wilde Mahagonilocken fallen ihr über die hellbraunen Augen und die glatte olivenfarbene Haut. »Hey, Maximus, danke, dass du Charlie Gesellschaft geleistet hast!« Am Tisch angekommen, schnappt sie sich mein Glas und leert es mit einem Zug. »Das habe ich soooo gebraucht!«

Max steht auf und umarmt sie. Ich beobachte ihn dabei und halte nach Anzeichen von Missbilligung seinerseits Ausschau. Warum auch immer, diese Frau weckt meinen Beschützerinstinkt.

»Ich habe noch gar nicht die Chance gehabt, dir zu gratulieren, GeeGee«, sagt Max. »Willkommen im Henderson-Irrenhaus. Du wirst es lieben.«

Gina hickst und drückt ihn zurück. »Ich weiß, du bist nicht einverstanden, aber das ist mir egal.«

»Das ist die richtige Einstellung!«, erwidert Max gutmütig.

Gina wird mit Melissa bekannt gemacht, die darauf zurück in die Küche eilt, um weitere Proben des Hauptmenüs zu holen. Gina zieht sich einen Stuhl heran und verdrückt die restlichen Appetizer. »Ich bin am Verhungern!«

»Was sagst du dazu?«, frage ich.

»Dieses Spargelzeug schmeckt beschissen!«

Max fängt meinen Blick auf und lächelt verschmitzt. »Ebenfalls Juristensprache.«

Ich kichere albern. Verdammter Edel-Champagner!

Eine Flasche Moët & Chandon und eine Dreiviertelstunde später, haben wir uns auf ein Menü geeinigt. Als Max hinausgeht, um einen Anruf entgegenzunehmen, lehnt sich Gina zu mir und sagt mit gedämpfter Stimme: »Von den Preisen habe ich überhaupt noch nichts mitgekriegt.«

»James meinte, darüber sollst du dir keine Gedanken machen. Such einfach aus, was dir gefällt.« Max wird dann wohl versuchen, den Preis runterzuhandeln, denn so läuft das nun mal.

»Das Ganze hier …« Mit gerunzelter Stirn sieht sich Gina um. »Das ist so *over the top*, findest du nicht? Na ja, natürlich findest du das nicht. Für dich ist das völlig normal, aber für mich …«

Ich drücke ihre Hand. »Wer hatte denn die Idee zu heiraten?«

Ihr Gesicht hellt sich auf. »James. Er sagte, wenn das nicht zu stalkermäßig rübergekommen wäre, hätte er mich am liebsten gleich am ersten Abend gefragt.«

Wie süß! »Und wer hatte die Idee, die Hochzeit groß aufzuziehen?«

»Okay, ich verstehe, worauf du hinauswillst, aber du kennst die Verhältnisse nicht, in die ich einheirate.« Sie blickt über die Schulter, und ich folge ihrem Blick. Max ist drüben beim Kücheneingang und unterhält sich, den Kopf geneigt, mit Melissa. Sie berührt sein Revers auf eine Art, die wirklich aufdringlich ist.

Bescheuert.

Also ich. Ich bin bescheuert!

»Du meinst, weil sie Neureiche sind?«

»Da ist nichts neu dran. Ich meine, vermögend ist die Familie schon seit Jahrzehnten. Ein Großteil davon stammt von irgendeinem Schweinebaron oder so ähnlich. Und hier ist die kleine, alte Gina aus Podunk, Nebraska, die Tische anrempelt und den Champagner anderer Leute runterkippt. Gar nicht zu reden davon, dass Max von dem Gedanken nichts hält.«

Das frage ich mich. »Er scheint dich aber zu mögen.«

»Als ich einfach James' Freundin war, hat er mich lieber gemocht. Und es gibt so viel zu tun – ich wohne noch gar nicht lang in der Stadt und hab von nichts hier eine Ahnung. Ich hab ja noch nicht mal ein Kleid! Meine Schwester ist im achten Monat schwanger und kann nicht herreisen, um mir mit dem ganzen Brautzeug zu helfen.«

»Wie steht's mit deiner Mom?«

»Die ist mehr oder weniger gerade mit Ehemann Nummer drei beschäftigt.«

Gina ist nicht die erste Frau, die ich kennenlerne, die

über keine gute weibliche Netzwerkbetreuung verfügt. »Ich kann dir bei der ganzen Vorbereitung helfen. Und du hast Freundinnen im Buchclub, stimmt's?«

»Na, ob man die Freundinnen nennen kann? Ich bin da nur hin, weil auf einem Aushang in der Bibliothek ausdrücklich stand, es gehe um die Lektüre von Liebesromanen und nicht irgend so einen hochtrabenden *New York Times*-Quatsch.« Ein weiterer Blick über ihre Schulter, und erneut wird meine Aufmerksamkeit darauf gelenkt, was Melissa und Max da treiben.

Nicht, dass sie irgendetwas treiben. Sie ... verhandeln lediglich. Nach Melissas perlendem Lachen zu urteilen, anscheinend auf urkomische Weise. Es reicht, dass jemandem diese Spargelsache hochkommt.

»Ich möchte ihn nicht enttäuschen«, sagt Gina.

»Max?«

Sie sieht mich befremdet an. »James. Und Max auch, nehme ich an, denn James liegt tatsächlich daran, was er denkt. Sie stehen sich sehr nahe. Ich möchte meinen Verlobten stolz auf mich machen.«

»Das wirst du auch.« Gina fehlt noch der letzte Schliff – doch gerade das macht ihren Charme aus. Es ist noch gar nicht lange her, dass ich auch ein wenig Schliff brauchte. Okay, eine Menge. Glaubt mir, ich war kein Picknick, als ich nach dem Tod meiner Mutter in Pflegeunterbringung kam. Es waren besondere Menschen nötig, um mich zu dem Menschen zu machen, der ich jetzt bin.

Natürlich reichte mein neues, aufpoliertes Ich meinem Ex, Jeremy, nicht. Ich weiß also, wie es sich anfühlt, nicht den Anforderungen zu entsprechen.

»Ich sorge dafür, dass euer großer Tag perfekt ist. Und der beginnt mit einem perfekten Hochzeitskleid.«

Gina schließt die Augen, und als sie sie wieder aufschlägt, glänzen sie. »Gott sei Dank, dass du das gesagt hast. Du hilfst also, mich Gossenkind aufzuhübschen?«

Ich denke an alle Hochzeitsmagazine in meinem Büro, und mein Planerinnenherz wächst um drei Größen. »Alles startklar für den perfekten Tag!«

6. KAPITEL

Charlie

»Versteckst du dich etwa hier drinnen?«, erkundigt sich eine leise Stimme hinter mir.

Ich trinke einen Schluck des netten Rosés, den ich mir mitgenommen habe, verschlucke mich daran jedoch. Mein gekrächztes »Ach was!« klingt wenig überzeugend.

Natürlich verstecke ich mich nicht in der Küche meiner Freunde! Sondern *erhole* mich, nachdem ich den ganzen Abend im Performance-Modus verbracht habe. Ich habe meine Pflicht getan, habe dem armen Kerl, der zu Begutachtungszwecken geladen worden war, zum Abschied gewinkt und ihn nun in Frieden gehen lassen.

Penny Kim, beste Freundin und Kupplerin aus Leidenschaft, sieht mich mit verengten Augen an und kauft mir das eindeutig nicht ab. Sie wirft ihr glänzendes, langes, schwarzes Haar zurück und senkt die Stimme: »Ich dachte, du würdest ihn mögen. Er heilt Krebs. Krebs bei Kindern.«

Sie lässt mich wie ein Ungeheuer klingen, aber sie hat nicht unrecht. Ich bin eins. Bin ein undankbarer Mensch, der es nicht zu schätzen weiß, wenn ihre Freundin die heiratswürdigsten Männer in Chicago zu perfekt ausgewählten Dinners in ihrem perfekt ausgewählten Haus in Wicker Park einlädt, wo sie mit ihrem perfekt ausgewählten Mann lebt. Mit dem im Übrigen *ich* sie bekannt gemacht habe.

Mr Perfect – Pennys Liebster und mein Mitarbeiter Nathan, mit dem ich fast so gut befreundet bin wie mit ihr – kommt herein und küsst sie von hinten auf die entblößte Schulter, auch wenn er sich dazu hinunterbeugen muss, da er ein gutes Stück größer ist als sie. Obwohl ich eigentlich total hingerissen davon bin, was für ein süßes Paar die beiden sind, gebe ich einen unwirschen Laut von mir.

»Äh, sagt mal, geht's noch?«

»Oha, eifersüchtig?« Nathan grinst, und Penny sieht mich mit einem schräg gelegten Kopf à la *arme Charlie* an. »Du hättest uns wohl besser nicht verkuppeln sollen. Nun versuchen wir, uns zu revanchieren, und weißt du es zu schätzen? Nicht die Spur!«

Ich trinke noch einen Schluck Wein. »Er ist ja sehr nett, aber so ...«

»... gut aussehend?«, schlägt Penny vor.

»... ein Yuppie?« Nathans Beitrag.

»Nein, aber so ein mustergültiger Heiliger«, sage ich schließlich, nun, da ich es darf. Was würde ein Kinder-Onkologe schon mit mir anfangen können? Der Mann rettet Leben, ich hingegen – verdammt, hier lasse ich Jeremy in meinen Kopf. Er fand meinen Job immer zu unbedeutend, und auch wenn ich mich in Gesprächen mit Leuten wie Max Henderson gut zu schlagen weiß, überkommen mich doch immer mal wieder vertraute Selbstzweifel.

Zeit für ein wenig *Build-me-up-Buttercup. Du bist zwar keine granatenartige Wissenschaftlerin, aber du kreierst Erinnerungen. Erschaffst die glücklichsten Momente des neuen Lebens eines Paares. Das ist doch was!*

»Der spielt doch einfach in einer völlig anderen Liga.« Nun, da der Heilige abgezogen ist, spüre ich, wie sich meine Zunge lockert. »Ein wirklich netter Kerl, aber wir ein Paar?

Das kann ich mir nicht vorstellen. Vielleicht ist es noch zu früh.«

Nathan runzelt die Stirn, merkt, dass ich mich in die Ecke gedrängt fühle. »Es ist über ein Jahr her«, sagt er behutsam.

»Achtzehn Monate«, stellt Penny - weniger behutsam - klar.

»Es gibt nur eine bestimmte Anzahl Jeremy Cravens auf der Welt«, fährt Nathan fort. »Wirf uns nicht alle in einen Topf!«

Ich lächele, auch wenn mir bei der Erwähnung meines Ex unbehaglich wird. Jeremy hat mich wirklich mies behandelt, aber ich bin fest entschlossen, mich wieder aufs Pferd zu schwingen. Wenn auch für ein Weilchen nur im Damensattel.

»Wenn du doch nur nicht wie ein Ameisenbär küssen würdest«, erkläre ich Nathan.

»Und wenn du doch nur nicht so ... nichtssagend schmecken würdest«, erwidert er mit einem mitleidigen Kopfschütteln. Unser kurzes Techtelmechtel im Freshman-Jahr war eine Katastrophe, aber immerhin führte es dazu, dass sich diese beiden Menschen hier, die ich liebe, gefunden haben.

Er zieht Penny an seine Seite und küsst sie aufs Haar. »Ich geh mal eben drüben den Tisch abräumen, damit ihr in Ruhe miteinander reden könnt und nicht immerzu heimlich auf meinen Knackarsch starren müsst.«

»Als würde der uns interessieren«, sagt seine Frau und tätschelt seinen Knackarsch.

Er trollt sich, und ich pfeife ihm bewundernd hinterher. So läuft das bei uns.

Penny dreht sich zu mir. »Geht es hier wirklich um Jeremy? Er hat dir wehgetan, ich weiß, aber Nat hat recht. Es gibt haufenweise Männer, die perfekt wären – ich habe dich mit jedem Chirurgen, Anästhesisten und gutem alten Hausarzt, den ich kenne, bekannt gemacht, wie auch mit ein paar Typen, die keine Ärzte sind. Du siehst nicht schlecht aus …«

Ich hebe dankend ein Glas.

»Wo also ist das Problem?«

»Ich versuche ja, für alles offen zu sein.« Penny arbeitet als Spendensammlerin im Lurie's Children's Hospital und hat daher Zugang zu einem großen Vorrat an datebaren Männern. Jeremy habe ich auch auf diese Weise kennengelernt, auf einer von ihr organisierten Gala nämlich. »Aber zurzeit hinterfrage ich bei jedem Kerl, den ich kennenlerne, automatisch meine Instinkte. Ich war mal fähig, ihnen zu vertrauen. Nun schrillen bei mir ständig Alarmglocken: Klingeling, Arschlöcher und Aufreißer am Werk!«

Wie Max. Jede Alarmvorrichtung meines Körpers sagt mir, dass er Ärger bedeutet. Ich mag ihn nicht, und doch hat er es geschafft, sich in meinem Kopf einzunisten. Oder etwas tiefer. Ich bin nicht stolz darauf.

Penny wedelt mit der Hand vor meinem Gesicht herum. »Hey, wohin bist du verschwunden?«

»Oh, nirgendwohin Nettes. Hab nur gerade an dieses unglaublich nervige Individuum gedacht, mit dem ich mich heute Nachmittag bei einem Probeessen im *Peninsula* befassen musste.«

»Ein Kunde?«

»Der Bruder eines Kunden, der so tut, als würde ich versuchen, ihm das Familienvermögen abzuluchsen und alles für Vorspeisen auszugeben.«

»Das Familienvermögen der Hendersons?«

»Hey, woher wusstest du das?«

Sie grinst. »Wir sind doch nun mal im selben Buchclub,

oder? Gina sagte, James Henderson ist ihr Verlobter, also sprichst du doch wohl schätzungsweise von Max?«

Ich horche auf und lege deutlich mehr Interesse an den Tag als vor drei Stunden, als mir der Saint-Kiddie-Doc vorgestellt wurde. »Du kennst ihn?«

»Der Name sagt mir was. Ein Flügel des Krankenhauses ist nach der Familie benannt. Max hat vor fünf Jahren seinen Treuhandfonds gespendet.«

»Du meinst, er wälzt sich nicht mehr in Geld?«

Penny gluckst. »Na, kann sein, dass er ein paar Mille als Taschengeld zurückbehalten hat. Jeder von den Söhnen bekam vom Fleischgeld der Hendersons mit fünfundzwanzig einen Fonds über zehn Millionen übertragen, doch die Familie hat eine philanthropische Ader, weshalb Max den Großteil seines Geldes lieber gespendet hat, anstatt es für Nutten und Koks auszugeben. Er hätte es behalten können und bis an sein Lebensende nicht mehr zu arbeiten brauchen, aber anscheinend mischt er sich ganz gern mal unter das gemeine Volk und atmet mit ihm dieselbe Luft ein. Ein Almosenempfänger ist er beim besten Willen nicht, aber auch nicht der Prinz, der er hätte sein können.« Ihre Augen verklären sich. »Ich bin ihm einmal begegnet. Sieht aus wie ein Moviestar, soll aber ein kleiner Womanizer sein, hab ich gehört.«

»Jepp, aber nicht nur das. Er ist ein Zyniker dazu. Ein Scheidungsanwalt, der seine Arbeit, sprich: Ehen auseinanderzureißen, wirklich genießt.« Ich erschaudere und führe das lieber darauf zurück, dass Max' Beruf mir Übelkeit bereitet, auch wenn ich argwöhne, es liegt an der Erinnerung daran, wie Max mich heute Nachmittag vor der Verkostung so intensiv betrachtet hat. Als wolle er *von mir* kosten.

»Und?«

»Und was?«

»Fühlst du dich von ihm angezogen?«

Ich lache unsicher. »Er ist attraktiv. Also mal objektiv betrachtet, was nicht heißt, dass ich mich von ihm angezogen fühle. Im Gegenteil. Er steht für alles, was ich verachte, und hat keinen Respekt für das, was ich tue. Bei unserer ersten Begegnung hat er mit mir geflirtet und … und … nun, ich bin zugegebenermaßen eine Sekunde lang ein klitzekleines bisschen in Versuchung gekommen. Aber mögen tue ich ihn ganz sicher nicht.«

Zur Unterstreichung meiner Worte leere ich mein Glas. Na bitte!

Penny starrt mich noch immer an, und ihre dunkelblauen Augen leuchten noch immer übermäßig. Ihre Mundwinkel wandern nach oben, und jetzt kommt das … das Fingerwackeln.

»Du willst ihn!«

»Nein, will ich nicht.«

»O doch. Seitdem ich dich kenne, hat kein Typ so eine Wirkung auf dich gehabt. Nicht mal Jeremy. Bei dem warst du so … vorsichtig.«

»Das ist doch lächerlich!« Nicht der Hinweis auf meine Vorsichtigkeit gegenüber Jeremy, denn da hat sie recht. In seiner Nähe habe ich mich bemüht, ein ganz bestimmtes Image aufrechtzuerhalten. Doch das tun wir alle, bis wir uns sicher sind, unsere wahren Ichs zeigen zu können, oder etwa nicht? Das Problem ist, dass Jeremys Interesse an mir erlahmte, sobald ich es tat. »Hast du nicht zugehört? Max Henderson ist das völlige Gegenteil dessen, was ich mir bei einem Mann wünsche. Reich …«

»Nicht so arg. Der Krebsflügel, zumindest ein Viertel davon, besteht aus Henderson-Geld.«

»Fühlt sich als was Besseres. Zyniker.« Ich zähle an meinen Fingern ab und hoffe, ich finde zumindest fünf schlechte Eigenschaften, um eine Hand vollzubekommen. Beim Ringfinger stecken zu bleiben hat ein wenig zu viel Symbolkraft und geht gar nicht. »Eingebildet. Ein Aufreißer.« *Yes!*

Ich könnte auch an der anderen Hand abzählen. *Charmant. Attraktiv. Sexy. Witzig.*

Nur vier, und mindestens zwei sind Synonyme. Von den Kontras gibt's mehr!

»Er ist also interessiert?«, fragt Penny, gerade als Nathan mit einem Stapel Teller zurückkehrt. »Vielleicht solltest du ihn ja einsetzen, um deine sexuelle Frustration in den Griff zu kriegen?«

»Ich bin nicht sexuell frustriert«, beharre ich und klinge dabei sehr, sehr frustriert.

Nat schnaubt: »In den letzten Monaten hast du ständig Leute - sprich: mich - angepflaumt, und zwar gewöhnlich immer am Morgen nach einem Date.« Er räumt die Teller in die Spülmaschine ein. Penny führt mich zu einer Sitzgelegenheit an der Kücheninsel, wo wir uns nach dem Dinner immer gern entspannen, während wir ihrem Mann beim Aufräumen zuschauen. »Dates, wo vermutlich nichts gelaufen ist«, beendet Nat seine Schilderung.

Gut, möglicherweise war ich etwas gereizt, doch das hat nichts mit meiner fast einjährigen Abstinenz in Sachen Sex zu tun. Lächerlich! Meine Stimmung hängt nicht von Sex oder dem Mangel daran ab.

»Und wie war sie heute drauf?«, fragt Penny. »Vor allem am späteren Nachmittag?«

Nathan verschränkt die Arme und macht ein nachdenkliches Gesicht. »Kratzbürstig. Hab schon überlegt, ob ich sie für das Dinner heute Abend nicht lieber wieder auslade. Andererseits hatte ich die Hoffnung ...« Er winkt zum Wohnzimmer und dem Geist von Saint-Kiddie-Doc, mit dem ich undankbares Geschöpf nichts anfangen konnte.

»Sie hatte heute eine Auseinandersetzung mit ihm«, erklärt Penny ihrem Mann.

»Mit wem?«

»Mit Max Henderson, dem Bruder eines eurer Kunden. Zwischen ihnen läuft so ein sexy Hassding.«

Nat reibt sich das Kinn. »Oh, interessant …«

»Nein, ist es nicht!«, funke ich dazwischen. Die beiden hier hätte ich nie miteinander bekannt machen dürfen! »Wenn ich mit ihm schlafen würde, hätte ich am nächsten Morgen keinen Respekt mehr vor mir. Ach, von wegen nächster Morgen. Mir würde schon übel, sobald es vorbei wäre. Als hätte ich einen großen Fehler begangen.«

»Aha, immerhin spielst du schon mit dem Gedanken, mit ihm zu schlafen.«

»Nein!«

Penny nimmt meine Hand und drückt sie. »Du hast an die Konsequenzen gedacht. Sie abgewogen. Sie einzuschätzen versucht. Was heißt, dass du dir den heißen und dreckigen Akt ausgemalt hast, der diese Konsequenzen zur Folge hätte. Vielleicht …«

»… ihn dir in aller Ausführlichkeit ausgemalt«, ergänzt Nathan den Satz mit einem Lächeln, das die von meinen Bräuten so geliebten Grübchen zum Vorschein bringt. »Dieser Maxtyp hat bereits einen Platz in deinem schmutzigen, fiebrigen Hirn. Wenn das nicht vielversprechend ist!«

»Ach ja?« Ich klinge eine Spur hysterisch. Wo ist der Wein?

»Sehr sogar«, sagt mein ehemaliger Freund und möglicherweise bald ehemaliger Angestellter. »Wann hast du zuletzt an einem Kerl so ein Interesse gezeigt?«

»Sag ich doch!«, stimmt ihm Penny zu, und dann sehen sie einander selig an, weil sie so harmonieren. Widerlich!

»Jetzt hört mal zu, ihr Turteltäubchen, ich schlafe nicht mit dem Bruder eines Kunden. Vom Ethischen her ist das sicher fragwürdig.« Dafür ernte ich einen ernsten Seitenblick. »Und selbst wenn es das nicht wäre, ich mag ihn halt nicht. Und ich kann nicht mit jemandem schlafen, den ich nicht mag.« Oder vielleicht doch?

»Es würde aber wohl heiß hergehen.« Unvermittelt funkelt Penny Nathan böse an. »Herrgott, ich hasse es, wenn du das Geschirr nicht vorher abspülst, du Trottel!«

Nathan zwinkert überrascht, kontert aber umgehend:

»Na, und ich hasse es, wenn du rumnörgelst, ich solle das Geschirr abspülen. Wenn du meine Methode so schlimm findest, warum machst du's dann nicht selber?«

»Dieses Hassding klappt irgendwie!« Penny macht einen kleinen Freudensprung. »Und dabei faken wir's nur. Stell dir vor, wie sexy es sein muss, wenn man jemanden echt nicht ausstehen kann.«

»Ich bin eigentlich auf der Suche nach dem Mann fürs Leben.« Ich denke daran, was ich meinem Vater versprochen habe. »Und sollte nicht über eine Affäre mit jemandem fantasie… äh, ich meine, *nachdenken*, der einfach so was von gar nicht infrage kommt.« Es geht mir auch ein bisschen zu sehr in die Richtung von Max' Meinung, ich könnte auf der Suche nach Mr Right doch trotzdem meinen Spaß haben. Im Grunde hat mir Max Henderson seinen Körper für sexuelle Zwecke angeboten. Als eine Art Akt der Barmherzigkeit.

»Und ein Nümmerchen – oder auch zwei, wenn er was taugt oder du einen Extra-Booster brauchst – bringt untenrum wieder alles in Ordnung bei dir«, setzt Penny fröhlich mit ihrer »Problem gelöst«-Stimme hinzu. »Außerdem bist du dann auch bei der Arbeit wieder besser drauf.«

»Yeah, Charlie«, meint Nathan, »mach's für deine Mitarbeiter. Sprich: für mich. Deinen einzigen Mitarbeiter.«

»Ich schlafe doch nicht mit jemandem, den ich nicht mal mag, um dir das Leben zu erleichtern!«

Nathan verdreht die Augen zärtlich in Richtung seiner Frau. »Schlimmste. Chefin. Ever!«

7. KAPITEL

Max

Früher als gewöhnlich, um kurz nach sechs schon, jogge ich durch den Lincoln Park, um mich für den Marathon im Oktober in Form zu bringen, an dem ich, wie jedes Jahr, im Namen der *Mercy Homes* teilnehme. Im Geiste gehe ich die anstehenden Gerichtstermine durch und genieße die Ruhe und Frische des frühen Maimorgens. Bis auf das leise Brummen der wenigen Autos auf dem Lake Shore Drive links und dem Stockton Drive rechts vom Park lenkt nichts meinen Gedankenfluss ab.

Der äußerst stramme Po der Läuferin vor mir schafft es allerdings doch. Normalerweise ist der Park sicher, doch ich würde nicht wollen, dass sich eine Frau, an der mir auch nur im Geringsten liegt, hier aufhält, wenn alles noch so menschenleer ist. Hin- und hergerissen, ob ich sie schnell überholen sollte, damit ich ihr keine Angst einjage, und dem Wunsch, den Anblick dieser perfekten herzförmigen Kehrseite noch länger zu genießen, entscheide ich mich schließlich, etwas langsamer zu laufen. Sie muss top in Form sein, so geschmeidig und rhythmisch, wie sie sich da den Laufweg entlangbewegt. Jeder Schritt mit ihren kraftvollen Beinen scheint ihre Muskulatur hervorzuheben, insbesondere in ihren hübsch geformten Oberschenkeln, Waden – *und* dann landen wir auch schon wieder bei ihrem Po.

Mein Schwanz rührt sich, was normalerweise nicht geschieht, wenn ich hinter einer attraktiven Frau herjogge. Aber vermutlich hat das weniger mit dieser Frau zu tun als vielmehr damit, dass ich mich gedanklich viel zu lange mit einer gewissen Charlie Love beschäftigt habe.

Ich muss zugeben, dass ich dieses Probeessen genossen habe. Es war, als wären wir ein Team – selbst wenn sie vorhat, meinen Bruder aufs Kreuz zu legen, und ich wiederum dafür sorgen möchte, dass sich seine Träume erfüllen, *ohne* aufs Kreuz gelegt zu werden. Eigentlich schließt das eine das andere aus, dennoch fand ich es schön, dass wir derselben Meinung waren, was die Gerichte anging. Das ist lächerlich, ich weiß. Wieso zur Hölle klammere ich mich an diese Insel der Einigkeit inmitten eines Ozeans der Meinungsverschiedenheit? Ich bin nicht an Charlie Love interessiert, aber vielleicht bin ich es ja doch – oder zumindest interessiert genug, um eine sichere Sache mit einer Frau auszuschlagen, die mir Grant gestern Abend bei einer Weinverkostung vorgestellt hatte. Eine umwerfende Rothaarige, Umweltanwältin und definitiv interessiert. Doch als es ernst wurde, steuerte ich den Ausgang an und machte mich auf den Heimweg.

Ich bin so in Gedanken vertieft, dass ich gar nicht merke, dass ich zu der Läuferin aufgeschlossen habe und damit genau das tue, was ich auf keinen Fall wollte – ihr eine Heidenangst einjagen. Wie von der Tarantel gestochen vollführt sie einen eigenartigen Zickzack-Ninja-Move und springt einen Meter nach rechts, wo sie im Gras auf ebenjenem Hintern landet, den ich gerade noch bewundert habe.

»Verdammt, tut mir leid«, sage ich im selben Moment, wo es mir dämmert.

»Du!«, ruft Charlie, als hätte sie einen bartzwirbelnden Schurken vor sich.

»Hey, ich hatte keine Ahnung, dass du es bist!« Ich strecke ihr meine Hand entgegen. »Aber deine Reflexe sind bewundernswert. Schon viel besser als beim letzten Mal.«

»Als du mir auf den Fuß getreten bist.« Sie nimmt meine Hand, wahrscheinlich, weil es arg unhöflich wirken würde, es nicht zu tun. Dabei spüre ich wieder, wie es zwischen uns funkt, und als sie die Augen aufreißt, weiß ich, dass es nicht nur mir so geht.

»Die Schuldfrage wurde beim letzten Mal nicht endgültig geklärt, glaube ich. Dieses Mal übernehme ich aber die volle Verantwortung und bin bereit, Entschädigung zu leisten.« Noch immer halten wir unsere Hände, und ich bete, dass sie ihre nicht so bald zurückzieht. Weiterplappern – denn genau das tue ich – erscheint mir da genau das Richtige zu sein. »Tatsächlich würde ich sogar einen Post-Lauf-Kaffee springen lassen.«

Es dauert einen Augenblick, aber schließlich antwortet sie: »Wohnst du hier in der Nähe?«

»Ja. Drüben in der Fullerton Ave im *Gloucester*.«

»Nettes Gebäude.«

Stimmt. »Und du?«

»Ich wohne in Wrightwood. Bin dort vor ungefähr einem Monat in eine Eigentumswohnung gezogen.« Sie sagt es mit etwas wie … Stolz? Wenn sie in eine hübschere Wohnung in einer besseren Nachbarschaft ziehen kann, muss ihr Geschäft wohl gut laufen oder zumindest gut genug. Vielleicht ist das ihre erste Immobilie.

Komischerweise bin ich stolz auf sie, was mich vermutlich zu meinen nächsten Worten veranlasst.

»Weißt du, dieser Park mag dir sicher vorkommen, trotzdem ist es wahrscheinlich keine gute Idee, hier zu laufen, wenn sich kaum jemand darin aufhält.«

Ihre Augen verengen sich, und sie lässt meine Hand fallen wie einen schleimigen Stein. Falls ich sie beleidigt habe, auch egal. Das muss sie einfach wissen.

»Ich kann mich wehren.«

»Das bezweifle ich nicht, aber es kommt einem dumm vor, sich in eine Situation zu begeben, in der du es musst.«

Gegen dieses Argument kommt sie nicht an und versucht es auch gar nicht erst.

»Stört's dich, wenn ich eine Weile mit dir gemeinsam laufe?«, frage ich. »Ich habe noch rund eine Viertelstunde Zeit.«

»Damit Sie Bodyguard spielen können, Mr Henderson?«

»Sind wir wieder zurück beim Mister? Ach, komm, Charles. Ich dachte, das läge hinter uns.«

In meinem Kopf liegt das längst hinter uns. In Gedanken bin ich schon so viel weiter, da liegt der Lauf schon hinter uns. Wir steuern ohne Umwege eine dampfige Dusche an, und ich seife sie überall ein, meine Hände umfassen diese perfekten Brüste, mein Schwanz streicht durch den Spalt ihres herzförmigen Hinterns, und zugleich überlege ich mir, in welcher Position ich am tiefsten in sie eindringen kann und sie am schnellsten kommt. Wonach ich wieder von vorne beginne.

»Bei diesem Zickzackkurs an Stimmungen, die du an den Tag legst, lässt sich eben schwer sagen, wie es um uns steht, Max. Gerade noch bin ich die matrimonielle Antichristin, im nächsten Augenblick die Jungfrau in Nöten.«

»Kannst du nicht beides sein? Und ich würde dich ja nicht mal auf diese beiden Rollen beschränken.«

Sie stemmt die Hände in die Hüften, bereit für den Kampf. »Oh? Wie siehst du mich denn sonst noch?«

»Als clevere Geschäftsfrau, Ninja-Joggerin, smart und

sexy.« Ich könnte ergänzen »als die Frau, die großartig auf meinen Bettlaken mit einer Fadendichte von 1500 aussehen würde«, verfolge aber lieber weiter die romantische Schiene.

»Nur weil du die Begriffe ›clever‹ und ›smart‹ hinzufügst, macht das deine Masche auch nicht schmackhafter, Henderson.«

»So sehe ich's halt.«

Als hätte jeder kleine sexy Seitenhieb eine Art Magnetwirkung, haben wir uns in der letzten Minute aufeinander zubewegt. Ich weiß, es ist ein Klischee, dass man immer das will, was sich einem widersetzt, aber da sie mich ohnehin für ein Klischee hält, macht es mir nichts aus, diese Rolle zu übernehmen.

Sie widersetzt sich, ergo dränge ich weiter.

Oder zumindest denke ich, dass es mir nichts ausmacht, doch ihrem Gesichtsausdruck nach zu urteilen, scheint sie sich zu wünschen, an mir wäre mehr dran. Insofern sollte ich mich vielleicht nicht nur als Spaß-Zwischenstopp auf ihrem Weg zur wahren Liebe verkaufen. Vielleicht könnte ich ja sowohl jemandes Realität als auch Fantasie sein.

Könnte vielleicht ihre sein.

Ihre nächsten Worte bestätigen das. »Vielleicht sollten wir noch mal von vorn anfangen.«

Mein ganzes Leben war ich von starken Frauen umgeben – meiner Großmutter, meiner Mom, Schulkameradinnen und Collegefreundinnen und sogar meiner Ex-Verlobten. Ich möchte eine Frau, die auf direkte Konfrontation zu mir geht und dafür sorgt, dass ich ehrlich bleibe, die keine Psychospielchen spielt und mir sagt, wenn ich mich wie ein Idiot benehme. Meine weiblichen Rollenvorbilder würden nicht weniger erwarten.

Charlie ist anders als jede Frau, von der ich je etwas

wollte, es wäre also idiotisch, dieselben Taktiken anzuwenden. Nicht falsch verstehen – sie kann auch höllisch nerven und sehr bissig sein. Aber das würde zu fantastischem Sex und geistreichen Unterhaltungen führen, glaube ich. Mit Charlie Love würde mir nie langweilig!

Eine Haarlocke hat sich aus ihrem Haargummi gelöst, und ich streiche sie ihr hinters Ohr. Eine kalkulierte Geste, oder zumindest hat sich das immer so angefühlt. Als gehörte es zu meiner Rolle. Doch bei Charlie fühlt es sich wie eine vorsichtig vorantastende Geste hin zu einem neuen Verständnis an.

Mein Herz schlägt wie wild, da es weiß, wir befinden uns am Scheitelpunkt von etwas Bedeutsamen.

»Ich bin Charlie«, sagt sie fast schüchtern. Sie spürt die Bedeutsamkeit des Augenblicks auch. »Ich verwirkliche anderen ihre Träume.«

So verblüfft, wie ich über unseren Dynamikwechsel bin, grinse ich nicht mal.

»Hi, Charlie, ich heiße Max und bin …«

»… ein riesengroßes Arschloch!«

Dieser charmante Beiname entfährt weder mir noch Charlie, sondern einer dritten Person, die beschlossen hat, sich unaufgefordert zu uns zu gesellen. Beide drehen wir uns zur Quelle der Beleidigung um, und mein gerade noch himmelhoch jauchzendes Herz legt beim Anblick von Mitzi von Stueben einen Sinkflug hin.

Mitzi, wie sich vom Namen her erraten lässt, ist von ausgezeichneter teutonischer Abstammung – groß, blond und mit Oberschenkeln, die einen geringeren Mann zerquetschen könnten. Sie marschiert auf uns zu, doch da sie ein kleines Hündchen an einer Leine hinter sich herzieht, geht das nicht so schnell wie erhofft.

»Mitzi!« Ich muss das behutsam angehen, denn ... *zu spät*. Sie hat sich den Ablauf des Ganzen bereits zurechtgelegt, und ich werde dabei eher schlecht wegkommen.

»Hast du gedacht, du könntest mich zappeln lassen, mir das Blaue vom Himmel versprechen und dich dann einfach wie ein Dieb in der Nacht aus dem Staub machen?«

Das ist echt *over the top*, selbst für Mitzi. Ich habe ihr nie irgendetwas versprochen, doch ich habe nicht vor, das jetzt hier im Lincoln Park genauer zu erörtern.

»Mitzi, was hast du denn da für einen kleinen Freund dabei?«

Kurz aus dem Konzept gebracht, sieht Mitzi zwischen dem Hündchen und mir hin und her. »Was immer er dir verspricht, glaub ihm kein Wort«, wendet sie sich darauf an Charlie. »Gemütliche Sonntagsbrunches, bei denen man zusammen das NYT-Kreuzworträtsel löst? Die Anschaffung eines gemeinsamen Hundes? Vergiss es!«

Während sich Mitzi wirklich in so einem Ausmaß über Brunches ausließ, dass ich in meinem Hirn seitdem jedes Mal, wenn ich ein mit Br beginnendes Wort höre, automatisch ein Control-Alt-Delete ausführe, kann ich mich an keine übermäßigen Erwähnungen des Kreuzworträtsels der *New York Times* erinnern. Sodoku vielleicht. Die Hundegeschichte allerdings – die klingt sehr vertraut.

»Du hast dir also einen kleinen Hund angeschafft, Mitzi. Der ist ja ausgesprochen putzig.«

»Von wegen. Der kackt in einem fort, Max! Eigentlich wollten wir ihn doch zusammen großziehen ...«

Was? Das habe ich nie versprochen. Hätte ich Mitzi tatsächlich ein gemeinsames Hundegroßziehen versprochen, um in ihr Bett zu gelangen? Keine Chance. So ein Anreiz war bei dieser Frau auch gar nicht nötig.

Von Anfang an schien sie es darauf abgesehen zu haben, mit mir zum Altar zu schreiten. Wenn ich es mir recht überlege, hat sie von Date Nummer eins an über die Anschaffung eines Hundes gesprochen, dazu auch sehr häufig Eggs Benedict erwähnt. Wenn wir miteinander geschlafen haben, *klang* sie wie ein kläffendes Hündchen. Ich meine, es war sexy, aber versteht ihr, warum ich verwirrt bin?

»Mitzi, ich habe so lange Arbeitszeiten. Da hätte ich mich doch niemals an einen Hund gebunden.« Mal ganz abgesehen davon, dass sie und ich nicht *wirklich* daten.

»Tja, es wird Zeit, dass dir aufgeht, dass Versprechungen Konsequenzen haben. Er ist übrigens ein Cockapoo.«

»Ein Cockawas?«

Doch sie hört mir gar nicht mehr zu, sondern drückt mir einfach die Leine in die Hand, die ich automatisch umschlinge. Während ich noch verdattert herauszufinden versuche, was hier eigentlich läuft, dreht sich Mitzi um und marschiert davon.

Nach einem Blick auf den hündischen Eindringling sehe ich zu Charlie. »Sag mal, hat die ihren Hund gerade bei mir abgeladen?«

Charlie versucht nicht einmal, ihre Belustigung zu verbergen. »Ich glaube, sie hat *deinen* Hund bei dir abgeladen!«

Nein, nein, das ist doch totaler Schwachsinn! »Mitzi!«, rufe ich ihr hinterher, doch sie zeigt mir nur den Stinkefinger. Zur Hölle, hätte sie so viel Rückgrat gezeigt, während wir zusammen waren, hätte ich das, was auch immer wir da hatten, womöglich fortgesetzt.

Derweil sieht mich der Hund aus treuherzigen, braunen Augen an, die von blonden Haarsträhnen umrahmt werden. Die kleine Töle ist also einer *dieser* Hunde, die auf Teppiche kacken, kleine Kinder beißen und dann den Kopf mit einem

Blick schräg legen, der sagt: »Wer, ich?« Das kaufe ich ihm nicht ab.

»Ich weiß, wo sie wohnt«, sage ich Charlie, aber eigentlich sage ich es zu mir selbst, weil ich vermute, sie interessiert das eh nicht mehr. »Ich bringe ihn ihr später vorbei. Außer du hast für deine neue Wohnung noch Bedarf an einem niedlichen, kleinen Hündchen.«

Charlie hebt abwehrend die Hände. »Sorry, Henderson, da musst du allein durch. Ich muss jetzt weiter. Bis bald!«

Und schon joggt sie los, mit ihren Ninja-Reflexen, ihrer blonden Perfektion und ihrem herzförmigen Po, und lässt mich mit einer verwaisten Fellnase an der Leine allein zurück.

8. KAPITEL

Max

Wenn man das Wort »aufgeben« im Wörterbuch nachschlägt, wird man dazu von Max Henderson keinen Eintrag finden. Garantiert nicht! Ich habe mich noch nie im Leben vor etwas gedrückt, und dabei hat es, verflixt noch mal, tonnenweise Sachen gegeben, die so einen Schritt nahegelegt hätten.

Courtney Ellison war eine davon. Na ja, keine Sache, sondern ein Mädchen, das mir in der fünften Klasse erklärte, es würde sich in der Cafeteria niemals neben mich setzen, weil ich nicht gut genug für sie sei. Ja, Freunde, es gab Zeiten, da funktionierten meine ganzen Talente noch nicht in vollem Umfang, und das lag hauptsächlich an der Entwicklungsverzögerung eines meiner besten Attribute.

Na, na, na, keine schmutzigen Gedanken, bitte! Ich spreche von meiner Schlagfertigkeit. Die Gabe der Rede besaß ich nämlich nicht schon immer, wisst ihr? Als Kind habe ich gestottert – ziemlich schlimm sogar –, und viele logopädische Therapiestunden und eine noch größere Menge an Willenskraft waren nötig, um dieses Problem in den Griff zu bekommen und zu dem wortgewandten Typen zu werden, der ich heute bin. Der Rechtswissenschaft habe ich mich nicht zuletzt deshalb zugewandt. Worte zählen. Wörter zu überzeugenden Argumenten zu verknüpfen zählt. Imstande zu sein, jeden in Grund und Boden zu reden, ist eines der Markenzeichen meines Erfolges.

Als ich schließlich ganze Sätze bilden und sie vor Courtney Ellison vorbringen konnte, ohne darüber zu stolpern, sah sie mich schlagartig in einem neuen Licht, und ich durfte mich in der Cafeteria der Lake Forest High zu ihr an den Tisch setzen. Zuvor hatte sie sich unter keinen Umständen mit einem Typen sehen lassen können, der kaum sprechen konnte, egal, wie süß oder reich er war. Auf die Art lernte ich, dass Aussehen und Geld nicht entscheidend sind. Was wir sagen, das zählt. Wie wir unsere Worte einsetzen, sagt mehr über eine Person als ein markantes Kinn oder eine fette Brieftasche.

Ich habe die Sprachtherapie nicht etwa weiterverfolgt, weil ich entschlossen war, Courtney für mich zu gewinnen. Sobald ich das geschafft hatte - sobald ich mit ihr und ihren Freundinnen am selben Tisch sitzen durfte -, sprach ich kein Wort mehr mit ihr. Ich war nicht auf magische Weise geheilt, und es gab noch viel zu tun, aber meine wertvollen Worte wollte ich nicht länger an ein Mädchen verschwenden, das von Hingabe und Einsatzbereitschaft keine Ahnung hatte. Die sich der Magie der Worte nicht bewusst war.

Der Grund, warum ich diesen »Niemalsaufgeben«-Kram anspreche, ist, dass ich kurz davor stehe, meinen Job als Hundebesitzer hinzuschmeißen.

Auch wenn der Hund eigentlich nicht mir gehört, wurde ich von seinem eigentlichen Frauchen, einer gewissen Ms Mitzi von Stueben, die offenbar lieber Landflucht begeht, als mich vom Haken zu lassen, an Eltern statt eingesetzt. Ich bin davon überzeugt, dass sie einen Trip nach Paris plante, das Hündchen kaufte und dann im Lincoln Park nur darauf wartete, mich beim Fremdflirten zu erwischen, um ihn mir aufzudrücken. Ein ziemlich gewiefter Racheplan, aber ich habe in meinem Job schon so viel Bullshit erlebt, dass mich gar nichts mehr überrascht.

Dieses Hündchen ist ein Kläffer. Ein Jauler. Ein Heuler. Zum Glück wohne ich im Penthouse eines Gebäudes, dessen Wände immerhin so gut isoliert sind, dass der Bewohner unter mir nicht gestört wird: ein Ölmakler, der zwar nicht mit dem Besenstiel an die Decke klopfen, aber Benji, den Portier, zu mir hochschicken würde, wenn er das Hundegekläff hören könnte. Dass meine Nachbarn nicht gestört werden, ist kein Trost. Ich werde gestört. Werde schikaniert, kann daran bis zu Mitzis Rückkehr aber nicht das Geringste ändern. »Bring ihn doch ins Tierheim«, riet Grant, aber das bringe ich nicht über mich. Nicht, wenn mich der kleine Lümmel mit diesem unwiderstehlichen Blick bedenkt, da er weiß, ich Armleuchter falle garantiert darauf rein.

Ich rechne damit, dass er bei meiner Heimkehr meinen ganzen Java-Hartholzboden vollgekackt hat – oder zumindest hätte er das, wenn ich ihn nicht im Gästezimmer eingeschlossen hätte, wo er sein Geschäft stattdessen auf dem Teppich verrichten wird.

Entschlossen, mich von meinen Problemen abzulenken, steuere ich im Wrigley Field Stadion meinen Platz für das heutige Baseballspiel an. Es wäre ja alles halb so wild, wenn ich bei Charlie nicht eindeutig Fortschritte gemacht hätte, kurz bevor mir Mitzi den Köter aufhalste! La Loves selbstgefällige Miene, eine Miene, die besagte, dass sich all ihre Vermutungen über mich bestätigt hätten, gefiel mir gar nicht. Vermutungen wie etwa: Ich wäre ein proletenhafter Playboy, der Frauen vorgaukelt, sie hätten eine Zukunft mit ihm, einschließlich Brunches, gemütlichen Sonntagen im Bett, Kreuzworträtseln und kläffenden Flauschehündchen. Diese Frauen führe ich nicht nur an der Nase herum, ich zerschlage ihre Hoffnungen derart, dass sie keine andere Wahl haben, als mir in der Öffentlichkeit lebendige Tiere aufzudrängen! Das ist gar nicht gut für meinen Ruf.

Nicht, dass es mich wirklich kümmern sollte, was Charlie von mir hält. Aber ich vermittele nicht gern den falschen Eindruck. Ich möchte, dass Charlie – jeder – den wahren Max Henderson kennt.

Du klingst wie der letzte Trottel!

Immerhin, der heutige Abend sollte stressfrei sein. Okay, ganz stressfrei ist ein Spiel der Chicago Cubs nie, aber es ist noch früh genug in der Saison, dass ich mich zu ein paar Bierchen und einem Hotdog mit James, Gina und meinem Dad entspannen kann. Jack stattet der Stadt einen seiner seltenen Besuche ab, da Mom heute Abend mit ihrer Lesegruppe zugange ist.

Als ich mich den Stammplätzen der Hendersons in der dritten Reihe hinter dem Homebase nähere (die Saisontickets sind schon seit drei Generationen in der Familie), wird mir unvermittelt heiß und kalt. Sofern mein Dad nicht plötzlich darauf steht, eine blonde Perücke zu tragen und sich das Haar zu einem sexy Dutt aufzutürmen, würde ich sagen, dass der heutige Abend *keiner* wird, an dem die Henderson-Jungs unter sich sein können.

Wir sehen uns wieder, Charlie Love.

Ich lasse mich auf meinen Platz am Gang nieder. Dabei fange ich James' Blick auf und wünsche mir, ich könnte ihm dieses arrogante Grinsen aus dem Gesicht wischen.

»Hey!«, begrüße ich Charlie. Gina und James sitzen auf ihrer anderen Seite. »Du siehst von Tag zu Tag besser aus, Dad!«

»Dad ist erkältet«, erklärt James, »und Mom hat nach dem letzten Mal darauf bestanden, dass er zu Hause bleibt.«

Beim letzten Mal hatte sich Dad eine fiese Lungenentzündung eingehandelt, die sich einen Monat lang hinzog. Nachdem er eigentlich vor Leben strotzt, fällt es schwer, ihn sich als irgendetwas anderes vorzustellen. Mom benimmt sich vermutlich überfürsorglich, aber gut: Es gefällt mir, dass sie aufeinander aufpassen.

Charlie zuckt leicht mit den Schultern. »Gina, ich und James haben uns vorhin getroffen, um über die Musik bei der Hochzeitsfeier zu sprechen, und dann haben sie mich eingeladen. Ich hoffe, das ist okay.«

»Warum sollte es nicht okay sein?«, erwidere ich auf eine Art, die besagt, dass ich es nicht okay finde. Keine Ahnung, warum ich in ihrer Nähe so reizbar bin. Vielleicht, weil sie es bislang bei allen unseren Interaktionen geschafft hat, mir eins auszuwischen. Es ist kein Wettkampf, aber es ist eben doch einer.

Ich gewinne immer. Gebe nie auf. Worte sind meine Waffen.

Tja, was stelle ich damit nun an, um in Bezug auf Charlie *on top* daraus hervorzugehen?

On top. Der Klang gefällt mir, auch wenn es mir, ehrlich gesagt, egal wäre, wer von uns die Ehre hätte. Heute Abend trägt sie eine dieser Blusen mit langen Ärmeln, unter denen die Schultern durch Stoffschlitze hervorlugen. Sie ist schwarz, mit pink- und orangefarbenen Blumen darauf, und ich könnte vermutlich den ganzen Abend damit verbringen, jede entblößte Sommersprosse zu zählen.

Ihre Jeans schmiegen sich um ihre Schenkel, und ich wette, sie kümmern sich ähnlich liebevoll um ihren Po. Dazu würde ich gern auch meinen Teil beitragen, indem ich diese perfekte Kehrseite zart massiere etwa, meine Finger zwischen ihre schönen Schenkel schiebe und dann herausfinde, dass sie dort schon so heiß und …

»Max!« Sieht ganz so aus, als würde James versuchen, mich auf sich aufmerksam zu machen.

»Was denn?«

»Bier, du Idiot!«

Ja, Bro, dein Bier ist definitiv wichtiger als mein Fantasie-Sexleben. James ist irgendwie sauer auf mich, weil ich gewagt habe, einen Ehevertrag vorzuschlagen. Dabei sagt einem das bei seinem Vermögen eigentlich der gesunde Menschenverstand!

Ich winke den Biertypen herbei, der diesen Stadionabschnitt gewöhnlich versorgt. Nachdem ich jedem ein Buds gekauft habe, will Charlie mir einen Zehn-Dollar-Schein in die Hand drücken.

»Das geht schon klar, Charlie.«

»Na gut, aber die nächste Runde übernehme ich.«

Weder erkläre ich mich einverstanden, noch lehne ich ab. Keine Frau braucht sich ihr Bier selbst zu kaufen, wenn ich dabei bin.

»Wie geht's deinem Hund?«, erkundigt sie sich nach einer Weile.

»Der beste Freund des Menschen. Wobei der beste Freund ein quengeliges kleines Scheißerchen ist, das die Möbel zerkratzt, auf den Kaminvorleger pinkelt und nur erstklassiges Steak frisst.«

»Moment mal. Sagtest du Kaminvorleger?«

Sie ist belustigt, und ich werde umgehend nervös. Egal, was ich antworte, es kann nichts Gutes dabei herauskommen.

»Ja.«

»Ich stelle mir ein Tigerfell vor, das vor einem prasselnden Kaminfeuer ausgebreitet ist. Unter dem Couchtisch befindet sich möglicherweise ein Knopf, und wenn man auf ihn drückt, öffnet sich eine Nische mit Cognacschwenkern. Ein weiterer Knopf lässt die Rollladen runterfahren …«

»… senkt die Nadel des Plattenspielers auf eine LP von *Neil Diamond's Greatest Hits*«, beende ich den Satz für sie.

»LP?« Sie sieht mich fragend an.

»Langspielplatte, Charles. So haben wir früher diese Teile genannt, die Musik machten. So Dinger in Frisbeeform, die Geräusche erzeugen. Lange vor deiner Zeit.«

Sie grinst. »Dieser Kaminvorleger bekommt bestimmt eine Menge Action mit.«

»Augenblicklich bekommt er eine Menge Cujo mit.«

»Cujo? Wie der tollwütige Bernhardiner aus Stephen Kings Roman? Machst du Witze? Ich fand ihn so niedlich!«

»Dann versuch mal, mit ihm zu leben.« Gleich beginnt das erste Inning, und ich lasse meinen Blick schweifen. Zu den üblichen Verdächtigen in meinem Block, zur Batting Lineup, die …

»Shit! Das hat gerade noch gefehlt!«

Charlie folgt meinem Blick.

»Muller!«, stöhnen wir im Chor und sehen uns dann überrascht an.

»Fuck, ich hasse diesen Kerl!«, erklärt sie. »Der schlimmste Baseballschiedsrichter, den's gibt!«

»Der schlimmste Offizielle im gesamten Profisport«, lege ich noch eine Schippe drauf, und mein Herz pocht anerkennend. Wenn diese Frau sich doch bloß nicht so diesem ganzen Hochzeits-Hokuspokus verschrieben hätte, dann würde ich alles aus meiner Trickkiste auspacken, was geht: den Kaminvorleger, die Cognacschwenker, Neil Diamond.

Ihre Wangen färben sich. Sie hat diesen überspringenden Funken auch gespürt, ist jedoch hin- und hergerissen. Inzwischen ist sie schließlich davon überzeugt, dass ich ein Schürzenjäger bin, reine Zeitverschwendung also, doch ab und zu überrasche ich sie und dränge sie in die Defensive. Die nächsten neun Innings über wird sie gegen die Anziehung zu mir ankämpfen, und ich werde alles tun, dass sie diesen Kampf verliert.

»Anpfiff«, murmele ich und richte meine Aufmerksamkeit wieder aufs Spielfeld.

Im vierten Inning habe ich zwei Biere intus, und die Cubbies sind drei Runs im Hintertreffen. Wie vorauszusehen war, wird die schlechte Ausgangssituation der Cubs durch die Gegenwart Lars Mullers, des schlimmsten Schiedsrichters in der Major League Baseball, noch erschwert. Er hat Rizzo einen Run vorenthalten, angeblich wegen eines unzulässigen Slides, eine Behauptung, mit der er vor einem ordentlichen Gericht niemals durchkommen würde, heute Abend aber irgendwie Erfolg hat. Die Strike-Calls sind ein Witz, weshalb sich Maddon auch schon mit Muller angelegt hat. Was den Mistkerl allerdings nur noch bockiger macht.

Das Spiel mag eine Farce sein, doch jeder schmerzliche Moment lohnt sich, denn Charlie macht er nicht nur sauer, nein, er macht sie fuchsteufelswild. Nun ist mein Block voller eingefleischter Fans, manche davon wie ich mit Saisontickets in der dritten Generation. Wenn einer von uns es nicht hinschafft – ob jetzt wegen einer Geburt, eines Todesfalls oder eines unvermeidbaren Kinderkonzerts –, meldet sich sie oder er bei Casper (so heißt er nicht wirklich, aber er ist ein blassgesichtiger Ire, der noch nie ein Spiel verpasst hat), und er springt für dich ein. Heute Abend sitzt er in der Reihe hinter mir, und jede für die Cubs nachteilige Entscheidung setzt ihm zu wie der Verlust seines Erstgeborenen. Er braucht nicht lange, um zu erkennen, dass er in Charlie eine

Seelenverwandte gefunden hat, die aufspringt, wann immer Muller Mist baut.

»Hast du das gesehen?«

Die ersten zehn Male habe ich das noch bejaht. Doch meine Reaktion reichte Charlie offensichtlich nicht, und genau da ist Casper in die Bresche gesprungen.

»Der Typ ist so ein Arschloch«, erklärt Casper nun gerade. »Erinnert ihr euch noch, als er den Cubs letztes Jahr beim Crosstown Classic alles versaut hat?«

Charlie dreht sich mit erhobener Hand um, die zarten Gesichtszüge beseelter, als ich sie, nun, je bei jemandem erlebt habe. »Der versaut doch alles schon dreißig Jahre zu lang. Und hätte schon vor Jahren in Rente gehen müssen.« Sie steht auf. »Du bist ein Penner, Muller! Ein lausiger, nichtsnutziger Penner!«

In unserem Abschnitt und von etlichen Leuten in der Nähe ist Beifall zu hören. Einige machen ebenfalls finstere Gesichter, doch amüsiere ich mich gerade viel zu sehr, als dass mich das stören würde. Charlie in gerechtem Zorn bedeutet, dass sie aus sich herausgeht. Es bedeutet, dass sie aufspringt und ich einen großartigen Blick auf ihr Hinterteil habe (ich hatte recht, diese Jeans wurden gemacht, um diesen Po zu lieben). Es bedeutet, dass Charlie sich hinplumpsen lässt, empört den Kopf schüttelt und sich ihr Parfüm mit der Abendluft vermischt und mich hart werden lässt.

Die Offiziellen sind an ein paar störende Zwischenrufe gewöhnt. Sie müssen ein dickes Fell haben, doch selbst Muller wirft bei diesem hier von Charlie einen Blick über die Schulter.

In meiner Faszination für Charlie bekomme ich sonst kaum etwas mit. Schließlich lernt man nicht oft eine Frau kennen, die sich mit Baseball auskennt, beim Biertrinken mit jedem mithalten kann und sich nicht davor fürchtet, die Schiedsrichter zusammenzufalten. Und so kriege ich beim nächsten Kick-off nicht mit, was sich da gerade anbahnt.

Das neunte Inning läuft, und die Cubs führen fünf zu vier, ein Wunder angesichts des Niveaus der schiedsrichterlichen Entscheidungen, die wir ertragen müssen. Die Cardinals sind am Schlag mit zwei Outs, haben aber einen Spieler an der dritten Base stehen, eine Schnarchnase namens Pallas, den sie rauswerfen sollten. Wir brauchen nur noch ein Out, Jungs! Mehr nicht!

Casey schlägt für die Cards einen Ground Ball zur zweiten Base, und Pallas alias Frankenstein mit Stollenschuhen zockelt in Richtung Homeplate. Bryant schnappt sich den Ball, wirft ihn zum Catcher Contreras auf der Homebase, und der gute, alte Will tut, was er tun muss: Er macht Pallas kurz vor Erreichen der Homebase out. Und dieser Fucker Muller erklärt, Pallas hätte sie safe erreicht!

Im Stadion bricht die Hölle los, alle springen auf und schreien sich die Lunge aus dem Leib. Die Spielerbank leert sich, die Cubs-Fans können es nicht fassen, aber wozu gibt es den Videobeweis?

Doch Fehlanzeige: Da Maddon über keine Challenges mehr verfügt, überlässt er es dem Crew Chief, den Videobeweis anzufordern. Aber bei dem muss Muller was guthaben, denn er verzichtet darauf, von seinem Recht Gebrauch zu machen.

Niemand, der sich als Cubs-Fan bezeichnet, kann diese Entscheidung akzeptieren. Niemand. James und Gina sind auf eine süße Pärchenart außer sich. Casper wirkt, als würde er jeden Moment in einen katatonischen Zustand verfallen. Ich rege mich auch ziemlich auf, aber – Junge, Junge – das ist nichts im Vergleich zu Charlie.

Sie schreit wegen Muller Zeter und Mordio. Wenn er nachher den Park verlässt, hat er besser Security dabei, denn wenn Charlie nahe genug an ihn herankommt, kann ich für nichts garantieren. Alle möglichen Schmähungen, von denen mir einige noch nie zu Ohren gekommen sind, werden in seine Richtung abgeschossen.

Das Ganze ist aber auch ätzend, denn anstatt dass wir das Spiel mit diesem Out beenden, bringt der fälschlich gegebene Run den Ausgleich. Anstatt dass jeder ins *Cubby Bear* strömt, um den Sieg zu begießen, müssen wir in der kühlen Abendluft ausharren und schauen, ob unsere Jungs den Sack zumachen können, indem sie in dieser Inning-Hälfte keine gegnerischen Punkte mehr zulassen.

Schön wär's, Max! Denn durch ihren Dusel beflügelt, drehen die Cards noch mal richtig auf und erzielen im Lauf der nächsten zehn Minuten drei weitere Runs. Bei jedem davon zerreißt es mir das Herz.

»Das ist doch der blanke Hohn!« Charlie springt auf und schreit: »Du bist der blanke Hohn, Muller. Zieh Leine!«

Dreißig Sekunden darauf hat sie unseren ganzen Stadionbereich dazu gebracht, Muller »Zieh Leine!« zuzurufen. Er dreht sich zu den Zuschauern, die Hände in die breiten Hüften gestemmt, und gleicht dabei einer Bulldogge, die sich als kleinen Snack gerade den Baseballhandschuh eines Catchers einverleibt und das höllisch genießt.

»Zieh Leine!«

Muller betrachtet den Mob ungerührt.

»Zieh Leine!«

Er wendet sich ab, doch das stoppt die höhnischen Bemerkungen nicht. Die Security beschließt einzuschreiten. Ein Kerl wie ein Schrank baut sich in dem Gang auf, der unserer Reihe am nächsten ist, und ruft: »Sie müssen Ruhe geben!«

Er sagt es zu niemandem speziell, doch richtet es sich eindeutig an die Lieblingsaufwieglerin aller, Charlie Love. Die fährt jedoch, ohne ihn zu beachten, mit ihrer Kampagne fort: »Runter vom Feld, Muller! Im Clubhaus gibt es Donuts mit deinem Namen drauf!«

Ich hätte nicht gedacht, dass ein MLB-Offizieller ausgerechnet diesen Ausspruch besonders beleidigend findet. Aber Muller sieht zu Charlie und kommuniziert irgendwie telepathisch seine Missbilligung über *diesen* besonderen Zwischenruf.

»Okay, raus!«, fordert der Security-Typ.

»Was?« Obwohl sie inzwischen wieder sitzt und er ein gutes Stück größer ist als sie, sieht sie ihn von oben herab an. »Sie schmeißen mich raus?«

»Sie stören die Spieler und die Fans dieses Abschnitts!«

»Störe ich euch etwa?« Charlie macht eine ausholende Geste zu den Zuschauern unseres Abschnitts, die ihren Enthusiasmus alle immens genossen haben.

»Lassen Sie sie in Ruhe«, murmelt Casper.

Es wird Zeit, meine galante Seite zu zeigen. »Besteht die Möglichkeit, davon abzulassen?« Ich lächele den Security-Typen an. Normalerweise kenne ich alle Angestellten, die in diesem Abschnitt herumlaufen, aber ihn habe ich noch nie gesehen. »Ich sorge dafür, dass sie sich benimmt.«

Jepp, das habe ich tatsächlich gesagt. Habt ihr schon Max Henderson, den Vollpfosten, kennengelernt?

»Hallo? *Du sorgst dafür, dass ich mich benehme?* Im Sinne von: Ich bringe diese Zicke schon zur Räson?«

Ich sehe Charlie flehentlich an. »So habe ich das nicht gemeint. Ich will doch nur, dass sich alle wieder auf das Spiel konzentrieren!«

Das ging nämlich auch während dieses Tumults weiter,

und wie ihr sicher erratet, hatten die Cards nichts Besseres zu tun, als einen *weiteren* Homerun einzufahren.

Charlie brüllt etwas Gehässiges, das sich eindeutig an Muller richtet, der zwar nicht direkt verantwortlich für diesen Run ist, aber für den verdammt beschissenen Spielverlauf insgesamt halt eben doch.

»Das wär's«, sagt der Security-Typ, greift über mich hinweg und will Charlie am Arm packen.

Völlig überraschend erwacht in mir jäh ein glühender Beschützerinstinkt. Der Security-Typ schafft es nicht, Hand an Charlie zu legen, weil ich ihn wegschiebe. Na ja, zurückstoße. Also so richtig.

Und so kommt's, dass wir im Stadionknast landen.

9. KAPITEL

Charlie

Eigentlich müsste ich wütender sein, doch mein ganzer Ärger scheint im Stadion verraucht zu sein. In meiner Teenagerzeit hatte ich große Probleme damit, mein Temperament zu zügeln und es in Richtung Ehrgeiz, Produktivität und soziale Akzeptanz zu lenken. Die große Trauer, die ich nach dem Tod meiner Mutter empfand, war nämlich in Wut umgeschlagen.

Mensch, war ich krass drauf!

Keiner kam mit mir klar. Keiner hielt es in meiner Nähe aus. Ich schrie herum und fluchte und tat alles, um richtig ätzend rüberzukommen, damit bloß keiner irgendetwas Gutes in mir sehen könnte. Alles war scheiße. Alle konnten mich mal. Nach zwei Heimaufenthalten und drei Pflegefamilien machte ich total dicht. Ich war ein mit Teflon überzogenes Wutmonster.

Heute Abend hatte sich dieses Monster wieder gezeigt, und danach geschah etwas Verblüffendes: Ich verspürte unvermittelt ein Gefühl der Sicherheit! Max Henderson schritt ein, um den Security-Typen davon abzuhalten, Hand an mich zu legen. Nie hätte ich damit gerechnet, dass ausgerechnet dieser Mann mir zu Hilfe kommt.

Allerdings sieht er jetzt alles andere als erfreut darüber aus …

In dem kleinen Raum, in den uns die Security gesteckt hat, damit wir uns entweder beruhigen oder dort auf die Polizei warten, tigert Max mit verärgerter Miene auf und ab.

»Möchtest du jemanden anrufen?«, frage ich.

»Wen denn zum Beispiel? Einen Anwalt?«

Sarkasmus zur Kenntnis genommen.

»Ich bin mir sicher, die werden uns mit einer Verwarnung davonkommen lassen. War ja eigentlich weiter kein Ding.« Vielleicht macht er sich Angst um seinen Ruf als Hüter des Gesetzes?

»Was zur Hölle hast du dir dabei gedacht, Charlie?«

»Dass Muller ein Idiot ist. War er ja auch. Ist er auch. Der Typ hat doch keine Augen im Kopf!«

»Aber taub ist er nicht, oder? Du kannst einem Offiziellen keine Beleidigungen zuschreien, ohne mit Konsequenzen rechnen zu müssen.«

»Ich hätte also die Klappe halten und das Heimchen am Herd spielen sollen?«

»Lass das.«

»Was denn?«

»Mit der feministischen Schiene zu kommen. So zu tun, als würdest du vom Patriarchat niedergeknüppelt. Hier geht's um gesunden Menschenverstand und Respekt. Klar, Muller ist ein Idiot, und dein laufender Kommentar war höchst unterhaltsam …«

»Fandest du?«

Er lächelt. Ich wünschte, er würde es nicht. Wünschte, er würde diese Waffe für sich behalten, denn sie ist tödlich.

»Ja, fand ich. Bin mir nicht sicher, ob ich ein paar dieser Ausdrücke je zuvor gehört habe. Butterbirne ist mein Favorit.«

Inzwischen lächele ich wie eine Irre. »Die Wahrheit musste raus, Max.«

»Sicher, und du hattest deinen Spaß, aber spätestens, als der Sicherheitsmann ins Spiel kam, hättest du wieder auf die Bremse treten müssen, und zwar voll!«

Er hat recht. Das weiß ich, aber ich hasse es. Ich hasse es, mich wieder wie dieses wütende Mädchen zu fühlen, selbst wenn ich lediglich einen Schiedsrichter beschimpft habe. Ich werde nie einen Mann finden, wenn ich diesen Teil meiner selbst, den das männliche Geschlecht als unangenehm empfindet, nicht in den Griff bekomme.

Einer davon steht vor mir. Nicht, dass ich Max Henderson als Ehemannmaterial auf dem Schirm habe, aber er ist ein begehrtes Mitglied der männlichen Spezies. Smart, gut aussehend, aufstrebend, ein Ken-Puppenmodell für den Typen, den ich gern kennenlernen würde.

Und Ken sieht mich mit schräg gelegtem Kopf an. Seine neugierigen Augen verengen sich.

»Was?« Sein prüfender Blick macht mich leicht nervös.

»Irgendwas ist da vorhin passiert …« Mit dem Zeigefinger vollführt er eine Korkenzieherdrehung. »Als ob du einen Schalter umgelegt hättest.«

Ich schlucke, denn das trifft es ziemlich gut.

»Manchmal muss ich mich bewusst anstrengen, die Person, die mir am nächsten ist, nicht umzubringen, vor allem, wenn es sich dabei um eine selbstgefällige, hochnäsige und besserwisserische Butterbirne handelt.«

Er lacht. Ich mag sein Lachen. Es kitzelt eine Stelle in meinem Bauch.

»Kriege ich jetzt die Butterbirnenbehandlung? Und werde mit Muller in einen Topf geworfen?« Er macht einen Schritt auf mich zu. »Weißt du, dieser Sicherheitstyp hat es nicht anders verdient. Ich wollte bloß nicht miterleben, dass du unsanft angepackt wirst.«

»Selbst wenn ich es verdient hätte, weil ich den Mund so weit aufgerissen habe?«

Die Erwähnung meines Mundes scheint wie ein Hebel für seinen Blick zu wirken. Er fällt auf den fraglichen Mund, leckt ihn in seiner Fantasie und blitzt anerkennend auf.

»Er hatte kein Recht, dich zu berühren!«

Er sagt das mit einer Intensität, die mich umhaut, denn zum einen liegt das Ganze zehn Minuten zurück, und zum anderen haben wir es mit Max Henderson zu tun, Mr Aalglatt, der so über allem zu stehen scheint, dass ich mich manchmal frage, ob er überhaupt zu hundert Prozent menschlich ist. Der einzige Mann in meinem Leben, der mir zuvor je so ein Gefühl der Sicherheit vermittelt hat, ist der, der mich vor all den Jahren rettete, der erkannte, was in mir steckt. Bei Typen, die ich date, habe ich dieses Gefühl für gewöhnlich nicht, und schon gar nicht bei Typen wie Max Henderson, die man von Haus aus nicht daten sollte.

»Du hättest ihn nicht stoßen sollen«, sage ich.

»Weil wir nun hier gelandet sind?« Er ist an mich herangetreten und lehnt sich vor wie bei unserer ersten Begegnung in der *Gilt Bar*.

»Weil er dir hätte wehtun können.«

»Oha, du sorgst dich um mich, Charlie?«

Ja! Doch der leichte Spott in seiner Stimme gefällt mir nicht. Genauso wenig gefällt mir, wie schnell er zwischen einer meine-Seele-ins-Schlingern-bringenden Gefühlstiefe und einem Flirtstil, den er für jede Frau parat hat, hin- und herwechseln kann.

»Na, weil du garantiert einen Weg finden würdest, mir die Schuld in die Schuhe zu schieben«, erkläre ich und checke dabei meine Fingernägel. »Und mich dann vielleicht auf Schmerzensgeld verklagst.«

»Wie ich schon sagte, er hätte dich nicht berühren sollen.«

Genau da berührt Max mich. Fährt mit einem Daumen an meinem Kiefer entlang, worauf mein ganzer Körper Feuer fängt. Ich hole scharf Luft, um weiterhin aufrecht stehen zu können, doch auch das ist ein Fehler, da das diesem Funken in mir Sauerstoff liefert und die Flammen des Verlangens so sehr anfacht, dass ich verbrennen könnte. Wenn das die Wirkung einer einfachen Berührung ist, wie könnte ich mehr überstehen?

»Er hat nur seinen Job gemacht«, murmele ich.

»Und ich nur meinen.« Sein Daumen bewegt sich nun über mein Kinn, wandert zu meiner Kehle und hält oberhalb der Mulde über meinem Schlüsselbein inne. Als würde er versuchen, möglichst viel Fläche zu erfassen, ohne seine anderen Finger einzusetzen. Oder seine Hände. Oder das muskulöse Gesamtpaket, das ich mir nun zwischen meinen Beinen vorstelle, wo es so möglichst tief in mich eindringt.

»Deinen Job?« Mist, meine Stimme klingt atemlos. »Welchen Job?«

»Zu beschützen, was …« Ich denke, er krächzt die Worte »mir gehört«, während er seinen Mund zu meinen Lippen senkt, die nur zu begierig darauf aus sind, sich für ihn zu öffnen. Ich sollte das nicht erlauben. Sollte mich nicht an diese Zur-Hölle-sind-die-breit-Schultern klammern. Ich sollte meine Ermunterung nicht herausstöhnen oder meine gierigen Finger in seinem Haar vergraben. Ich sollte ihn nicht am Hintern packen, um ihn mit aller Kraft an mich zu drücken, weil ich diesen Schwanz so brauche, der sich in meinen Träumen zwischen meine Schenkel geschoben und mich dort gerieben hat, ja, genau *dort*.

Ich habe meinen gerechten Anteil an Fröschen geküsst, ein paar Earls, sogar einen Prinzen oder auch zwei. Ich schätze, das war alles Training auf meinem Weg an Max' königlichen Hof. Dieser Typ ist der König des Kusses. Es sollte mich nicht überraschen, dass er so gut küssen kann, und genauso wenig sollte es mich überraschen, dass mein Körper darauf reagiert, als wäre er ein von der Dürre heimgesuchtes Land, das nun endlich bewässert wird. Als wäre Max die Antwort auf einen lebenslangen Durst.

Er hat sich zwischen meine Beine gedrängt, eine äußerst clevere Hand umfasst meinen Hintern, die andere hält mein Gesicht in einem für ihn vorteilhaften Winkel. Meine Theorie von zuvor, von wegen er wolle so viel Fläche wie möglich mit einem einzigen, neckenden Finger erfassen, wird jetzt auf die Probe gestellt. Max umschlingt mich auf eine so atemberaubende Art, dass ich es mit der Angst zu tun bekommen sollte. Tue ich aber nicht.

Er ist ein großartiger Küsser. Weder feucht oder schlabberig noch aufdringlich oder aggressiv. Max küsst mich, als bedeute es ihm etwas. Oder uns.

»Charlie!«

Max' Kuss narkotisiert mich weiterhin, während jemand versucht, zu mir durchzudringen. Jemand ruft mich. Nicht Max, der definitiv nicht redet, Gott sei Dank, aber jemand Vertrautes …

»Charlie?«

Wie Teenager, die miteinander auf dem Parkplatz erwischt worden sind, fahren wir auseinander. O Gott. Das darf doch nicht wahr sein!

»Hey, Sully!«, bringe ich heraus. Unsere Lippen mögen sich nicht länger berühren, aber mit den Händen umfasse ich noch immer genießerisch Max' wunderbares Gesäß. Schweren Herzens nehme ich sie dort weg und trete hinter ihm hervor, um den Neuankömmling zu begrüßen.

Der Mann, den ich zuvor schon erwähnte, der, der mich rettete? Darf ich vorstellen: Frank Ignatius Sullivan!

Bis Frank und Donna Sullivan in mein Leben traten, befand ich mich auf einer einsamen Insel der Wut. Doch dann kamen diese beiden Weltverbesserer mit einem Rettungsfloß daher und baten mich einzusteigen. Ich bohrte mit einer Nadel ein Loch hinein, doch sie überklebten es, pumpten frische Luft hinein und fragten mich am nächsten Tag wieder. Und am übernächsten. Machten mich mürbe.

Ich habe mich nie sicherer gefühlt als in dem Moment, als mich Frank in die Arme nahm und mir erklärte, ich könnte eine Weile herumbitchen, doch irgendwann würde meine wahre Persönlichkeit ihr Recht einfordern. Die Bitch nahm sich eine Pause, dann Urlaub und schließlich eine fast dauerhafte Auszeit. Doch ab und zu kehrt sie immer noch zurück, und dann braucht es nicht viel, dass mit dieser Frau, die sich mit in Kommissionsläden erstandenen Designerklamotten und High Heels aufbrezelt und Männer in Sex-in-sechstausend-Dollar-Anzügen, mit denen sie sich gelegentlich trifft, affektiert anlächeln kann, die Pferde durchgehen und sie Randale macht.

Frank hebt missbilligend eine weiße, buschige Augenbraue in meine Richtung und mustert Max dann eingehend. Wenn ich denn über einen guten Bullshit-Detektor verfüge, dann deshalb, weil ich in Franks Schule gegangen bin.

Eines muss man Max lassen: Er hält Sullys Blick locker stand, und bevor es noch zu irgendwelchen Missverständnissen kommt, mache ich die beiden lieber miteinander bekannt. Nicht, dass mein Ziehvater noch denkt, ich würde mit einem wildfremden Mann herumknutschen.

»Sully, das ist Max Henderson. Max, Sully.«

»Carter hat gemeint, ihr macht Probleme.« Sully spricht vom Leiter der Stadion-Security. Er mustert Max von oben bis unten, die Ursache des Ärgers. Ganz recht.

»Ich habe Muller ein paar Ausdrücke an den Kopf geworfen«, setze ich zu meiner Verteidigung an.

»Dieses Arschloch! Ich habe seine Entscheidungen im Fernsehen gesehen. Und dann sitze ich gerade bei einem Spielchen mit fünfundsiebzig Bucks als Einsatz, hab bis auf eine Dame ein Full House in der Hand, als ich den Anruf erhalte, meine Tochter sei verhaftet worden.«

»Nicht verhaftet. Nur festgehalten. Der Security-Typ muss neu sein und wollte wohl gerade ein bisschen handgreiflich werden. Da ist Max eingeschritten. Eigentlich hatte ich alles im Griff …«

Frank hört mir nicht länger zu und sieht inzwischen wieder Max an. »Sie haben meine Tochter beschützt?«

»Na ja, ich hab's versucht. Die schiedsrichterlichen Entscheidungen waren grauenhaft, aber Charlie hat sich einfach nicht mehr bremsen können und ist ein wenig zu weit gegangen.«

»Hey, Moment mal«, rufe ich, aber Frank kommt bereits herein und schüttelt Max die Hand.

»Sie hat Temperament, Max, aber eigentlich weiß sie, dass sie sich in meiner früheren Wirkungsstätte besser zusammenreißt.«

Max taxiert Sully. »Frank Sullivan. Ich kenne Sie. Sie haben immer die Anzeigetafel hier im Wrigley umgestellt. So bis … vor einem Jahr?«

»Jepp, ich musste in Rente gehen. Jetzt sitze ich herum, rauche Zigarren, wenn meine Frau nicht herschaut, und spiele Poker. Pokern Sie auch, Max?«

Ich höre Max' Antwort nicht, da in meinem Kopf gerade ein Rauschen ertönt, das ich nur zu gut kenne. Ein Signal, dass ich gleich an die Decke gehe, weil diese beiden Burschen hier miteinander plaudern, als wäre ich gar nicht da.

Max streicht mir beruhigend über den Rücken. Es ist, als würde er meinen Ärger spüren, und das, obwohl er in eine Unterhaltung über die Funktionen einer Anzeigetafel vertieft ist. Aber natürlich, er ist ein Multitasker.

Nachdem ich rund eine Minute lang auf eine neue Art den Verstand verliere, kommt Frank zu mir und umfasst mein Gesicht. »Ich habe mit Carter gesprochen, und er meint: Schwamm drüber.« Er küsst mich auf die Stirn. »Donna werde ich es auch nicht erzählen.«

Ich schnuppere herum. »Als Dank dafür, dass ich nicht petze, dass du Zigarren rauchst? Du weißt, was der Doc gesagt hat.«

Frank sieht grinsend zwischen mir und Max hin und her, dann wandert sein Blick dorthin, wo Max' Hand sich offensichtlich noch immer auf meinem Rücken befindet. Er streicht nicht länger darüber, sondern hält mich einfach, was sich viel netter anfühlt, als ich zugeben möchte.

»Wir haben alle unsere kleinen Geheimnisse, Charlie.«

Ich gebe einen missbilligenden Laut von mir. Vor einem Jahr hatte Frank einen Herzinfarkt, der seine Frühpensionierung zur Folge hatte. Zigarren gehören definitiv nicht zur Reha dazu.

»Na gut, wir sehen uns dann draußen«, sagt er. »Nett, Sie kennenzulernen, Max!«

»Sully, du musst doch nicht …« Aber er ist schon weg. Ich drehe mich zu Max, der grinst wie ein Honigkuchenpferd. »Keine Ahnung, warum er als Erster verschwunden ist.«

»Vermutlich denkt er, wir hätten noch was zu erledigen?«

Er drückt die Finger in meine Hüfte. »Du trägst gar nicht denselben Namen wie dein Dad?«

»Er ist mein Pflegevater, seit ich vierzehn bin.«

Max zeigt keine Überraschung. »Dann kennst du das Stadion ja wie deine Westentasche!«

»Das Wrigley ist mein zweites Zuhause.« Ich bewege mich ein Stückchen auf die Tür zu und ignoriere die Kühle an der Stelle, wo seine Finger gerade noch ein wenig zu gut hingepasst haben. »Und zu erledigen gibt es gar nichts mehr. Was geschehen ist, als er reinkam, hätte nicht geschehen sollen. Du hast mich einfach überrumpelt, das ist alles.«

»Weshalb du dich auch reingehängt hast wie ein Nerd in einen Comic-Buchladen an dem Tag, an dem Stan Lee dort zu Besuch kommt!«

»Mach nicht mehr daraus, als es ist, Max. Es war bloß ein Kuss. Noch dazu ein ziemlich durchschnittlicher.«

Er kommt auf mich zu, mit *Max*-imaler Intensität, und scheint es darauf ankommen lassen und beweisen zu wollen, dass dieser Kuss alles andere als durchschnittlich war.

Ich weiche zurück.

Er greift hinter mich und …

… öffnet die Tür.

»Keine Bange, Charles, deine Lippen haben vorläufig nichts zu befürchten. Aber tun wir doch bitte nicht so, als wäre das gerade eben nicht sensationell gewesen. Ich mag ja berufsbedingt Tatsachen verdrehen, aber über wichtige Dinge lüge ich nicht. Süße Träume!«

Und dann ist er weg und lässt mich, um ehrlich zu sein, ein wenig knieweich zurück. *Über wichtige Dinge lüge ich nicht,* hat er gesagt, und aus irgendeinem seltsamen Grund glaube ich ihm.

10. KAPITEL

Max

»Dann hast du also Maddon kennengelernt?«

Grant schaut mich mit zusammengekniffenen Augen von der anderen Seite der Sitzgruppe im *Legal Eagle*, einer Bar, in der wir dank der Nähe zu den Gerichten gern aufschlagen, an. Ich habe gerade meine Knast-Story im Cubs-Stadion zum Besten gegeben. Die Jungs lassen sich nicht so leicht beeindrucken, doch mit meinem Besuch des Allerheiligsten, wenn auch nicht unter idealen Umständen, habe ich mir mehr Street Credibility eingehandelt als gedacht.

»Nope. Aber ich habe Frank Sullivan kennengelernt.«

»Wen?«, fragt Lucas sehr zu Grants und meiner Entrüstung. Manchmal geht uns seine britische Wesensart wirklich auf den Sack.

»Wright, du musst dich wirklich mal besser assimilieren«, tadelt Grant. »Wie zur Hölle kannst du Hendersons Geschichte genießen, wenn dir nicht mal klar ist, wer Frank Sullivan ist?«

Lucas verdreht übermäßig die Augen. »Dann ist er also ein Spieler?«

»Er ist der ehemalige Scorekeeper«, erkläre ich ungeduldig. »Er hat eine der letzten verbliebenen manuellen Anzeigetafeln in einem der letzten verbliebenen nachbarschaftlichen Baseballstadien im Land bedient. Der Typ hat mit

Geschichte geschrieben.« Ich räuspere mich. »Und er ist der Dad der Hochzeitsplanerin.«

Lucas, der sich in puncto Frauen für einen Experten hält, fängt zu grinsen an. Lasst mich euch mehr über unseren Freund von der anderen Seite des Teichs erzählen. Genie, das er ist, schließt er mit sechzehn mit einem Vollstipendium für Oxford in der Tasche die Highschool ab. Gewinnt grundsätzlich alle Pub-Quizspiele. Trägt extravagante Hüte und kommt damit durch. Ist ein *Doctor-Who*-Fetischist. (Des klassischen, wobei er die dritte Staffel der vierten vorzieht. Bei der Neuauflage zieht er Capaldi Tennant vor. Komisch, ich weiß.) Ich habe keinen Schimmer, warum er sich mit solchen wie uns abgibt. Seit Jahren ist er fester Bestandteil meines Lebens, und doch kommt es mir vor, als hätte ich noch kaum an der Oberfläche gekratzt.

»Du verteidigst also die Ehre dieser Frau«, sagt Lucas, »dann wanderst du in den Cubs-Knast und lernst ihren Vater kennen.«

»Den Ziehvater, aber sie stehen sich nahe. Sehr nahe. Er kam rein, als wir gerade miteinander rumknutschten. Hab mich wieder wie ein Sechzehnjähriger gefühlt.«

»Ständer in Gegenwart von Vaterfiguren!« Lucas erschauert. »Allein bei dem Gedanken wäre bei mir schon komplett die Luft raus …«

»Ich dachte, diese Frau nervt dich«, kommt Grant wieder auf das eigentliche Thema zurück.

»Tut sie auch. Echt. Aber irgendetwas ist da.«

Grant öffnet den Mund, doch Lucas hält ihn zurück. »Bitte, lass mich.« Er dreht sich zu mir. »Äh, was denn, mein Freund?«

»Sie nervt mich, und sie interessiert mich. Das schließt sich beides doch nicht aus, Wright.«

»Nein, das nicht. Aber wenn du beides zusammennimmst, erhältst du die Zutaten für ein bisschen mehr als eine schnelle Nummer, und dann nichts wie weg.« Die Ellbogen auf dem Tisch, fasst er sich wie ein Psychotherapeut nachdenklich ans Kinn. Oder vielleicht wie ein Psycho. »Erzähl mir mehr über dieses ›Etwas‹. Sprechen wir von einer Verbindung?«

»Sie geht mir unter die Haut, das ist alles. Ihr wisst doch, wie das ist.«

Lucas beachte ich nicht weiter, der vermutlich nicht weiß, wie das ist, und wende mich an Grant, der es tut. Er beobachtet mich sorgfältig, enthält sich jedoch jeglichen Kommentars. Ich weiß, die Trennung von seiner Frau geht ihm noch immer nahe.

Und als ob es nicht schon reicht, dass der Typ daran denkt, erscheint der Grund seines Herzenskummers vor uns.

»Gentlemen«, sagt eine kühle, geldige Stimme.

Aubrey Gates – eine gepflegte, dunkelhaarige Erscheinung – kommt zu uns an den Tisch und mustert uns mit ihren schönen grauen Augen. Sie gehört zu meinem engsten Freundeskreis – oder tat es zumindest, bis sie und Grant sich vor etwas über einem Jahr nach einem Jahr des Getrenntseins offiziell scheiden ließen. Sie waren ein ungleiches Paar: Grant, der stille, sanfte Riese aus Georgia, und Aubrey, die Bostoner Society-Prinzessin, die mit ihrem Lachen und beißenden Witz jeden in ihren Bann ziehen kann. Wir lernten sie an der Northwestern Law kennen und wurden so unzertrennlich wie Harry, Ron und Hermine.

Und ja, in diesem Szenario war ich Harry – ohne die Narbe, Brille und die Zauberkräfte.

Gleich nach dem Jurastudium haben die beiden geheiratet und damit bewiesen, dass sich Gegensätze anziehen.

Doch vor zwei Jahren ging die Ehe in die Brüche. Keiner der beiden wollte mir erzählen, warum eigentlich. Ich ging von Ehebruch aus, obwohl ich mir bei keinem der beiden vorstellen konnte, derart tief zu sinken. Nachdem meine Verlobung mit Becca so ein Reinfall war, kam mir die Ehe meiner Freunde immer wie ein leuchtendes Vorbild vor. Ihre Trennung bewies mir einmal mehr, dass Liebe viel zu viel Schmerzen bereitet.

Normalerweise würde ich Aubrey fragen, ob sie sich nicht zu uns gesellen wolle – ich vermisse sie höllisch –, doch ich weiß, das würde nicht gut gehen.

»Hey, Prinzessin«, sagt Lucas. »Hab gehört, du hast für Gullickson gute Arbeit geleistet.«

Aubrey lächelt knapp. »Irgendwer musste ja. Ihr Jungs wärt damit heillos überfordert gewesen.«

Peter Gullickson, ein hiesiger Nachrichtensprecher, hat gerade eine bittere Scheidungsschlacht hinter sich gebracht. Und das mit Unterstützung von Aubrey, die seit Kurzem bei Kendall Inc. arbeitet, einer Anwaltssozietät, in der sie die kniffligen Fälle übernimmt.

»Er hat eben eine Frau an seiner Seite gebraucht, die ihn gut aussehen lässt«, sagt Grant leise zu seiner Ex-Frau.

»Wie alle Männer eben«, erwidert Aubrey, nachdem sie sich das kurz durch den Kopf hat gehen lassen.

Einen unerträglich langen Moment lösen sie nicht den Blick voneinander. Dann wendet sie sich mir zu, so cool, wie es nur geht. »Hab gehört, du bist jetzt Hundebesitzer, Henderson. *Und* hast mit einer Heiratsplanerin im Cubs-Knast Zungenhockey gespielt!«

Ich werfe Lucas einen vernichtenden Blick zu. »Ernsthaft, Lucas? Ich hab's dir doch selbst gerade erst erzählt! Vor ungefähr fünf Minuten.« Verblüffenderweise kann Lucas Nachrichten versenden und gleichzeitig so aussehen, als würde er dir aufmerksam lauschen.

»Kann ich was dafür, wenn sich dein ungebührliches Verhalten rumspricht? Das wurde gefilmt, mein Freund!«

»Schon, aber nicht, dass ich sie geküsst habe. Im stillen Kämmerlein.«

»Während ihr Ziehvater sich im selben Kämmerlein aufgehalten hat«, bemerkt Grant.

»Klingt abartig«, erwidert Aubrey, und Grant verkneift sich mit Mühe ein Grinsen. Hach, ganz vielleicht besteht für die beiden ja noch Hoffnung!

Versteht ihr, ich bin ja kein kompletter Mistkerl. Ich liebe die zwei und wünsche ihnen nur das Beste. Und in ihrem Fall glaube ich wirklich, dass es das Beste für sie ist, zusammen zu sein. Es gibt keine zwei Menschen, die es mehr verdienen, glücklich zu sein.

Leider bekommen wir nicht immer, was wir verdienen.

Charlie

»Oh, wow, schnieke, der Schuppen!«

Gina sieht zu den Kronleuchtern an der Gewölbedecke des Salons *Lili's Bridal* im Stadtviertel Lincoln Park hoch. Das romantische Ambiente hier - schöne Fenster mit natürlichem Lichteinfall und samtüberzogene Polstersofas eingeschlossen - ist wie geschaffen dafür, sein Traumkleid zu finden.

Lili kommt persönlich auf uns zu, küsst mich auf die Wange und ergreift Ginas Hand.

»Gratulation! Ich kann es gar nicht erwarten, mit Ihnen zu arbeiten.«

Gina zieht eine Grimasse. »Es ist alles sehr kurzfristig, ich weiß. Ich brauche wirklich nichts allzu Extravagantes.« Sie sieht sich um, der Blick zunehmend verstört durch all die Extravaganz. »Ich bin mir echt nicht sicher, was ich gerne hätte.«

Ich drücke ihr die Hand. Sie fühlt sich überfordert, ich weiß, aber ich bin ja da und kümmere mich um sie. Sich ohne Unterstützung einer Freundin oder Mutterfigur ein Hochzeitskleid aussuchen zu müssen - unvorstellbar!

»Vielleicht vorab erst mal ein Glas Champagner?«

Gina nickt. »Das wäre nicht schlecht.«

Eine Dreiviertelstunde später drehe ich mich zu Lili und verkünde: »Das ist es!«

Wir haben zwei Olegs, ein rares letztes Stück von Zac

Posen und ein Maggie Sottero, anprobiert und sind schließlich da gelandet, wo ich es vermutet hatte: bei einem trägerlosen Kleid im Prinzessinnenschnitt von Vera Wang mit einem herzförmigen Ausschnitt und perlenbesetzten Mieder. Es besitzt eine unaufdringliche Schlichtheit, die Ginas olivenfarbenen Teint, das mahagonifarbene Haar und die braunen Augen zur Geltung bringt.

Ich stehe auf und führe sie zu dem dreigeteilten Spiegel. »Na, was denkst du?«

»Ich denke, es kostet viertausend Dollar!«

Das stimmt, doch das haben wir schon besprochen. Bei dem Budget für diese Hochzeit ist ein Kleid von Vera Wang drin.

»Gefällt es dir?«

Gina reibt sich den Bauch und stellt sich dann so, dass sie sich von der Seite betrachten kann. »Es ist schön!«

»Sie sind schön!«, sagt Lili und reicht uns ein weiteres Glas Champagner.

Ich sehe Lili stirnrunzelnd an, die lediglich die Achseln zuckt, und nehme Gina das Glas wieder weg. Sie hatte erst eins, aber ich möchte nicht, dass mir später jemand vorwirft, getrickst zu haben. Und mit »jemand« meine ich Max Henderson.

Das Spiel der Cubs liegt drei Tage zurück, und trotzdem geht mir dieser Kuss nicht aus dem Sinn. Dabei bin ich seitdem sogar auf einem Date gewesen (mit einem Wirtschaftsprüfer, der nun, da die Steuersaison vorbei war, bereit war, »sich auszutoben«). Doch das war, ehrlich gesagt, zum Scheitern verurteilt, weil mir Max und sein Ausspruch im Kopf herumspukte, er würde einfach nur seinen Job machen. Also nicht den, bei dem er Paare genussvoll auseinanderreißt, sondern seinen Nebenjob: den, *mich zu beschützen.*

Klar, Alphatypen sagen so etwas, um ein Argument durchzudrücken oder Frauen zu verzücken. *Nun, Argument angenommen und Frau knieweich gemacht.* Ich kann noch so viel Champagner trinken, sein Geschmack auf meinen Lippen bleibt. Ich muss nur an diesen Kuss denken, und schon wird mir ganz anders.

Mit dem Versuch, dass es diesmal vielleicht anders läuft, kippe ich den Champagner in meiner Hand hinunter. Es gibt keinen Grund, warum ich bis zur Hochzeit in neun Wochen viel von Max zu sehen bekommen sollte. Insofern werden sich meine Geschmacksnerven wieder normalisieren und mein Dating-Leben wieder in Schwung kommen. Und genau so gehört sich das.

Zufrieden mit meiner entschlossenen Herangehensweise richte ich meine Aufmerksamkeit wieder auf Gina. Sie mustert sich im Spiegel, doch während ich über mein Max-Problem nachgegrübelt habe, ist sie blass geworden.

»Gina, alles okay?«

»Mir ist …« Sie schluckt und verzieht das Gesicht.

Ich merke, was Sache ist, allerdings nicht schnell genug.

Prompt erbricht Gina sich über das ganze Vera-Wang-Kleid.

Ich reiche Gina ein Glas Gingerale und setze mich neben sie auf die Couch in meiner Wohnung. Noch immer steckt einiges in Umzugskisten, doch das meiste habe ich ausgepackt. *Mein* Heim, gekauft von *meinem* Geld. Darauf bin ich unglaublich stolz.

Doch im Moment gehen mir andere Dinge durch den Kopf. Nachdem Gina das ganze Hochzeitskleid vollgespuckt hatte – ein Musterkleid (Gott sei Dank), das (hoffentlich) gereinigt werden kann –, verließen wir *Lili's Bridal* in der Absicht, sie nach Hause zu bringen. Ich ging davon aus, sie hätte einen Kater, da sie von Anfang an ein wenig käsig ausgesehen hatte, Gina fragte jedoch, ob sie mit in meine Wohnung kommen dürfe, die, wie ich schon erwähnt hatte, in der Nähe liegt.

Dann stellte sie eine weitere überraschende Bitte.

Meine Kunden sind für mich die Nummer eins, aber das dürfte euch wohl eh schon klar sein. Insofern werde ich Gina auch zu den Anproben des Hochzeitskleides und dem Probeessen der Kuchen begleiten. Ich werde Himmel und Hölle in Bewegung setzen, damit diese Bluegrass-Zydeco-Band auf der Hochzeitsparty spielt, wie James es sich so sehnlich wünscht. Und ich werde selbstredend in einem Drogeriemarkt vorbeischauen, einen Schwangerschaftstest mit Früherkennung kaufen und ihr die Hand halten, wenn sie auf das Ergebnis wartet.

»Na, und wie kommst du darauf, dass du schwanger sein könntest? Mal abgesehen von der Spuckerei über das Hochzeitskleid?«

Gina lächelt angestrengt. »Glaub mir, wenn ich es gewusst hätte, hätte ich im Stadion kein Bier und auch keine Brautsalon-Prickelbrause gezischt.«

»Hey, das sollte kein Vorwurf sein.«

Sie seufzt. »Ich fühle mich schon seit ein paar Tagen nicht wohl, hab das aber auf die in der Schule grassierende Grippe zurückgeführt. Von den kleinen Rackern fange ich mir immer alles Mögliche ein. Heute Morgen war alles noch okay, bis ich angefangen habe, die Kleider anzuprobieren.«

»Es könnte am Stress liegen. Das erlebe ich oft. Plötzlich kommt dir, was du da eigentlich machst, und dann …«

»Und dann kommt's dir hoch?«

»Sozusagen.«

Gina schlägt sich die Hände vors Gesicht. »Das ist mir so

peinlich! Lili muss mich hassen, und auch wenn ich gerne sagen würde, ich komme dafür auf und kaufe ein anderes Kleid, bin ich nicht sicher, dass das möglich ist.«

»Mach dir deswegen keine Gedanken. Dagegen ist sie versichert.«

Der Timer auf meinem Handy meldet sich. Gemeinsam schauen wir wie hypnotisiert auf die Badezimmertür.

»Und du willst auch ganz bestimmt nicht James anrufen? Ihn mit FaceTime vielleicht teilnehmen lassen?«

Sie sieht mich entsetzt an. »Nein, er ist gerade mit Max zusammen bei der Anprobe seines Smokings. Wenn ich ihn anrufen würde, dann würde er seinen ganzen Armani-Anzug vollkotzen. Außerdem ist Max der Letzte, von dem ich möchte, dass er das mitbekommt.«

In der Hinsicht stimme ich ihr aus vollem Herzen zu. Der Zyniker braucht davon noch nichts zu wissen.

Gina steht auf und schwankt ein bisschen dabei, was ich auf ihre Nervosität schiebe. »Lass es mich bloß nicht allein tun, okay?«

»Ich bin für dich da.«

Dreißig Sekunden später …

Wir bekommen ein Kind! (Habt ihr wirklich gedacht, es würde anders enden?) Die Tränenschleusen öffnen sich im Verein mit Schuldzuweisungen und nicht ganz jugendfreien Erinnerungen darüber, wann die Empfängnis stattgefunden haben müsste. Wenn es einer Freundin gerade nicht gut geht, biete ich normalerweise ein Gläschen Wein an. In diesem Fall aber reiche ich Gina ein Glas Gingerale, streiche ihr über den Rücken und rede beruhigend auf sie ein.

Als sie schließlich völlig verausgabt wegdöst, schicke ich James eine Nachricht mit der Bitte, zu mir zu kommen.

Allein.

11. KAPITEL

Charlie

Als James und Gina vor einer Stunde gegangen sind, hat sich Gina schon wieder viel besser gefühlt als zu dem Zeitpunkt, als sie das Pluszeichen auf dem Stick entdeckt hatte. Ihre gehobene Stimmung mag etwas mit James' Reaktion zu tun haben.

Der Mann war das Glück in Person.

Angesichts seiner Freude schwoll mein Herz zu epischen Proportionen an. Er ging so behutsam mit ihr um, dass mein Glaube an die Liebe – der durch meine eigenen schlechten Erinnerungen in letzter Zeit etwas erschüttert worden war – umgehend wiederhergestellt wurde. Wir müssen nun einfach dafür sorgen, dass das Hochzeitskleid Raum zum Atmen lässt und Gina in den nächsten Monaten gut umsorgt wird.

Zudem hatten er und ich *das* Gespräch, während Gina im Badezimmer war (*Das Kleine bringt schon jetzt meine Blase völlig durcheinander,* schniefte sie).

Er: *So, hier gilt das Beichtgeheimnis, okay?*

Ich: *Ich werde niemandem ein Sterbenswörtchen sagen und schon gar nicht deinem Bruder.*

Er: *Cool.*

Ich mache es mir mit meinem zweiten Glas Sauv Blanc zu einem hoffentlich großartigen Binge-Watching von *Orange*

Is the New Black (Ich bin zwei Staffeln im Hintertreffen) bequem, als mein Telefon klingelt.

Auf dem Display erscheint Donnas lächelndes Gesicht. Meine Pflegemutter ist ein Goldschatz und dafür, dass sie mich nimmt, wie ich bin, eine Heilige dazu. Ich weiß, dass sie inzwischen stolz auf mich ist, doch genauso weiß ich, dass ich ihr das Leben ganz schön schwer gemacht habe.

»Hey, Donna!« Als ich bei Donna und Sully einzog, war ich vierzehn, zu alt also, als dass ich noch angefangen hätte, sie »Mom« zu nennen.

»Er isst nichts, Charlie!«

»Du meinst, er isst keine Salate und kein Reisgebäck.« Seit seinem Herzinfarkt lassen Sullys Essgewohnheiten einiges zu wünschen übrig. Donna macht sich Sorgen, und das kann ich ihr nicht verdenken. »Ist er jetzt zu Hause?«

»Ja, im Keller und spielt Karten. Und das drei Abende die Woche, obwohl er für gewöhnlich drüben bei Jimmy Finster ist und sich Essen bei *Portillo's* bestellt!«

Hmm. Drei Mal in der Woche kommt mir ein bisschen übertrieben vor, vor allem, wenn er dazu nichts anderes als Hotdogs von *Portillo's* isst.

»Was steht denn heute Abend auf dem Speiseplan?«

»Ich habe eine leckere Hühnchenbrust mit einem Zitronenschnitz und Salat als Beilage zubereitet, aber er will einfach nicht hochkommen, um sie zu essen.«

»Sag ihm, du hättest Schmorbraten gemacht. Deinen Schmorbraten liebt er doch.« Es ist das einzige Gericht, das ihr einigermaßen zuverlässig gelingt. Gott liebt diese Frau, aber in der Küche ist sie eine Terroristin.

»Ich weiß! Aber den darf er nicht mehr essen.«

Eine Tragödie, ganz klar. Ich warte auf die entscheidende Frage.

»Könntest du vorbeikommen?«

»Und ihm hinterherspionieren? Dir erzählen, wie viele Zigarrenstumpen ich sehe, wie viele Pommes herumliegen, wie viel Einsatz im Pott liegt?«

»Auf dich hat er immer gehört, Charlie. Wenn du sagst, du machst dir Sorgen, dann geht was.«

Ich schaue auf den eingefrorenen Fernsehbildschirm, auf dem im Vorspann das verhärmte Gesicht einer der Gefängnisinsassinnen zu sehen ist. Echte Insassinnen offensichtlich. *Wer weiß, ob ich ohne Donna und Sully nicht auch dort gelandet wäre …?* Ich verdanke den beiden so viel, das Mindeste, was ich tun kann, ist, Essen in den Keller zu tragen und ein bisschen herumzuspionieren. »Hol schon mal die Entenmann's-Kekse raus. Bin in zwanzig Minuten da.«

Ich mache mich zum Hobbykeller auf. Bei dem Geruch von Zigarrenrauch sollte ich eigentlich angewidert die Nase rümpfen, doch stattdessen erinnert er mich an jene frühen Tage, als ich gerade erst zu den Sullivans gestoßen war, metaphorisch immer in Boxerstellung, die Fäuste erhoben und bereit. Ich war entschlossen, sie zu hassen. Sully war entschlossen, mir Poker beizubringen.

Er rauchte keine dicken Zigarren, sondern zog Zigarillos vor. Die fand er weniger ostentativ. Ich wusste nicht, was das Wort bedeuten sollte, doch ich mochte es. Ich mochte Sully, und vor allem mochte ich, dass er mich wie eine Erwachsene behandelte. Schließlich war Pokern ein Spiel für Erwachsene, und ich lernte dadurch eine Menge über Strategie, Geduld und Erwartungen.

Als Sully seinen Herzinfarkt hatte, zog es mir den Boden unter den Füßen weg. Als ich ihn in der Intensivstation des Northwestern Memorial liegen sah, intubiert und an Geräte angeschlossen, war ich derart überfordert, dass ich beinahe in Ohnmacht gefallen wäre. Doch ich musste stark sein für Donna, die damit rechnen musste, den Mann zu verlieren, den sie seit über dreißig Jahren liebte.

Er kam durch, doch zuvor hatten wir an seinem Bett mehrere Gespräche unter vier Augen. Fazit: Ich dürfe nicht mehr so hart arbeiten und müsse mir einen Mann suchen. Denn Sully will mich glücklich sehen, und er findet, dazu seien Ehe und Kinder nötig und keine berufliche Karriere. Altmodisch vielleicht, doch ich habe es mir zu Herzen genommen. Mit jedem Paar, dem ich zum Traumstart ins Eheglück verhalf, war mir das sowieso klarer geworden.

Ich war bereit. Der Dating-Pool Chicagos war es nicht.

Beim Runtergehen – auf den mit Teppich ausgelegten Stufen kann man mich nicht hören – wird der Geruch intensiver. Damit die Burschen da unten nicht vor Schreck einen Herzinfarkt bekommen – im besten Alter dazu wären sie ja schließlich –, kündige ich mich an.

»Hosen hoch, Gentlemen. Sie bekommen Gesellschaft!«

Unten angekommen, lasse ich den Blick über die Ausstattung im Stil der Siebzigerjahre schweifen, mitsamt dem Elchkopf an der Wand (kein Witz!), den Cubs-Wimpeln und dem runden Tisch mit Blue-Ribbon-Bierflaschen und Poker-Chips darauf, an dem ergrauende, aus der Form geratene Männer sitzen.

Sully sieht mich mit verengten Augen an. Er weiß genau, warum ich hier bin. Meine Aufmerksamkeit gilt jedoch jemand anderem. Und zwar der letzten Person, die ich hier im Keller meiner Eltern beim Pokerspiel erwartet hätte.

Der Mann, die Legende. Max Henderson.

Max

Ich könnte so tun, als würde ich tagtäglich mit einem Haufen mir unbekannter alter Kerle Poker spielen. In diesem Fall würde Charlie garantiert sauer werden, und ich ertappe mich dabei, mir genau das zu wünschen. Ich würde gern erleben, wie sie so richtig explodiert, nicht zuletzt auch deshalb, weil das dazu führen könnte, dass wir unsere Spannungen in der Horizontalen abzubauen versuchen.

Sully hatte mich in der Kanzlei angerufen und mich ohne Umschweife gefragt, welche Absichten ich gegenüber seiner Tochter hegen würde. Dazu braucht es Mumm, vor allem, wenn man bedenkt, dass man beim Anblick meiner Hand auf ihrem Po und unserer wilden Knutscherei sowieso leicht zum entsprechenden Schluss kommen könnte. Was nicht heißen soll, dass ich nicht langfristigere Pläne haben könnte, doch sein erster Eindruck war nun mal der. Der Mann ist ja nicht blöd. Er weiß, worauf ich aus bin.

Sie ist die Heiratsplanerin meines Bruders, erklärte ich, als gäbe es irgendeinen beruflichen Moralkodex, der Fraternisierung mit dem Feind verbietet. Worauf er mich zu einem Pokerspiel mit seinen Freunden einlud.

Eigentlich hätte ich mir eine Ausrede einfallen und ablehnen sollen, doch ich war neugierig. Dieser Typ hatte achtundzwanzig Jahre lang im Wrigley Fields die manuelle Anzeigetafel bedient. Was musste er da für Geschichten auf Lager haben! Zudem hatte er fünfzehn Jahre damit verbracht, für

Charlie den Dad zu spielen, und ich wusste, auch da musste es einiges zu erzählen geben. Na, und ich wollte einfach mehr erfahren über diese Frau, die mich nachts wach hält.

Der ausgestopfte Elchschädel war ein Schocker, doch erholte ich mich ausreichend, sodass mir auch Zigarrenrauch, mieses Bier und mindestens drei ziemlich tödliche Furze von Finster rechts von mir nichts anhaben konnten. Ein bisschen eingerostet, verlor ich die ersten Spiele, machte das aber wieder gut und halte mich nun ganz wacker.

Alle Jungs rufen: »Charlie!«

Sie starrt mich an und wünscht sich offensichtlich, mir würde der Elchschädel auf den Kopf stürzen oder ich würde zumindest von irgendeiner furchtbaren Krankheit heimgesucht. Vorzugsweise eine des Skrotums.

»Ms Love, Sie sehen gut aus!« Die Untertreibung des Jahrhunderts. Angetan mit Shorts, die ihr bis zur Oberschenkelmitte gehen, sieht sie *sensationell* aus. Obenherum trägt sie eines dieser Tops, die einen trägerlosen BH oder gar keinen erfordern. Sie bleibt in ausreichendem Abstand von mir stehen, dass ich keine definitive Aussage über die BH-oder-kein-BH-Situation treffen kann. Als hätte sie es eilig gehabt herzukommen, hat sie das Haar zu einem unordentlichen Dutt frisiert.

Ich linse zu Sully, der ein finsteres Gesicht macht.

»Yeah, du weißt, warum ich hier bin!« Sie hüpft von der letzten Stufe hinunter. Aha, ein trägerloser BH macht das Rennen. Mein gutes Stück stört das nicht, denn es stellt sich bereits vor, wie ich diesen aufhake, mit den Fingerspitzen zart an ihren Brustseiten entlangfahre und dabei eine Kussspur über ihre Schlüsselbeine anlege, die sie zum Erschauern bringt.

Charlie kommt ein Stück weiter herein, und mir dringt

kurz ein Duft von Erdbeeren mit Schlagsahne in die Nase, ehe Finster mich in eine geradezu krebsverdächtige Rauchschwade hüllt. Charlie stellt sich hinter ihren Vater und hebt eine Augenbraue – ob jetzt wegen seiner Karten oder den »Nahrungsmitteln« auf dem Tisch, lässt sich schwer sagen. Letztere bestehen aus diversem Knabberzeug und sonderbarerweise auch Oliven, ein Beitrag von Jerry. Er kaut auf ihnen herum, spuckt die Kerne in ein Taschentuch, das er dann wieder in die Hosentasche stopft. Ein bisschen eigenartig, aber wir sind Männer, die Männersachen tun, und ich habe schon Schlimmeres erlebt.

»Machst du immer noch die mediterrane Diät, Jerry?«, erkundigt sich Charlie.

»Aber sicher, Charlie. Die hält mich topfit.«

»Hat Sully denn Oliven gegessen?«

Die Frage scheint Jerry in Verlegenheit zu bringen. Sully lässt ihn mit den Worten »Charlie, du weißt doch, dass ich die nicht ausstehen kann« vom Haken. Er wirft eine Karte ab und bekommt von Finster eine andere. Er steckt sie in seinen Kartenfächer und legt fünf Ein-Dollar-Chips in den Topf. »Ich erhöhe auf fünf!«

Kurz darauf gewinnt Jerry die Partie mit einem Full House.

»Was hast du denn da dabei, Charles?« Ich deute mit dem Kopf auf den Teller, den sie auf das Sideboard gestellt hat.

»Sullys Abendessen. Zeit für ein Päuschen, meine Herren!« Ihr Ton lässt keine Widerrede zu, und mir schießt das Blut nur so in die Leistengegend.

»Wir haben schon was best…« Sully verstummt, als er Charlies funkelnden Blick sieht. Der mich nur noch mehr anturnt. Der finstere Blick dieser Frau ist mein persönliches Viagra.

Finster versteht den Wink, steht auf und streckt sich. »Muss eh mal wohin.« Jerry und der Fünfte der Truppe, Kovak, ein Russe, der noch kaum einen Ton von sich gegeben hat, schenken Sully mitleidige Blicke und folgen Finster die Treppe hinauf.

Charlie sieht mich an. »Brauchst du nicht auch eine Pinkelpause, Henderson?«

»Danke, nicht nötig, Charles.«

Zwischen ihren Augenbrauen erscheint eine äußerst attraktive Falte. Ich möchte sie ihr mitsamt all ihrer Sorgen wegküssen. »Sully, Donna hat dir einen leckeren Salat mit Hühnchen gemacht.«

»Salat?« Sully macht ein Gesicht, als hätte ihm Charlie vorgeschlagen, Würmer auf einem Bett aus rostigen Nägeln zu essen. »Das ist Bullshit, Charlie. Die beste Köchin war sie nie, das weißt du, und alles außer ihren Standardgerichten schmeckt einfach grauenhaft.«

»Und du weißt, was der Arzt gesagt hat«, erwidert Charlie. »Du sollst dich gesünder ernähren, das Zigarrenrauchen sein lassen und anfangen, Sport zu treiben. Und wenn das auch nur heißt, dass du draußen mal eine Runde drehst.« Sie nimmt den Aschenbecher, in dem die Jungs ihre Zigarrenstumpen ausgedrückt haben, und räumt den Tisch einigermaßen frei.

Die Frau öffnet ihre Trickkiste. Holt Essensbesteck und eine Flasche mit einer leichten Vinaigrette hervor. Entfernt Frischhaltefolie und enthüllt eine graupinke Scheibe von etwas, das ich mal großzügig »Fleisch« auf einem Bett verwelkten Grünzeugs nenne – Haute Cuisine sieht anders aus!

»Fuck, nein!«, murmele ich.

Sully deutet mit dem Finger auf mich. »Genau! So kann ich nicht leben.«

Selbst Charlie schaut ein wenig verstört, lässt sich aber nicht beirren. »Spielst du deshalb jetzt öfter Karten? Willst du dich dadurch vor den Mahlzeiten drücken?«

»Versuch du doch mal, diesen Fraß zu essen!«

»Aber irgendetwas musst du doch essen. Und jeden Abend Hotdogs ist auch keine Lösung.«

Ich stehe auf und strecke mich. Charlie schaut her, und ihr Blick wird wie magisch auf das kleine Stück bloße Haut zwischen dem Saum meines Cubs-T-Shirts und meinem Jeansbund gezogen.

Da Vater und Tochter sich festgefahren zu haben scheinen, schalte ich mich besser mal ein. »Wie wär's, wenn ich dir ein Sandwich zubereiten würde, Sully?«

»Ein Sandwich?« Er klingt argwöhnisch.

»Lasst mich mal schauen, was die Lady-Sullivans-Speisekammer so hergibt. Charles, Lust, dich mir anzuschließen, damit dieses Sandwich auch so gerät, dass es deinen Beifall findet?«

Sie öffnet den Mund. Schließt ihn wieder. Bringt schließlich ein gereiztes »Oh, na gut« heraus.

Nachdem ich Sully zugezwinkert und von Sully dafür ein solidarisches Grinsen erhalten habe, folge ich ihr die Treppe hinauf. Ihr Hinterteil, das vom Stoff ihrer Shorts liebevoll umspannt wird, schaue ich mir dabei ganz genau an. Ms Love mag eine harte Nuss sein, doch an ihrem Hintern, den ich umfassen, streicheln und kneten möchte, ist gar nichts hart. Vor ein paar Tagen, im Cubs-Knast, hatte er sich in meinen Händen verdammt richtig angefühlt, und diese Erfahrung möchte ich unbedingt wiederholen.

Die Kellertreppe führt direkt in die Küche, und beim Hinaufgehen habe ich gar keine andere Wahl, als Charlie auf die Pelle zu rücken, da sie mir den Ausgang versperrt. Ich packe sie an den Hüften, und sie macht einen Satz nach vorn.

»Sorry«, murmelt sie.

»Schon okay.«

Donna Sullivan habe ich bei einer Tasse Kaffee und zwei Stücken Käsekuchen mit Streusel von Entenmann's schon kennengelernt. Genau wie ihr Mann hat sie mir sogar bereits das Du angeboten! Nun wirkt sie niedergeschmettert. Kurze, zerzauste graue Haare umrahmen blaue Augen und ein faltiges Gesicht.

»Er wollte es nicht essen, richtig?«

»Es ist okay …«, beginnt Charlie, aber ich gehe an ihr vorbei und drücke Mrs Sullivan die Schulter. *Ich mach das schon, Charles.*

»Denk dir nichts«, beruhige ich sie. »Wie wär's, wenn ich ihm ein Sandwich mache? Ein nettes Käsetoast vielleicht?«

»Zu viele Milchprodukte«, erklärt Charlie.

»Hast du zufällig eine leichte Mayo da?« Ich stöbere bereits im Kühlschrank herum, in dem sich mindestens acht verschiedene Senfsorten und weiteres graues Hühnchenfleisch tummeln. Mit einem Schauder nehme ich Weißbrot, Dubliner Cheddar und, Wunder über Wunder, eine Mayonnaise light heraus. »Die Butter lasse ich weg und schneide die Käsescheiben hauchdünn.« Ich schnappe mir ein Messer und fange an, den Cheddar in Scheiben zu schneiden.

Charlie hat die Position eines Wachhundes eingenommen: Sie lehnt an der Theke und sieht mich mit verengten Augen argwöhnisch an. »Magst du dann mal erklären, warum du hier bist, Henderson?«

Donna sieht zwischen uns hin und her. »Charlie, du kennst Max?«

»Vage. Ich plane die Hochzeit seines Bruders.« Etwas

huscht über ihr Gesicht, ein Schatten, aus dem ich mir keinen Reim machen kann. »Aber das erklärt nicht, warum er hier ist!«

»Sully hat ihn angerufen. Sie haben noch einen Spieler gebraucht.«

»Und es macht dir Spaß, nach Sauganash zu brausen und mit einem seltsamen Männertrüppchen für ein Butterbrot Poker zu spielen?«

Ich sehe mich um, und mein Blick fällt auf einen Apfel. »Ich habe auf ein paar gute Storys gehofft. Doch mehr als die, wo du Snowball, eure flauschige, weiße Siamkatze, mit Lebensmittelfarbe angemalt hast, ist dabei nicht rausgekommen. Dabei dachte ich, ich höre wenigstens etwas über ein lustiges Dating-Debakel.«

Ich füge ein paar dünne Apfelschnitze zum Käsesandwich hinzu, bestreiche es von außen mit einem Hauch Mayo, ehe ich das Gas unter der Pfanne anzünde.

»Charlie hat sie alle verschreckt«, sagt Donna. »Die fühlen sich alle eingeschüchtert von ihr.«

»Wen wundert's«, murmele ich, doch nicht leise genug, dass es Donna entgehen würde.

»Zu rechthaberisch«, erklärt sie, eine Beschwerde, die Charlie garantiert nicht neu ist. Ich verspüre leichte Gewissensbisse, Öl ins Feuer geschüttet zu haben. »Ich sage ihr immer, Männer wollen keine Frau, die immerzu Befehle erteilt.«

Um die Kritik abzumildern, zwinkere ich Charlie zu, deren Wangen glühen. »Ich weiß nicht, Donna. Manche Kerle bekommen ganz gern gesagt, wo's langgeht.«

Donna schnaubt daraufhin: »Frank aber nicht.« Nun mustert sie mich genauer. »Keinen Ring am Finger, Max?« Lady Sullivan redet nicht lange um den heißen Brei herum.

Charlie gibt einen angewiderten Laut von sich. Dabei

habe ich sie doch verteidigt! »Oh, an diesen ganzen Blödsinn glaubt Max nicht, Donna. Er ist gegen die Ehe.«

»Das hab ich nie behauptet.«

»Stimmt, du brauchst diese ganzen Ehen ja als Kanonenfutter, damit du ihnen unter dem Vorwand, ›Menschen zu helfen‹, den Garaus machen kannst.« Dazu in die Luft gemalte Gänsefüßchen.

»Genau.« Ich lächele Donna an, und zwar einen Tick mehr als nötig, um Charlie sauer zu machen. »Ich bin Scheidungsanwalt. Ein äußerst erfolgreicher Scheidungsanwalt.«

»Oh, verstehe«, sagt Donna.

Und ich sehe die Anerkennung in ihren Augen. Sie hat mich bereits als Kandidaten im Auge, der ihre Tochter zur Schlachtbank führen kann. Genau dieses Ziel strebt auch Frank an, vermute ich mal. Kein Problem, da Charlie Love und ich genau wissen, wie wir zueinander stehen.

Ich wende das Sandwich, zufrieden mit der goldenen Kruste und dem Brutzelgeräusch, das dadurch entsteht, dass das mayogeküsste Brot auf die Hitze trifft.

Donna zwinkert mir zu. »Dann erlebst du vermutlich furchtbare Sachen? Wirklich schlechtes Benehmen?«

»Ja, das Ende einer Ehe bringt in der Regel das Schlechteste im Menschen hervor. Zunächst mal betrachten die Leute eine Scheidung ja als das ultimative Versagen. Und da damit niemand in Verbindung gebracht werden möchte, gibt auch niemand zu, dass er für etwas verantwortlich sein könnte, das zum Himmel stinkt. Mein Job ist es, meinen Mandanten meine objektivste Ansicht darüber zu geben, eine emotionsfreie Perspektive. Das Scheitern einer Ehe liegt selten nur allein an einem Ehepartner, daher versuche ich, das Spielchen der gegenseitigen Schuldzuweisungen zugunsten meiner Mandantin zu drehen.«

»Bin mir ziemlich sicher, bei einem möglichen Ehe-Aus wird zu hundert Prozent Frank dafür verantwortlich sein«, murmelt Donna, und ich muss lachen.

Charlie findet das gar nicht lustig. Stattdessen sieht sie mich an, als würde sie versuchen, sich aus mir einen Reim zu machen. Ich halte sie ganz gern mit ein paar Äußerungen auf Trab, die ihre vorgefasste Meinung über mich erschüttern.

Ich lasse das Sandwich auf einen Teller gleiten, schneide den restlichen Apfel in Scheiben, halbiere das Sandwich und arrangiere Franks Mahlzeit. »Das Dinner ist angerichtet!«

»Das sieht wirklich köstlich aus«, lobt mich Donna gefühlvoll. Ich möchte sie ja nicht bloßstellen, aber, herrje, dieses Hühnchen hat einem wirklich Angst einjagen können. »Stimmt's, Charlie?«

»Schon, aber wird Sully es essen?«

Er isst es. Tatsächlich bittet er mich sogar um noch eines, doch ich sage ihm, mehr gibt's nicht.

Charlie Love sieht nicht aus, als fände sie das Ganze lustig.

12. KAPITEL

Charlie

Ich finde das Ganze überhaupt nicht lustig. Klar freue ich mich, dass Sully etwas isst, das nicht frittiert ist. Donnas Kochkünste würde ich nicht mal meinem ärgsten Feind zumuten – na ja, vielleicht einem gewissen blauäugigen, arroganten, allzu sexy Anwalt, der für die ruhige Fassade, die ich mir über die Jahre antrainiert habe, eine ernsthafte Gefahr darstellt.

Eigentlich sollte ich jetzt beim Netflix-Binge-Watching zu Hause sein und entspannt mein drittes Glas Vino (keine Vorwürfe, bitte) schlürfen. Stattdessen muss ich entsetzt miterleben, wie der Teufel persönlich meine Eltern bis zur Unkenntlichkeit verzaubert. Das Kartenspiel ist vor einer halben Stunde zu Ende gegangen, und alle haben den Heimweg angetreten. Das heißt alle bis auf *ihn*.

Max ist geblieben, um beim Aufräumen zu helfen. Ich habe ihm gesagt, das sei nicht nötig, doch da belud er schon die Geschirrspülmaschine, bestand darauf, dass Donna die Füße hochlegt, und griff zu weiteren Gebäckstücken von Entenmann's. Dieses Zeug ist nicht viel besser als in Zucker getauchtes Pappmaschee, aber Mr Ich-besaß-mal-einen-Treuhandfonds gab anerkennende Laute von sich, als hätte der perfekteste Leckerbissen eines Fünf-Sterne-Patissiers den Weg zwischen seinen vollen, festen Lippen hindurchgefunden.

Nun schiebt uns Donna alle in das gute Zimmer, den Salon, den niemand je benutzt. Max geht zum Kamin und lehnt sich mit einer schmalen Hüfte lässig daran, in der Hand, die mir durch seine verschiedenen zupackenden Aktionen inzwischen so vertraut ist, einen Kaffeebecher. Er stellt den Becher ab und greift nach einem Foto von mir, Donna und Sully, das bei meiner Abschlussfeier an der University of Illinois aufgenommen wurde.

»Ein glücklicher Tag für die Sullivans, schätze ich«, sagt er. »Dein Haar ist dunkler darauf.«

»Sie färbt es sich«, klärt Donna ihn auf. Ja, super!

Mit unwillkürlich angehaltenem Atem beobachte ich, wie sich Max am Kaminsims entlangbewegt, auf dem die Fotos meines Lebens nach der Katastrophe aufgereiht stehen: das von meiner Prom mit Billy Foster, an einem von vielen vorbei, die Sully machte, wenn er mich mit zur Arbeit ins Wrigley's nahm. Bei einem Foto mit meiner leiblichen Mutter, als ich neun war, bleibt er stehen. Ich fand es immer so lieb, dass Donna darauf beharrte, dass es den Ehrenplatz bekommt.

»Von ihr hast du also deine Augen.« Er sieht mich an und betrachtet dann wieder das Foto. »Und auch das Lächeln.«

So wird es wohl sein. Meinen Vater habe ich nie kennengelernt, und dass ich mit dreizehn meine Mutter bei einem Autounfall verlor, kommt mir manchmal wie ein Erlebnis aus einem anderen Zeitalter vor, dann wieder so, als wäre es erst gestern gewesen.

Als ob er daran erinnert würde, dass ein Autounfall der Grund ist, dass ich schließlich zu ihnen kam, schaltet sich Frank ein.

»Charlie, hast du das Tune-up für deinen Wagen machen lassen, wie ich es dir gesagt habe?« Ohne die Antwort abzuwarten, wendet sich Sully an Max: »Sie lässt den Ölwechsel nicht oft genug machen!«

Mit einem teuflischen Glitzern in den Augen sieht Max zu mir. »Das kann zu einem *großen* Problem werden!«

»Oh, halt die Klappe«, murmele ich, allerdings ohne rechtes Feuer.

Ich erwische Sully und Donna dabei, wie sie wissende Blicke austauschen – diese unergründliche Sprache, mit der verheiratete Paare miteinander kommunizieren. Sie haben dabei diesen Kupplerblick drauf, den ich hasse, finde es andererseits aber schön, dass sie auf derselben Wellenlänge zu sein scheinen. Denn ich hatte mir Sorgen um meinen Dad gemacht, vor allem, weil er so wild darauf scheint, aus dem Haus zu kommen.

Donnas und Sullys Ehe ist für mich immer ein Beziehungziel gewesen. Einmal in der Woche kauft er ihr Blumen – fröhliche gelbe Tulpen ragen hinter den Fotorahmen auf dem Sideboard empor. Sie schenkt ihm ab und zu alberne Socken, wobei er die neuesten, welche von den Blackhawks, heute Abend trägt. Die kleinen Dinge zählen, richtig? Ich bin nicht so naiv zu glauben, dass die Ehe ein Spaziergang ist, doch ich muss wissen, ob die Liebe noch immer da ist, vielleicht ja, weil ich jobbedingt immer nur den Anfang einer glücklichen Beziehung miterlebe.

»Noch ein paar Fotos, Max?« Donna greift nach der Tür des Sideboards, in dem meines Wissens jede peinliche Facette meines Teenagerlebens in fotografischer Form aufbewahrt wird.

Ich schieße so schnell hoch, dass mir kurz schwindelig wird. »Ich hab morgen ganz früh außerhalb der Stadt einen Termin und mach mich mal besser auf die Socken.«

Die Fotos sind vergessen, Donna springt auf und marschiert in die Küche, um ein paar Gebäckstücke einzupacken. Für Max natürlich. »Wie kommst du nach Hause?«

»Mit Uber«, sage ich und möchte es umgehend zurücknehmen. Ich hatte vor meinem Herkommen schon ein Glas Wein geleert, weshalb Autofahren nicht infrage kam.

»Max, kannst du dich um mein Mädchen kümmern?«, fragt Sully.

»Nicht nötig!«, kreische ich schon fast.

»Kein Problem.«

»Du hast bestimmt Besseres zu tun!«

Er pariert meinen Blick unbeirrt. »Überhaupt nicht. Vor allem jetzt nicht mehr, wo du mich um eine spannende Fotosession gebracht hast.«

Einige Minuten später sitzen wir in seinem Wagen, einem Audi, der, wenn auch ganz nett, nicht ganz der teure Schlitten ist, mit dem ich gerechnet habe. Was nicht heißen soll, dass ich nicht eins der Kids aus der Nachbarschaft bestochen hätte, ihn mit einem Schlüssel zu zerkratzen, wenn ich ihn vorhin schon draußen entdeckt hätte.

Sauer, dass Max Henderson so eine Gehässigkeit in mir weckt, schüttele ich den Kopf. So bin ich nicht, überhaupt nicht. Okay, ich brause schnell auf, arbeite aber hart daran, das in den Griff zu kriegen und mich vor meinen Kunden und Freunden cool und gesammelt zu geben, vor allem auch vor Männern, mit denen ich mich verabrede. Doch seit ich Max kenne, bin ich verunsichert. Etwas an ihm gibt meinem inneren Wutmonster Nahrung.

»Was ist eigentlich los?« Er biegt aus der Straße meiner Eltern und steuert gen Osten, wo wir beide wohnen.

»Bitte?«

»Ich spüre eine gewisse Feindseligkeit.«

»Na ja, vielleicht erzählst du mir mal, was das Ganze jetzt

eigentlich sein sollte?« Ich winke zu dem Haus hinter mir zurück, in dem ich von meinem vierzehnten bis neunzehnten Lebensjahr gewohnt habe.

»Da musst du schon genauer werden.«

»Warum warst du hier, Max? Im Hobbykeller meiner Eltern? In ihrer Küche und ihrem Salon und hast getan, als wärt ihr alte Kumpel?«

Er wartet einen Moment, eine Taktik, die er vermutlich auch vor Gericht anwendet. »Sully hat mich angerufen und eingeladen, Charlie. Ich hätte mir eine Ausrede einfallen lassen können, aber er ist ein interessanter Typ, und ich dachte mir, er könnte ein paar lustige Geschichten über seine Zeit bei den Cubbies parat haben. Es dreht sich nicht alles nur um dich!«

Will ich von Max etwa hören, er sei in meinem Elternhaus aufgetaucht, weil er Interesse an mir hat?

Quatsch! Mir geht bloß nicht ein, warum eine so große Nummer wie er mit seinen Achthundert-Dollar-Loafern den angeschmuddelten Boden unserer Küche betritt, genüsslich Fertigkuchen hinunterschlingt und entspannt mit Sully und Donna plaudert.

Außerdem erinnert mich das Ganze ein bisschen zu sehr an ein Dinner, zu dem ich Jeremy mal mitgebracht habe. Mein Ex machte große Augen, als er sah, wie sehr die Arbeiterklasse doch durchschien. Ich hatte ihm von den beiden erzählt, doch die Wirklichkeit richtete sein Mindset auf eine Art neu aus, wie es meine Geschichten nicht konnten. Wie konnte er sie einsetzen, um sein gutes Image zu befördern?

Freundin/Verlobte/Ehefrau mit einer packenden Vorgeschichte: Alteingesessene Chicagoer als Pflegeeltern, Verbindung zu den Cubs, hat sich in einem dieser »Frauenjobs« hochgearbeitet, den sie nach der Heirat problemlos aufgeben kann. Nun nur noch aufpassen, dass nichts an Charlie einer Kandidatur für den Kongress im Wege steht …

Ich möchte meine Familie beschützen und kratze jedem, der sie schlechtmacht, die Augen aus. Von daher lief es mir bei Max' Anblick im Hause Sullivan erst einmal eiskalt über den Rücken.

Doch erstaunlicherweise legte sich dieses Unbehagen schnell. Denn er unterhielt sich mit den beiden Menschen, die mir so viel bedeuten und sich eindeutig in völlig anderen gesellschaftlichen Kreisen bewegen als er, ohne dass es peinliche Momente gegeben hätte. Und ganz ohne Herablassung.

Max Henderson rüttelt weiterhin an meiner Weltsicht.

Ich bin so beschäftigt damit zu überlegen, was ich sage, ohne engherzig oder kleingeistig rüberzukommen, dass ich noch immer nichts erwidert habe.

Und so kommt er mir zuvor. »Mein Dad hatte letztes Jahr eine Lungenentzündung, und zwar eine richtig heftige. Es hat meine Mom wahnsinnig gemacht, dass er seine Genesung dermaßen auf die leichte Schulter genommen hat. Du musst dir bestimmt Sorgen um Sullys Verfassung machen, und leicht machen sie es dir wirklich nicht.«

»Tja, Sully ist so ein verdammter Sturkopf!«, erwidere ich, froh über den Themenwechsel. Über Eltern und ihre Marotten lässt sich unverfänglicher reden.

Dachte ich zumindest. Denn in diesem Moment fragt er: »Was ist denn mit deiner leiblichen Mutter geschehen?«

Zwinkernd sehe ich zum Fenster hinaus. »Ein Autounfall, als ich dreizehn war. Sie war Krankenschwester und auf dem Heimweg von einer Schicht, als ihr an einer Kreuzung einer seitlich reingefahren ist. Das … das hat mich am Boden zerstört. Mein ganzes Leben waren es nur sie und ich, sie hat uns die Zwei Musketiere genannt. Kein Dad weit und breit.« Ich versuche, tapfer zu lächeln, als könnte ich dem Moment dadurch die Schwere nehmen. Nicht, dass ich Max beeindrucken müsste, aber wer wird schon gern so heruntergezogen? »Nachdem es keinerlei weitere nahe Verwandten gab, kam ich in verschiedene Heime, verschiedene albtraumartige Pflegeverhältnisse, wobei der Albtraum ich war.«

»Du? Ein Albtraum?«

Er sagt es liebevoll und wärmt damit mein liebeshungriges Herz. »Ich weiß, kaum zu glauben, oder? Aber meine Leidenschaften haben schon immer gern die Oberhand über meine Vernunft gewonnen. Sogar über meinen Selbsterhaltungstrieb. Donna und Sully waren bereit, mir Zeit zu geben, und genau das habe ich am meisten gebraucht. Zeit.«

Ich linse zu ihm, doch er blickt stur geradeaus auf die Straße, damit uns nichts passiert. Sein Profil ist so schön! Über den Bartschatten seines markanten Superheldenkinns würde ich zu gern meine Fingerspitzen gleiten lassen. Seine Lippen haben so gut geschmeckt … Fraglos würde mir das Gesamtpaket eine Art Max-gasmus schenken.

Es gibt keinen schlechteren Moment, um zwischen meinen Schenkeln ein Kribbeln zu verspüren. Doch ich kann an nichts anderes mehr denken als an Max' Hände – die, die das mit Leder bezogene Steuer mit solch einer Autorität umfassen. Wie er mich im Cubs-Knast am Po packte, das hatte was. Bestimmt könnte er mit diesen Händen auch bestens auf Entdeckungstour gehen, meine Schenkel spreizen und mich in den Wahnsinn treiben …

Ich rutsche auf meinem Sitz herum und drücke meine Schenkel zusammen, um den ziehenden Schmerz dazwischen zu lindern. Im Wagen herrscht Stille, von der Außenwelt sind wir perfekt abgeschirmt. Ich höre nur meine flachen Atemzüge, meinen ungleichmäßigen Puls und meinen pochenden Unterleib. Ich gleiche einer Einfrauband mit allen möglichen erhöhten sexuellen Reaktionen.

Sind wir schon da?

Unterdessen ist Max Henderson die Stille in Person. Würde ich ihm einen Spiegel vor den Mund halten, sähe man ihn dann darauf? Oder würde er als Zeichen, dass er atmet, beschlagen? Wie ein sinnlicher Vampir saugt Max aus dem kleinen Innenraum sämtlichen Sauerstoff. Mit Selbstbeherrschung kennt sich dieser Mann aus – die er allerdings verloren hat, als er mich küsste.

Wir steuern meinen Block an, auch wenn ich mich nicht erinnern kann, ihm mehr als meine Straße genannt zu haben.

»Du kannst mich …« Ich will gerade »hier rauslassen« sagen, als er in eine Parkbucht unweit meines Wohngebäudes einschert. Er muss seine Seele, die er vermutlich gar nicht mehr besitzt, an die Parkgötter verkauft haben, denn normalerweise hat man um halb elf Uhr abends in Lincoln Park nicht die geringste Chance auf einen Parkplatz.

»Danke fürs Herbringen.« Ich lege die Hand auf den Türgriff. »Aber woher weißt du eigentlich, wo ich wohne?«

»Das lässt sich schließlich leicht rausfinden.«

Seine Antwort trifft mich schwer. »Du hast Nachforschungen über mich angestellt?« Das letzte Mal, als das jemand tat, hat das gar kein gutes Ende genommen.

»Du leistest meinem Bruder einen finanziellen Dienst. Da liegt es in meinem Interesse zu wissen, mit wem er es zu tun hat. Mit wem ich es zu tun habe.«

Normalerweise hätte ich Verständnis. Checkt mich auf *Better Business Bureau* aus. Lest meine Bewertungen bei *Yelp* (die übrigens alle fantastisch sind, bis auf die eines Kunden, dem es nicht passte, dass ich Gläser von Waterford benutzte anstatt von Baccarat). Max' Recherchen schmecken jedoch nach Kontrolle und Übergriff.

»Und, habe ich den Test bestanden?«

»Dein Geschäft floriert. Bis auf Gale C auf *Yelp*, die stinksauer über die Kristallflöten war, die für die Tischrede ausgesucht wurden, lieben dich deine Kunden. Irgendwie seltsam, aber Bräute befinden sich wohl in einer ganz eigenen Bewertungskategorie, nehme ich an. Du zahlst rechtzeitig deine Rechnungen und Steuern. Du hast dir gerade diese Eigentumswohnung gekauft, deine erste eigene Immobilie. Du scheinst eine äußerst leistungsfähige Bürgerin unserer schönen Stadt zu sein.«

Eigentlich sollte ich seine ganze Aktion positiv sehen, als den perfekten Dämpfer für all diese nervtötenden Gefühle, die in mir gerade Amok laufen. Zumindest aber *sollte* ein Typ, der meine Finanzen checkt, um sich zu vergewissern, dass da nichts schiefläuft, wie ein Eimer Eiswasser auf meinen Schritt wirken.

Warum ist das dann nicht der Fall?

Wenn er mich jetzt berührt, gehe ich in Flammen auf.

Ich taste nach dem Türgriff und lande beim Versuch, von meinem Sitz auf die Straße zu gelangen, förmlich auf dem Hintern, »Gute Nacht!«, rufe ich, als müsste ich noch immer höflich bleiben. Es klingt eigenartig, ich sehe eigenartig aus, und als ich schließlich den Eingang meines Wohngebäudes erreiche, bin ich mir ziemlich sicher, eine außerkörperliche Erfahrung zu haben. Ich schwebe über diesem Tableau und sehe auf mich selbst herab, wie ich in meiner Handtasche herumkrame. Nach meinem Schlüssel suche. Ihn zitternd ins Schloss zu stecken versuche.

Diese Vogelperspektive zeigt hinter mir eine hochgewachsene, dunkle Figur, die mich nicht berührt, die ich aber dennoch um mich spüre wie einen Nebel.

»Charlie«, sagt er. »Wenn du sauer auf mich bist, klären wir das lieber gleich.«

Ich weiß nicht, wie er das meint, und tue es doch. Ich beschließe, den Kopf zu recken, tief einzuatmen und mich jeweils nur auf eine Sache zu konzentrieren. Das Öffnen der Tür wird mir gestatten hineinzugehen, was mir gestattet zu fliehen, was mir gestattet, allein zu sein und diesen Vibrator auszugraben, den mir ein paar Kunden vorletztes Weihnachten geschenkt haben …

Aber ich kann mich nicht konzentrieren. Max ist zu präsent, sein Duft eine Droge, seine Gegenwart ein Anker, der mich gerade so eben mit dieser Welt verbunden hält.

Als ich leicht den Kopf drehe, wird mir das zum Verderben. Seine unfassbar blauen Augen verführen mit Vorsatz.

»Ich bin nicht sauer auf dich«, sage ich, der letzte Atemzug einer Ertrinkenden.

»Lügnerin!«

»Vielleicht ein bisschen.« Jetzt bloß die Fassung bewahren! »Ich würde ja verstehen, wenn James oder Gina meinen Hintergrund prüfen wollen würden, aber warum du deine Nase da reinstecken musst, leuchtet mir nicht ein.«

»Ich gebe nur auf das Acht, was mir gehört.«

Die Leidenschaft, die in diesen Worten steckt, lässt mich erschauern.

Nervös fahre ich fort. »Nicht nur das Check-up, du scheinst überall zu sein. Ich kann dir nicht entkommen.«

»Das Universum will uns eben was sagen …«

»Dass du eine Nervensäge bist?«

Er schüttelt den Kopf à la *Die arme Charlie kapiert es nicht.* »Versuch's noch mal.«

Mein Herz pocht wie verrückt. Ich möchte wegsehen, aber wie, wenn ich seine breiten Schultern direkt vor mir habe, sein perfektes Haar dringend zerzaust werden muss und seine blauen Augen sich mit jeder Sekunde, die ich wie angewurzelt dastehe, weiter verdunkeln. Ich bin gefangen in diesem Niemandsland der Erwartung.

»Du bist nicht das, was ich will«, entfährt es mir. In gewisser Hinsicht stimmt das, in anderer ist es jedoch eine faustdicke Lüge.

Er berührt mich nicht. Erobert mich stattdessen mit seinen Augen.

»Aber …«

Der Mistkerl will, dass ich es sage. Zugebe, dass ich mich nicht mehr in der Hand habe.

Ich schweige, denn wenn ich jetzt den Mund öffnen würde, dann nur, um ihn anzubetteln, mich zu berühren.

»Wenn du das hier willst – mich willst –, dann muss ich das von dir hören. Mir ist klar, dass ich mich ziemlich krass an dich herangemacht habe, vielleicht habe ich es auch übertrieben. Ich wollte auf keinen Fall, dass du dich unwohl fühlst. Aber ich glaube, hier ist etwas, das es sich zu erforschen lohnt. Wenn ich die Signale falsch gedeutet habe, verschwinde ich.«

Ich schlucke, weil er es mir gerade um so vieles einfacher gemacht hat. Nichts kommt aus meinem Mund.

Er lächelt reumütig. »Gute Nacht, Charlie.« Er wendet sich zum Gehen, und mein Herz droht zu platzen. »Nein!«

Ich denke an Pennys Ratschlag: ein Orgasmus – oder zwei oder drei –, um mal wieder Dampf ablassen zu können. So kompliziert muss das hier ja gar nicht sein. Es ist rein körperlich, chemisch, geografisch. Nichts weiter. Dazu kann man sich auch ohne Händeringen entscheiden.

»Stopp.«

Er bleibt stehen, dreht sich aber nicht um. Max Henderson zieht durchaus gern eine Show ab, glaube ich.

»Du hast die Signale nicht falsch gedeutet. Irgendetwas ist da zwischen uns. Trotzdem: Was ich gesagt habe, meine ich auch so.«

Er dreht sich zu mir um und schließt den Abstand zwischen uns. »Worüber?«

»Du bist nicht das, was ich will – also langfristig meine ich …«

»Aber …«, souffliert er, sein Mund nahe an meinem.

»Du erfüllst den Zweck.«

Er zwinkert. *Hab ich dich!*

»Wie bitte?«

Ich lege ihm die Hände auf die Schultern, genieße das Muskelspiel unter meinen Fingerspitzen. Köstlich! Selbst mit High Heels muss ich dazu hinauflangen, zumal er sich, durch meine Worte noch immer verunsichert, nicht zu mir hinunterbeugt.

Armer, sexy Max!

Mit den Lippen streife ich sein Kinn und muss mich zusammennehmen, dass ich bei der Berührung nicht aufstöhne.

Er ist weniger zurückhaltend, sondern stößt einen kehligen Laut aus, der mir durch und durch geht.

»Zum Dampfablassen wirst du perfekt sein, Max.« Ich stelle die Grundregeln auf, damit uns beiden klar ist, dass ich nur eine Nacht schweißtreibender, lakenzerwühlender Leidenschaft möchte, sonst nichts. Max Henderson braucht nicht zu denken, dass ich darüber hinaus irgendwelche Absichten hege. Sprich: keine Brunches oder gemütlichen Sonntage, an denen man Kreuzworträtsel löst, keine gemeinsam angeschafften Hunde. Um ein zweites Date werde ich nicht bitten.

Oder auch nur um ein erstes.

In seinen Augen flackert etwas auf, doch es schwächt sich zu dunklem Verlangen ab, das von ihm Besitz ergriffen hat, seitdem er sich mir vor meinem Wohngebäude genähert hat. Seitdem ich ihn kennengelernt habe.

Er stößt einen Seufzer aus und streicht mit seinen Lippen über meine. »Erzähl mir mehr über dieses Dampfablassen.«

13. KAPITEL

Max

Ich glaube, ich werde ausgenutzt.

Eigentlich weiß ich es sogar, schließlich hat es Charlie vor ihrem Haus quasi so ausgedrückt. Was mich *nicht* stören sollte. Wie viele Male habe ich einer Frau schon erklärt, mehr als eine Nacht, möglicherweise auch zwei, sei mit mir nicht drin? Wie viele meiner Ex-Geliebten wussten genau, wie die gemeinsam mit mir verbrachte Zeit auszusehen hatte? *Alle von ihnen*, und dennoch komme ich mit den meisten von ihnen immer noch gut aus, von Mitzi mal abgesehen, aber die spielt in einer anderen Liga.

Ich sollte mich über Charlies erfrischende Ehrlichkeit freuen. Schließlich habe ich ihr ja selbst erklärt, dass sie auf ihrer Jagd nach Mr Right dennoch ihren Spaß haben könnte.

Ist es das, was mich ärgert? Dass sie mich gar nicht als Ehemannmaterial in Betracht zieht? Zur Hölle, ich betrachte mich ja auch nicht als Ehemannmaterial, und für Charlie schon gleich gar nicht.

Die süße, sexy Charlie. Ihr Mund ist wie sündiger Samt, ein Hochgenuss, der dadurch noch unglaublicher wird, dass ihr Kuss rein gar nichts Zögerliches hat. Nachdem sie sich zu diesem Schritt entschlossen hat, wirft sie alle Skrupel, mit mir zu schlafen, über Bord. Als möglicher Partner bin ich abgeschrieben. Ich bin nur noch etwas Physisches, auf das sie ihre Sehnsüchte projizieren kann.

Schade, ich habe sie so gern.

Ich bin nicht sicher, wie und wann es dazu gekommen ist, vermutlich irgendwann in der Zeit zwischen ihren fantasievollen Beschimpfungen Lars Mullers und ihren hasserfüllten Blicken, als ich ihrem Dad das Käse-Sandwich zubereitete. (Habe ich dafür ein Wort des Dankes gehört? Von wegen, nichts als abfällige Bemerkungen!) Die Erkenntnis, dass ich in diese Frau, die in mir nur Frischfleisch sieht, verliebt bin, kommt irgendwie ungelegen, doch ich bin ein großer Junge, und es wird mir gelingen, damit umzugehen.

Der Aufzug öffnet sich im zweiten Stock ihres Wohngebäudes, das mir nach einem sanierten Hotel aus den Zwanzigerjahren aussieht. Vermutlich wurden unter Erhaltung der Stuckverzierungen und netterer Details des alten Hauses jeweils mehrere Einheiten zu einer Wohnung zusammengefasst.

Sie führt mich den Gang entlang zu ihrer Wohnung. Wo ihre Hände vorhin noch zitterten, trifft sie das Schlüsselloch jetzt völlig problemlos. Charlie hat die Kontrolle zurück.

Ich habe vor, das zu ändern.

Habe vor, sie zum Fluchen zu bringen wie einen Baseballschiedsrichter, der verdammt sauer ist.

Habe vor, sie dazu zu bringen, mich um etliche Wiederholungsrunden zu bitten – nein, *anzuflehen.*

Als wir in ihrer Wohnung sind, greift sie zum Lichtschalter, doch ich ziehe sie an meinen Körper zurück. Ich bin hart für sie. Als sie scharf Luft holt, schießt mir das direkt in die Lenden. Ich könnte es schnell tun. Ich schätze, das wäre nach Charlies Geschmack, eine schnelle Nummer, das würde in ihr Bild von mir passen. Aber heute Abend bin ich ganz versessen darauf, ihren Eindruck von mir auf den Kopf zu stellen.

»Immer langsam, Honey. Lass mich sehen, womit ich hier arbeite.« Ich drehe mich mit ihr, sodass sie jetzt an der Wand lehnt. Es dringt genügend Licht aus der Küche rechts von mir, um ihren Gesichtsausdruck erkennen zu können.

»Das Schlafzimmer ist hinter dir«, murmelt sie.

»Da landen wir irgendwann auch noch.« Erst mal möchte ich noch so viel anderes tun, so viel anderes auskosten. Jede sexuelle Begegnung hat ein gewisses Tempo, einen Rhythmus, der sich durchsetzt. Charlie wünscht sich elektronische Tanzmusik, während ich das Ganze lieber mit einer langsamen Ballade angehen möchte.

Sie greift schnurstracks nach meinem Reißverschluss.

Ich schiebe ihre Hand entschlossen weg, selbst wenn mein Schwanz mit dieser Entscheidung unglücklich ist. Nein, sie gefällt ihm überhaupt nicht. Der Fucker und seine kugeligen Freunde werden sich benehmen müssen, denn ich will eine Frau umwerben.

»Noch nicht«, murmele ich und richtete mich dabei genauso sehr an mein gutes Stück wie an sie, ehe ich ihre Lippen mit einem leidenschaftlichen Kuss verschließe. Sie stöhnt auf - der süßeste Klang der Kapitulation. Hauchzart fahre ich mit den Fingerspitzen an ihren Seiten hinab, necke und liebkose damit ihre weiche Haut.

»Max, ich brauche … o Gott!« Wieder versucht sie, sich an meinem Reißverschluss zu schaffen zu machen, und wieder wehre ich sie ab - kaum zu glauben, ich weiß - dieses Mal, indem ich ihre beiden Hände nehme und sie ihr über den Kopf halte.

»Ich mach das schon, Charlie. Ich kümmere mich um dich.«

»Das dauert mir zu lang!«, zischt sie.

»Das Warten wird sich lohnen. Vertrau mir.«

Sie entspannt sich ein wenig – schließlich handelt es sich um Charlie, und Entspannung ist nicht ihr Ding – und murmelt: »Jetzt mach schon weiter!«

Ich lache in mich hinein und drehe sie um, sodass sie sich mit dem Gesicht zur Tür befindet. Ich muss beide Hände frei haben, denn wer weiß, ob sie nicht wieder die Führung zu übernehmen versucht, wenn ich es ihr nicht ein bisschen schwieriger mache. Ich schmiege mich an sie, und als sie sich an den Bereich unterhalb meiner Hüfte drückt, passt es perfekt. Einen Augenblick lasse ich sie fühlen, welche Wirkung sie auf mich hat, einmal, indem ich sie an mich dränge, und dann, indem ich mich lüstern an ihrer Kehrseite reibe.

Die Hand über ihrem Kopf ballt sich zur Faust.

Unser eigener kleiner *Titanic*-Moment.

Seitlich finde ich den Reißverschluss zu ihren Shorts und ziehe diese langsam nach unten, jeder Augenblick ein Necken, jeder Zentimeter eine Folter – für uns beide. Ich lasse die Shorts über ihren Hintern gleiten. Sie steigt hinaus, und ich kicke die Hose beiseite.

Das Küchenlicht wirft einen Schimmer auf kurvige Pobacken, die von einem sexy schwarzen Tanga getrennt werden. Es hat etwas sowohl Künstlerisches als auch Verspieltes, wie das Licht dort ihre Haut sprenkelt. Ich umfasse eine Backe und liebkose sie, während ich mit der freien Hand vorn am Bund ihres Tangas entlangfahre.

Dann hinein.

Sie atmet stoßweise. Inzwischen stemmt sie beide Hände an die Tür und streckt mir ihre Hüften entgegen. Als ob ich dazu Nein sagen könnte.

Ich lasse meine Finger forschend weiterwandern, suche

ihre Hitze, ihre pochendes Zentrum. Ich teile es und gleite dort hinein, wo sie so heiß und feucht ist. Was mich nicht überraschen sollte. Die Frau ist eindeutig angeturnt, und meine Moves sind genau das, was sie braucht. Und doch durchrieselt mich auch ein Gefühl, das ich nicht gleich einordnen kann. Es ist nicht Lust. Auch kein Machtgefühl.

Sondern ein Gefühl des Erkennens.

Als hätte die perfekte Pussy darauf gewartet, dass ich meinen Claim abstecke, und mit einem Mal bin ich zu Hause.

Dabei bin ich noch nicht einmal in sie eingedrungen.

Yeah, ich verliere den Verstand!

Sie drängt sich gegen meine Hand, und ich wage mich tiefer hinein. »Gott!«, murmele ich. Ich umfasse ihre Hüfte und ziehe sie an mich, sodass mein Mund an ihrem Ohr ist. Ich keuche, als hätte ich ein Rennen hinter mir. Es fragt sich, ob ich dieses quälend langsame Tempo beibehalten kann, das ich selbst festgelegt habe.

Aber verdammt, ich gebe mein Bestes!

Ich drehe meinen Finger und massiere ihre Klit, was sie mit einem tiefen Stöhnen quittiert, das eine neue Unterhaltung zwischen uns einläutet. Sie vibriert am ganzen Körper. Ich brauche freien Zugang! Ich schiebe ihr den Tanga vom Hintern hinunter, der jetzt, irgendwie anrüchig, weiter unten hängt, einer meiner liebsten Anblicke. Derangiert und verzweifelt.

Sie bewegt sich gegen meinen Finger, ist auf mehr Reibung aus, also gebe ich sie ihr. Fahre hin und her durch ihre feuchte Mitte und bewege meine Handfläche dann so, dass sie ihre Schenkel trennt und sie breitbeiniger dastehen muss.

Ich reibe sie mit der ganzen Hand, verteile das flüssige Verlangen. Sie fühlt sich so verdammt gut an, und das möchte ich ihr sagen, doch meine Stimmbänder machen nicht mit.

Als wäre ich wieder dieses stotternde Kind, das nichts herausbringt. Charlie Love hat es wieder einmal geschafft – ich habe die Kontrolle über etwas verloren, das mir sonst so leicht fällt. Über meine Worte. Meine Redegewandtheit ist dahin.

Unfähig zu sprechen, mache ich das Nächstbeste, um die Verbindung zu vertiefen. Ich ziehe Charlie wieder an mich, den Mund nahe an ihr Ohr, und mir entfährt ein kleines lustvolles Stöhnen. Noch immer bringe ich kein Wort heraus, aber vielleicht ist das auch nicht nötig. Vielleicht muss ich gar nicht der Max sein, der immer alles unter Kontrolle hat, der weiß, was als Nächstes kommt, weil er die Befehle erteilt und sagt, wo's langgeht.

Ich denke, ich weiß, wie Charlie sich vor zehn Minuten gefühlt hat, als ihr aufging, dass es gar nicht so schwierig sein könnte, sich gehen zu lassen. Ich reibe mich an ihrem nackten Hintern, während ich eine Fingerkuppe weiterhin zwischen ihren Schenkeln kreisen lasse. Inzwischen windet sie sich, ist nahe dran zu kommen, und ich bin bereit für sie. So bereit.

Ihre Schenkel beben, sie lehnt erschauernd die Stirn an die Tür. Es ist überwältigend, und doch ist es der beherrschteste Orgasmus, den ich je miterlebt habe. Das ist okay. Manche Frauen sind still, andererseits passt das eigentlich nicht zu der Charlie, die ich kenne.

Ich drehe sie zu mir. Sie ist völlig weggetreten, der Blick lustverschleiert. »Das war … schön«, sage ich. Ich weiß, ich habe geholfen, aber es kommt mir nicht so vor, als wäre ich wirklich ein Teil davon gewesen.

Bei meinen Worten blinzelt sie und scheint dann zurückzukommen, von wo immer sie hinverschwunden ist.

Ich weiß, was als Nächstes kommt.

Ihre Hand auf meinem Reißverschluss. Die Frage nach Kondomen. Mich zum Kommen bringen und bye!

Ich bin nicht wirklich bereit, entlassen zu werden.

Erwartungsgemäß streicht sie mit der Hand über die beachtliche Wölbung in meiner Jeans. Ich halte sie am Armgelenk fest.

»Was stimmt denn nicht?«, flüstert sie.

Alles, möchte ich sagen. Stattdessen erkundige ich mich, wo das Badezimmer ist, und stolpere davon.

Bis auf eine kleine Sorgenfalte zwischen den Augenbrauen sieht der Mann im Spiegel aus wie immer. Ich habe keine Ahnung, welche Taktik ich verfolge. Versuche ich wirklich, auf Zeit zu spielen, weil ich mich durch Charlies Einstellung herabgewürdigt fühle?

Verdammt noch mal, ich bitte doch lediglich um ein bisschen Romantik! Bei dem Gedanken muss ich schmunzeln. *Extrablatt! Extrablatt! Lesen Sie alles darüber! Max Henderson braucht Romantik!*

Ich taumele hier am Abgrund der Absurdität. Auf der anderen Seite der Tür erwartet mich eine Frau, die mir die Fantasie anbietet. Noch nicht mal eine Fantasie, sondern die Realität, in der ich lebe und die ich seit vielen Jahren genieße. Ohne weitere Bedingungen, ohne Druck, eine schnelle Nummer und weiter geht's im Leben.

Die Sache ist aber die: Charlie Love braucht auch ein wenig Romantik, glaube ich.

Nicht, dass ausgerechnet ich sie ihr geben kann – zumindest nicht das volle Programm – aber muss denn alles unbedingt wie eine Transaktion rüberkommen? Können wir die Reise nicht ein wenig genießen, anstatt mit halsbrecherischer Geschwindigkeit auf das Ziel zuzurasen? Sex muss kein Wettrennen sein.

Zufrieden mit dieser Erkenntnis, möchte ich das Bad verlassen, als mein Blick auf etwas fällt, das selbst der härtesten Erektion den Garaus machen würde. Ich hebe es auf und frage mich, was es damit auf sich haben könnte.

Ein Klopfen an der Tür. »Max, alles okay mit dir?«

Nein, überhaupt nicht.

Ich öffne die Tür und halte mein Fundstück in die Höhe. »Gibt's da etwas, das du mir sagen musst?«

Charlie

Nachdem mich Max Henderson gerade auf eine Achterbahn-Sexfahrt mitgenommen hat, bei der das Auf so heiß war wie das Ab und die nun viel zu abrupt endet, brauche ich einen Moment, um mich zu sammeln.

Ich hatte gedacht, er könnte ein Problem haben – also ihr wisst schon … – doch während er mich zum Höhepunkt brachte, spürte ich am Rücken eindeutig etwas Hartes. Na, und die Beule in seinem Schritt, als er die Badezimmertür öffnet, ist auch nicht zu übersehen. (Ja, peinlich, aber dorthin habe ich als Erstes geguckt.)

Doch meine Verwirrung weicht schon bald einer Ach-du-Scheiße-Panik, als ich erkenne, was er hochhält: Ginas Schwangerschaftstest!

»Das ist nicht meiner«, verteidige ich mich instinktiv.

So etwas wie Erleichterung huscht über seine Gesichtszüge. Er nickt. Wartet.

»Der gehört einer Freundin.« *Stimmt.* »Sie bekommt ein Kind.« *Deine Nichte oder deinen Neffen.*

»Genau das bedeutet so ein Pluszeichen gewöhnlich nun mal«, sagt er gleichmütig. »Sorry, ich wollte nicht neugierig sein. Es ist nur so, wenn du schwanger gewesen wärst …«

»… sollte ich mit keinem anderen Sex haben?«

»Das habe ich nicht gesagt. Aber es würde das Ganze komplizierter machen.«

Richtig. Aber ich bin nicht schwanger. Insofern …

Er wirft den Test in den Abfalleimer bei der Tür und wäscht sich die Hände.

Wieder etwas entspannter, lehne ich mich an den Türrahmen.

»Du hast dich umgezogen?« Er mustert mich von oben bis unten.

»Ich war mir nicht sicher, ob du bleibst.«

»Möchtest du das denn?«

Mir wird flau im Magen. Will er mir mit der Frage eine Falle stellen?

»Nun, ich hatte meinen Spaß, du aber noch nicht«, erwidere ich fröhlich.

Max trocknet sich die Hände ab und baut sich mit verschränkten Armen vor mir auf. »An dieser Feststellung stimmen zwei Dinge nicht. Du nimmst an, dass ich keinen Spaß hatte, während du deinen hattest. Falsch! Und du beschreibst das, was hier geschieht, als eine Art Quidproquo. Ich habe dir beim Dampfablassen geholfen« – er deutet auf meine Shorts –, »und nun musst du den Gefallen erwidern.«

Ich lächele süß, frage mich aber, worauf er hinauswill. »Das ist das Mindeste, was ich tun kann.«

Er kommt näher, und ich halte den Atem an. »Was, wenn ich dir sagen würde, dass ich nicht möchte, dass es so läuft? Dass ich meine Zeit lieber damit verbringen würde, dich richtig zu verwöhnen?«

Was für ein Blödsinn ist das denn? Warum zur Hölle sollte Max Henderson damit seine Zeit verbringen wollen?

»Ich bin aber nicht auf eine Beziehung aus«, entfährt es mir leicht gereizt.

Er kommt noch näher und umfasst meine Hüften. »Du meinst, mit mir.«

»Richtig.«

Jeder andere würde mir das übel nehmen, Max nicht. Stattdessen macht er das Allersüßeste: Er drückt seine Stirn an meine und flüstert etwas, das jede Frau hören möchte: »Erzähl mir, was du gerade brauchst.«

Dass er geht.

Dass er mit mir schläft.

Dass er mir alles und nichts erzählt.

Zur Erfüllung meiner Wünsche ist es am besten, sich mit dem Teufel ins Bett zu begeben. »Ich brauche dich in mir.«

So etwas zu sagen ist sexy. Verdorben. Aber aus meinem Mund klingt es auch erstaunlich verletzlich, da mit dieser Bitte nicht nur körperliche Nähe verbunden ist, sondern auch ein Besuch in meinem Kopf und vielleicht ein Abstecher zu meinem Herzen und meiner Seele.

Er fährt mit den Händen hinunter zu meinem Hintern und führt mich dann rückwärts, wobei er mich unverwandt ansieht. Sein Blick geht mir durch und durch. »Schlafzimmer!«

»Hinter mir. Erste Tür.«

Ich möchte ihn küssen, will die Augen aber nicht schließen. Will nichts verpassen.

Er lotst mich zu meiner Kommode und dreht mich dann zu dem Ganzkörperspiegel in der Ecke herum. Er schlingt die Arme um mich und schmiegt das Gesicht an meines, drängt seine Härte gegen mich.

»Wir sehen gut aus zusammen, Charles. Ich, der gut aussehende Grübler, du, der strahlende Sonnenschein.«

Er hat recht, das kann ich nicht leugnen. Aber er ist ja auch die Sorte Mann, die jeden, der mit ihm zusammen ist, automatisch in ein gutes Licht rückt. Ich weigere mich, mir das irgendwie als Verdienst anzurechnen.

»Äußerlich«, murmele ich, abgelenkt davon, dass er die

Hand unter den Saum meines Tops geschoben hat und sanft meine Hüfte streichelt. »Innerlich dagegen kannst du lange suchen.«

Seine Augen begegnen meinen im Spiegel. Etwas Beunruhigendes blitzt darin auf.

»Deine Wohnung gefällt mir«, wechselt er das Thema zu meiner Überraschung. »Zumindest das, was ich davon gesehen habe.« Weitere dieser köstlichen Streicheleien auf meiner Hüfte, die nun in Richtung meines Bauchs wandern, sodass mir ganz schwummerig wird.

»Bin gerade erst eingezogen. Na ja, vor einem Monat.«

»Ich wette, deine Eltern sind stolz.«

Ich werde hellhörig. »Das sind sie.« Dabei belasse ich es. Max braucht nicht zu wissen, was sie meinetwegen durchgemacht haben.

»Dein eigenes Business. Deine eigene Wohnung. Jepp, sie sind stolz. Ihr Mädchen hat es zu etwas gebracht.«

Mein Herz zieht sich zusammen. Mein ganzes Leben wollte ich Sully und Donna dafür, dass sie mich gerettet haben, stolz machen.

»Ist das der Grund, warum du es so eilig hast, den Richtigen zu finden?«

Um ihm in die Augen sehen zu können, drehe ich mich zu ihm um. »Hat Sully in der Richtung was gesagt?«

»Könnte sein, dass er den Wunsch geäußert hat, dich unter der Haube zu sehen. Er findet, du arbeitest zu hart. Möchte lieber sehen, dass dich ein Mann auf Händen trägt.«

»Und das hast du ihm alles beim Kartenspielen aus der Nase gezogen?«

»Wenn die Burschen nicht gerade rülpsen, sind sie erstaunlich redselig. Weißt du, was ich glaube, Charles?«

»Ich wette, du erzählst es mir gleich.«

»Ich glaube, irgendein Kerl hat dir wehgetan, und nun hast du eine Liste mit den Mindestanforderungen für Charlie Loves zukünftigen Mann erstellt, die du immer wieder überprüfst.«

Max' kleine Psychoanalyse belustigt mich und macht mir gleichzeitig Angst. Ich gehe darauf ein, weil ich neugierig bin.

»Ach, und nun sag schon, wie sehen diese Mindestanforderungen aus?«

»Er muss freundlich sein, Tiere und Kinder mögen, selbstlos im Bett sein.«

Suchend sehe ich ihm über die Schulter. »Und, wo *ist* dieses Prachtexemplar?«

»Also bloß nichts zu Aufregendes. Er soll dir deinen Willen lassen, möglicherweise ist er also ein bisschen ...« - er wiegt nachdenklich den Kopf - »... langweilig. Aber jeder mit zu viel Persönlichkeit könnte eine Herausforderung darstellen!«

»Und Herausforderungen mag ich nicht?«

»Doch, schon. Aber ich glaube, du hast in der Richtung schon einen Versuch hinter dir und bist damit baden gegangen. Jetzt willst du den einfacheren Weg gehen, selbst wenn du dafür Kompromisse hinsichtlich dessen machen musst, was du wirklich brauchst.«

»Und das wäre?«

Er antwortet nicht gleich, vielleicht, um seinen nächsten Worten mehr Gewicht zu geben, als sie verdienen.

»Einen, der dich versteht. Einen Seelengefährten.«

Ich muss schlucken, denn verflixt noch mal, diese Kunstpause hatte es in sich. Aber will das nicht jeder, einen Partner, der dich ergänzt, dich versteht, dir freien Lauf lässt beziehungsweise dich notfalls zügelt? Ich dachte, mit Jeremy liefe es darauf hinaus und jeder gemeinsam verbrachte Moment würde uns näher zueinanderbringen. Dabei habe ich jedoch aufgepasst, nicht zu viel von mir preiszugeben und Jeremy nur das zu zeigen, was er sehen sollte.

Bei Max ist das alles gar nicht nötig. Vermutlich könnte ich ihm alle meine Geheimnisse verraten und würde mich doch nie verurteilt fühlen. Hätte keinen Druck, da ich ihn ja gar nicht für mich gewinnen will.

Nachdem so wenig auf dem Spiel steht, könnte es Spaß machen, Max als Vertrauten zu haben, und als Lover erst recht.

»Dieser Seelengefährtenkram wird überbewertet«, sage ich und lache gezwungen. »Aber es ist sehr verführerisch, wenn diese Aussage von jemandem stammt, der persönlich gar nicht daran glaubt. Im Grunde schwenkst du damit ja eine Karotte, die für etliche Möglichkeiten steht, vor meinen Augen herum. Kein Wunder, dass deine Hündchen-Ex da was in den falschen Hals gekriegt hat. Deinen Vibes nach willst du was für immer, dabei hältst du davon gar nichts.«

»Ich muss nichts davon halten, um zu verstehen, dass es anderen etwas bedeuten kann. Das ist wie bei jedem Glauben. Er kann dich leiten, sobald du daran glaubst. Schwierig wird es, wenn jemand sich weigert, dieser idealisierten Partnerversion zu entsprechen – oder es schlichtweg nicht kann.«

Seltsam beruhigt durch seine Worte, schlinge ich ihm die Arme um den Hals. »Max Henderson, ich glaube, in der Hinsicht sind wir auf derselben Wellenlänge.«

»Sind wir das?«

»Du glaubst, Glück in der Ehe gibt es nicht. Ich schon, aber mir ist auch klar, dass es Arbeit bedeutet. Und Ehrlichkeit und Kommunikation erfordert. Ich erwarte nichts von dir, Max. Rein gar nichts.«

Ich sage ihm, was jeder Mann hören will, warum also schaut er so … enttäuscht? Aber vielleicht projiziere ich ja etwas in seinen Blick hinein, aus Angst, ihn zu enttäuschen.

Wer hätte gedacht, dass die Vorgehensweise bei Sex – selbst bei Gelegenheitssex – so verdammt kompliziert ist?

Während dieser intimen Unterhaltung, dem so ziemlich besten Vorspiel meines Lebens, hat Max die Hände über meine Kurven gleiten lassen. Dass er so bedächtig vorgeht, hätte ich nie gedacht, doch ich merke, dass mir das gefällt. Jeremy war ein alter Grapscher, und zwar auf eine unangenehme Art und Weise. Ich bin an Männer gewöhnt, die mich im Namen ungezügelter Leidenschaft betatscht und befummelt haben, weshalb es eine Offenbarung ist, auf dieses seltene Einhorn zu stoßen, das weiß, wie man den Augenblick auskostet.

Mir werden bedächtig die Shorts heruntergezogen. Erneut. Mein Top wird ehrfürchtig geöffnet und behutsam heruntergeschoben. Max lässt den Blick über meinen Körper wandern. Noch immer trage ich Unterwäsche, einen trägerlosen BH, der mit einer Größe 75 B nichts Penthouse-Würdiges unterstützt, und einen Seidentanga, der inzwischen zwar feucht ist, doch wie durch ein Wunder noch nicht zu Asche verbrannt.

Ich sollte Donna Karan eine Nachricht zukommen lassen. *Ihr Höschen hat dem Angriff einer Max-Henderson-Verführung standgehalten. Hut ab!*

Max schweigt, und das macht mich nervös, weshalb ich sage: »Max, hat es dir die Sprache verschlagen?«

Kurz huscht ein Schatten über sein Gesicht, doch vielleicht bilde ich es mir auch nur ein. Er lächelt. Der Schatten weicht.

Mit einer Bedächtigkeit, die mich wahnsinnig macht,

knöpft er sein Hemd auf. Was zum Vorschein kommt, ist großartig. Fest und definiert, mit leichter Behaarung auf den Brustmuskeln, die sich auf ihrem Weg zu seinen Kronjuwelen verjüngt. Mich macht das total an.

Scheinbar möchte ich verführt werden.

»Darf ich?« Ich berühre seinen Hosenbund. Er nickt.

Anstatt wie sonst den Reißverschluss in wilder Hast zu öffnen, ziehe ich ihn in einer Reise, die zehn Sekunden dauert, langsam nach unten. Als ich die Hand auf den Schatz hinter dem Vorhang lege, ernte ich von ihm dafür ein Stöhnen und ein ersticktes: »Ch-Charlie.«

Eine weitere Verzögerungstaktik: Das Herunterschälen seiner Hose. Ich bin mir nicht sicher, warum ich das so langsam mache. Er hat mir bereits einen unglaublichen Orgasmus beschert, aber dennoch haben wir die Oberfläche des Möglichen gerade mal angekratzt.

Er steigt aus seiner Hose, legt eine Hand auf meine Schulter und schiebt mich aufs Bett zurück.

»Ich habe Kondome in der …«

Er bringt mich mit einem Kuss zum Verstummen, unsere Lippen scheinen geschaffen füreinander. Ich heiße ihn mit einem Öffnen meiner Beine willkommen, und er begibt sich dazwischen, wobei uns unsere dumme Unterwäsche noch immer im Weg ist. Mich stört das allerdings nicht. Nicht, wenn Max beide Hände um mein Gesicht gelegt hat und meinen Mund wie in einer Vorschau kommender Attraktionen erforscht.

Eigentlich dachte ich, in der Stimmung für schnellen, schmutzigen Sex zu sein. Zu meiner Gefühlslage würde das besser passen, doch Max schickt meine Gedanken in eine andere Richtung, eine, in der schnell und schmutzig durch langsam und sinnlich ersetzt wird. Romantisch.

Max Henderson umwirbt mich.

Bevor sich das noch in meinem Herzen festsetzt, packe ich ihn am Hintern. Genau das Richtige, um meine unsinnigen Gedanken zu bremsen!

Er schmunzelt, als würde er den Grund dafür kennen. »Das ist mein Mädchen. Sag mir, was du brauchst.«

Ich bin so durcheinander. Ich möchte es langsam und schnell, schmutzig und romantisch. Das ist nicht möglich, andererseits lässt Max alles möglich erscheinen.

»Ich. Brauche. Dich«, sage ich. »Bitte!« Ich bin eine höfliche Steinzeitfrau.

Er beendet den Kuss und wandert mit seinem Mund den so wichtigen Treck gen Süden. Als würde sie spüren, dass Max' teuflischer Mund in der Nähe ist, hüpft eine Brust heraus. Nun bettelt sie um seine Zunge. Er erfüllt ihr ihren Wunsch, worauf sich ihr Zwilling eifersüchtig gegen ihr Spitzenkörbchen drängt. Max wandert mit seinem Mund weiter und weiter nach unten, und die nächsten Minuten bestehen aus einem einzigen Nebel an Gefühlen. Mein Tanga wird beiseitegeschoben, um für Max' Zungenspitze Platz zu machen, und, o Gott, das ist so unglaublich gut! Auch seine Finger setzt er ein, die streicheln und reiben und sich hineinschieben.

»Maaaax!«

Keine Antwort, aber das ist egal, ich hätte sowieso nichts Lohnenswertes zu sagen. Ich bäume mich auf und bekomme meinen zweiten Orgasmus des Abends.

Erlebe ich das wirklich?

Max schwebt über mir, sein Mund nahe an meinem.

»Sag Ja, Charlie.«

Ich weiß es zu schätzen, dass er meine Zustimmung einholen will, doch ich höre aus seinen Worten noch etwas anderes heraus. Er möchte mehr als nur meinen Körper, doch als ich darauf »Ja« murmele, tue ich so, als würde ich ihm lediglich Zugriff auf Letzteren gestatten. Das ist nötig für mein geistiges Wohl.

Nachdem er meinen Tanga hinuntergerollt hat, dringt etwas deutlich Größeres als ein Finger in mich ein. Verdammt, nach meinem Höhepunkt war ich so weggetreten, dass ich keinen Blick auf Max Hendersons Waffe geworfen habe, bevor er daranging, mir damit die Sinne zu rauben.

Er umfasst mein Kinn und küsst mich langsam und innig. »Gut?« Er gleitet hinaus, dann wieder tief in mich hinein, und ich fühle mich aufs Köstlichste erfüllt.

Ich möchte ihn bitten, fester. Ich möchte ihn bitten, schneller. Will ihm ausführlich schildern, was ich möchte, aber er macht seine Sache auch so wahnsinnig gut, warum da diese Dynamik ins Spiel bringen? Ich nicke also, lasse ihn wissen, alles ist gut, und er fährt fort, mit langen, tiefen Stößen in mich zu gleiten. Und doch beobachtet er mich die ganze Zeit über, wertet meine Reaktion auf jede Bewegung, korrigiert den Winkel, wenn er meint, ich würde ihm wortlos etwas zu verstehen geben.

Er ist sehr intuitiv, so intuitiv, dass es nicht lange dauert, bevor sich tief in meinem Unterleib wieder dieser Druck aufbaut. Drei Mal! Das muss ein Rekord sein, allerdings nicht für Max. Vermutlich tut er … Shit, warum denke ich jetzt daran, wie Max anderen Frauen Orgasmen verschafft?

Ich drehe den Kopf weg, beschämt, wohin meine Gedanken gewandert sind.

Er dreht ihn wieder zu sich, schüttelt den Kopf und – o Gott! – lächelt.

»Hey, herschauen, allerliebste Charlie. Ich muss dich sehen.«

Und ich habe das Gefühl, das tut er. Er sieht mich wirklich. Wir befinden uns gemeinsam auf dem Aufstieg hin zu einem Ort, den ich unbedingt erreichen möchte, und doch fürchte ich mich davor, was das bedeuten könnte. Alles an mir ist schwindelerregende, flüssige Hitze. Pures Gefühl. Max bleibt unbeirrbar – in seinen Stößen, seinem leidenschaftlichen Blick und in der Intensität, die er ausstrahlt. Der Orgasmus fegt über mich hinweg, und ich beiße mir auf die Lippe, um meinen Nachbarn mit meinen Lustschreien keine Angst einzujagen.

Oder mir selbst.

Max' spannt sich am ganzen Körper an und gibt ein langes Stöhnen von sich. Es ist perfekt, doch er ist es ja auch.

14. KAPITEL

Max

Im *Punch Palace* setze ich mich damit auseinander. Ihr könntet fragen, womit genau?

Mit Charlie Loves Widerstand.

Aus unerfindlichen Gründen meint sie, einmal reiche. Einmal – mit mir! Was aus zahlreichen Gründen verwirrend ist:

1. Keine Frau hat zu einer weiteren Nummer mit mir je Nein gesagt. Nicht eine einzige.
2. Selbst wenn ich Charlie das von ihr so favorisierte ewige Liebesglück nicht versprechen kann, biete ich mich ihr doch immerhin für die absehbare Zukunft als Sextoy an. Wie kann man da Nein sagen?
3. Wir haben einen Draht zueinander. Nicht nur, was den Sex angeht, der einer chemischen Feuersbrunst glich, wodurch es zum besten Sex wurde, den ich (und vermutlich überhaupt jemand) je hatte, sondern auch auf geistiger Ebene. Ich unterhalte mich gern mit ihr. Ich mag ihre Scharfsinnigkeit, und ich denke, ihr gefällt es, dass ich mich bemühe, mein Bestes zu geben.

Ich vermute, am letzten Punkt ist mehr dran und ich müsste dem nachgehen, da ich es nicht ganz greifen kann. Es ist jetzt zwei Wochen her, seitdem wir miteinander Sex hatten – auch wenn »Sex hatten« das, was geschah, überhaupt nicht trifft. Es war weit mehr als das. Verdammt, ich habe ja an Romantik aufgefahren, was nur ging!

Nicht, dass sie es zu schätzen gewusst hätte. Nein, mit einem »Sorry, ich habe ganz früh ein Meeting« setzte sie mich gleich danach vor die Tür! Ein paar Tage darauf bat ich sie, mit mir aufs Hitchcock-Festival in der Music Box zu gehen, doch sie wollte nicht. »Rein freundschaftlich« hätte ich sagen können, doch es wäre uns beiden klar gewesen, dass wir fünf Minuten nach dem Abspann von *Vertigo* im Bett gelandet wären.

Wieder dresche ich auf Bob ein – beziehungsweise auf seinen Ersatz. Das zaubert mir ein Lächeln aufs Gesicht, jedoch ein grimmiges.

»Max, weiß Lucas, dass du mit Bob deine ganzen Aggressionen abzubauen versuchst?«

Ich habe Grant gar nicht kommen hören. Dafür, dass er über einen Meter neunzig groß und wie ein Linebacker gebaut ist, kommt er erstaunlich leichtfüßig daher.

Ich gehe zu der Bank am Fenster mit Ausblick auf den Chicago River und schnappe mir ein Handtuch. »Du solltest dich wirklich nicht so anschleichen.«

»Werde ich sonst verprügelt? Von dir?« Er fragt das in einem derart ungläubigen Ton, dass ich lachen muss.

»Brauchst du den Raum?« Ich leere eine halbe Wasserflasche.

»Nope.« Er wartet. Grant ist so jemand, der einen Moment braucht, ehe er auf den Punkt kommt. Das ist eine Eigenart aus dem Süden, und auch wenn ich selbst ganz anders drauf bin, mag ich die langsamere, bedächtigere Art meines Freundes.

»Warum bist du angefressen?«, fragt er. »Impotenz, nehm ich an?«

Ich beschließe, nicht lange um den heißen Brei herumzureden. »Es gibt da diese Frau.«

»Die Hochzeitsplanerin?«

»Woher weißt du das?«

»Lucas und Sadie haben da eine Wette laufen. Er glaubt echt, du könntest dieses Mädchen heiraten, und rechnet mit einem Antrag gegen Ende des Sommers.«

Mir kippt die Kinnlade runter. »Und was meint Sadie dazu?«

»Die ist sich ziemlich sicher, dass es zwar so weit kommt, du allerdings noch bis zum Herbst warten wirst. Irgendwas von wegen, wenn sich das Laub färbt, vielleicht ein Trip, um sich in Wisconsin besagtes Laub anzusehen, was den Antrag dann romantischer macht.« Er zuckt die Achseln. *Frauen.* »Du scheinst es nicht eilig zu haben, diese Möglichkeit abzustreiten.«

»Tja, ich werde nicht heiraten. Shit, du weißt doch, dass das für unsereins nichts ist.«

Seine Lippen zucken ganz leicht.

»Sorry, Mann, ich wollte nicht …«

»Kein Problem. Ich kann verstehen, warum du was gegen den heiligen Stand hast.« Er hat mein Fiasko mit Becca miterlebt. »Aber eins ist sicher: Diese Heiratsplanerin sorgt in unserem kleinen Königreich ganz schön für Aufruhr.«

Ich bin froh, dass sich das Thema wieder um mich dreht, und wenn auch nur, weil Grant noch immer so unter der Scheidung von Aubrey leidet. »Weil ein paar unserer Mitarbeiter über sie tratschen?«, frage ich spöttisch.

»Das und die Tatsache, dass dich offenbar eine Frau in die Finger kriegen will. Und die wirkt reichlich sauer.«

Ich schnappe mir mein Handy und checke meine Nachrichten. Nichts von Mitzi, Charlie oder meiner Mutter.

Von Neuem bin ich total angefressen.

»Hast du eine Nachricht für mich entgegengenommen?«

Grant hebt eine Augenbraue. »Ich bin doch nicht dein Sekretär!«

»Und doch bist du hier.«

»Sie hat tolle Beine.«

Ich muss mich verhört haben. »Wie bitte?«

Er kneift die Augen im Wildwest-Stil zusammen und wirft einen qualvoll langen Blick auf die Lucas-Maske, die Bob den Torso bedeckt, den, den ich benutzt habe, um mich auszutoben. »Deine Hochzeitsplanerin. Sie hat tolle Beine.«

Ich recke mich und frage mich, ob ich seine Bedächtigkeit wirklich so gut finde wie gedacht. »Woher weißt du das?«

»Sie wartet in deinem Büro auf dich.«

Charlie

Max' Büro sieht ganz anders aus als erwartet. Statt gemütlicher Möbel von Ethan Allen hatte ich eigentlich mit etwas aus Leder im Regency-Look oder etwas Schwarzem im BDSM-Stil gerechnet. Ein bequem aussehendes cremefarbenes Sofa nimmt eine Wand ein. Fotos von Max und seiner Familie bei der Abschlussfeier seines Jurastudiums, seine Eltern lächeln stolz (*siehst du, ich bin keine Ausgeburt des Teufels, Charles!*) stehen aufgereiht auf dem Sims eines Kamins, der nicht brennt. Sogar ein protziger Pokal findet sich zusammen mit gewichtigen Rechtsbänden in einem Bücherregal, um der Welt zu zeigen, dass Max nicht immer nur ein Bücherwurm war.

Ich betrachte mir die Trophäe genauer. Bestimmt hat er ihn bei einer Meisterschaft im Bogenschießen oder Lacrosse gewonnen. Doch die Gravur auf dem Schild lautet: LAKE FOREST HIGH, DEBATTIER-TURNIER, 2. PLATZ.

Aha?

Mir läuft es kalt über den Rücken, eine typische Reaktion, wenn ich mich in irgendeiner Hinsicht geirrt habe. Aber in Bezug auf Max Henderson irre ich mich nicht. Meine Instinkte erkennen einen Aufreißer, wenn ich einen vor mir habe, und ich bin mir zu neunundneunzig Prozent sicher, dass ich dieses Problem korrekt angegangen bin – sprich: es die vergangenen beiden Wochen ignoriert habe.

Während ich darüber nachdenke, warum jemand einen

Highschool-Pokal für den zweiten Platz in etwas so Nichtssagendem aufheben könnte, öffnet sich die Tür hinter mir. Es ist Sadie, die nette Frau mit dem mütterlichen Lächeln, die mich vorhin hereingeführt hat. Sie trägt ein Tablett mit einer Teekanne und etwas, das nach Milano-Double-Chocolate-Cookies aussieht, herein. Die Leute hier machen keine halben Sachen.

Ich eile vor. »Oh, lassen Sie mich Ihnen das abnehmen.«

»Geht schon. Und Max ist unterwegs.« Sie stellt das Tablett auf dem Couchtisch ab, wir werden also auf dem viel zu intimen Sofa sitzen.

»Ich wollte eigentlich nur kurz reinschauen. Da müssen Sie sich doch nicht solche Umstände machen.«

»Kein Problem!«, versichert sie mir. »Den restlichen Nachmittag hat Max keine Termine mehr. Ausnahmsweise. Normalerweise säße er in seinem Büro und würde alles für den morgigen Tag vorbereiten, aber …« Sie verstummt.

»Aber?«

»Er muss sich im PP dringend etwas abreagieren.«

»Im PP?«

»Nur ein Raum, den die Jungs benutzen, wenn sie überschüssige Energie abbauen müssen.«

Das »Jungs« sagt sie voller Besitzerstolz, und ich erschauere erneut. Meine Instinkte spielen verrückt.

»So, den Tee würde ich noch kurz ziehen lassen.«

Es überrascht mich, dass ich hier ohne Termin einfach so hereinschneien konnte, doch Sadie und ein ziemlich stattlicher Typ, dessen Körper gegen den Anzug, den er trug, regelrecht anzukämpfen schien, wirkten bei meinem Anblick seltsam belustigt. Als hätten sie mich erwartet.

Ich will mich gerade genauer über dieses »PP« erkundigen, als eine Stimme ertönt:

»Charlie, schön dich zu sehen!«

Ich hebe den Blick und wünsche mir umgehend, ich hätte es nicht getan. Max steht in Fitnessklamotten in der Tür und sieht verschwitzt aus. Ein göttlicher Anblick!

Schweißnasse Tanktops haben in einer Kanzlei eigentlich nichts zu suchen. Was, wenn seine Mandantinnen ihn so herumlaufen sähen? Verletzliche Frauen, die gerade eine schmerzhafte Scheidung durchmachen?

Zumindest sind seine Beine bedeckt, doch ist der Stoff seiner Sweatpants so dünn, dass sich darunter kräftige Oberschenkelmuskeln abzeichnen. Und als er hereinkommt, hebt er den Saum seines Tanktops, um sich das Kinn abzuwischen. Ich brauche mir seine Bauchmuskeln also gar nicht vorzustellen, sie sind da, unübersehbar! Wie gern würde ich meine Zungenspitze wieder über diesen wunderschönen Waschbrettbauch gleiten lassen …

Halt, richtig! Das Ganze hatten wir ja schon. Einmal hat voll gereicht. Sex steht heute überhaupt nicht auf dem Programm.

Vor der Tür bleibt Sadie stehen und legt sich die Hand aufs Herz.

»Hab Mitleid, Max. Wir Ladys sind auch nur Menschen.« Sie zwinkert mir zu.

»Halt die Klappe«, kontert er liebevoll.

Glucksend schließt sie die Tür hinter sich.

Max hat sich nicht gerührt, und ich beobachte fasziniert, wie ein Schweißtropfen langsam an seinem Hals hinunterrinnt. Ich weiß genau, wie er schmecken, wie gut er sich auf meiner Zunge anfühlen würde. Meinen Durst würde er allerdings nicht stillen können.

»Entschuldige mich kurz.« Er geht zu einem Schrank, holt ein Handtuch heraus und tupft sich die Arme ab. »Normalerweise würde ich duschen, dachte mir aber, das hier könnte wichtiger sein.«

»Überhaupt nicht«, platzt es aus mir heraus. »Ich kann auch ein andermal wiederkommen.« Ich werfe einen schuldbewussten Blick auf das Teetablett, das beweist, dass ich den Bogen überspannt habe. Sobald klar war, dass Max nicht gleich zu sprechen ist, hätte ich kehrtmachen sollen.

Ich will zur Tür gehen, doch meine Beine spielen nicht mit.

»Jetzt bist du da«, erwidert Max. »Also lass uns Tee trinken.«

»Ich hab dich doch eindeutig bei etwas unterbrochen …«

Er nimmt auf dem Sofa Platz und macht sich daran, den Tee einzugießen.

Tee und Kekse. Alles völlig angemessen, wenn da nicht dieser von Schweiß schimmernde Gott wäre und das schöne Muskelspiel seiner Arme, während er mit der Teekanne hantiert. Marke Wedgwood.

»Sahne? Zucker?«

»Nur Honig, bitte.«

Er gießt den bernsteinfarbenen Honig auf einen Löffel, und ich beobachte es fasziniert. Ich lasse mich möglichst weit von ihm entfernt auf dem Sofa nieder. Mit einem Milano-Keks auf der Untertasse reicht er mir den Tee. Stolz stelle ich fest, dass meine Hand kein bisschen zittert.

»Max, ich weiß nicht, welches Ziel du damit verfolgst, aber …«

Er hebt eine Hand. »Sekunde. Lass uns doch zunächst einen Schluck Tee trinken, bevor wir uns damit befassen.«

Er fügt einen Löffel Zucker und etwas Milch hinzu und rührt um. Dann nippt er an seinem Tee. Ebenfalls bedächtig.

»So. Na, was beschäftigt dich, Charles?«

»Hello Fresh.«

Eine seiner Augenbrauen schnellt nach oben. »Ebenfalls *hello.«*

»Max, du hast meinen Eltern eins dieser Pakete mit vorbereiteten Zutaten und einem Rezept schicken lassen. Was soll das, bitte?«

Sein Blick ist total … freundlich. »Vielleicht braucht deine Mutter in der Küche einfach nur mal ein paar Anregungen. Mithilfe dieser Art von Lieferdiensten kriegt man zum Kochen eine ganz neue Einstellung. Meine Mutter lässt sich auch beliefern. Ich ebenfalls. Es hat aus mir definitiv einen besseren Koch gemacht.«

Mist, das klingt absolut einleuchtend! Und er selbst kocht auch?

Als Donna mich anrief und sich für das Abo für gesunde Mahlzeiten von *Hello Fresh* bedankte, war ich total verdattert. Ihre grauenhaften Kochkünste sind ein Running Gag in der Familie und sorgen bei meinen Eltern immer wieder für Reibereien, aber ich dachte immer, so ist das nun mal, genauso wie die beiden auch. Ich wäre nie darauf gekommen, dass man Donna in der Hinsicht etwa durch Kurse auf die Sprünge helfen könnte, womit auch Sullys Gesundheit gedient wäre.

Max Henderson dagegen schon!

Donna war begeistert. Die Vorstellung, dass sich dieser Mann besser in meine Eltern einfühlen kann als ich, behagt mir gar nicht.

»Warum hast du das gemacht, Max?« Um klarzumachen, was ich vermute, schwenke ich einen Finger zwischen ihm und mir hin und her.

Max grinst wie ein Wolf. »Ich bin mir ziemlich sicher, dass der Weg ins Höschen einer Frau nicht durch den Magen ihres Vaters geht.«

Das ist so lächerlich, dass ich zwinkern muss. Natürlich nicht. Doch es könnte der Weg ins Herz einer Frau sein ...

Nein. Das wird nicht geschehen.

»Außer ...« Max streckt einen Arm auf der Rücklehne des Sofas aus und enthüllt dabei neue Muskelpartien und Unterarmhaare, die ich unglaublich erotisch finde. »Ich bin auf eine neue Strategie für Playboys gestoßen. Wenn ein Mann derart gründlich abgewiesen wurde wie ich ...«

»Wir haben zusammen geschlafen, Max. Einmal. Für einen Mann, der von Wiederholungen nichts hält und Frauen dumme Ideen über eine gemeinsame Zukunft lieber gleich wieder austreibt, reicht das ja wohl.«

»Wenn ein Mann derart gründlich abgewiesen wurde wie ich«, wiederholt er, »und an nichts anderes mehr denken kann als daran, wie dieses Objekt seiner Begierde schmeckt, stöhnt und klingt, wenn es kommt, dann kann man ihm doch nicht verübeln, wenn er neue Wege ersinnt, um ihre Aufmerksamkeit zu gewinnen? Vor allem, wenn er sich sicher ist, dass sie sich bewusst zügelt?«

Am liebsten würde ich ihn mir ja wegen des ersten Punkts vorknöpfen – dass er meine Eltern einsetzt, um mich herumzukriegen, aber irgendwie finde ich es auch romantisch und stürze mich daher lieber auf seinen Nachsatz.

»Du glaubst, ich würde mich zurücknehmen?«

»Ich glaube, du zwingst dich, eine bestimmte Rolle zu spielen. Eine, die zwar das Interesse eines möglichen Partners weckt, doch nur so viel offenbart, dass er von deinem wahren Ich nichts zu sehen bekommt.«

»Ach, und wie sieht mein wahres Ich aus?«

»Wie eine Frau, die ganz gern mal herumkommandiert, die einem Mann sagt, was er im Bett tun soll, die keine Angst hat, gezielt zu sagen, was sie braucht. Die aber denkt, solche Frauen könnten Ehekandidaten verschrecken, die von ihrer Zukünftigen andere Vorstellungen habe. Was Bullshit ist. Ist das dein Plan? Mit deinen Bedürfnissen hinterm Berg zu halten, weil du es auf irgendeinen Trottel abgesehen hast, der mit den vielen Facetten, die die komplizierte und großartige Charlie Love ausmachen, nicht klarkäme?«

Zum zweiten Mal an diesem Tag verschlägt es mir die Sprache. Und mir wird übel angesichts dieser Sofa- beziehungsweise Couchanalyse von Mr Aalglatt. Was bringt es ihm, mir ausgezeichneten Earl-Grey-Tee zu servieren und so zu tun, er wüsste auch nur ein einziges Ding von mir? Ich weiß genau, was ich tun muss, um den Richtigen zu finden.

Vor ein paar Wochen habe ich Max die Kontrolle überlassen, und noch immer frage ich mich, ob das so eine gute Idee war. Ich hatte das Gefühl, er würde mir anbieten, das Kommando zu übernehmen und meine Wünsche zu äußern, doch aus Angst, es könnte … eine Falle sein, ließ ich es bleiben. Das mag bescheuert klingen, aber bei jedem Liebesakt mit einem möglichen Partner denke ich panisch an die Konsequenzen. Handele ich mir mit meinem Bedürfnis, mich so richtig gehen zu lassen, ein Häkchen in der Kontra-Spalte ein? Oder erlahmt sein Interesse aufgrund meiner Passivität, wenn ich einfach nur daliege? Frauen sind sowieso darauf konditioniert, in jedem Lebensaspekt Rollen zu spielen, doch nirgends so sehr wie im Schlafzimmer. Hm, drei Orgasmen im Plus, und ich beschwere mich … worüber eigentlich?

Endlich finde ich meine Sprache wieder – und die Kraft in den Beinen aufzustehen.

»Tut mir leid, dass dich unser Schäferstündchen so enttäuscht hat.«

Eindeutig frustriert über meine Reaktion, sieht er zu mir auf. »Das habe ich nicht gesagt, und das weißt du genau.«

Und das tue ich wirklich, leider. Doch es gefällt mir nicht, wie er meine antrainierte Coolness mit seinem messerscharfen Verstand mehr und mehr zerpflückt. Ich möchte verstanden werden, allerdings nicht von jemandem wie Max.

»Um meine Eltern kann ich mich schon selbst kümmern, Max. Und auf dein hobbymäßiges Psychogequatsche kann ich gut verzichten.« Ich steuere die Tür an.

»Warum bist du dann hier?«

»Weil mich Donna angerufen und sich überschwänglich für ein Geschenk bedankt hat, das gar nicht von mir stammt! Das hat sie verwirrt, und jetzt muss ich nach Hause fahren und ihr zeigen, wie man das kocht!«

»Du bist also hier, weil ich dir deine Girl-Power-Tour vermasselt habe?«

Mein Blut, das bislang vor sich hin gesimmert hat, fängt gefährlich zu kochen an. Als ich mich zu ihm umdrehe, steht er zu meiner Überraschung nur einen Schritt weit von mir weg, sowohl zu nahe als auch zu weit. Kaum steigt mir sein Duft in die Nase, spüre ich ein schmerzliches Ziehen zwischen meinen Beinen. Mein Puls rast.

»Max, du hast gekriegt, was du wolltest.«

»Ich denke mal, das haben wir beide, aber wo war die Romantik? Das Kuscheln? Das gemeinsame Einschlafen? Zur Hölle, sogar ein Sandwich hätte ich mit dir gegessen. Du musst an deinem postkoitalen Spiel arbeiten, Charles.«

Mit Mühe kann ich mir ein Lächeln verkneifen. An solche Charmeoffensiven bin ich nicht gewöhnt. Zu so etwas inspiriere ich normalerweise nicht, und gerade schon gar nicht. Schließlich gebe ich mich so uncharmant, wie es nur geht! Und doch behandelt mich Max wie einen hochsensibles Rassepferd.

Er zeigt mehr Gefühlstiefe, als ich ihm zugetraut hätte –

als Person. Und auch im Bett. Nie hätte ich gedacht, unsere Unterhaltungen könnten einmal so einen Tiefgang bekommen. Doch bei Herausforderungen legt er anscheinend einen anderen Gang ein.

Ich wüsste ja schon gern, wie lange ich sein Interesse an mir wachhalten könnte. Dumm nur, dass ich vermutlich »Gefühle« für diesen Kerl entwickeln würde. Dabei bin ich doch auf der Suche nach Mr Right. Zeitverschwendung also!

Und so schüttele ich den Kopf. »Das hier kann nicht funktionieren.«

»Und warum nicht?«

»Weil du mir, vom Sex mal abgesehen, auf die Nerven gehst. Und zwar höllisch.«

»Na, dann setz sie ein.«

»Was denn?«

»Deine Verärgerung über mich. Setz sie ein, um dich gut zu fühlen.«

Das habe ich doch schon. Einmal sollte reichen, um ein paar meiner Bedürfnisse zu stillen. Einmal sollte reichen, um aus mir eine bessere Kollegin zu machen, die mit ihrem sexuell ausgehungerten finsteren Blick kleinen Kinder und Baristas nicht länger einen Schrecken einjagt.

Zweimal wäre *undenkbar*.

»Ich glaube, jemand hat dir erzählt, böse Mädchen bekommen nie den Richtigen oder irgend so einen Blödsinn«, murmelt er. »Du bist hier, Charlie, weil du auf mich sauer werden und diese Wut in etwas Konstruktives umlenken wolltest.«

»Das hier ist aber nicht konstruktiv«, zische ich, schockiert über seinen Durchblick. »Sondern belanglos.«

Er neigt den Kopf. »Du hast eine Ausrede gebraucht, um mich wiederzusehen. Und ich eine, um dich herzulocken.

Charlie, nicht jede Entscheidung muss dich deinen Lebenszielen oder deinem Mr Right näher bringen. Einige Entscheidungen können auch einfach zugunsten des Teils von dir getroffen werden, der eine spontane, höllisch heiße Befriedigung nötig hat.«

Ich sollte davon entnervt sein, wie scharfsinnig dieser Mann ist, dass er direkt in mich hineinsehen kann. Aber für eine richtige Selbstanalyse bin ich viel zu erregt. Später mag ich mich dafür hassen, aber jetzt werde ich erst mal das Geschenk nützen, das mir Max anbietet.

Das Geschenk, ich selbst sein zu dürfen.

Ich lege eine Hand gespreizt auf seine Brust, die sich nun teils auf dem feuchten Stoff seines Tanktops und teils auf der erhitzten Haut über dem Topausschnitt befindet.

Nervös werfe ich einen Blick über meine Schulter.

»Es wird niemand hereinkommen.« Max greift hinter mich und verriegelt die Tür. Seine Brust hebt und senkt sich, sein Adamsapfel hüpft. Seine mitternachtsblauen Augen haben sich so sehr verdunkelt, dass die Farbe kaum noch zu erkennen ist.

»Zieh das aus«, befehle ich, und mich durchfährt ein wohliger Schauer, weil sich das so richtig anfühlt. Wie gut es klingt, einem Mann zu sagen, was man möchte.

Er gehorcht, wenn auch ein wenig zu langsam für meinen Geschmack, aber vermutlich möchte er mich damit reizen. Das funktioniert auch, aber es ist unnötig. Jede einzelne Sekunde unseres Austausches, jedes Wort aus seinem Mund hat schon für Erregung gesorgt. Im Augenblick will ich einfach nur erfüllt werden.

Wieder lege ich meine Hand auf seine entblößte Brust, genieße ihre Konturen.

»Bist du dir sicher …«, beginne ich, verstumme aber, als er mich mit beiden Händen am Po packt und an sich zieht. Glutvoll senkt er seinen Mund auf meine Lippen, und das süße Aroma des Tees vermischt sich mit seinem einzigartigen Geschmack. Ich werde ein Stück hochgehoben und zu dem Tisch befördert, der an dem großen Fenster mit Blick auf den Chicago River steht.

»Denk nicht so viel nach«, murmelt er an meine Lippen. »Ich werde dir geben, was du möchtest, doch dazu brauche ich Anweisungen.«

Wirklich? Ich dachte, ich könnte mich vielleicht durchmogeln, indem ich zur rechten Zeit aufstöhne und ihn dadurch, dass ich meine Hand auf seine lege, dazu drängen kann weiterzumachen.

»Je versauter, desto besser, Charlie.«

Bislang macht er genau die richtigen Moves, weshalb ich mir keine Sorgen machen oder etwas tun muss, stimmt's? Na, aber so ganz zufrieden stellt mich das nicht. Ich möchte zwar, dass er selbstbewusst ist, möchte aber auch bestimmen. Normalerweise geht das nicht, da sich die meisten Männer einer sexuell offensiven Frau im Bett widersetzen.

Ich kann mich um dich kümmern.

Leg dich einfach zurück und genieß es.

Langweilig!

Mit seinen kräftigen Händen schiebt Max meinen Rock Stück für Stück nach oben, bis ich unter meinem Po das kühle Holz des Tisches spüre. Dass Max möchte, dass ich ihm meine Bedürfnisse diktiere, finde ich interessant. Unser erstes Mal zusammen war phänomenal, aber es fühlte sich … choreografiert an. Als würde Max einem Skript folgen, um den Frauen, mit denen er schläft, einen Höhepunkt bescheren zu können. Nicht falsch verstehen – ich fand es toll, doch hatte ich den Eindruck, als sei ich nicht die Einzige, die sich beim Liebesakt zurücknimmt.

»Berühr mich«, flüstere ich.

Er fährt mit den Daumen über meine Schenkel, bildet damit vor meinem Schritt ein V, und sendet dann mit einem sachten Strich über das seidene Dreieck Lustsignale zwischen meine Beine.

»Mehr!«, dränge ich. »Unter meinen Slip!«

Er fährt mit einem Daumen durch die bereits feuchten Falten meiner Pussy. Es gleicht einem Stromschlag, und ich erschauere.

»So?« So sanft, dass ich es kaum ertrage, fährt er mit der Daumenspitze über meine Klit.

»Fest … fester.« Aber da macht er es bereits. Beide blicken wir gebannt auf diesen Punkt zwischen uns, doch auch die faszinierende Wölbung in seinen Sweatpants entgeht mir nicht. Sie deutet genau an die Stelle, wo ich sie haben möchte.

»Hast du Kondome?«

Er runzelt die Stirn. »Nein, aber wir brauchen auch keine.«

»Aber ich nehme keine …«

»Ich weiß schon«, beruhigt er mich. »Aber das hier ist die Charlie-Love-Show.« Er fällt auf die Knie, die Hände auf meinem Po, sein Atem schwer auf dem seidenen Dreieck, das mein Geschlecht schützt. Er wartet auf etwas.

»Was …?«

Hauchzart fährt er mit den Fingerknöcheln über die Vorderseite meines Höschens. »Du sagst es mir.«

Ich habe das Sagen.

Max drückt auf die richtigen Knöpfe, dennoch scheint ihm meine Zustimmung wichtig zu sein. Er sieht zu mir auf, und das wieder mit diesem intensiven Blick, den ich allmählich so liebe.

»Mein Höschen … zieh's mir aus.«

Er tut es. Wartet aber immer noch ab. Es ist unerträglich. Mir war nie klar, wie sexy Macht ist – fast so mächtig wie Sex.

»Ich möchte, dass … dass du …«

»Ja?«

»Mich genießt.«

Nach einem lauten, lustvollen Stöhnen beginnt er mich mit seiner warmen Zungenspitze gründlich zu erforschen, und mein Orgasmus ist so verdammt gut, dass mich Nathan morgen zur Chefin des Jahres ernennen wird.

15. KAPITEL

Max

Cujo versucht, mein Leben zu zerstören.

Noch immer nimmt Mitzi keine Anrufe von mir entgegen. Seit inzwischen drei Wochen! Der Rachefeldzug dieser Frau ist genial.

Brava, Mitzi, brava!

Der Köter hat sich bereits auf einer eidesstattlichen Aussage verewigt und auf eine Antragsschrift gepinkelt. Ich versuche, es nicht als persönlichen Affront auf die Qualität meiner Arbeit zu betrachten.

Es ist Samstagvormittag, und er und ich spielen gerade, wer zuerst wegguckt. Der Hund gewinnt, weil ich keine Zeit für diesen Bullshit habe.

»Na gut, du kleines Mistvieh, lass uns ein bisschen frische Luft schnappen gehen.«

Als wir die Lobby meines Wohngebäudes durchqueren, erwartet mich eine Überraschung: Sully lehnt am Empfangstisch und plaudert mit Benji, dem Portier. Empathisches Gelächter hallt durch die geheiligten Hallen des *Gloucester*.

»Hey, Sully!« Neugierig gehe ich auf die beiden zu. »Alles okay?«

»Max!« Sully greift nach der Hand, in der ich gerade Cujos Leine halte, was mich doch so überrascht, dass ich sie loslasse. Weit kommen kann der Strolch zwar nicht, aber er stürzt sich sofort auf Mrs Gawlik, die gerade durch die Eingangstür hereingekommen ist. Benji hat sie ihr nachlässigerweise nicht aufgehalten, weil er anderweitig beschäftigt war.

Mir schwant Übles, doch ehe Cujo etwas anrichten kann, grapscht Sully ihn sich und hebt ihn hoch. Benji tritt verspätet in Aktion und nimmt Mrs G ihr Gepäck ab, und alle atmen wir erleichtert auf, weil das Ganze viel schlimmer hätte ausgehen können.

»Was verschafft mir die Ehre?« Ich möchte Sully den Hund abnehmen, doch er scheint die Situation im Griff zu haben.

»Hab gehört, dass ich dir großen Dank schulde, was meine Essensumstellung angeht.« Er bedenkt mich mit einem spitzbübischen Grinsen, das ich unwillkürlich erwidere. »Ich war gerade in der Nähe und dachte mir, schau ich mal vorbei.«

Ich könnte ihn fragen, woher er weiß, wo ich wohne, aber jeder hat so seine Mittel und Wege. »Ich gehe mit dieser kleinen Töle Gassi. Möchtest du dich anschließen?«

»Klar, warum nicht?«

Wir winken Benji noch mal zu, der eine Schimpftirade von Mrs G über sich ergehen lassen muss, und treten in den Maisonnenschein hinaus. Sully stellt meinen Welpen mit wesentlich mehr Rücksicht am Boden ab, als es der kleine Köter verdient, und will die Leine gar nicht mehr so recht an mich herausrücken.

»Wie heißt er denn?«

»Cujo.«

»Guter Name. Wie wär's mit einer Runde durch den Park, kleiner Freund?«

Cujo zeigt sich unentschlossen, aber eigentlich hat er gar keine andere Wahl. Ich bin hier der Boss. Wir machen uns zum Lincoln Park auf, der gleich um die Ecke liegt.

»Ja, Max, also«, beginnt Sully, nachdem wir den Hund dazu gebracht haben, artig neben uns herzulaufen, »ich bin dir echt mächtig dankbar wegen dieser Essensgeschichte. Das Hühnchen mit der Sojaglasur ist ein kulinarisches Wunder!«

»Das ist auch einer meiner Favoriten.«

»Oder würde es zumindest sein, wenn Donna den Anweisungen folgen könnte.«

Nach kurzem Stutzen komme ich zu dem Schluss, dass ich mit Ehrlichkeit am besten fahre. »Man ist nie zu alt zu lernen, selbst Anweisungen zu folgen, Sully. Heutzutage kochen doch viele Männer. Und ich könnte mir vorstellen, dass du seit deiner Pensionierung auch genügend Zeit dafür hast.«

»Ich bin ziemlich beschäftigt«, murmelt er. Ganz eindeutig hat er sich von mir mehr Solidarität erwartet. Aber ich bin keiner dieser oldschool Typen, die meinen, Frauen gehörten in die Küche. Zur Hölle, ich ermutige die Frauen in meinem Leben regelrecht, alles zu sein, was sie sein können. Insbesondere eine Frau, deren heisere Anordnungen in mein Ohr mehr oder weniger sämtliche Erwartungen, die ich an eine sexuelle Beziehung hege, auf den Kopf gestellt haben.

Ich muss ja nur daran denken, wie Charlie vor ein paar Tagen auf meinem Bürotisch abging, dass mir heißer wird, als mir lieb ist, und das noch dazu in der Gegenwart ihres Vaters! Aber sie in dieser Rolle zu erleben war auch einfach unglaublich. Hier ist ein Tipp für euch Ladys da draußen: Kerle mögen Partnerinnen, die ihre Wünsche klar äußern.

Ich schalte in die Gegenwart zurück. »Als mein Dad letztes Jahr Lungenentzündung hatte, hat er echt übertrieben. Hat das Gefühl gebraucht, das Kommando zu haben, vor allem da meine Mom ihn die ganze Zeit umsorgt hat.«

Sully schnaubt, wofür er einen neugierigen Blick von Cujo erntet. »Ich weiß, wie das ist.«

»Er musste auch früh in den Ruhestand treten, und das hat ihm nicht gefallen.«

»Okay, Max, jetzt mal Schluss mit der Herumdruckserei!«

Na gut. »Wenn du selbst über deine Gesundheit und dein Leben bestimmen willst, dann koch dir dein Essen selbst. Gönn deiner Frau eine gottverdammte Pause und bereite doch vielleicht *ihr* mal ein Hühnchen mit Sojaglasur zu.«

Sully sieht drein, als hätte ich vorgeschlagen, er solle die süße kleine Hinterlassenschaft essen, die Cujo gerade der Welt schenkt. »Ich fange an zu kochen, und nichts ist mehr, wie es zu sein hat.«

»Das ist doch schon so, seit die Ladys das Wahlrecht erhalten haben, Sully, und unser Leben ist deutlich besser dadurch. Akzeptier's einfach. Dann lebt sich's umso leichter.«

»Sie und Charlie machen gemeinsame Sache gegen mich.« Als Cujo für einen schnellen Pinkler zu einem Baum strebt, bleibt er stehen. »Hast du von Charlie letztens viel gesehen?«

»Nicht wirklich«, erwidere ich, und das stimmt. Ich versuche, ihr Freiraum zu geben.

»Ihr letzter Freund war ein Vollidiot.«

Eigentlich sollte ich sagen, dass ich nicht ihr Freund bin, doch meine Neugierde siegt. »Ach ja?«

»Sie hat mir nie erzählt, warum sie Schluss gemacht haben, aber ich schätze, er dachte, sie wäre nicht gut genug für ihn. Er war so ein schnöseliger Immobilienmakler. Vielleicht kennst du ihn ja. Jeremy Craven.«

Ich kenne ihn. In ihm fließt blaues Blut, und er hat einen Haufen Geld und politische Ambitionen. Mir kam er immer so vor, als hätte er einen Stock verschluckt. Also eigentlich so gar nicht Charlies Stil. Ich versuche, mir vorzustellen, wie Craven in die Arrestzelle der Cubs befördert wird, weil er sein Mädchen verteidigt hat. Das Bild will sich einfach nicht einstellen.

Ich beuge mich hinunter, um Cujos Häufchen einzutüten, da die neue Weltordnung offenbar will, dass die Herrchen und Frauchen ihren hündischen Gebietern untertan sind. Sobald ich mir ausmale, einen von Cravens Anzügen damit vollzuschmieren, fällt es mir leichter.

Ich jogge zum Abfalleimer und entsorge die Tüte.

»Ich denke, ich muss was klarstellen«, sage ich, sobald ich zurück bin. »Charlie ist nicht an mir interessiert.«

»Du machst sie stinksauer«, stellt Sully nüchtern fest.

»Stimmt.«

»Und arbeitest in einem Job, von dem sie nicht allzu viel hält.«

»Äh, ja.«

»Bist ein bisschen der Typ Aufreißer.«

»Da mag was dran sein.« Dieses Eingeständnis schmeckt mir gar nicht.

Der Mann reibt sich das unrasierte Kinn und hält meinen Blick. »Sie braucht eine Herausforderung, jemanden, der versteht, wie leidenschaftlich sie Dinge angeht. Als sie zu uns kam, hatte sie so viele Emotionen im Gepäck und war restlos überfordert damit. Es war die Hölle mit ihr, ehrlich gesagt, aber sie hatte ja gute Gründe dafür …« Er bleibt stehen, und sein Blick trübt sich bei der Erinnerung. »Wir haben es zusammen durchgestanden, als eine Familie. Ich möchte einfach nur jemanden, der erkennt, was meine schöne Tochter alles zu bieten hat.«

Angesichts dieser Liebesbekundung zieht sich mein Herz zusammen.

Das Problem ist, dass mir klar ist, was Charlie zu bieten hat, sie mich aber in eine Schublade gesteckt hat, die sie nur öffnet, wenn sie Dampf ablassen möchte. »Sully, du hast deine Berufung verfehlt. Du solltest dich im Ruhestand als Ehestifter betätigen.«

Der Mann lächelt. Er weiß, dass er vorerst Ruhe geben muss.

»Donna möchte, dass ich mich mehr bewege. Spaziergänge mache.«

»So wie jetzt gerade?«

Er zuckt die Achseln. »Meinst du damit, ich sollte mir einen Hund zulegen? Da macht Donna nicht mit.«

Nun ist es an mir zu lächeln. »Sully, ich habe die Lösung für all deine Probleme.«

Charlie

»Vielleicht solltest du dich bei dieser Show anmelden!«

Mit verengten Augen sehe ich zuerst zu Donna, dann zum Fernseher, auf dem gerade eine der nuttigeren Szenen von *Der Bachelor* zu sehen ist: der Bachelor selbst in einem Whirlpool mit drei der Bewerberinnen, die aus sind auf Ruhm, Reichtum und … Liebe?

Das Ganze ist lächerlich. Unnötig zu sagen, dass ich ein Riesenfan bin.

Eigentlich sollte ich an der Sendung nicht so viel Spaß haben, da sie Beziehungen und Hochzeiten nicht unbedingt im besten Licht erscheinen lässt. Eine Ehe mit so einem wackeligen Start kann unmöglich gut gehen. Aber Donna und ich schauen die Sendung schon von Anfang an und geben ungehemmt – und von Wein unterstützt – unseren Senf dazu ab. Das ist allerdings das erste Mal, dass Donna vorschlägt, ich solle als Bewerberin mitmachen.

»Du weißt doch, dass ich bei meiner Klappe nach der ersten Woche rausgewählt würde.«

Donna zieht eine Augenbraue hoch. »Charlie, du musst lernen, Kompromisse einzugehen. Du wirst nie glücklich werden, wenn du nicht lernst, dich mit einem Mann in der Mitte zu treffen.«

»Ich versuche ja schon, nicht mehr ganz so … konfrontativ zu sein.« Ich weiß, ich kann eigensinnig sein und übernehme gern das Kommando, Eigenschaften, die die meisten Männer abschrecken. Natürlich hätte ich gern jemand Besonderen an meiner Seite, aber wie viel von meiner Persönlichkeit muss ich dafür unterdrücken? Dieser ganze Dating-Kram ist so anstrengend! Es fällt kaum etwas schwerer, als sich selbst verletzlich zu machen. Und man braucht echten Mut, um einem Mann sein hässliches Innenleben zu offenbaren.

Vielleicht bin ich ja nicht mutig genug, um in Gegenwart eines anderen Menschen wirklich aus mir herauszugehen.

Bei Max bin ich das allerdings. Er hat mich dazu provoziert, ich selbst zu sein, meinen Bedürfnissen nachzugeben. Bei ihm fühle ich mich befreit, und – heilige Scheiße! – das jagt mir eine Heidenangst ein. Wenn er doch nur auch für etwas Langfristiges geeignet wäre … na, und schon verwechsele ich eine heiße Affäre mit wahrer Liebe.

Seit meinem Besuch in seiner Kanzlei vor vier Tagen hat er mich weder angerufen noch mir eine Nachricht geschickt.

Dass mir das auffällt, wurmt mich.

»Na, und wie läuft's hier so?« Ein Themenwechsel muss her!

»Dein Vater hat gestern das Dinner zubereitet.«

Ich nehme die Fernbedienung und pausiere genau bei einem Standbild von Brandy, einer der Bewerberinnen, die auf Knopfdruck weinen kann, als ihr »aus Versehen« ein Nippelblitzer passiert ist. »Hast du es gefilmt?«

»Ich hab daran gedacht, aber er war eh schon so befangen.« Donna kichert. »Er ist tatsächlich ein noch schlechterer Koch als ich! Die Anweisungen stehen auf diesen Karten, die sie mitgeschickt haben, aber er hat die Quesadillas trotzdem angebrannt.«

»Immerhin versucht er es.« Ich lächele. Heute Abend ist Sully zum Pokern bei Jimmy Finster. Dass er sich so oft aus dem Haus verdrückt, macht mir Sorgen.

»Das schon.« Ein besorgter Ausdruck huscht über ihr Gesicht. »Seit seinem Herzinfarkt ist er nicht mehr derselbe. Es hat aus ihm eine … verblasste Version seiner selbst gemacht.«

Das ist mir auch aufgefallen, und dass ihre Ehe dadurch unter Druck gerät. Donna selbst ebenso. Ich nehme ihre Hand. »Und wie kommst du damit klar? Für dich ist das auch eine schwierige Zeit.«

»Ach, mir geht's gut.« Sie drückt mir die Hand, doch ihre Augen glänzen verdächtig. »Es lebt sich nicht so ganz leicht mit ihm, aber er hat immer noch Feuer. Gewöhnlich.«

»Meine Güte, du bist eine Heilige. Ich weiß, ich hab's euch nicht leicht gemacht, und sage das nicht oft genug.«

»Du bist ihm so ähnlich. Deshalb habt ihr euch auch so bald schon gut verstanden.«

Sie hat recht. Sobald ich lernte, von meiner Wut abzulassen und den Erwachsenen zu vertrauen, die der Himmel zu meiner Rettung sandte, waren Sully und ich ein Herz und eine Seele. Meine Beziehung zu Donna ist ruhiger, aber nicht weniger stark.

»Du musst dir um mich keine Sorgen machen«, versichere ich ihr. »Irgendwo da draußen ist ein Verrückter, der mit mir umgehen kann. Da bin ich mir sicher.«

»So einer wie Max.«

»Nein, nicht so einer wie Max.«

»Er hat uns dieses Essensabo geschenkt, Charlie.«

»Ja, das ihr euch selbst zubereiten müsst. Wäre er wirklich interessiert, hätte er euch einen Koch geschickt.«

Ich nutze ihr Schweigen, um weiterzuwettern.

»Donna, Max ist …« Ich kann nicht mit Sicherheit sagen, was er ist. Er ist ein Verwandlungskünstler, und jedes Mal, wenn ich denke, ich habe ihn durchschaut, zeigt er wieder eine neue Seite.

»Trefft ihr euch denn?«

»Nicht offiziell.«

Ihre Augen weiten sich. »Charlotte Michaela Love, willst du damit sagen, du nutzt diesen netten Burschen für … *unverbindlichen Sex* aus?« Ihr Entsetzen ist so groß, dass *mir* der nette Bursche fast leidtut - und ganz schön verlegen bin ich auch.

»Äh, diese Unterhaltung führen wir nicht.«

»Also, wenn ich zwanzig Jahre jünger wäre …«

»Diese Unterhaltung führen wir definitiv nicht!«

»Ich hab Pfefferminzeis mit Schokostückchen da. Davon hol ich uns mal eins.« Sie ist schon zur Küche unterwegs, bevor ich ihr sagen kann, Pfefferminzeis gern, ein vertrauliches Gespräch über mein Sexleben dagegen niemals. Unser Vertrauensverhältnis ist gut, aber bei Problemen mit Jungs habe ich mich seit jeher immer lieber an Sully gewandt.

Mein Handy summt, und ich greife schnell danach. Oh, nur was von Penny. Sofort fühle ich mich mies, weil ich enttäuscht bin, dass mir meine Freundin eine Nachricht schickt und ich keinen … was? Booty-Call erhalte?

Penny: *26. Geschieden. Kinderlos. Börsenmakler. Bootsbesitzer!*

Der Typ auf dem hinzugefügten Pic sieht aus, als würde er immer noch den Lastern seiner Studentenzeit frönen, wenn man denn nach seiner Wampe geht. Und das lässt meine Gedanken zu Max' Bauchmuskeln wandern, die einfach … Halt, fokussieren!

Ich: *Und?*

Penny: *Welchen Teil von »Bootsbesitzer« verstehst du nicht?*

Ich: *Klingt wie ein Workaholic, dessen Frau ihn abgeschossen hat, weil er zu viel Zeit damit verbringt, auf dem See Bier zu trinken.*

Penny: *Ich geb's auf!*

Das kann ich ihr nicht verübeln. Anscheinend weigert sich mein Hirn, sich mit anderen Männern zu beschäftigen, da es nur Platz für einen Mann hat. Den schlimmsten!

Er hat uns dieses Essensabo geschenkt, Charlie. Das ist eine Kleinigkeit, die keine Kleinigkeit ist. In seiner Kanzlei hat er mir freie Hand gegeben, ich selbst zu sein. Mein lüsternes, herrschsüchtiges, für Dates lächerlich unbrauchbares Selbst.

Ich schreibe eine neue Nachricht und schicke sie weg, bevor Donna zurückkehrt und mir Zweifel kommen.

Ich: *Hey!*

Max: *Selber hey!*

(Innerhalb von fünf Sekunden, könnte ich hinzufügen)

Ich: ~~*Ich bin gerade nicht zu Hause, aber vielleicht könnten wir uns ja später sehen.*~~

Ich: ~~*Ich bin gerade nicht zu Hause, musste aber an dich denken*~~

Ich: ~~*Ich bin gerade nicht zu Hause, aber …*~~

Ich: *Was geht?*

Max: *Och, das Übliche. Nipple-Watch bei* Der Bachelor.

Ich lache mich schlapp und sehe mich dann schuldbewusst im Zimmer um, während mir warm ums Herz wird. Er schaut sich Junk-TV an und schafft es dennoch, jedes Mal, wenn ich mit ihm spreche, in meiner Wertschätzung zu steigen.

Ich: *Hier ebenfalls Nipple-Watch. Das Montagabendritual mit Donna, Wein und Eis.*

Max: *Hmm. Ich finde, wir sollten uns später noch mal genauer über diese Folge unterhalten. Persönlich.*

Ich stoße einen Freudenschrei aus und denke dann ausgleichshalber über eine würdevolle Antwort nach:

Ich: *~~Gib mir 20~~*

Ich: *~~Gib mir 30~~*

Ich: *Komm eine halbe Stunde nach Ende der Sendung zu mir!*

Max: *In einer halben Stunde bin ich da, also lass mich nicht warten, du kesser Plagegeist!*

Mit dem perfekten Timing kehrt Donna mit zwei Schüsseln Eis mit Karamellsoße zurück. Mit dem Dessert strengt sie sich immer extra an, und wir verputzen es die nächsten Minuten schweigend und bringen uns bei der pausierten Sendung wieder auf Stand. Als eine Werbepause kommt, dreht sie sich zu mir.

»Charlie, er war deinetwegen da.«

»Wer?«

»Max. Bei dem Pokerspiel.«

Huch, es ist, als wüsste sie, mit wem ich mich gerade ausgetauscht habe! »Er ist ein Cubs-Fan, das ist alles«, schnaube ich jedenfalls.

»Er ist ein Charlie-Fan«, erwidert Donna mit einem verschmitzten Lächeln. »Als er hier am Donnerstag reingeschaut hat …«

»Was? Er war noch mal da?«

»Natürlich. Wir haben zusammen *The Voice* geguckt. Er findet, Adam Levine nimmt sich zu wichtig, aber ich mag ihn.«

»Max?«

»Adam Levine. Und Max.« Donna springt von einem Thema zum anderen, und ich muss mich schwer anstrengen, um ihr zu folgen. Aber eines verstehe ich: Max Henderson, der Typ, dessen Körper ich demnächst benutzen und missbrauchen will, bis ihm die Sinne schwinden, verbringt mehr Zeit mit meinen Eltern als je ein Mann, den ich gedatet habe.

Eigenartig, aber irgendwie auch liebenswert.

16. KAPITEL

Charlie

Erinnert ihr euch an jene Szene in *Brautalarm,* wo Annie zur Brautfeier ihrer Freundin eingeladen wird, die von deren künftiger Schwägerin organisiert wurde, und sie mit ihrer alten Schrottlaube vor einem Herrenhaus vorfährt?

So ähnlich geht's mir gerade auch.

Normalerweise gehe ich nicht auf die Brautfeiern meiner Kundinnen, da unsere Beziehung ja nur geschäftlicher Natur ist. Bei Gina liegt die Sache anders. Die Gute fühlt sich ein bisschen verloren und ganz schön überwältigt von allem, was gerade mit ihr geschieht. Ich weiß, sie hat in Chicago noch nicht so viele Bekanntschaften geschlossen, weshalb ich ihr bei der Zusammenstellung der Gästeliste geholfen und sogar meine beste Freundin mit draufgesetzt habe, Penny. Dazu noch die anderen aus unserem Buchclub, damit es etwas mehr werden. Auch erwartet werden Kolleginnen und Kollegen aus ihrer Schule, und wen immer Mrs Henderson noch für würdig hält, ihr Haus mit ihrer Anwesenheit beehren zu dürfen.

Jepp. Die Feier findet in der Casa Henderson statt, wo Max und James ihre prägenden Jahre damit verbrachten, auf Ponys zu reiten, Krocket zu spielen und die Bediensteten nur so zum Spaß zu piesacken. Ihr wisst schon, die traditionelle Erziehung der Schönen und Reichen eben.

»Wow, nicht schlecht!«, staunt Penny und reckt für den besseren Überblick den Hals. In Kenilworth am North Shore Chicagos gelegen, mit einem Blick über den See, ist das Haus wirklich schön und definitiv herrschaftlich, wenn auch nicht ganz so prunkvoll, wie ich es angesichts des Fleischvermögens der Hendersons erwartet hätte.

»Schade, dass Max nicht mit von der Partie ist«, zwitschert Penny. »Ich würde so gern mal mitbekommen, wie bei euch beiden die Fetzen fliegen. Vielleicht solltest du ihn mal zum Dinner mitbringen?«

»Penny, wir daten nicht.«

Kein einziges meiner Treffen mit Max, und das sind in zwei Wochen immerhin an die zehn gewesen, habe ich Penny zu beichten brauchen. Denn jeden Morgen danach rief Nathan Penny fröhlich von der Arbeit aus an und verkündete ihr, dass ich gut, manchmal sogar *großartig* drauf sei, womit die Sache eh klar war. Ich hätte ihn nie einstellen dürfen. Wenn da nicht seine Grübchen und die Bridezillas wären …

Ich fahre mit meinem Honda Civic am Eingang vor, steige aus und überreiche dem Typen vom Parkservice meine Schlüssel. Jepp, sie haben echt einen … *Klappe! Das ist einfach nur effektives Parkmanagement.*

Die Eingangstür steht bereits offen, also betreten wir das Foyer, das in den Hochzeitsthemenfarben des Paares – Lila und Weiß – wunderschön dekoriert ist. Ich winke Jessica und Gab vom Buchclub zu, die beide an einer Tür stehen, die schätzungsweise in den Raum führt, in dem die Festivitäten stattfinden. Drei gut gekleidete Typen befinden sich ebenfalls in meiner Blickachse. Definitiv nicht vom Catering-Personal.

Eine Frau mit dunklen, fachmännisch mit grauen Strähnchen durchwirkten Haaren und lächelnden blauen Augen begrüßt uns.

»Hallo! Willkommen! Ich bin Susanne Henderson, die Mutter des Bräutigams!« Sie schüttelt mir die Hand. Ihr britischer Akzent überrascht mich. »Sie müssen Charlie sein. Ich erkenne Sie von dem Foto auf der Perfekt-Day-Website. In Wirklichkeit sehen Sie genauso umwerfend aus. Mein Sohn hat mir erzählt, wie hilfreich Sie waren.« Endlich holt sie Luft und sieht mich erwartungsvoll an.

»Max hat gesagt, ich sei hilfreich?« Zu spät geht mir auf, dass sie ihren *anderen* Sohn meinte. »Oh, James. Nun, er und Gina sind so ein entzückendes Paar!«, versuche ich meinen Lapsus auszubügeln.

Nachdem James' und Ginas Brautwerben ziemlich schnell über die Bühne ging und ein Haufen Geld im Spiel ist, frage ich mich, ob sie ihre Freude nur vortäuscht. Doch ihr Lächeln wirkt offen und aufrichtig.

»Das hier ist Penny, Mrs Henderson. Sie und Gina kennen sich aus dem Buchclub.«

»Wunderbar! Was lesen Sie gerade?«

Normalerweise lesen wir Liebesromane, aber Jessica, unsere tyrannische Gründerin, hat darauf bestanden, dass wir »aus unseren emotionalen Ketten ausbrechen«. Ich nenne einen anspruchsvollen Bestseller der *New York Times*, der mir ein nächtliches Koma beschert.

»Gott, diesen Roman habe ich gehasst. So verdammt aufgeblasen!«, entfährt es Mrs Henderson, und ich verliebe mich auf Anhieb in sie.

»Hier sind ja auch Männer anwesend?«, fragt Penny.

»Ja, Sie haben ein gutes Auge!« Sie zwinkert – oder zumindest denke ich, dass sie es tut. Ein Augenlid schließt sich ganz, das andere setzt sie auf Halbmast. »Wir haben uns zu einer gemischten Feier entschlossen, selbst wenn das den meisten Männern ziemlich gegen den Strich geht. Doch so muss sich jeder zu dem Spaß hinzugesellen.« Mrs Henderson lehnt sich verschwörerisch zu mir. »Ich mache mir ein wenig Sorgen um Gina. Sie hat erzählt, sie redet nicht viel mit ihrer Familie, und ich bekomme den Eindruck, dass sie hier in Chicago ziemlich allein ist.«

»Nein, ist sie nicht. Allerdings ist sie erst kürzlich hergezogen, das ist erst mal hart. Aber sie lebt sich bestimmt bald ein«, erwidere ich mit zuckersüßem Lächeln und in reichlich kratzbürstigem Ton.

Mrs Henderson drückt mir die Hand, als seien wir bereits beste Freundinnen. Mit ihren nächsten Worten möchte sie die durchgeknallte und übertrieben fürsorgliche Heiratsplanerin im Raum eindeutig besänftigen. »Wir lieben sie *über alles*! Sie und James ergänzen sich großartig, und ich weiß, sie wird ihn glücklich machen. Und Max sind Sie also auch schon begegnet?«

»Ein paarmal«, antworte ich so neutral wie die Schweiz.

Das bringt sie zum Lachen, und um ihre Augen bilden sich kleine Fältchen. Sie möchte gerade etwas erwidern, als eine tiefe, laute und ebenfalls britische Stimme ertönt: »Suzy, du großartiges Geschöpf!«

Wir drehen uns alle um und entdecken einen Mann, der so gut aussieht, dass es wehtut. Er trägt einen blauen Blazer mit einem Stich ins Grünliche, einen Fedora und – ernsthaft! – weiße Jeans, die eigentlich nicht dazu passen sollten, aber Bombe aussehen. Dazu diese Wangenknochen – einfach Wahnsinn! Er hebt Max' Mutter in die Höhe.

»Lucas, du frecher Junge!«, kreischt sie. »Lass mich runter!«

»Brenn mit mir durch, Suzy. Mein Wagen steht mit laufendem Motor vor der Tür!«

Sie schlägt ihm auf die Brust. »Darling, du weißt, dass

sich Jack auf die Jagd nach uns machen würde und keinen Spaß verstünde!«

»Stimmt, dieser Mann ist eine Bestie!« Bei Pennys und meinem Anblick erhellt sich seine Miene. Er tippt sich an den Hut. »Ladys, Lucas Wright. Zurückgewiesen und mit gebrochenem Herzen, aber Ihnen zu Diensten.«

Lächelnd schüttelt Mrs Henderson den Kopf. »Ignorieren Sie diesen Schurken einfach, Ladys. Jetzt besorgen wir Ihnen mal einen Champagner.«

Zwei Minuten darauf stehe ich inmitten einer Schar aufgeregter Frauen und nicht-ganz-so-aufgeregter Männer. Gina hat viel mehr Bekannte als gedacht, und es freut mich zu sehen, dass sie sich um alle sehr lieb bemüht. Sie hat eine Flöte mit etwas Prickelndem in der Hand, doch ich weiß, es ist nichts Alkoholisches darin. Sie und James haben entschieden, die Schwangerschaft vorläufig noch unter Verschluss zu halten, um den Stress zu reduzieren, und wir haben überlegt, wie sie Alkohol in Gesellschaft vermeiden kann, ohne ihr Geheimnis preiszugeben. Gingerale, wo es möglich ist, und ein winziges Schlückchen Champagner, wenn es gar nicht anders geht.

Nachdem ich mein Geschenk auf dem Tisch deponiert habe, der sich unter den vielen Präsenten nur so biegt, gehen Penny und ich zum Ehrengast.

»Hey, errötende Braut in spe, wie läuft's so?«

»Fucking fantastisch!«, erwidert sie und zieht uns dann beide in eine leicht unbeholfene Umarmung. »Scheiße, wenn ich nervös bin, fluche ich immer wie ein Motherfucker, wie ihr seht.«

Dieses Mädchen ist wie ich vor zehn Jahren.

»Das kriegst du hin. Wo steckt James?« Und Max, denn wenn hier auch Männer geladen sind, müsste er sich hier eigentlich auch irgendwo herumtreiben, da er versprochen hat, James zu unterstützen. Bei dem Gedanken schnellt mein Puls in die Höhe.

Gina sieht sich um. »Der ist da drüben bei seinem Dad.«

Ich folge ihrem Blick. James steht bei einem älteren Herrn, der einer ergrauten Version von Max gleicht. Er sieht so verdammt gut aus, dass ich beschließe, in meinem Dating-Profil auch ältere Kandidaten mit einzuschließen.

»Papa Henderson ist ganz schön heiß«, platzt es aus Penny heraus, bevor ich mich zum Affen machen und dasselbe sagen kann.

»Schon, oder?«, meint Gina. »Darauf kann ich mich später auch mal freuen.« Ginas leicht besorgter Blick wandert zu dem Geschenkeberg auf dem Tisch. »Susanne ist so was von süß. Habt ihr sie schon kennengelernt?«

»Ja, sie ist wirklich nett.«

Viel netter, als ich dachte. Nachdem Max so ein Ehegegner ist, hatte ich mit einer kalten Schickeria-Matrone gerechnet, die mich mit eisigem Blick und einem knappen »Wie geht es Ihnen?« abfertigt. Hatte vermutet, Max wäre in einem Zuhause ohne Liebe aufgewachsen, weshalb er auch diesen ausgeprägten Beschützerinstinkt gegenüber James entwickelt hätte und zudem diese Abneigung, jemandem sein ausgehungertes Herz zu öffnen, nachdem seine Eltern ihm ja beigebracht hätten, Liebe sei grau und sinnlos.

Offensichtlich suche ich nach Gründen, um mit Max Henderson Mitleid zu haben.

Mrs Henderson erscheint hinter ihrem Mann und schmiegt sich an ihn. Er tätschelt ihren immer noch strammen Hintern und zieht sie für einen Kuss an sich, während James nachsichtig die Augen verdreht. Hach, einfach hinreißend!

Ich kann keinerlei Anzeichen für eine unterkühlte Erziehung erkennen. Und so stellt sich die Frage, wer Max wehgetan hat – und ob ich den Teil von ihm erreichen kann, den er unter Verschluss hält.

Schluss damit! Ich sollte Max einfach nur so sehen, wie er gesehen werden möchte: als zynischen, vermögenden Playboy also, der gelegentlich Mitgefühl an den Tag legt. Für Sully und Donna, für James, für mich.

Alles andere entspräche auch gar nicht meinen heutigen Zielvorgaben: die Liebe zu feiern und dafür zu sorgen, dass sich das glückliche Paar nie wieder ein weiteres Küchengerät zu kaufen braucht.

Max

Eigentlich hatte ich es für einen guten Zeitpunkt gehalten, mit James und Dad den Golfplatz aufzusuchen. Doch meine Mom hatte anscheinend andere Vorstellungen.

Auf dieser Feier für Gina sind auch Männer eingeladen, weil sie in Chicago noch nicht so viele Leute kennt. Aber das ist okay, ich gebe jedenfalls mein Bestes. Als ich dann auch noch Charlie entdecke, geht mir auf, dass dieser Nachmittag vielleicht doch gar nicht nur aus Pflichtarbeit bestehen könnte. In den letzten Wochen haben wir uns hin und wieder gesehen. Oder besser gesagt hat sie mich per SMS zu sich bestellt, und ich bin zu ihr gefahren, wo sie mich dann beansprucht hat, bis ich völlig erschöpft, aber auch sehr gesättigt und glücklich war.

Ich nähere mich ihr von hinten und sage: »Hallo, Ms Love!« Keine gute Idee, denn sie verschüttet ihren Drink auf ihr Kleid. »Verdammt, das tut mir leid!«

Sie schüttelt den Kopf. »So allmählich wird dir dieses Anschleichen zu einer Gewohnheit, Henderson.«

»Meine beste Arbeit mache ich von hinten«, raune ich ihr ins Ohr und bemerke dann eine Asiatin, die grinst und mir vage bekannt vorkommt, und begreife, dass ich mich benehmen muss. »Hi, ich bin Max.«

»Penny Kim. Wir sind uns vor fünf Jahren mal während der Einweihung des Henderson-Trakts im Lurie's Children's Hospital begegnet.«

»Stimmt. Nett, dich wiederzusehen. Du kennst Charlie?«

»Seit dem College.« Sie grinst auf eine Oh-was-für-Geschichten-ich-erzählen-könnte-Art.

Charlie tupft sich mit einer Serviette den Ausschnitt ihres Kleides ab, etwas Pfirsichfarbenes und Blumiges.

»Na komm, ich besorge dir ein Sodawasser.«

Mit einem vielsagenden Blick zu ihrer grinsenden Freundin, der mir sagt, dass sie sich definitiv über mich unterhalten hatten, folgt Charlie mir aus dem Wohnzimmer.

»Welche Überraschung, dich hier zu sehen«, sage ich.

»Gina hat mich eingeladen.« Sie klingt eine Spur defensiv.

»Okay. Trotzdem überrascht es mich. Ihr zwei freundet euch an?«

Süßes Krausen der Nase. »Ein wenig. Normalerweise hänge ich nicht mit Kundinnen ab, aber Gina …«

»Es ist toll, dass du sie so unterstützt.«

Sie wirkt angespannt, während ich sie in die Küche führe, die laut meiner Mom im französischen Country-Stil gehalten ist. Ich weiß nur, dass mir diese en masse vorhandenen Keramikhähne Angst machen. Ich checke den Getränkevorrat in der Speisekammer und bewaffne mich mit einer Flasche Sodawasser und einem Spültuch.

»Das Haus deiner Eltern ist wunderschön. Und ich habe deine Mom kennengelernt. So nett!«

»Schwer zu glauben, dass sie einen hartgesottenen Zyniker wie mich in die Welt gesetzt hat, richtig?«

Dieses Grinsen! Charlie genießt meine negativen Seiten viel zu sehr.

»Deine Eltern scheinen *wirklich* sehr glücklich miteinander zu sein …«

»Ich war mal verlobt.«

Charlie sieht genauso überrascht über diese Enthüllung

drein wie ich. Wo zur Hölle kam das denn her? Der Augenblick dehnt sich, denn keiner von uns hat eine Ahnung, was er damit anfangen soll.

»Schlechte Heiratsplanerin?«, fragt sie mit einem schiefen Lächeln. Ich muss lachen.

»Hat nur einfach nicht gepasst.«

Wieder ernst, nickt sie, der Blick voller Mitgefühl, das ich weder möchte noch brauche. »Hat sie dir wehgetan?«

»Sie hat mir die Augen geöffnet.«

»Das ist deine Geschichte?«

»Und bei der bleibt's auch.« Sie braucht nicht zu wissen, dass Becca nur an dem Namen Henderson, dem Penthouse, dem ganzen Drumherum interessiert war. Versteht ihr, den Pfad, auf dem James jetzt wandelt, habe ich bereits beschritten: die Verkostungen, die Anproben, die Brautfeiern (Plural). Fünf Jahre reichen allemal, um darüber hinwegzukommen, und mein Job stellt sicher, dass ich nicht selbstzufrieden werde.

Eigentlich ist Charlie nun mit einer Enthüllung dran, doch sie schweigt.

»Wie lief das bei dir und Craven?«

»Ich würde ja fragen, woher du das weißt, aber du hast schon bewiesen, dass du so deine Mittel und Wege hast.«

»Ich habe dich gegoogelt« – *nachdem dein Dad mich ins Bild gesetzt hatte* – »und entdeckt, dass du mit ihm auf ein paar Events erschienen bist. Das hat's auf die Gesellschaftsseiten geschafft.«

»Das Ganze war nur was Lockeres«, sagt sie, »oder zumindest hat er das später behauptet. Er brauchte jemanden, der besser zu seinen angestrebten Zielen passt. Er hatte eine Laufbahn im Kongress im Blick, verstehst du?«

Wusst' ich's doch. Was für ein Blödmann! »Was? Charlie

Love ist nicht diplomatisch genug, um als Sidekick eines Politikers aufzutreten?«

»Nicht mit diesem Trucker-Mundwerk.« Ihr Grinsen ist schön, selbst wenn sie sich dazu zwingt.

Ich lege ihr einen Finger unters Kinn. »Zufällig liebe ich dieses Trucker-Mundwerk über alles.«

»Ja, tust du. Du liebst es, wenn ich es um deinen Schw…«

Mit einem Kuss schneide ich ihr das Wort ab. Ich liebe ihren Geschmack – den nach Champagner, Cupcake-Glasur und Charlie. Ich kann sie diesen Mistkerl vergessen machen, der die vielen Facetten dieser Frau nicht hat sehen können: Tigerin, Profi durch und durch, jederzeit eine Überraschung.

Sein Verlust.

Aber ist es mein Gewinn? Ich sage mir immer, ich darf ihr nichts vormachen, aber das geschieht auch gar nicht. Sie bringt mich an einen Ort, der sich intim und vertraut anfühlt. An einen Ort, nach dem ich mich zu sehnen beginne, diese Blase mit nur ihr und mir.

Ich vertiefe den Kuss, lege all mein Bedürfnisse mit hinein. Vielleicht liegt es an der Erwähnung Beccas. Vielleicht war es die Anspielung auf Craven. Wie auch immer, ich brauche das hier und glaube, Charlie auch.

Die Leidenschaft, die ich hier in der Küche meiner Eltern an den Tag lege, sollte ihr eigentlich Angst machen, doch auch sie hält sich nicht zurück. Sie umklammert meinen Hals und erwidert den Kuss voller Leidenschaft. Eins muss man Charlie lassen – wenn sie sich auf etwas einlässt, dann ohne Wenn und Aber.

Ein bisschen benommen und sehr verwirrt lösen wir uns schließlich voneinander.

»Hi!«, sagt sie.

Ein Glücksgefühl durchrieselt mich, und ich lache. »Hi!«

»Hallo, ihr zwei«, ertönt in diesem Moment der unverkennbare Bariton meines Vaters.

Ich drehe mich um, und es überrascht mich nicht, dass meine Mom neben ihm steht. Die beiden gibt es nur als Gesamtpaket.

Dad sieht mich bedeutungsvoll an. »Vielleicht solltest du mich dieser mir unbekannten jungen Frau vorstellen, die du hier in unserer Küche verführst, Max.«

»Oh, Jack, das ist keine Unbekannte.« Meine Mom lächelt, um Charlie ihre Befangenheit zu nehmen. »Sondern Charlie, eine Freundin von Gina.«

»Mir kommt sie ja eher wie eine Freundin von Max vor«, meint Dad mit einem verschmitzten Grinsen.

Mom bemerkt den Spüllappen und das Sodawasser. »Ach du je, Charlie, haben Sie sich etwas auf Ihr entzückendes Kleid geschüttet?«

»Nur ein bisschen Champagner, Mrs Henderson. Nicht schlimm.«

»Der Übeltäter war ich, Mom.«

»Äußerst kreativ, mein Sohn«, meint Dad. »Zeigst du ihr als Nächstes deine Debattiertrophäen? Sie stehen in seinem alten Schlafzimmer, Charlie.«

Charlie lacht, und – verdammt – in meinem Herzen geht die Sonne auf. »Die Sprachfertigkeit Ihres Sohnes ist mir bestens bekannt. Er hat's wirklich drauf.«

»Wenn er sie doch nur für etwas Gutes einsetzen würde«, meint Mom. »Als Kind war er immer so leidenschaftlich, dass ich dachte, er würde sich dem Bereich Bürgerrechte zuwenden.«

Nach Ansicht meiner Mutter sollte ich mich wöchentlich vor dem Supreme Court mit Staatsrechtlichem auseinandersetzen. »Nicht nötig, dass du dich mit Charlie gegen mich zusammentust, Mom. Sie arbeitet im Hochzeitsplanungs-Business, das lässt sich nicht ganz unter einen Hut bringen.«

»Man könnte auch sagen, ihr ergänzt euch«, kontert meine Mom, woraufhin Charlie schnaubt. So viel dazu.

»Ich geh mal besser zurück«, sagt Charlie. »Wir verpassen sonst ja noch alle spaßigen Aktionen.«

»Na, ich weiß ja nicht …«, erwidert mein Dad mit einem übertrieben theatralischen Zwinkern. Herr im Himmel!

»Es war nett, Sie kennenzulernen, Mr und Mrs Henderson.«

»Jack und Susanne«, korrigiert meine Mom, doch sobald Charlie außer Hörweite ist, murmelt sie: »Oder Dad und Mom?«

»Lass gut sein, Susanne.« So nenne ich sie, wenn sie zu weit geht. »Das wird nicht geschehen.«

»Irgendetwas geschieht aber. Ich habe noch nie erlebt, dass du in jemandes Nähe so aufblühst, nicht mal bei Wiehießsienochgleich.«

Loyal bis ins Mark weigert sich meine Mom, Beccas Namen auszusprechen. Sie hat allerdings recht. Ich erinnere mich nicht daran, mich in der Nähe meiner Ex-Verlobten je so gefühlt zu haben. Vielleicht war ich zu jung, um wahre Liebe und diesen ganzen Quatsch zu verstehen. Als ich es später dann tat, war mein Herz aufgrund meiner Alltagserfahrungen bereits verhärtet.

Nicht, dass ich in Charlie verliebt wäre. Mir gefällt lediglich ihre Zurückweisung nicht, andererseits bin ich ja selbst dran schuld.

»Jack, ich muss mit unserem Sohn mal unter vier Augen sprechen.«

Mist, das ist Moms Kriegspfadstimme. Hilfesuchend schaue ich zu meinem Dad, doch der zuckt nur die Achseln und verlässt die Küche. Auf die Art haben sie es geschafft, all die Jahre verheiratet zu bleiben. Der Mann weiß, wann er verschwinden muss.

Ich versuche, das Melodrama mit einem weinerlichen »Mom …« zu umgehen, doch damit komme ich nicht durch.

»Magst du diese Frau?«

Eine schlichte Frage, die eine schlichte Antwort erfordert. Meine Mom kann ich nicht anschwindeln. »Ja.«

»Und wie kommst du mit dem Ganzen hier klar?« Sie deutet in der Küche herum, doch ich weiß, was sie meint. Den unerbittlichen Countdown des Vergnügens, der hier gerade stattfindet.

»Es ist lange her, Mom. Ich habe mich verändert und lasse nicht zu, dass die Geschichte mit Becca sich negativ auf meine Pflichten als Trauzeuge auswirkt.«

»Das weiß ich, Darling. Aber es scheint, dass du dich aufgrund dieser Geschichte vor der Möglichkeit verschließt, mit jemandem an deiner Seite dein Glück zu finden.«

»Ich bin durchaus glücklich und habe keinen Mangel an Gesellschaft.« Noch bevor ich den Satz beendet habe, weiß ich, wie müde er klingt. Ich langweile mich über mich selbst und den Trott, in den ich verfallen bin, nicht eben wenig.

Aber Becca hat mich verletzt und mich in puncto Beziehungen vorsichtig gemacht. Da, ich habe es gesagt.

»Darling Max, Frucht meines Leibes« – für mein Erschaudern ernte ich von ihr ein spitzbübisches Grinsen –, »du bist so viel mehr als das kräftige Kinn deines Vaters und *mein* messerscharfer Verstand und ausgezeichneter Sinn für Humor. Du bist ein großzügiger und mitfühlender Mensch, und jede Frau, die dich bekäme, wäre gesegnet. Und jetzt geh und erklär dieser Frau, dass für sie nun ein glückliches Leben beginnt.«

Im Salon sind bereits Spiele im Gange. Ich kann das Quiz über Filmzitate nicht gewinnen, weil ich der Urheber des Ganzen bin, aber es macht Spaß, herumzugehen und Tipps zu geben.

Es gibt eigentlich keinen guten Grund, warum jemand bei Zitaten wie »Wie Ihr wünscht« und »Ich seh dir in die Augen, Kleines« ratlos sein sollte. Das sind echte Klassiker aus Kinofilmen, und ich bin enorm kritisch gegenüber jedem, der bei diesen Zeilen im Dunkeln tappt. Eher schon verzeihe ich jemandem, der *Ghost – Nachricht von Sam* oder *Der englische Patient* nicht gesehen hat, die technisch gesehen Liebesfilme, praktisch aber Müll sind.

Wie immer halte ich nach Ms Love Ausschau und entdecke sie in einer angeregten Unterhaltung mit Lucas und ihrer Freundin Penny. Dieser freche Kerl startet offensichtlich gerade eine Charmeoffensive – in weißen Jeans könnte man hinzufügen. Dem Ganzen muss ein Ende bereitet werden, also nichts wie hin!

»Besser geht's nicht«, erklärt Charlie gerade und lehnt sich dabei unnötig nahe zu Lucas hinüber. »Jack Nicholson hat gesagt: ›Ihretwegen möchte ich ein besserer Mensch sein.‹«

»Schon, aber hätte er das sagen *sollen*?«, erwidert Lucas. »Keiner sollte sich für einen anderen ändern. Das ist doch dämlich. Wenn sie ihn so nicht akzeptieren kann, mit den Warzen und dem Ganzen, welche Chancen haben die beiden dann?«

»Wenn er sich nicht ein wenig Mühe geben kann, der Mann zu sein, den sie braucht, würde ich sagen, die Chancen sind gleich null.«

»Wright, du pinkelst in den Wind«, gehe ich dazwischen. »Dein dürftig konstruiertes Argument stimmt Charlie garantiert nicht um. Das ist fantasielos und unromantisch.«

»War das eigentlich deine Idee, Maxie?« Er deutet auf die Quizkarte.

»Zugegeben.«

»Wirklich?« Charlie dreht sich erstaunt zu mir um, und genau das wollte Lucas offensichtlich auch. Sein vielsagendes Zwinkern macht sogar dem meines Vaters Konkurrenz. »Ein Quiz mit romantischen Filmzitaten?«

»Unser Max erlebt seine romantischen Momente lieber in Filmen«, sagt Lucas. »Unrealistisch, idealistisch ohne Ende, und für gewöhnlich ist irgendein unerreichbares Chick mit im Spiel.«

»Und das, mein Freund, ist der Grund, warum es keine Frau mit dir aushalten will.« Ich nehme Charlies Quizkarte und überfliege sie. »Klassenbeste, Ms Love. Ich schätze, Sie kennen Ihre Filme. Gibt es irgendwelche Favoriten?«

Sie drückt sich die Hände dramatisch an die Brust. »Es war meine Schuld, nur meine Schuld. Ich hab nur nach oben gesehen. Nach oben, wo der Himmel ganz nah war. Weil du dort warst.« Sie ahmt Deborah Kerr perfekt nach, und das kann ich beurteilen, nachdem ich von einer Britin großgezogen worden bin. »Das ist vermutlich zu schnulzig für dich, Henderson, aber immerhin spielt dein Liebling Grant mit.«

Stimmt. Ich liebe *Die große Liebe meines Lebens* trotz dieser eigenartigen Gesangseinlage der Kinder, als die Heldin im Krankenhaus liegt. Den Film mag ich hauptsächlich deshalb so gern, weil er von einem Mann handelt – einem Playboy –, über den jeder eine vorgefasste Meinung hat, den eine Frau jedoch verändert. Interessanterweise offenbarte Cary Grant, dessen Rollen bislang immer auf die eines stets wie aus dem Ei gepellten Salonlöwen festgelegt waren, in diesem Film auch völlig neue Facetten: Feinsinn und Tiefgang. Eine Durchbruch-Rolle mit zwanzig Jahren Vorlauf.

Penny dreht sich zu Charlie. »Jedes Mal, wenn ich diese Szene sehe, in der …«

»… er in ihr Schlafzimmer kommt und das Porträt entdeckt …«

»… und weiß, sie kann nicht laufen, da die Frau, die das Porträt gekauft hat …«

»… in einem Rollstuhl saß?«, beendet Charlie den Satz.

»… heule ich los!«, sagen beide im Chor und brechen in Gelächter aus.

»Sie sitzt im Rollstuhl?« Lucas sieht die beiden an, als hätten sie den Verstand verloren. »Herrje, das klingt deprimierend.«

»Ist es nicht«, sage ich. Irgendwie zwar doch, aber kinodeprimierend. Die Tränen sollen fließen, um uns ein besseres Gefühl über uns selbst zu geben. »Sie mussten diesen ganzen Schmerz durchmachen, um wirklich zueinanderzufinden. Für die Liebe muss man kämpfen.«

Nun betrachtet mich Lucas, als hätte ich sie nicht mehr alle, und vielleicht stimmt das ja auch. Charlie, deren Wangen sich gefärbt haben, nippt an ihrem Champagner. Über unsere fröhliche kleine Gruppe hat sich betretene Stille gesenkt.

Ich halte das keinen Moment länger aus.

»Ich muss kurz mit dir reden, Charles.« Ich führe sie auf die Terrasse hinaus, außer Hörweite des Rests.

»Oh, ist das schön hier!« Sie deutet auf die perfekt manikürten Rasenflächen, für deren Pflege wir wirklich jemanden einstellen sollten, um die sich Susanne aber unbedingt selbst kümmern will, als wäre das ihr Vollzeitjob. Meine Eltern sind die schlimmsten Reichen auf der Welt.

»Ja, ist es. Danke. Meine Mom ist ein Garten-Freak. Komm heute Abend zu mir.« Die Worte sind mir einfach so entfahren.

Sie rümpft die Nase, was so bezaubernd wie ärgerlich ist. Bezaubernd, weil: seht sie euch an. Ärgerlich, weil es Widerstand ankündigt.

»Max, damit muss Schluss sein.«

»Womit?«

»Mit unseren Treffen, den Booty-Calls. Ich muss meine Partnersuche jetzt mal ernsthaft angehen.«

Ich versuche, mich nicht angegriffen zu fühlen. Sully findet, wir würden gut zusammenpassen, meine Mitarbeiter verarschen mich ihretwegen schon. Meine Eltern, verdammt noch eins, suchen bereits das Hochzeitsgeschirr aus! Warum können alle es sehen, nur Charlie Love nicht? Ich dachte, die Frau glaubt an so was!

Herrje, bin *ich* hier der Romantiker?

Ich lege ihr eine Hand auf die Hüfte, lehne mich zu ihr und versuche, meinen Zauber zu versprühen. »Geh mit mir auf ein Date. Ich verspreche, dir nicht das Herz zu brechen.«

In ihren Augen blitzt ein Schmerz auf, den ich ihr noch gar nicht zugefügt habe. »Das kannst du nicht versprechen. Niemand kann das.«

Sie hat recht. Aber man kann es mit dem alten Collegetrick ja mal versuchen, oder etwa nicht?

17. KAPITEL

Charlie

»Na, das war ja interessant«, sagt Penny, sobald wir auf unserem Rückweg in die City aus der Auffahrt der Casa Henderson biegen.

»Ja, wie's scheint, hat sich Gina wacker geschlagen. Ich freue mich so für sie!«

»Richtig. Freu mich auch wahnsinnig. Aber du weißt genau, dass ich von dir und Mr Henderson spreche. Der Mann ist eindeutig total verknallt in dich.«

»Ist dir eigentlich klar, wie albern du klingst? Das ist ein kleiner Flirt, weiter nichts!«

»Mit heißem Sex als Belohnung.«

»Na ja, irgendwas muss dabei ja für mich rausspringen, wenn ich schon dieses ganze Schnöselgedöns ertrage.«

Penny gluckst, und ich bekomme Gewissensbisse, Max für einen schnellen Lacher zur Zielscheibe meines Spotts gemacht zu haben. Ich weiß, an ihm ist mehr dran und dass da meine Unsicherheit ins Spiel kommt.

»Und ich dachte, ihr zwei mögt euch nicht. Wo waren denn die ganzen Spitzen und giftigen Bemerkungen über die Ehe et cetera? Das war alles so … liebevoll. Als würdet ihr euch wirklich schätzen.«

Mein Herz hämmert wie verrückt. Als wir in seiner Küche waren und er mir von seiner geplatzten Verlobung erzählt hat, kam es mir auch so vor. Er ging zwar nicht weiter ins Detail, aber dass sich Max mir gegenüber so geöffnet hat, machte etwas mit mir. Als er mich geküsst hat, fühlte es sich bedeutsam an.

Ich fühlte mich bedeutsam.

Ich möchte nicht, dass man mit mir spielt. Möchte nicht verletzt werden. Und mir geht auf, dass Max es schaffen könnte, beides zu tun.

»Er ist sehr charmant«, ist alles, was ich sagen kann. Ich möchte Penny nicht verraten, dass ich auf seine Bitte eingegangen bin und später noch zu ihm fahre. Zum Glück klingelt mein Handy, bevor Penny weiterbohren kann. »Kannst du bitte mal schauen, wer das ist?«

Penny angelt mein Handy aus meiner Handtasche. »Es ist Donna.«

»Stell mal auf laut. Hi, Donna!«, sage ich, erleichtert, die Max-Unterhaltung hinter mir zu haben. »Ich sitz gerade am Steuer und habe Penny dabei.«

»Hallo, Penny«, sagt Donna. »Wie geht es deinem umwerfenden Ehemann?«

»Er ist immer noch umwerfend!«

»Oh, schön. Charlie, dein Vater hat eine Affäre.«

Dafür, dass ich es schaffe, nicht die Augen zu verdrehen, sollte ich eine Goldmedaille verliehen bekommen. »Ach was! Ich meine, wer würde ihn denn wollen? Also abgesehen von dir?«

»Die letzten beiden Wochen hat er jeden Morgen das Haus verlassen.«

»Die beste Zeit für eine Affäre«, sage ich. »Wahrscheinlich treibt er's dann mit irgendeinem Flittchen in der Bodega an der Ecke.«

Donna schweigt.

Ich werfe einen unbehaglichen Seitenblick zu Penny, die die Achseln zuckt. »Na komm, das kann nicht dein Ernst sein. Was sagt er denn, wohin er geht?«

»Angeblich macht er einen Spaziergang, fährt aber mit dem Pick-up weg. Als er heute nach Hause kam, hatte er blonde Haare auf seiner Jacke. Blond-weißlich. Ich glaube, sie ist älter.«

Ich glaube, diese *Sie* existiert nicht. »Vielleicht solltest du mal anbieten, ihn zu begleiten.«

»Warum sollte ich das?«

Seufzend gebe ich es auf. Ich weiß, alle Beziehungen haben ihre Höhen und Tiefen, aber ich hoffe, dass ich mich, wenn ich an diesen Punkt gelange, traue, meinen Kerl zu fragen, ob er eine Affäre hat. Wahrscheinlicher ist allerdings, dass ich ihn, sobald ich davon höre, im Schlaf ersticke.

»Möchtest du, dass ich vorbeikomme? Ich bin eh auf dem Rückweg in die City.«

»O nein. Ich dachte nur, dass du vielleicht das nächste Mal, wenn du ihn siehst, mit ihm reden könntest.«

»Du könntest ihn auch einfach fragen, weißt du?«

»So funktionieren Ehen nicht, Charlie. Eines Tages wird dir das auch klar sein.«

Wenn es so weitergeht, ist das eher unwahrscheinlich.

Ich bin angezogen wie für den Krieg.

Fuck-me-High-Heels, meine schönsten Dessous, einen kurzen und sexy Trench – und das wär's so ziemlich. Max Henderson mag das Ganze als Date bezeichnen, aber ich werde ihm zeigen, wie eine starke Knallerfrau, die Spaß haben will, zwanglosen Sex macht.

Erst als ich zum Portier des *Gloucester* gehe und er mir sagt: »Fahren Sie bis ganz nach oben, Ms Love«, kommt mir, dass ich die Situation falsch eingeschätzt haben könnte. In Rekordzeit hereinzukommen, zu kommen und wieder hinauszukommen, das ist mein Ziel. Darauf, dass Max Henderson mich mit seiner Playboymasche zum Staunen bringt, indem er mir mit einem beiläufigen Winken in Richtung der unbezahlbaren Kunst hier und einem Nicken beim Anblick des klimatisierten Weinschranks dort sein Penthouse zeigt, kann ich verzichten. Nicht, dass ich mich von solchen Dingen nicht verführen lassen könnte. Aber ich habe meine Prinzipien.

Das Penthouse besitzt einen eigenen Lift, klar, und mit jeder Etage, die es nach oben geht, zerbröckelt mein Plan nach sexy Distanz ein wenig mehr. Als ich oben anlange, komme ich mir in meinen Verführungsklamotten ein wenig albern vor. Als würde ich Verkleiden spielen. Der Lift öffnet sich zu einem Foyer. An die Tür direkt in meinem Blickfeld ist eine mit einem Edding geschriebene Nachricht gepinnt.

Komm herein und geh die Treppe rechter Hand hinauf. Lass bloß nicht das Monster raus. Vorsicht: Es könnte versuchen, dich zu lecken, obwohl ich ihm gesagt habe, dass das mein Job ist.

Ich verziehe die Lippen zu einem Grinsen und verspüre ein Bauchflattern.

Vorsichtig öffne ich die Tür und mache mich auf eine Attacke gefasst. Der süße Cockapoo, den ich schon aus dem Park kenne, sitzt brav davor. Ich gehe in die Hocke und kraule ihn hinter den Ohren.

»Hey, Kumpel, wie geht's so?«

Er springt auf und wackelt mit dem Schwanz. Love!

Ich richte mich auf und sehe mich rasch um. Durch die wandhohen Fenster dringt etwas Licht von der City herein, sonst ist es dunkel im Zimmer. Es ist so groß wie erwartet und schafft es dennoch, Intimität auszustrahlen. Allerdings könnte es auch daran liegen, dass die Nacht es in eine sinnliche Decke hüllt.

Ein einzelner Punktstrahler erhellt die Treppe rechts von mir. Ich bin verblüfft, andererseits schafft Max Henderson es ja immerzu, mich zu verblüffen. Immer ist er mir schon einen Schritt voraus, wodurch es interessant bleibt, doch er bringt mich auch regelmäßig aus dem Gleichgewicht.

Eine weitere Nachricht ist mit Tesafilm an die Wand bei der ersten Treppenstufe geheftet: *Zehn Schritte zur MAXimum Lust.* Dazu ein Pfeil nach oben. Es ist kitschig, und doch zaubert es mir ein breites Lächeln aufs Gesicht.

Ich überlege, mir meine High Heels auszuziehen, doch nachdem ich sowieso in sein Schlafzimmer unterwegs bin, lasse ich sie an. »Wünsch mir Glück!«, flüstere ich Cujo zu.

Der Treppengang wird durch etwas beleuchtet, das nach einer weihnachtlichen Lichterkette aussieht und um das Geländer geschlungen ist. Man könnte es glatt als romantisch bezeichnen, doch ich verwerfe diesen Gedanken, weil Max kein Romantiker ist. Außer wenn es um Kinofilme geht. So oder so: Auf dem Weg nach oben pocht mein Herz ganz schön.

Entgegen meiner Erwartung erreiche ich oben nicht gleich das Schlafzimmer, sondern eine weitere Tür, diesmal mit der Nachricht:

Nur eintreten, wenn du bereit bist, deinen Körper anbeten und dich vom Hocker hauen zu lassen und tiefschürfende Unterhaltungen über die Bedeutung des Ganzen zu führen.

Der Typ weiß wirklich, auf welche Knöpfe man bei einer Frau drücken muss, oder? Ich schiebe die Tür auf und bin erstaunt, als ich auf der anderen Seite Betonboden entdecke.

Ich befinde mich auf dem Dach!

Auf dem etwas Grillartiges steht, dazu eine Bar, ein Sofa

und einer dieser einfahrbaren Bildschirme zur Projektion von Bildern. Max steht an der Bar, angetan mit einem offenen Hemd, dessen Ärmel er hochgerollt hat, und Boardshorts, die die Dinge unterhalb der Taille interessant halten. Er könnte direkt einer Werbeanzeige der GQ entsprungen sein.

»Willkommen zu unserem Date!«

Verwirrt blicke ich mich um. »Das hier ist das Dach!«

»Du hast eine ausgezeichnete Beobachtungsgabe, Charlie.«

»Ich dachte, ich wäre auf dem Weg zu deinem Schlafzimmer.«

»Ich hoffe schwer, dass wir uns dort schließlich einfinden. Nach dem Abstecher hier hinauf.« Er mustert mich von Kopf bis Fuß. »Rechnest du mit Regen?«

»Ähm, nein.«

»Wie wär's, wenn du mir dann deinen Mantel geben würdest?« Er greift nach dem Gürtel. Ich schlage seine Hand weg.

»Das ist keine so gute Idee.« Gott, ich komme mir vielleicht bescheuert vor! In der Nähe des Grills steht ein von einer Kerze beschienener Tisch, darauf ein lecker aussehender Salat. Ich entdecke Avocados und Kiwischeiben, was ich erstaunlich fortschrittlich finde. »Für ein Dinner bin ich nicht wirklich angezogen. Ich dachte, ich würde einfach …«

»… gnadenlos über mich herfallen und mich anschließend als knochenloses Durcheinander zurücklassen, das in Fötusstellung auf dem Boden liegt?«

»Auf deinem Bett«, kläre ich ihn auf. »So herzlos bin ich dann auch wieder nicht.«

Er umfasst meine Hüften. »Willst du mir sagen, dass du unter diesem Trench ein Outfit trägst, das dazu gedacht ist, mich innerhalb von zehn Sekunden in dir zu haben?«

»Eher in fünf.«

Mit einem Stöhnen zieht er mich an sich und küsst mich hemmungslos. Sein Geschmack ist göttlich und macht so, so süchtig.

Er löst sich von mir, schiebt einen Finger in das V des Trenchcoats und zieht ihn für einen Sneakpeak ein Stückchen zu sich. Seine Berührung ist ganz leicht, und doch löst sie in mir das pure Gefühlschaos aus. »Du bringst mich um, Charles.«

Bei niemandem fühle ich mich so sexy wie bei Max. Jede Sekunde mit ihm bringt mich mehr aus dem Gleichgewicht. In meiner ganzen Konfusion ist mir aber trotzdem noch klar, dass ich mir meinen Trench nicht ausziehen lassen und in meiner Unterwäsche essen kann.

»Einen Augenblick«, murmelt er an meine Lippen und verschwindet durch die Tür, durch die ich gerade hergekommen bin.

Kurz darauf kehrt er mit einem blauen Herrenhemd zurück, dem, das er heute bei der Brautfeier trug, wenn ich mich nicht irre. Er gibt es mir. »Zieh das an, aber knöpf nicht alle Knöpfe zu, du Aufreißerin.«

Er dreht sich sogar um. Das hat etwas sehr Altmodisches und Ritterliches. Ehe er sich wieder umdreht, schnuppere ich verstohlen an dem Hemd und freue mich, dass er mir etwas gegeben hat, das er erst kürzlich anhatte. Nachdem ich den Trench ausgezogen habe, fühle ich mich auf dem überall von Gebäuden umgebenen Dach, wo man mich in meiner Unterwäsche beobachten kann, unglaublich exponiert und gleichzeitig erregt. Aber *so sehr* genieße ich es auch wieder nicht, weshalb ich mir schnell das Hemd überwerfe.

»Die High Heels sind okay?« Er mustert meine Beine, die in seinem bis zu meinen Oberschenkel reichenden Hemd toll aussehen. Sein Ton sagt mir, dass er sie ebenfalls mehr als okay findet, doch er bietet mir trotzdem ein paar dicke Socken an. Wie süß ist das denn?

»Ich komme klar.« Ich blicke mich um und bin erneut hin und weg von unserer Location fünfzehn Stockwerke über dem Erdboden. Bedächtig bewege ich mich ein paar Schritte in Richtung Dachrand, der durch eine hüfthohe Mauer gesichert ist. Trotzdem bin ich vorsichtig, vor allem wegen der High Heels. »Der Ausblick ist atemberaubend!«

Von hier aus überblickt man auf einer Seite den Lincoln Park mit dem See in der Ferne, auf dem ich Segelboote ausmachen kann, die im abnehmenden Licht auf dem ruhigen Wasser dahingleiten. Ein paar Schritte auf die andere Seite, und ich befinde mich einem Gebäude gegenüber, dessen Fenster wie Augen einer weit entfernten Zivilisation wirken. Ich erspähe Gestalten, die ihren Beschäftigungen nachgehen: einen (zumindest aus der Ferne) gut aussehenden Typen, der ein Work-out macht, das bläulich flackernde Licht eines Fernsehers, eine Katze, die die Welt unter ihrem Fenster betrachtet.

»Wer hat denn noch Zugang zum Dach?«

»Niemand.« Max reicht mir ein Glas Champagner. »Es gehört nur mir.«

Mir. Ein köstlicher Schauder erfasst mich angesichts der Richtigkeit dieses Wortes aus seinem Munde.

In Lincoln Park sind Penthouses mit exklusivem Dachzugang nicht billig zu haben, aber das weiß ich ja alles. Ich weiß, dass Max Geld im Überfluss hat, es sogar für wohltätige Zwecke weggeben kann und ihm immer noch mehr als genug bleibt.

Etwas summt, und Max checkt sein Handy.

»Sorry, da muss ich drangehen. Ich mach's kurz.«

»Klar.«

Er entfernt sich, und ich bekomme von der Unterhaltung nur Gesprächsfetzen mit. Es klingt, als würde er den Anrufer zu beruhigen versuchen.

»Ich weiß schon, aber wir haben es fast geschafft ... am Montag ist der Bericht da.«

»Klar fühlt es sich gut an, ihn zu ohrfeigen, aber für unseren Fall ist das nicht gut. Ich glaube, du wirst angenehm überrascht sein, was mein Mann zu sagen hat.«

Und dann, etwas strenger: *»Ab in ein Taxi, Sweetheart ...«*

Ich versuche ja, nicht zu lauschen – okay, ich versuche es überhaupt nicht. Taxis, Gutachten, Ohrfeigen ... und Max hat einen »Mann«?

Gute fünf Minuten später legt Max auf. »Sorry. Eine Mandantin.«

»Alles okay mit ihr?«

»Bald. Vor allem, wenn ich ihr erst mal gezeigt habe, wie viel ihr Ex-Mann in spe auf einem Schwarzgeldkonto gebunkert hatte.« Er rauft sich das Haar, und ich kann sehen, wie er, offensichtlich besorgt darüber, was er gehört hat, versucht, sich gedanklich von der Arbeit zu lösen. »Sie ist ihm gerade in einem Restaurant über den Weg gelaufen und wollte die Handfläche einsetzen, um ihm zu zeigen, wie sehr sie ihn verachtet.«

»Bist du auf die Art immer erreichbar?«

»Das gehört alles zum Service.«

Nervös nippe ich an meinem Wein. »Aber was wollen die an einem Samstagabend um neun Uhr von dir, Max?«

Er legt den Kopf schräg und lächelt schelmisch. »So misstrauisch?«

»Na komm, Max. Willst du mir etwa erzählen, dass dich noch nie eine Mandantin besucht hat?«

»Nein, das nicht, aber meine Abfuhren erteile ich immer sehr sanft. Mandantinnen weise ich im Übrigen grundsätzlich zurück. Diese Frauen – und ja, der Großteil meiner Klientel besteht aus Frauen, für gewöhnlich schon etwas älter, im Schnitt mit zwanzig, dreißig Jahren Ehe hinter sich – sind unglaublich verletzlich. Viele von ihnen haben ihre Karriere aufgegeben, um sich ihrem Mann und den Kindern zu widmen. Sie fühlen sich verloren, degradiert, niedergeschlagen. Nichts macht mich so sauer, wie wenn ich sehe, dass einer sich seiner Frau wie Abfall entledigt. Mein Job ist, dafür zu sorgen, dass sie mit der bestmöglichen Scheidungsvereinbarung aus diesem Verfahren hervorgeht, die ich für sie herausschlagen kann, dazu einem Plan, was als Nächstes kommt, und mit frischer Selbstachtung.«

Ich bin baff, allerdings nicht etwa über Max' Worte, sondern mit welcher Überheblichkeit ich seine Tätigkeit bislang beurteilt habe. Vielleicht sogar ihn selbst.

»Na, und wer kümmert sich dann um die armen Ehemänner?«

Er lacht. »Glaub mir, für die finden sich noch genügend Anwälte. In unserer Kanzlei hat Lucas einen hauptsächlich männlichen Mandantenstamm. Er ist ein starker Verfechter der Rechte der Väter. Bei Grant ist das Verhältnis ausgeglichen. Wenn es dir schlecht geht, nimmt er sich deines Falls an, egal, welches Geschlecht du hast.«

»Aber fällt es denn nicht schwer, sich immer mit diesen negativen Sachen herumschlagen zu müssen? Noch dazu, wenn Kinder mit im Spiel sind?«

Er denkt einen Augenblick darüber nach. »Meistens sind die Kinder meiner Mandantinnen schon erwachsen. Aber es gibt auch ein paar, die ihre Kids einsetzen, um sich Vorteile zu verschaffen. Das nimmt schon mit. Insgesamt sehe ich meine Aufgabe aber als Versuch, diesen Leuten, Eltern wie Kindern, deren heile Welt gerade auseinanderbricht, neue Perspektiven zu eröffnen. Instabilität kann nämlich wirklich Opfer fordern.«

Ich weiß genau, was er meint. Im Jahr nach dem Tod meiner Mutter kam es mir vor, als müsste ich in einer von einem Hurrikan verwüsteten Stadt mit Treibsand unter den Füßen leben.

Da Max mich aus der Fassung gebracht hat, drehe ich mich von ihm weg und genieße die Aussicht. Jeder Moment mit ihm unterhöhlt meine Vorurteile weiter, dabei möchte ein bockiger Teil von mir noch ein wenig länger daran festhalten. Für das hier bin ich nicht bereit. Für ihn.

Er schlingt von hinten die Arme um mich, und ich gestatte mir, mich an ihn zu lehnen – natürlich nur, damit ich nicht vom Dach stürze.

»Stellst du dir je vor, was in diesen Wohnungen vor sich geht?«, flüstere ich. »Die traurigen Geschichten. Die Happy Ends?«

»Die geplanten Verbrechen, die zerstörten Leben.«

»So zynisch.«

»So bin ich.«

Ich drehe mich zu ihm um. »Nicht immer. Tatsächlich glaube ich ja, das ist alles nur gespielt.«

»Ach ja?«

»Für niemanden, der klassische Kinofilme liebt und sich Ratespiele mit Liebesfilmzitaten ausdenkt, kann es so unmöglich sein, sich zu verlieben.«

Und niemand, der gebrochene Frauen mit solch einer Leidenschaft verteidigt, der sie in ihren Ängsten beruhigt und ihre Panikanrufe entgegennimmt, könnte annähernd so schlimm sein, wie ich ihn mir ausgemalt habe.

Max

Vielleicht treibt mich das Wissen, was Charlie unter meinem Hemd trägt, ja das ganze Dinner über in den Wahnsinn, aber das glaube ich gar nicht mal. Es liegt vielmehr daran, dass sie wie ein Engel in Menschengestalt aussieht. Ich weiß, wie sie fleht, wenn sie etwas will, wie sie aussieht, wenn sie angeturnt ist, wie sie klingt, wenn sie kommt. Sie mag Unnahbarkeit vermitteln, aber ich habe ihre glutvolle Art erlebt. Es ist, als wäre ich dieses Wesen aus dem Film *Predator*, das seine Umgebung mittels Wärmesicht wahrnimmt. Ohne Charlie würde ich nur kühles Blau und Weiß sehen. Mit ihr – mit dem, was ich von dieser Frau weiß – sehe ich rote, pinke und orangefarbene Farbflecken der Leidenschaft.

Ja, schon klar, die Metapher hinkt.

»Das schmeckt fantastisch«, sagt sie, nachdem sie ein Stück perfekt gebratenes Steak probiert hat.

»Dafür kannst du dich bei *Hello Fresh* bedanken.«

»Gott, wie viel zahlen die dir?«

Ich grinse. »Für einen sehr beschäftigten Berufstätigen ist es ideal.«

»Ich wollte dich bitten, dieses Abo für Donna und Sully abzubestellen. Ich kann das übernehmen.«

»Ich übernehme das gern ein Weilchen.«

Sie öffnet den Mund zum Protest, doch mein Blick bremst sie. Mit Komplimenten und netten Dingen tut sich Charlie Love schwer.

»Danke, das ist wirklich lieb von dir. Auch wenn Donna vermutlich gerade mit dem Gedanken spielt, Sully zu vergiften, weil er eine Affäre hat.«

Ich verschlucke mich beinahe an meinem Rosmarin-Potato-Wedge. »Äh, Sully?«

Sie hebt eine Hand. »Tut er zwar nicht, aber er verschwindet jeden Tag nach draußen – was sie sich im Übrigen ja immer gewünscht hat –, und nun ist Donna misstrauisch geworden. Irgendwas *muss* er im Schilde führen.«

Ich frage mich, ob ich ihr sagen sollte, was ich weiß, habe aber Angst, sie könnte mir wieder vorwerfen, mich einzumischen, wie sie es tat, als ich die beiden für das Essensabo angemeldet habe. Da wechsele ich doch lieber das Thema.

»Warum bist du eigentlich Hochzeitsplanerin geworden?«

Die Ellbogen auf dem Tisch, umfasst sie ihr Kinn und klimpert wie wild mit den Wimpern. »Warum? Damit ich durch meine Kunden schon mal ein Leben führen kann, während ich selbst auf meinen Traummann warte, Dummerchen.«

Ich muss an unsere erste Begegnung denken und zucke zusammen. »Ich war ein Idiot. James' Verkündung hat mich umgehauen, und ich hab mich mies gefühlt, weil ich dachte, jeder sei schon eingeweiht, bloß ich nicht. Tut mir leid.«

Sie zuckt die Achseln, als hätte sie sich schon zuvor Kritik an ihrem Beruf anhören müssen und es sei nichts weiter dabei. Wenn man bedenkt, wie oft meine eigene Berufswahl unter Beschuss gerät, sollte ich es besser wissen.

»Dir sei verziehen«, erwidert sie. »Um ehrlich zu sein, liebe ich es einfach, Events zu organisieren, die die Welt meiner Kunden aus den Angeln hebt. Meine Super-Bowl-Partys im College waren legendär, und nach dem Studium mit einem echt nützlichen Abschluss in Anglistik und Kommunikationswissenschaften bekam ich meinen ersten Job im Eventmanagement-Bereich. Nach einer Weile ging mir auf, dass ich das mit etwas Bedeutsameren verknüpfen wollte – und kein Ereignis ist bedeutsamer, als wenn zwei Menschen den Bund der Ehe eingehen wollen. Das ist speziell, und ich bin so gerne ein Teil davon.« Sie beißt sich auf die Unterlippe und ergreift ihr Weinglas. »Ich weiß schon, du findest das furchtbar sentimental.«

»Ich finde es wunderbar, etwas zu tun, das einen glücklich macht. Und damit andere glücklich machen zu können.«

Sie lehnt sich vor. »Bis?«

»Bis was?«

»Möchtest du nicht noch so was hinzufügen wie: bis dunkle Wolken aufziehen und die Kacke am Dampfen ist?«

Vor einem Monat hätte ich das vielleicht noch getan. »Fünfzig Prozent der Ehen scheitern zwar, doch immerhin fünfzig Prozent bleiben bestehen. Meine Eltern sind immer noch ein Herz und eine Seele. In James und Gina setze ich auch große Hoffnungen.« Grant und Aubrey dagegen haben es nicht geschafft, und was mich und Becca angeht … da bin ich gerade noch mal davongekommen.

»Auf die fünfzig Prozent!« Charlie hebt ihr Glas.

»Auf die fünfzig Prozent!« Welche davon es auch immer sein mögen. »Zum Dessert gibt es Eis, aber ich dachte mir, vielleicht schauen wir uns vorher einen Film an.«

»Gern!«

Ich führe sie zu dem Sofa, das vor der Leinwand mit Projektor steht, und drücke auf meinem Laptop auf Play. Nachdem wir uns gesetzt haben, schlüpft sie aus ihren Schuhen, zieht die Beine unter sich und kuschelt sich an mich.

»Kalt?«

»Ein bisschen«, murmelt sie, daher lege ich ihr eine Decke über die bloßen Beine und präge mir vorher noch schnell deren Anblick ein.

Als der Filmtitel erscheint, stutzt sie. *»Das Fenster zum Hof?«*

»Das ist dein Lieblingsfilm.«

»Stimmt«, sagt sie, sichtlich bewegt, dass ich mich daran erinnert habe.

Falls ihr den Film nicht gesehen habt: James Stewart spielt darin Jeff, einen Fotojournalisten, der wegen eines Beinbruchs aus dem Verkehr gezogen ist und aus Langeweile seine Nachbarn durch ein Fernobjektiv beobachtet. Eines Tages entdeckt er etwas, das er für den Beweis eines Mordes hält. Der Film ist unglaublich vielschichtig und offenbart mir jedes Mal etwas Neues. Aber im Grunde ist es einfach ein mitreißender Film voller Spannung.

Neunzig Minuten später nähern wir uns dem packenden Höhepunkt, und ich bin auch ziemlich nahe an einem, so wie Charlie sich an mich kuschelt, den Kopf unter meinen Kopf geschmiegt. Ich spüre ihre Brüste weich an meiner Seite, was mich alles andere als weich macht. Jedes Mal, wenn es besonders spannend wird, stößt sie einen hastigen Atemzug aus, der mich am Hals streift und mir …

Ähm, zurück zum Film. Die Figur, die Grace Kelly spielt, Lisa, ist gerade in Thorwalds Wohnung eingebrochen, um sich nach Beweisen für Mrs Thorwalds Ableben umzusehen, als der Schurke/wahrscheinliche Mörder zurückkehrt. Das ist eine der fesselndsten Szenen der Filmgeschichte, da Jeff (ihr wisst ja: gebrochenes Bein) nur ohnmächtig zuschauen kann, was sich auf der anderen Hofseite abspielt. Ich weiß, Grace wird nichts passieren – schließlich ist sie die Heldin, und ich habe den Film schon eine Million Mal gesehen –, dennoch fiebere ich jedes Mal wieder mit. In diesem Augenblick sind wir alle James Stewart, durch gebrochene Glieder gehindert, real oder metaphorisch, und müssen hilflos zuschauen, wie sich die Ereignisse um ihn herum auf sein unmittelbares Leben auswirken.

»Ich liebe diese Szene«, sagt Charlie. »Liebe es, wie er zu der Erkenntnis gelangt.«

»Zu welcher Erkenntnis?«

»Dass er sie liebt.«

Jedes meiner Körperhaare salutiert. Ich kenne diesen Film ja nun mal in- und auswendig. Zwischen Lisa und Jeff besteht durchgehend diese Spannung – sie ist das Society-Girl in Haute Couture, er der ein wenig weltverdrossene Fotojournalist, der Angst hat, sich fest zu binden. Natürlich ist er verrückt nach ihr, meint aber, sie würde nicht in seine Welt passen. Als die beiden das Verbrechen schließlich aufgeklärt haben und sie außer Gefahr ist, trägt sie Jeans, und er hat sich damit abgefunden, dass er sie liebt. Ende.

Doch über den Moment, als es geschieht, die Sekunde also, wo seine unwissende Glückseligkeit heilloser Panik weicht, habe ich nie weiter groß nachgedacht. Ja, sie ist in Gefahr, aber das ist es nicht allein. Seine ganze Zukunft steht auf dem Spiel – eine Zukunft, die er sich nun ohne sie darin vorstellt.

James Stewart dabei zu beobachten, wie er die sich in Gefahr befindende Grace Kelly beobachtet, bedeutet, einen Mann zu beobachten, der eine lebensverändernde Offenbarung erlebt.

»So habe ich das noch nie betrachtet.« Meine Stimme klingt eingerostet.

»Den ganzen Film über ist er so abgeschnitten, so getrennt von allen anderen. Normalerweise hat er das Sagen, zieht die

Fäden, doch genau da kann er das nicht. Er ist machtlos. Und in dieser Szene ist sie die Actionheldin. Sie ist es, die etwas bewegt. Seine Welt ist außer Kontrolle, und sie steht kurz davor, sich unwiderruflich zu verändern, so oder so.« Charlie lächelt mich an, und ich denke, ich lächele zurück. Oder versuche es zumindest. »Ich denke, so muss sich Liebe anfühlen. Erschreckend und zugleich eine Offenbarung.«

In meinem Herzen herrscht Chaos, dennoch schaffe ich es, »Du warst noch nie verliebt?« zu krächzen.

Sie sieht weg. »Ich dachte es mal. Ich stand auf jeden Fall kurz davor …«

»Aber?«

»Ich hatte gehofft, alles würde einfacher, wenn ich nur stückweise etwas von mir preisgebe.«

»Für wen?«

Ihr Lächeln ist absolut herzzerreißend. »Für uns beide, schätze ich. Aber meine Wahrheit war wohl nicht so nach Jeremys Geschmack.«

Das macht ihr noch immer zu schaffen, das merkt man, und ich würde diesen Craven-Dreckskerl am liebsten mit bloßen Händen erwürgen. »Ich kann mir nicht vorstellen, dass deine Wahrheit so schwer zu schlucken ist. Mir machst du jedenfalls keine Angst, Charlie Love.«

Sie langt zu meinem Laptop, hält mittels Leertaste den Film an und setzt sich dann unter der Decke rittlings auf mich. Sanft liebkost sie mit der Hand mein Gesicht, streicht über meine Stirn, meine Wangenknochen, mein Kinn. Wer hätte gedacht, dass kleine Zärtlichkeiten wie diese so sexy sein können?

»Bist du dir da sicher, Max? Was sagtest du gleich wieder bei unserer ersten Begegnung? Verzweifelt darauf aus, unter die Haube zu kommen. Frauen wie ich, Mitzi und vermutlich auch Gina müssen dir doch eine Heidenangst einjagen!« Sie erschauert absichtlich, was mich zum Lachen bringt, gleichzeitig noch mehr erregt.

Ich umfasse ihren Po, suche Kontrolle im Vertrauten, einen Weg zurück in eine Zeit, als ich wusste, was ich tat. Wir sehen einander an, lassen die Magie des Augenblicks auf uns wirken.

Ich verliebe mich in diese Frau, und es ist genau so, wie sie es gesagt hat. Es ist erschreckend. Und zugleich eine Offenbarung. Meine Handflächen kribbeln. Mein Herzschlag ist nahe am Infarktniveau. Ich würde mich gern übergeben, bitte! Wenn sich so die Liebe anfühlt, dann will ich nichts davon.

Ich möchte nicht, dass mein Glück in den Händen eines anderen Menschen liegt. Ich hab's versucht. Es war schlicht scheiße. Ein Muffel mit einer Phobie vor Veränderungen zu sein mag langweilig wirken, aber verdammt, es ist sicher! Die Erwartungshaltung bleibt minimal, keiner wird verletzt, und am Ende sind wir gute Kumpel. Lieber sammele ich gute Freundinnen als höhnische Ex-Liebhaberinnen oder Narbengewebe um mein Herz.

»Alles okay, Max?« Mit ihren scharfen grünen Augen spürt sie Schwächen auf. Ich weigere mich, sie preiszugeben. Dafür ist es noch zu früh.

Stattdessen drücke ich sie vollflächig an meine Erektion. »Nicht wirklich. Kannst du mir helfen?«

Mit ihren cleveren Fingern greift sie nach dem Knopf meiner Shorts, gibt mir eine Art Gnadenfrist. »Mal sehen, was ich tun kann.«

18. KAPITEL

Max

Ich schrecke aus dem Schlaf hoch und entdecke, dass dieses kleine Monster Cujo meine Zehen abschleckt. Seitdem Charlie am vergangenen Abend zu mir gekommen ist, hat er sich von seiner besten Seite gezeigt, selbst unser Liebesspiel an der Küchentheke (eigentlich hatten wir uns nur ein Eis holen wollen …) nahm er relativ gelassen hin.

Die Laken sind noch warm, weit weg kann Charlie also nicht sein. Aus der Küche höre ich Geräusche, und ich warte darauf, dass sie mich überkommt.

Die Irritation.

Normalerweise nervt es mich, wenn eine Frau am Morgen noch bei mir herumhängt, doch bei Charlie ist das anders. Ich mag sie, Punkt.

Eine innere Stimme ersetzt das Wort »mögen« durch ein Wort, das mit L beginnt, und ich bringe sie schnell zum Schweigen. Kann man denn nicht einen Moment des Friedens haben, bevor man kopfüber in den Abgrund stürzt?

Ich schnappe mir ein Paar Sweatpants und gehe in die Küche, wo Charlie, wieder in meinem Hemd – so süß, so sexy, so meine –, gerade etwas auf ihrem Handy liest.

»Morgen, Charles«, murmele ich.

»Oh, hi!« Ihre Augen strahlen, keinerlei Anzeichen von Reue oder ihrer üblichen Reserviertheit. Mit einer Hand fährt sie über meine Bauchmuskeln und schiebt zwei Finger unter den Bund meiner Pants, zieht mich zu sich. Auf Zehenspitzen gibt sie mir schnell einen Kuss. Es ist fast nichts, und ich liebe es.

»Kaffee?«

»Ja, bitte.«

Cujo kommt angetrottet, wuselt um mich herum, ist total lästig. Ich setze mich an die Kücheninsel und lasse die Beschaulichkeit des Ganzen auf mich wirken.

»Ich hoffe, es macht dir nichts aus, aber ich habe ihn gefüttert«, sagt Charlie, die geschickt die Keurig-Kaffeemaschine bedient.

»Da hat er wohl seinen treuherzigsten Hundeblick aufgesetzt.«

»Wie meinst du?«

»Na, Cujo wird langsam fett, weshalb ich ihn auf Diät gesetzt habe.«

»Wovon redest du?« Sie geht in die Hocke und krault den Hund hinter den Ohren, was mir einen guten Einblick in das Tal zwischen ihren Brüsten verschafft. Cujo schaut sie traurig an, als wäre es das erste Mal seit Wochen, dass ihm jemand Zuneigung entgegenbringt. Dieses Schlitzohr!

»Aber er ist doch nur Haut und Knochen«, erklärt Charlie.

»Verwöhn ihn nicht. Sobald Mitzi zurück ist, ist er sofort wieder weg.«

Sie richtet sich wieder auf und lehnt sich an die Theke, ihren Kaffee in der Hand, ihre schönen Beine ein einziger Blickfang. »Jetzt raus mit der Wahrheit. Warum hat sie dir den Hund wirklich aufgedrückt? Ich hab das Gefühl, da steckt mehr dahinter.«

Ich auch. Ich bin mir ziemlich sicher, dass ich Mitzi letzte

Woche irgendwann morgens in Lincoln Park gesehen habe, doch bevor ich sie einholen konnte, war sie verschwunden. Sie geht nicht ans Telefon, und ich habe es aufgegeben, mich bei ihrem Portier nach ihr zu erkundigen. Ich schätze, da steckt irgendeine Lektion dahinter, und ich bin gerade dabei, sie zu lernen.

»Vielleicht bin ich mit ihren Gefühlen etwas zu salopp umgegangen. Dabei bemühe ich mich normalerweise sehr, keine falschen Erwartungen zu wecken.«

Sie beäugt mich über ihre Kaffeetasse. »Anfangs Regeln aufzustellen ist einfach, aber Menschen sind nun mal keine Roboter, die einem vorherbestimmten Skript folgen, oder? Für dich mag das alles funktionieren, aber zu jedem ... ähm ... Austausch von Körperflüssigkeiten gehören zwei. Du kannst nie vorhersagen, wie ein anderer reagiert, egal, was vorher vereinbart wurde. Bei den Paaren, für die ich arbeite, sehe ich das doch andauernd. Du doch bestimmt auch.«

»Sex macht alles komplizierter«, sage ich weise. Mir gefällt diese Analogie zwischen unseren jeweiligen Berufen. »Hochzeitsmenüs auch, nehme ich an.«

»Aber das muss es nicht. Zumindest nicht der Sex. Da kann ein Konflikt über ein Hochzeitsmenü um einiges kniffeliger sein.« Angesichts ihres verschmitzten Lächelns schmelze ich nur so dahin. Gott, ich liebe ihr Lächeln! »Du brauchst keine Angst zu haben, dass ich mich im Park auf die Jagd nach dir mache und dir kleine Fellnasen aufhalse. Na ja, vielleicht ein Frettchen, falls du etwas tust, das mich wirklich sauer macht.« Sie stellt ihren Becher ab und wirft mir die Arme um den Hals. Ich drehe mich auf dem Hocker herum und schlinge die Beine um sie. Wie selbstverständlich landen meine Hände auf ihrem umwerfenden Hinterteil.

»Hast du Lust, dich mit mir zu einem erwartungsfreien

Ich-brauche-Eier-Brunch aufzumachen?«, frage ich sie. »Andernfalls könnte ich uns auch etwas zubereiten, wir bleiben den ganzen Tag hier und schauen uns Filme an?«

Auf meine Worte hin zwinkert sie und versteift sich in meinen Armen. »Wenn du deine Affären so behandelst, wundert es mich nicht, dass sie verwirrt sind.«

Aber so ist es gar nicht. Wenn jemand verwirrt ist, dann bin ich es, da das nicht mein üblicher Modus Operandi ist. Wie kann ich Charlie davon überzeugen, dass das mit uns einen Versuch wert wäre? Gerade will ich den Mund öffnen, um das genauer zu begründen, da ertönt hinter mir eine raue Stimme.

»Morgen, Kiddos!«

Charlies Augen weiten sich, huschen zu mir und dann zu dem Neuankömmling – Sully. Verdammt, ich habe völlig vergessen, dass er heute Morgen vorbeikommen wollte. »Was tust du hier?«, will sie wissen.

Cujo beantwortet die Frage, indem er mit der Leine im Maul auf Sully zuflitzt. Normalerweise hänge ich sie an einen Haken in der Nähe der Tür und habe daher keine Ahnung, mittels welchen Voodoozaubers das kleine Scheißerchen sie sich geholt hat.

Sully beugt sich zu ihm und befestigt die Leine. »Na, wonach sieht's denn aus? Ich gehe Gassi mit dem Hund!«

Unterdessen hat Charlie begriffen, dass sie in meiner Küche steht, mein Hemd trägt und ich sie eng umschlinge. Sie löst sich von mir, und mein Körper trauert über den Verlust … eigentlich wollte ich »ihrer Wärme« sagen, aber es ist so viel mehr.

»*Das* hast du also die letzten beiden Wochen über getrieben? Mensch, und Donna denkt, du hättest eine Affäre!« Dann zu mir: »Warum hast du mir das nicht erzählt?«

»Als ich mich das letzte Mal eingemischt habe, warst du nicht gerade begeistert. Daher habe ich mir gedacht, wenn er will, erzählt er's dir schon.«

»Jedes Paar hat seine Geheimnisse.« Sully richtet sich auf und lehnt sich an die Kücheninsel. »Sieht so aus, als sei ich nicht der Einzige.«

»Hier läuft überhaupt nichts, Sully«, erwidert sie, »krieg also das Kupplerglitzern wieder aus den Augen!«

Sully zwinkert mir zu. O Mann, mach das nicht! Das sieht Charlie bestimmt gar nicht gern! »Na gut, na gut. Aber bekommt man hier wenigstens einen Kaffee angeboten?«

»Mach ihn dir doch selbst, Mr Geheimnisvoll. Und Donna erzählst du besser, was Sache ist. Sie macht sich Sorgen.« Charlie verzieht sich aus der Küche, doch ihre schlechte Laune verweilt wie ein schlechter Geruch.

»Du hättest es erzählen sollen, Buddy«, sage ich. »Beiden.« Ich mische da gar nicht gern mit, aber ich bin ja selbst schuld. Hätte ich meine Nase nur nie da hineingesteckt!

»Du und ich, wir müssen reden«, sagt er ernst. Er schaut prüfend durch den Flur zu meinem Schlafzimmer, in das Charlie gerade verschwunden ist.

Mist! Ich hatte gedacht, er würde das mit mir und Charlie gutheißen, aber offenbar ist er nicht glücklich darüber. Er weiß, dass ich nicht annähernd gut genug für sie bin und ihrer Vision eines perfekten Ehemanns nie gerecht werden würde.

Das weiß nicht nur er, auch ich bin in der Hinsicht so beschlagen, dass ich ein Diplom darin haben sollte. Einen Master in »schlechte Nachrichten für Charlie«, *magna cum laude*.

Eine Minute darauf klickklackt Charlie in diesen Killer-High-Heels und dem Trench in die Küche. Mit ihrer von der

Sonne geküssten Haut und der sexzerzausten Mähne, die ich mir voll als Verdienst anrechne, sieht sie einfach umwerfend aus. Jetzt heißt es aufpassen, dass ich vor ihrem Vater keinen Ständer kriege.

»Du gehst?«

»Jepp. Möchte hier nicht das fünfte Rad am Wagen sein.«

»Wie steht's mit einem Brunch?«, frage ich, während Sully gleichzeitig wissen will: »Warum hast du dir einen Regenmantel angezogen?«

»Es wird bald regnen«, erwidert sie in unheilvollem Ton. »Einen schönen Sonntag. Und, Sully, rede mit Donna!« Und dann ist sie verschwunden.

»Dieses Mädel weiß, wie man einen Abgang macht«, meint Sully.

»Allerdings.« Angefressen, dass ich jetzt mit Sully festhänge und nicht mit seiner heißen Tochter, gehe ich zur Kaffeemaschine. Wenn wir schon miteinander reden müssen, dann bringen wir es doch besser gleich hinter uns. »Worum geht's?«

Er reibt sich den Mund und äußert dann das Letzte, was ich gerade hören möchte.

»Ich will mich scheiden lassen.«

Verdammt, das *darf* doch nicht wahr sein! Da wäre es mir lieber, er würde mich zusammenfalten, weil ich es mit seiner Tochter treibe. Ich hole Luft, dann noch einmal.

»Okay, erzähl mir, warum. Schlechtes Kochen gilt in Illinois übrigens nicht als Scheidungsgrund.«

Bei meinen Worten schließt Sully den Mund und braucht einen Moment, um sich eine andere Ausrede einfallen zu lassen. »Wir haben das Ende unseres Weges erreicht, Max. Durch meine Krankheit ist mir klar geworden, dass wir schon eine Zeit lang auf der Stelle treten. Ich bin nicht glücklich und Donna auch nicht, glaube ich.«

»Langeweile ist auch kein Grund. In jeder Ehe zieht irgendwann der Alltag ein. Magst du deine Frau denn noch?«

»Natürlich. Donna ist die Beste.«

»Das ist doch schon mal was«, ermutige ich ihn. »Ihr zwei solltet es mit einer Paartherapie versuchen, bevor ihr euch zu drastischeren Schritten entschließt. Das ist mein Ratschlag. Sprich mit ihr darüber, wie du dich fühlst, aber erwähne ja das S-Wort nicht!«

»Nettes Geschäftsmodell hast du«, meint er leicht spöttisch. »Ich dachte, über einen Mandanten würdest du dich freuen.«

Mich kannst du dir nicht leisten, Buddy.

»Das rate ich allen meinen potenziellen Mandanten zunächst mal, Sully. Mit Charlie solltest du vielleicht auch darüber sprechen.« Wenn überhaupt jemand ihm den Kopf zurechtrücken kann, dann sie. Ich halte mich da auf jeden Fall raus. Ihre Reaktion bei Sullys Erscheinen habe ich ja miterlebt.

»Charlie ist viel zu gefühlvoll«, erwidert Sully spöttisch. »Das erfordert ihr Job. Außerdem ist es doch klar, dass sie will, dass ihre Eltern zusammenbleiben. Insofern sollten wir sie da raushalten.«

Ja, fuck noch mal! »Wie denn, bitte? Du und Donna, ihr seid ihr so wichtig! Frank, falls eure Ehe scheitert, dann wird sie das schon überleben, aber bevor irgendwelche Entscheidungen getroffen werden, musst du sie miteinbeziehen. Zur Hölle, du musst deine Frau miteinbeziehen, okay?«

Meine Stimme hat sich leicht gehoben, sodass ich wie Cujo klinge, wenn er am Morgen versucht, in mein Schlafzimmer zu gelangen.

»Okay, okay!« Der Mann wirkt verärgert. Mir doch egal. Ich darf mich hier in keinem Fall in die Nesseln setzen.

Mit nunmehr etwas reinerem Gewissen bereite ich mir einen Kaffee zu. Doch alles, woran ich denken kann, sind Charlies Worte, bevor sie ging. *Es wird regnen.*

Honey, es gießt bereits in Strömen.

19. KAPITEL

Max

»Na, mein Freund, und wann schlagen die Stripteasetänzerinnen denn dann hier auf?«

In der *Library*, der eleganten Bar im Untergeschoss der *Gilt Bar*, mustere ich Lucas über den niedrigen Tisch zwischen uns hinweg. Als Trauzeuge habe ich die Aufgabe, meinen Bruder mit der gebührenden Menge an Ausschweifungen in die Knechtschaft zu verabschieden. Klar, da könnten auch Stripperinnen ins Spiel kommen, aber das wäre doch überzogen, oder nicht?

»Kipp dir ein paar Drinks hinter die Binde, und die Bühne gehört dir, Wright.«

Er steht auf, wackelt mit dem Hintern und deutet dabei die ganze Zeit auf mich. »Fuck, das mach ich doch glatt!«

Lachend fährt sich James durchs Haar und fängt meinen Blick auf. Wir haben uns für seinen Schwanengesang für etwas Nobles entschieden, und da die *Gilt Bar* ohnehin unser üblicher Treffpunkt ist, war es ein Kinderspiel, deren kleinen Raum für Events zu reservieren. Eingeladen ist nur ein intimer Kreis: ein paar ehemalige Collegekommilitonen von James, ein paar seiner Arbeitskollegen und Grant und Lucas, die meinem Bruder seit jeher nahestehen. Ich habe Dad eingeladen, aber der meinte, wir wären doch vielleicht lieber unter uns. (Dazu hat er immerzu gezwinkert. Entweder hatte er etwas im Auge, oder er glaubt trotz all meiner Beteuerungen des Gegenteils, dass Stripperinnen auf der Speisekarte stehen.)

Die Whiskyliebhaber unter uns nehmen an der Verkostung teil, die ich organisiert habe. Unsere Whisky-Sommelière, Trinity, ist mit ihrem dunklen Haar, der glänzenden Haut, den mandelförmigen Augen und dem diamantenen Nasenstecker genauso hinreißend, wie es ihr Name verheißt. Lucas kann seinen Blick nicht von ihr lösen.

»Mund zu!«, ermahne ich ihn.

Trinity stellt ein Tablett mit Probiergläsern vor uns ab. Zuvor hat sie schon Bewertungsbögen mit Rubriken für Aussehen, Duft und Geschmack verteilt, wobei letztere Rubrik sich wiederum in Intensität, Fass, Alter, Schwefel und Torf unterteilt. Als erfahrener Whiskytrinker weiß ich, dass man ihn mehr als nur als »rauchig« bezeichnen kann, bin mir allerdings nicht sicher, ob selbst mein kultivierter Gaumen zwischen »Erde« und »Waldboden« unterscheiden kann.

»Als Erstes solltet ihr die Farbe prüfen«, erklärt Trinity. »Dreht eure Bögen auf die leere Seite um und haltet den Whisky dagegen. Ihr könntet dann Blassgold zu sehen bekommen, Stroh, Bernstein …«

»Pisse«, wirft Lucas ein, und als alle ihn böse anfunkeln, korrigiert er sich: »Verzeihung, Urin!«

Trinity sieht ihn von oben herab an. »Das ist keine Standardfarbe.«

»Sorry, den kann man wirklich nirgendwohin mitnehmen!«, sagt James zerknirscht, verkneift sich jedoch mühsam ein Lachen.

»Wie bist du zu einer Whiskyexpertin geworden, Trinity?« Lucas merkt gar nicht, dass er sich unbeliebt macht.

»Jahrelanges Training. Als Nächstes bewertet ihr die Klarheit und Viskosität …«

Wir folgen Trinitiys Anweisungen und versuchen gleichzeitig, Lucas davon abzuhalten, sich allzu sehr danebenzubenehmen. Er ist die größte Plaudertasche, die ich kenne, doch das hier ist selbst für ihn *over the top*. Als Trinity die nächste Runde holen geht, drehe ich mich zu ihm.

»Wenn du jetzt versuchen willst, sie zu beeindrucken, dann verkackst du es aber ordentlich.«

»Meinst du?« Lucas sieht ihr auf ihrem Weg zur Bar nach. Sie erwidert diese Aufmerksamkeit definitiv nicht. »Ich dachte, ich kriege sie gerade herum.«

»Verrat ihr doch die Farbe deines letzten Stuhlgangs«, murmelt Grant.« Das würde ihr garantiert gefallen!«

Daraufhin müssen alle lachen, zumal der Ausspruch von dem gewöhnlich so wortkargen Grant stammt. Nach ein paar weiteren Runden, während derer Lucas uns (aber nicht Trinity) mit einem langen Exkurs über die Eignung von »Heftpflaster« als mögliche Geschmacksrichtung auf dem Bewertungsbogen unterhält – ich schwöre, so eine gibt es in der Torfrubrik –, ziehe ich James an der Bar beiseite.

»Tut mir leid wegen Lucas, Bro. Ich kann es mir nur so erklären, dass er sich in das Whisky-Girl verguckt hat.«

»Schon gut. Das passiert den Besten von uns.«

Ich halte inne und denke über meine nächsten Worte nach. In letzter Zeit haben James und ich unsere übliche Routine schleifen lassen: Wegen der Hochzeitsplanungen und meinem vollen Terminplan mussten wir die meisten unserer wöchentlichen Treffen ausfallen lassen. Frühling, und alle reichen die Scheidung ein. Es geht nichts über einen rauen Chicago-Winter und den entsprechenden Budenkoller, um seine Lebensentscheidungen infrage zu stellen.

»Fühlt sich wie das Ende von etwas an«, murmele ich. »Ich weiß, ich seh dich auch weiterhin, aber, keine Ahnung, es wird anders sein. Nicht schlecht anders, nur anders anders.«

Trinity stellt mit einem dezenten Lächeln ein paar Drinks vor uns ab und verschwindet dann wieder wie ein Whisky-Ninja im Schatten. Perfekt.

James hebt sein Glas. »Du bist also mit an Bord, Max?«

»Na klar.«

»Könnte dieser Sinneswandel irgendetwas mit einer grünäugigen Lieferantin ehelicher Monstrositäten zu tun haben?«

Ich stoße einfach mit ihm an, denn es fällt mir noch schwer, über meine Gefühle für Charlie zu reden. Dafür sind sie noch zu neu und, ganz ehrlich, zu beängstigend. »Ich kann diesem ganzen Gedöns über ewige Liebe samt Vogelgezwitscher und einem Himmel voller Geigen zwar nichts abgewinnen, verstehe aber, dass Gina dich glücklich macht. Als Älterer von uns beiden habe ich aber vorsichtshalber mal eine Sammlung wichtiger Erkenntnisse zusammengestellt.« Aus meiner Jacketttasche ziehe ich ein kleines Moleskine-Notizbuch mit dem Titel JAMES & GINA – LEBENSWEISHEITEN hervor und reiche es ihm.

Verdutzt schlägt er die erste Seite auf. Ich beuge mich zu ihm hinüber, um mitlesen zu können. Es ist eine Botschaft von Dad: *Geht niemals wütend zu Bett. Bleibt auf und streitet die ganze Nacht!*

Beide glucksen wir los, denn wir können Dads Stimme hören, als säße er neben uns. Die nächste stammt von Lucas:

»Ich verstehe« und »Du hast recht« sollten die wichtigen Sätze in deinem Vokabular sein.«

»Natürlich.«

Er liest die weiteren Botschaften, die ich mir von allen wichtigen Menschen in seinem Leben erbeten habe.

»Mom meint, ich solle weit öfter Ja als Nein sagen.«

»Klingt vernünftig. Jack und Susanne scheinen die magische Formel gefunden zu haben.«

»Da ist nichts Magisches dran. Das ist Arbeit, aber eine lohnenswerte, da die wichtigen Dinge nun mal Mühe kosten.«

Das weiß ich. Auch wenn ich mit einem Silberlöffel in meinem perfekten Mund geboren wurde, hatte ich nie Angst davor, mich anzustrengen. Zu lernen, ohne Stottern zu reden, das Jurastudium an der Northwestern Law als Bester meines Jahrgangs abzuschließen, mir Argumente zurechtzulegen, die meinen Mandanten einen Abschluss bieten – für all das habe ich vollen Einsatz zeigen müssen. Dass ich meinen Treuhandfonds gestiftet habe, war die richtige Entscheidung; es wäre zu einfach gewesen, ihn als Notfallplan einzusetzen. Dadurch hat sich zudem gezeigt, wer ich bin, und wichtiger, wer Becca, meine Ex-Verlobte war.

Warum habe ich also Angst davor, mich auf jemanden einzulassen? Ich könnte Becca die Schuld geben, aber eigentlich kenne ich den Grund. Ich mag keine Veränderungen. Ich habe hart daran gearbeitet, in meinem Leben an einen Punkt zu gelangen, an dem ich glücklich bin, und es würde den pH-Wert meiner stabilen Existenz durcheinanderbringen, wenn ich andere zuließe. Ich mag ihn, wie er ist.

In der Ehe dreht sich *alles* um Veränderungen und Kompromisse. Das sehe ich doch täglich bei meinen Mandanten. Die Menschen wollen sich nicht mit Kleinkram, großem Kram und allem dazwischen auseinandersetzen. Sobald es schwierig wird, bricht alles zusammen. Vor allem aber möchte ich nicht die falsche Wahl treffen. Ich möchte das

Gefühl haben, dass die wichtigste Beziehung meines Lebens eine todsichere Sache ist.

Einen Fehlgriff habe ich schon hinter mir. Und was für einen!

»Na, und nichts von dir?« James blättert auf eine unbeschriebene Seite um.

»Bin mir nicht sicher, ob ich dir einen Rat geben kann. Du hast schon immer gewusst, wo's langgeht, Jim-Jam, aber …« Ich ergreife einen Stift, öffne eine unbeschriebene Seite und mache meinen Eintrag.

James liest ihn und lacht dann über meine weisen Worte:

Hör nie auf zu daten.

»Ich nehme an, du meinst meine Frau.«

»Wie kann man eine Ehe besser intakt halten, als indem man so tut, man wäre *nicht* verheiratet?«

Zwei Stunden und etliche Erwachsenengetränke später finden wir uns in einem nahe gelegenen Club wieder, in dem gerade eine Abba-Nacht veranstaltet wird.

Ich könnte den Alkohol dafür verantwortlich machen, aber eigentlich hat uns James hergelotst, der sagte, er würde seine Verlobte vermissen. Ginas Junggesellinnenparty verläuft traditioneller – nach einem Auftakt mit männlichen Strippern ist man zu »Dancing Queen« weitergezogen. Sogar entsprechend angezogen haben sie sich! Wir kämpfen uns durch Clubbesucherinnen in Go-Go-Stiefeln, glitzernden Overalls und Miniröcken, die der Fantasie nicht mehr viel Spielraum lassen, und entdecken Gina & Co schließlich am Ende der Bar.

Charlie steht auch dort, weil es das Universum so bestimmt hat.

»Baby!«, ruft Gina und wirft James die Arme um den Hals. »Bist du betrunken?«

Er umfasst ihr Gesicht und scheint zu überprüfen, ob noch alles dran ist. Vor unseren Augen findet eine stumme Unterhaltung statt, dann meint er lächelnd: »Ich bin trunken nach dir!«

Alle Frauen in der Gruppe rufen »Ooh!«. Die Männer … okay, die auch, doch sie verdrehen dazu die Augen, weil es sonst zu kitschig würde.

Ich schlängele mich zu Charlie durch und mache kein Geheimnis daraus, dass ihr Minirock und die weißen Kunstlederstiefel genau das sind, was ich sehen muss. »Alles gut gelaufen?«

»Ja, die Stripper waren toll. Bin auf alle möglichen Ideen gekommen.«

»Für Hochzeiten mit dem Thema Strippen?«

»Könnte passieren!« Sie kichert wie Goldie Hawn. »Und wie ist es bei euch Kerlen gelaufen?«

»Viel ruhiger und stilvoller, bis darauf, dass uns Lucas irgendwann abhandengekommen ist. Er ist zurückgeblieben, um mit der Whisky-Sommelière der *Gilt Bar* zu flirten.«

»Nice.«

»Die ist aber eine Nummer zu groß für ihn.« Ich gehe auf Tuchfühlung zu ihr. »Und du siehst aus, als wärst du heute Abend eine Nummer zu groß für mich, Ms Love.«

»Endlich fällt der Groschen, Mr Zynisch.« Sie will mich zurückschieben, doch dann verweilt ihre gespreizte Hand forschend auf meiner Brust.

Jemand stupst mich an, und als ich mich umdrehe, entdecke ich Gina mit geröteten Wangen und einem breiten Grinsen. »Hi, Maximus!«

»Hey, GeeGee. Schön, dich zu sehen!« Und genau so ist es. Vielleicht liegt es am Whisky, doch eigentlich habe ich mich zurückgehalten, um als Organisator des Ganzen nicht den

Kopf zu verlieren. Nein, heute Abend bin ich einfach voller Liebe für meine Mitmenschen. Zwischen James und mir ist alles wieder gut, und klar, Veränderungen stehen an, doch damit kann ich umgehen.

»Was meint ihr, genehmigen wir uns einen Champagner?«

Sobald wir ihn bestellt haben, stellen sich Gina und James zusammen und studieren etwas. Ich neige meinen Kopf zu Charlie und inhaliere diesen Duft, der mich immer wieder von Neuem umhaut. »Was haben die denn da für eine Lektüre?«

»Ach, wir haben uns alle zusammengetan und für die Braut Ratschläge in ein Heft geschrieben. Lass die Klobrille oben, um ihn zu verwirren – solche Sachen.«

»Ratschlag, hm?« Der Champagner wird eingeschenkt, und ich muss darüber grinsen, dass beide Seiten dieselbe Idee hatten. So originell war mein Einfall dann ja wohl nicht!

»Ja.« Sie sieht mich mit verengten Augen an und grinst immer breiter. »Was ist denn so lustig?«

»Na ja, weißt du …« Ich kann den Satz nicht beenden, da mich Charlie mit der Geschicklichkeit einer NBA-Größe umrundet und die Hand blitzschnell auf Ginas Hand, die bereits die Champagnerflöte umfasst, legt.

»Oh, Schätzchen, das lassen wir mal lieber!«

»Wieso?« Ginas Augen weiten sich. »Äh, richtig!« Sie zuckt regelrecht zusammen und lässt das Glas fallen, dessen Inhalt sich über die Bar ergießt. »O Gott, wie ungeschickt von mir!« Ihr treten Tränen in die Augen. Oha, was ist denn hier los?

»Hey, das macht doch nichts.« Charlie wischt den verschütteten Champagner von der Bar. »Alles gut!«

Gina nickt. »Stimmt.« Doch ein schneller Blick zu James bestätigt, dass das nicht stimmt. »Ich muss …«

Ich schaue auf die feuchten Servietten, mit denen der Champagner aufgewischt worden ist. »Was ist denn los? Alles okay mit dir?« Ich sehe mir Ginas Hände an. Hat sie sich geschnitten?

»Ich muss auf die Toilette«, schnieft Gina und marschiert in ihren silbernen Plateaustiefeln davon. Es sollte lustig sein, aber so, wie James und Charlie einander ansehen, ist es das eindeutig nicht. James verschwindet, bevor ich eine Chance habe herauszufinden, was zum Teufel eigentlich los ist. Ich wende mich an Charlie.

»Was war das denn gerade?«

»Ach, sie ist emotional. Solche Momente hat jede Braut.«

»Wo sie nichts trinken kann?«

Mit einem knappen Lächeln fährt Charlie fort, die Theke abzuwischen. »Sie nimmt's heute Abend locker, weshalb ich mal lieber eingeschritten bin.«

So war das nicht. Ich weiß das, und Charlie weiß, dass ich es weiß.

»Was verschweigst du mir?«

»Da solltest du lieber James fragen.«

»Ich frage dich.« Eigentlich aber habe ich es schon gewusst, sobald Charlie Gina vom Trinken des Champagners abhielt. »Sie ist schwanger, und alle sind eingeweiht bis auf mich. Wissen es meine Eltern?«

»Nicht, dass ich wüsste. Max, die beiden wollten es noch ein Weilchen für sich behalten.«

»Und doch weißt du es bereits.«

Der Vorwurf in meiner Stimme ist nicht zu überhören. Die Bissigkeit.

»Aber nur, weil ihr während ihrer ersten Anprobe des Hochzeitskleides schlecht geworden ist. Ich habe Gina mit zu mir genommen und …«

»Der Schwangerschaftstest in deinem Badezimmer?«

»Genau.«

Ich recke mich. »Das ist über einen Monat her. Du hast es die ganze Zeit gewusst und geschwiegen!«

»James ist dein Bruder. Da sollte doch wohl nicht ich diejenige sein, die es dir erzählt. Das ist eine Privatangelegenheit.«

»Aber du wusstest es, weil du da warst. Du bist immer da. Hier. Mittendrin!«

Meine Bemerkung ist der nicht unähnlich, die Charlie an dem Abend von sich gab, als es bei uns funkte. Sie sagte mir, ich sei überall, egal, wohin sie sich wende.

Ich erwiderte, dass uns das Universum damit etwas sagen wolle.

Was sagt uns das Universum jetzt? Dass diese Frau in die Geheimnisse meiner Familie eingeweiht ist. Sie weiß mehr über das persönliche Leben meines Bruders als ich.

»Ich arbeite eng mit deinem Bruder und seiner Verlobten zusammen.« Sie klingt, als würde sie sich mit aller Macht zusammenreißen. »Das ist mein Job!«

»Aber du hast selbst gesagt, dass du normalerweise längst nicht so involviert bist. Du hast Gina unter deine Fittiche genommen, weil …?« Ist das ihr Plan? Will sie auf die Art an Kunden kommen? An einen Mann? »Immerhin bringt es dich bestimmten Menschengruppen näher. Du kannst Beziehungen knüpfen, die deinem Business nützen. Dir.«

Mit funkelnden grünen Augen weicht sie vor mir zurück. »Ich habe sie unter meine Fittiche genommen, weil sie ganz allein war und eine Freundin gebraucht hat. Aber klar, du vermutest, ich hätte dabei Hintergedanken gehabt. Wäre nett zu ihr gewesen, um auf die Art Kontakt zur High Society zu bekommen, zur vermögenden Fleischdynastie der Hendersons. Hätte die Freundschaft zu Gina ausnutzen wollen, um mir einen reichen Mann zu angeln!«

»Das habe ich nicht gesagt.« Habe ich eben doch.

»Nein, hast du nicht, Mr Sprachgewalt. Einmal in deinem Leben hast du eine spitze Bemerkung die Arbeit für dich machen lassen. Na komm, Max, das kannst du besser. Spuck's einfach aus. Tu dir keinen Zwang an.«

Das macht mich sauer und stopft mir den Mund. Ich habe eine Grenze überschritten, ich weiß, aber zu einem Rückzieher bin ich nicht bereit.

»Das ist okay, Max. Wir wissen beide, wo wir hier stehen, denke ich. Vielleicht solltest du mal nach deinem Bruder sehen und dich vergewissern, dass deine künftige Schwägerin und Nichte beziehungsweise künftiger Neffe okay sind. Setz deine rechtschaffene Empörung ein, um deine Familie zu beschützen.«

Und dann stapft sie davon und lässt einen riesigen Haufen rechtschaffener Empörung zurück.

Ich hab's komplett vergeigt, ich weiß.

Und könnte drauf und dran sein, es wieder zu tun.

Im Gang entdecke ich meinen Bruder, der vor der Damentoilette steht und wartet. »Mit Gina alles okay?«

»Denke schon. Sie ist nur ein bisschen emotional. Ist ja auch eine Menge los.«

Ich lehne mich an die Wand. »Definiere ›eine Menge‹.«

Er seufzt auf. »Sie ist schwanger. Und bevor du total sauer wirst, weil ich's dir nicht erzählt habe, versteh doch bitte, dass es hier nicht um dich geht, Max. Hier stehst du an der Peripherie. Im Zentrum dagegen Gina, ich und das Kind. Ich weiß, du fühlst dich verletzt, aber gerade habe ich nicht vor, deinem Ego zu schmeicheln.«

Na, jetzt hat er's mir aber gegeben. »Schlimmster Bruder auf Erden, richtig?«

Er funkelt mich böse an.

»Ich meine *mich*!«, stelle ich klar. »*Ich* bin der schlimmste Bruder auf Erden. Du hast es mir nicht erzählt – du hast aufgehört, mir überhaupt etwas Wichtiges zu erzählen, weil man mich nur bei Bedarf in Kenntnis setzen muss. Meine Rolle in deinem Leben ist nicht groß genug, als dass du mir vertrauen würdest.«

Angesichts meiner amateurhaften Theatralik verdreht er die Augen.

»Ja, ja, und schon sehe ich zu, dass sich wieder alles um mich selbst dreht.« Ich gebe ihm einen sanften Knuff, bis seine Mundwinkel leicht nach oben wandern.

Er reibt sich mit einer Hand über das Gesicht und dreht sich dann mit gequälter Miene zu mir. »Dude, nach Gina bist du mir der liebste Mensch auf der Welt. Das musst du doch wissen.«

Für diese Worte bin ich ihm immens dankbar, denn einen Augenblick lang habe ich mich sehr allein gefühlt. »Danke.«

»Sie ist so ja schon genug gestresst. Ich wollte sie schnell heiraten, damit wir nicht diese ewig lange Planphase durchmachen müssten. Der ganze Hochzeitskram ist schlimm genug, und wir versuchen, uns auf das Positive zu fokussieren. Ehrlich gesagt, habe ich keine Ahnung, was wir getan hätten, wenn Charlie nicht die Regie übernommen hätte. Nicht nur in puncto Hochzeit, sie ist auch wirklich für Gina da.«

Gute Arbeit, Maxie-Boy, du Arschloch. »Und ich bin nicht für dich da gewesen.«

»Ich wollte mich einfach nicht mit deiner Reaktion darauf auseinandersetzen müssen. Noch nicht. Die Sache mit Becca hat wehgetan, ich weiß. Du tust, als würde es dir nichts ausmachen und als seist du mit einem blauen Auge davongekommen, aber das heißt ja nicht, dass es nicht noch schmerzt. Bei diesem ganzen Hochzeitstrara muss bei dir alles wieder hochkommen, da wollte ich nicht noch was draufpacken. Ich weiß, das macht aus mir einen schlechten Bruder, aber wenn eine Frau schwanger wird, dann ist nicht nur sie hormonell anders drauf. Mir kommt es vor, als sei ich eine wandelnde Packung Östrogen.«

Die Toilettentür geht auf, und Gina kommt heraus.

James nimmt sie in die Arme. »Alles okay, Babe?«

»Jepp, ich fühle mich nur ein bisschen überwältigt.« Ihre sanften, glänzenden Augen schnellen zu mir. »Hi, Max.«

Ich klopfe meinem Bruder auf die Schulter. »Tritt mal beiseite, James.«

Er tut es anstandslos, und ich nehme Gina in die Arme. »Gina, ich bin hier, um für dein Kind ein angemessenes männliches Rollenvorbild abzugeben, denn mal ehrlich, der Vater ist doch zu überhaupt nichts zu gebrauchen. Congrats, GeeGee. Kann's gar nicht erwarten, das Kleine zu sehen.« Ich küsse sie auf die Stirn, woraufhin sie in Tränen ausbricht und mir mein gutes Hemd vollheult.

Was ich als bester künftiger Schwager der Welt klaglos geschehen lasse.

»Hey, du bringst mein Mädchen zum Weinen«, murmelt James, tritt aber nicht dazwischen, um uns zu trennen. Als ob ich das zulassen würde.

20. KAPITEL

Charlie

Ich bin schon wach, als es zu läuten beginnt, denn jedes Mal, wenn ich die Augen schließe, sehe ich auf meinen Netzhäuten diesen Vollidioten, Max Henderson, abgebildet. Die Klingel ist so laut, dass es meine Nachbarn und ihre Haustiere bestimmt nervt, einfach ignorieren geht also nicht.

Sollte ich mich darüber freuen, dass Max nicht einmal eine Nacht darüber geschlafen hat? Oder will er mich in seinem betrunkenen Zustand einfach nur weiter runtermachen?

Ich gehe zur Gegensprechanlage. »Wer ist da?«

»Du weißt, wer da ist!«

Betrunken klingt er nicht, sondern verärgert. Und sexy!

Das brauche ich gar nicht. »Lass uns das morgen machen.«

Wieder läutet er.

»Max …«

»Ich weiß, ich hab's vermasselt, und darüber muss ich mit dir reden. Ich versuche, mich wie ein Erwachsener zu benehmen, Charlie.«

Tja, Mist … wie, zur Hölle, soll ich *dazu* Nein sagen? Ich drücke auf den Türöffner und trete dann zurück, um nicht als zu übereifrig rüberzukommen.

Als er oben ankommt, ist er leicht aus der Puste.

»Hast du die Treppe genommen?«

»Ich wollte nicht auf den Lift warten.« Er kommt herein und schließt die Tür. Sein Anzug ist ein bisschen zerknittert, die Haare ein wenig zerzaust. Was ihn menschlich wirken lässt. Warum muss er sowohl gut *als auch* menschlich aussehen? Das ist so was von unfair …

Als könnte ich mich dadurch vor der Glut schützen, die er verströmt, verschränke ich die Arme vor meinem Cubs-T-Shirt. Ich habe nur das und meine Unterwäsche an und fühle mich ausgesprochen exponiert. »Sag, was du zu sagen hast.«

»Wie wär's, wenn ich dir eine Geschichte erzählen würde?«

»Hat sie ein Happy End?«

Er lächelt grimmig. »Hat sie nicht, das weißt du.«

Ich setze mich aufs Sofa und drücke mir zum Schutz vor dem, was er erzählen wird, ein Kissen an den Bauch. Ich rechne mit etwas Persönlichem und befürchte, es könnte mir zu viel werden.

»Ich habe Becca während meines Jurastudiums kennengelernt. Im ersten Jahr waren wir locker befreundet, an sich aber anderweitig vergeben, und auch wenn es zwischen uns knisterte, haben wir darauf nicht reagiert. Dann aber habe ich mit meiner Freundin Schluss gemacht, und Becca hat eine Großoffensive gestartet. Was mir geschmeichelt hat. Damals war ich noch kein ausgewachsener Mr Zynisch, verstehst du? Ich war ein Schlaks, hatte regelrecht etwas von einem Nerd, und es hing mir noch nach, dass ich als Kind gestottert hatte. Ich habe hart daran gearbeitet, um das in den Griff zu kriegen. Habe hart daran gearbeitet, Worte zu etwas zu machen, das zählt. Sex war toll, Geld konnte eine Million seelische Wunden heilen, doch für mich regierten Worte die Welt. Der Umgang mit ihr war easy, und es hat mir gefallen, wie sie mich für sich einzunehmen versuchte. Sie war überzeugend. Dazu eine gute angehende Rechtsanwältin, und ich wollte diese Frau, die mich so unbedingt haben wollte. Das restliche Studium über waren wir eines dieser Seifenopern-Superpaare. Nicht wie Grant und Aubrey, die in einer ganz eigenen Liga gespielt haben, aber durchaus beachtenswert.«

Er holt rasch Luft und fährt fort:

»Nach dem Studium habe ich zunächst in einer großen Kanzlei in der City mit Schwerpunkt Familienrecht gearbeitet. Genau das hatte ich mir immer gewünscht. Manche suchen Jobs in einem Konzern oder Kartell, aber das war mir wohl einfach nicht persönlich genug. Ich wollte mit Menschen arbeiten, nicht mit Unternehmen. Ich wollte direkten Einfluss auf ihr Leben haben.«

Ich quittiere das mit einem Nicken. Dass ich das kapiere, ist ihm wichtig.

»Becca und ich haben uns verlobt. Die Hochzeit geplant. Heuerten sogar eine Hochzeitsplanerin an.« Sein trauriges Lächeln versetzt mir einen Stich ins Herz. »Na, kurz und gut: Einen Monat vor der Hochzeit habe ich ihr eröffnet, dass ich vorhabe, meinen Treuhandfonds einer Stiftung zu spenden, die meine Familie gegründet hatte, und sie drehte durch. Sagte, sie hätte nicht so hart gearbeitet, um dann um den Preis gebracht zu werden. Der Treuhandfonds war der Preis.«

Entsetzt drücke ich mir die Hand an die Brust. »Das ist – heilige Scheiße! –, das ist ja schrecklich! Ich weiß, ich mache mich über dein Vermögen lustig, aber …«

»Das ist okay. Das gibt mir ja einen Kick, da es so losgelöst von dem ist, was ich bin. Ja, meine Familie ist vermögend, und manche behaupten, wir seien reicher als erlaubt, aber ich arbeite jetzt für jeden Penny, den ich verdiene. Selbst wenn es schnöder Mammon und durch das Leid anderer verdient ist.«

»Max …« Ich fühle mich mies, weil ich so oft auf seiner Berufswahl herumgehackt habe, anstatt mich auf die Suche nach dem Mann dahinter zu machen.

»Passt schon«, sagt er, als würde er meine Gedanken lesen. Als sei meine Reaktion dieselbe wie die aller anderen. »Was ich auf meine umständliche Art zu sagen versuche, ist, dass ich auf Frauen, die es meinem Gefühl nach auf mein Geld oder das meiner Familie abgesehen haben, empfindlich reagiere. Ich sehe, dass James Gina liebt und sie ihn, aber ich möchte ihn trotzdem beschützen. Ich sehe, dass dir an ihnen liegt, aber ich möchte meine Familie beschützen. Ich möchte … ich möchte mich selbst beschützen.«

Man merkt, wie viel es ihn gekostet hat, das preiszugeben, und mein Herz geht für ihn auf. So gern würde ich ihn jetzt tröstend in den Armen halten.

»Ich wollte einfach nur, dass du meinen Hintergrund kennst und verstehst, warum ich überreagiert habe.«

»Aber da ist doch noch mehr dran, oder? Da geht's doch auch darum, dass es dir James nicht erzählt hat, jemandem außerhalb der Familie aber schon.«

»Ja, das trifft mich schwer. Aber daran bin ich selbst schuld. Das liegt an der Dynamik, die ich mit meinem Bruder erschaffen habe, eine, in der er mir diese großartige Neuigkeit aus Angst vor meiner Reaktion nicht mal mitteilen möchte.«

Familien, dermaßen kompliziert. Nicht eine Sekunde kann ich das verurteilen. »Weiß James das von Becca?«

»Ja, aber wir reden nicht darüber. Also, ich rede nicht darüber. Ich habe mich in die Arbeit gestürzt, habe Routinen und Mechanismen entwickelt, um mich von Grübeleien abzuhalten, wie ich sie derart falsch habe einschätzen können. Normalerweise täusche ich mich nicht so in jemandem, auch wenn ich im Nachhinein die Anzeichen erkenne. So gut haben wir eigentlich gar nicht zusammengepasst, hatten eine verschiedene Sicht auf die Dinge, auf die Welt.«

Wie Max und ich. Doch ich spüre, wie sich die Kluft zwischen uns mit jedem gemeinsam verbrachten Augenblick verringert. Mehr und mehr sehe ich den wahren Max Henderson durchscheinen. Den Mann, der anderen Menschen helfen will.

Den Mann, in den ich mich gerade verliebe.

Ich stehe auf und gehe mit klopfendem Herzen auf ihn zu, weil ich ihm sagen möchte, dass er eine großartige Liebe verdient, aber von mir? Das ist zu früh. Er weiß nichts über mich. Wer ich war, dieses Mädchen, das für einen bedeutenden Mann nicht gut genug war.

Aber in diesem Moment kann ich so tun, als wäre ich genau das, was Max Henderson braucht. Jemand nämlich, den sein Geld, sein Job oder seine perfekte Kinnpartie nicht die Bohne interessiert.

Na gut, das mit der Kinnpartie nehme ich zurück. Ich meine, habt ihr dieses Kinn gesehen?

Ich stelle mich auf die Zehenspitzen und streife mit den Lippen darüber. Er holt scharf Luft. »Ich … ich bin nicht hergekommen, um mit dir zu schlafen, sondern um mich zu entschuldigen.«

»Was, wenn beides drin wäre?«

»Bin nicht wirklich in Stimmung.«

Ich küsse ihn auf den Hals, gleich über dem Hemdkragen, direkt auf den pochenden Puls, den ich dort vorfinde. Dann fahre ich mit der Zunge darüber. »Oh, là, là, das muss eine Premiere für dich sein. Kann ich was dagegen tun?«

Er stöhnt gequält auf. »Ich möchte nicht, dass es so aussieht, als würde ich dich mit einer rührseligen Geschichte herumkriegen wollen.«

»Oder vielleicht möchtest du nicht, dass es so aussieht, als würde ich dich dazu herumkriegen wollen?«

»Ach was.« Er klingt ein wenig verärgert, aber zumindest lenkt es ihn von seinem Kummer ab.

»Ich dachte, das würdest du wollen. Keine Komplikationen, keine Bedingungen, kein Klammern, keine Erwartungen.«

Er legt den Kopf schräg. »Das habe ich gesagt, ja.«

»Aber nicht gemeint? Oder hast du es dir anders überlegt?«

Seine Augen verhärten sich, werden dunkel vor Emotionen. »Datest du noch einen anderen?« Überhaupt nicht scherzhaft. Diese Frage fordert eine Antwort.

»Oder überhaupt jemanden?« Wir daten ja schließlich nicht, oder? Nein, an der Frage ist mehr dran. Etwas, das mein Herz auf gefährliche Weise berührt. »Nein. Solange ich mit dir zusammen bin, fände ich das unfair gegenüber einem möglichen Partner.«

»Der Gedanke von dir mit einem anderen gefällt mir nicht. Nicht jetzt. Nicht irgendwann.«

»Vorsicht, Max!« Mein Herz schlägt Rad. »Das ist nahe dran an einer Erklärung.«

Er lächelt, als hätte ich den Nagel auf den Kopf getroffen. »Ich erkläre, Charlie Love, dass ich Tag und Nacht an nichts anderes denken kann als an dich. Du bist die Frau, von der ich träume und wegen der ich mich nur sehr schwer auf meine Arbeit konzentrieren kann. Wenn ich bis zum Hals im Schlamassel eines Mandanten stecke, bringt mich der Gedanke an dich zum Lächeln und gibt mir Hoffnung. Für andere, jedoch hauptsächlich für mich. Möglicherweise sterbe ich ja doch nicht allein.«

Mit seinen Worten hat er sich selbst übertroffen, und sie treffen mich mitten ins Herz. *Ich verstehe dich, Max Henderson. Alles von dir.*

Ich weiche ein paar Schritte zurück und strecke ihm meine Hand hin. »Komm ins Bett, Max.«

Seine Hand in meiner ist die heiße Karamellsoße auf meinem Eisbecher, das Relish auf meinem Hotdog, die Spitze auf meinem Weihnachtsbaum. Seine Hand in meiner, das ist alles, was ich brauche.

In meinem Bett liegt ein zynischer, smarter, *Gives good lovin'*-Playboy, und ich habe keine Angst.

Inzwischen weiß ich nämlich, wie Max Henderson tickt. Er wird es nie zugeben, aber gestern Abend war er nahe dran, echte Angst auszudrücken. Er möchte daran glauben, dass Glück in der Liebe möglich ist. Ich sage damit nicht, dass ich diejenige bin, mit der …

Oh, zur Hölle, wem mache ich was vor? Ich möchte diejenige sein. Ich möchte nicht nur eine Lebenserfahrung für ihn sein, die Frau, die ihm bei der Bewältigung eines Problems geholfen hat, nur damit er mit dieser neu gewonnenen Erkenntnis dann irgendeine Bitch beglückt. Jetzt, wo er seine Unsicherheiten eingestanden hat, rutscht das letzte Stück des Puzzles an seinen Platz: Ich liebe diesen Mann. Zutiefst und auf Gedeih und Verderb. Unwiderruflich.

Ich wünschte, ich hätte ihm mehr von mir selbst erzählt, von meiner Vergangenheit, meinen Fehlern, ehe ich so dermaßen das Herz an ihn verlor.

Nun beobachte ich ihn – schlafstalke ihn, wenn man so will – und frage mich, ob wir eine Chance haben.

Seine Lider öffnen sich flatternd, und seine Augen verschleiern sich bei meinem Anblick vor Lust.

»Verdammt, du siehst gut aus, Charles.«

Ich kichere wie eine Schülerin. »Das klingt nach einem Typen, der am Morgen auf einen kleinen Quickie aus ist!«

»Bin ich so leicht zu durchschauen?«

Ich linse unter die Decke und mache große Augen. »Allerdings!«

In zwei Sekunden liege ich fest von ihm umschlungen neben ihm, seine Erektion drückt sich an meinen Hintern, aber es ist die Art, wie er mich hält, die mir sagt, dass das hier richtig ist. Wir beide.

»Gut geschlafen?«, frage ich.

»Ja! Ich würde sagen, tief empfundene Geständnisse gefolgt von sensationellem Sex sind das Rezept für guten Schlaf.« Er hat den Arm um mich gelegt, sodass seine Hand über meinem T-Shirt auf meiner Brust liegt. Ich fühle mich geborgen.

»Aber da ist noch was«, murmelt er mir ins Ohr.

»Wirklich?«

»Ich habe mich nicht bei dir entschuldigt. Also so richtig. Für meine Andeutungen, warum du dich bei Gina einschmeichelst. Dass du mich, sie beziehungsweise meine Familie für deine Zwecke benutzt.«

Ich versteife mich. Er bemerkt es. Dreht mich zu sich und umfasst mein Gesicht.

»Ich war ein Idiot. Ich kann nicht versprechen, dass ich es künftig nicht weiterhin manchmal sein werde, aber ich erwarte, dafür zur Rede gestellt zu werden. Verzeih mir.«

»Jepp, du warst ein Idiot. Aber was du gesagt oder eben nicht gesagt hast – über meinen Ex? Vielleicht sollte ich das erklären.«

»Musst du nicht.«

»Möchte ich aber.« Ich drehe mich wieder weg von ihm. So fällt es mir leichter. »Weißt du, Jeremy hat politische Ambitionen, und das wusste ich auch, weswegen ich auch nicht wirklich gedacht habe, unsere Beziehung könnte von Dauer sein. Schließlich bin ich ja keine pädiatrische Neurochirurgin oder internationale Menschrechtsanwältin. Für einen Mann in seiner Position eigne ich mich als Ehefrau nicht.«

»Charlie …«, fängt er an.

»Lass mich bitte ausreden. Was ich sagen will, ist, dass ich von der Beziehung gar nichts Großartiges erwartet habe. Doch dann hat er fasziniert gewirkt von meiner Vorgeschichte, meinen Zieheltern, der Verbindung zu den Cubs. Inzwischen weiß ich, dass er da schon an seinem Image für eine politische Karriere gefeilt hat. Mein etwas trashiger Job und mein fehlender Mastergrad haben gegen mich gesprochen. Für mich dagegen meine Verbindung zur Chicagoer Arbeiterklasse und dass ich mich, als Produkt des funktionierenden Pflegefamilien-Systems, zu einer braven Bürgerin entwickelt habe. Unsere Kinder würden blond und schön sein, und mein Job war nicht so wichtig, als dass ich ihn weiter hätte ausüben müssen.«

Max fühlt sich merklich unwohl, vor allem, weil er ja kräftig über meinen Beruf abgelästert hat. Andererseits haben wir uns da beide nichts geschenkt. Unsere Jobs definieren uns und zeigen, wer wir sind, und doch hoffe ich so sehr, dass wir eine gemeinsame Basis finden können. Dass wir mehr sind als das, was wir zwischen neun und siebzehn Uhr tun.

»Hat er Donna und Sully kennengelernt?«

»Ja. Ein Pokerspiel mit Gebäck von Entenmann's gab es zwar nicht, aber ein Special Dinner, bei dem Donna sich ernsthaft bemüht hat, niemanden zu vergiften, und Jeremy im Geiste alle Punkte abgehakt hat. Als Sohn reicher Eltern brauchte er einen Ausgleich für seinen Bonzenstatus.«

»Meine Güte! Das hat er gesagt?«

»Na ja, nicht direkt. Aber das wurde mir klar, als er ... als er meinen Hintergrund überprüfen ließ. Er fand heraus, dass ich zu Jugendstrafen verurteilt worden war. Warum genau, hat er nicht herausgebracht, weshalb er sich danach erkundigte, und ich war ehrlich. Ich wollte, dass er alles weiß.«

Max drückt mich fester. »Oje, deshalb bist du so ausgetickt, als ich dir sagte, ich hätte Nachforschungen über dich angestellt.«

»Wohl schon, ja. Es nimmt mich mit, wenn jemand mich checken lässt, noch dazu jemand wie du mit deinen Ressourcen.«

»Es tut mir leid, Charlie. Wirklich.« Er küsst mich auf die Schulter. »Du wolltest, dass er alles weiß. Was genau meinst du damit?«

Ich drehe mich zu ihm. Dem schönen, perfekten Max, der hören muss, welchen Ballast ich mitbringe, wenn wir eine Chance haben sollen.

»Ich habe Sachen gemacht, auf die ich nicht stolz bin. Hab ein Auto gestohlen, wurde mit Gras erwischt, habe mich der Festnahme widersetzt. Nach dem Tod meiner Mutter hatte ich ein paar Aggressionsprobleme. Ja, ich war übel drauf als Vierzehnjährige. Sully und Donna haben mich gerettet. Na, und Jeremy? Der konnte meinen Hintergrund akzeptieren, solange der mit einer Geschichte verbunden war, in der ich mich am eigenen Schopf aus dem Sumpf gezogen hatte und ein Waisenkind ein Zuhause brauchte. Doch nachdem er von mir auch den Rest erfahren hatte, meinte er, er müsse darüber nachdenken, was das für uns bedeute. Bräuchte Zeit, um herauszufinden, ob ich die Person sei, für die er mich gehalten hatte.«

Mir laufen Tränen über die Wangen, doch Max ist da und wischt sie mir mit den Daumenkuppen sanft weg. »Charlie, Charlie, Charlie.« Er küsst mich auf die Lippen, reibt seine Nase an meiner, gibt mir den benötigten Raum, um zu trauern.

»Ich habe ihn sofort abserviert. Wenn er erst überlegen musste, ob die Straftaten einer Vierzehnjährigen seinem Glück im Weg stehen könnten, dann war er nicht der Richtige für mich. Mir wurde klar, dass er nicht nach jemandem Ausschau gehalten hatte, der ihn ergänzt oder vervollständigt.«

»Was für ein Arschloch«, sagt Max gefühlvoll.

Ich muss lachen. Jeremy *ist* ein Arschloch, das weiß ich, doch es tut gut, es bestätigt zu bekommen.

»Ich nehme mal an, es hat ihm nicht gefallen, wenn du ihm im Bett sagtest, was du möchtest.«

»Vermutlich hatte er so seine Zweifel, ob ich passiv genug sei, um ein liebes Frauchen abzugeben. Meine kriminelle Vergangenheit hat das Ganze für ihn dann besiegelt.«

»Du hast keine kriminelle Vergangenheit. Du warst ein verstörtes Kind, das seine Mutter verloren hatte und ein paar schlechte Entscheidungen traf. Hast du jemanden verletzt?«

»Es hätte passieren können.«

»Hast du?«

»Nur mich selbst. Sully und Donna habe ich so dermaßen die Hölle heißgemacht, dass es ein Wunder ist, dass sie mich nicht ins Meer zurückgeworfen haben.«

»Sie sahen ein leidgeprüftes Mädchen, das im Arm gehalten und geliebt werden musste.« Max fährt mit dem Daumen an meinem Wangenknochen entlang. »Danke, dass du mir das erzählt hast. Es wäre nicht nötig gewesen, aber ich weiß es sehr zu schätzen.«

»Ich möchte bloß nicht, dass es Verwirrung gibt. Ich nutze dich aus, Henderson, aber nur wegen deines Körpers, nicht wegen deiner Beziehungen.«

»Lügnerin.«

»Okay, auch wegen deiner Beziehungen.«

Er lächelt, doch in diesem Lächeln steckt viel Ungesagtes. Die ganze Zeit über habe ich versucht, ihn auf Armeslänge von mir zu halten, wollte ihn ja nicht unter Druck setzen. Denn nur so kann es gut mit uns laufen. Deshalb auch die Scherze, ich würde ihn ausnützen. Er sollte sehen, dass ich keine von den Frauen bin, die klammern. Max braucht sich nie zu sorgen, dass ich zu einer weinerlichen Stalkerin mutiere, wenn einer von uns entscheidet, es läuft nicht mehr.

Doch seit dem vergangenen Abend hat sich etwas zwischen uns verändert, und nun sieht er mich an – in mich hinein –, als hätte er etwas zu sagen. Etwas Wichtiges.

»Charlie Love, ich bin … etwas verrückt nach dir.«

»Max …« Er bringt mich mit einem innigen Kuss zum Verstummen.

»Schließ nicht gleich aus, dass wir eine Chance haben«, flüstert er. Seine Stimme klingt so sehnsuchtsvoll, dass sich mein Herz zusammenzieht.

»Das hatte ich nicht vor. Es gibt Hoffnung für dich, Max Henderson.«

Und Liebe auch. Doch das kann ich nicht sagen. Noch nicht. Dass er sagt, er sei verrückt nach mir, kann so vieles bedeuten. Dass er sexuell besessen von mir ist. Ich ihm nicht aus dem Kopf gehe. Es schön ist, solange es dauert. Das ist kein Satz, auf den ich setzen kann.

Was habe ich letztens über meine Instinkte gesagt? Vage

Andeutungen und Rauchsignale bringen mir nichts. Ich brauche klare Worte.

Doch bis ich mir sicher bin und bis Max sich sicher ist, genieße ich die Zeit mit diesem Mann. Dem schönen Mann, der eine schmerzliche Erfahrung gemacht hat und der sich in meinem Kopf befindet, in meinem Herzen, und ich hoffe, sehr bald in meinem Körper.

Ich küsse ihn auf die Brust, verweile dort aber nicht, sondern ziehe mit den Lippen eine heiße Spur hinunter zu seinem muskulösen Bauch.

»Charlie«, keucht er, als mein Mund sein wachstes Körperteil findet. Der salzige Tropfen an der Spitze versetzt meinen Körper in lustvolle Vorfreude, und ich nehme ihn tiefer in mir auf.

»Moment mal.« Er erhebt sich ein Stück und gleitet aus meinem Mund. Innerhalb von zwei Sekunden hat er mich rittlings auf sich gelegt, und zwar so, dass mein Mund wieder da ist, wo ich begonnen hatte, und sein Mund …

Ohhhh! Seine Zunge gleitet in einer langen, sinnlichen Bewegung durch meine Spalte, und mein ganzer Körper bebt vor Lust. Ich greife nach seinem Schwanz und will ihn wieder in den Mund nehmen, kann mich aber nicht länger fokussieren.

»Max, ich kann nicht …«

Er saugt zart an meiner Klit, als wäre sie ein Nippel, der sensibelste Nippel auf der Welt. Und nun halte ich mich an seinem Schwanz fest, nur damit ich nicht vom Bett abhebe. Damit ich erdgebunden bleibe. Ich bin knapp dran zu kommen – und dann wartet er mit einer neuen Überraschung auf.

Denn unvermittelt liege ich auf dem Rücken, und Max lässt sich zwischen meinen Beinen nieder. »Ich muss einfach dein schönes Gesicht sehen, Charlie.«

Er ist so voller Gefühl – vielleicht Liebe –, aber vielleicht bilde ich es mir auch nur ein. Doch dass wir beide zufrieden aufseufzen, als er in mich dringt, bilde ich mir nicht ein. Beide schauen wir nach unten, wo unsere Körper miteinander verbunden sind.

Verdammt, wir haben vergessen, uns zu schützen!

Er entfernt sich. Ich ziehe ihn zurück.

»Es ist okay. Ich nehme die Pille.«

»Danke, Honey, aber noch solltest du mir nicht vertrauen. Lass uns warten.«

Mit seiner Bemerkung trifft er ins Schwarze. Doch im nächsten Moment stößt er auch schon wieder in mich, und ich frage mich, ob Max Henderson sein Herz nicht schon halb an mich verloren hat. Verstehen tut er mich jedenfalls ganz sicher.

Ich wünsche mir, dass beides zutrifft.

Ich wünsche es mir so sehr, dass ich ihm, während wir uns im Gleichklang auf den Höhepunkt zubewegen und schließlich gemeinsam explodieren, in die Schulter beiße, damit mir nichts Dummes entfährt. Etwas, das ich nicht zurücknehmen kann. Ein Geständnis, an dem ich zerbrechen würde, wenn er nicht genauso empfindet.

21. KAPITEL

Max

Erinnert ihr euch an diesen Kinofilm *Singin' in the Rain*, in dem Gene Kelly trällernd durch Pfützen tänzelt, während es wie aus Eimern schüttet? Nun regnet es kein bisschen. Tatsächlich ist es ein wunderschöner sonniger Julimorgen, doch ich fühle mich wie der gute, alte Gene, während ich beschwingt und leichtfüßig ins *Gloucester* schwebe.

Benji hebt grüßend die Hand. »Dann war die Junggesellenparty also ein Erfolg, Mr Henderson?«

»Es war ein toller Abend, Benji. Ein sensationeller Abend.« Ich stütze mich mit einem Ellbogen auf den Empfangstisch, noch nicht ganz bereit, mich in mein einsames Penthouse zurückzuziehen. Klar, Cujo wird da oben sein, aber wird der kleine Kläffer meine Stimmung zu schätzen wissen? Eher wohl nicht.

»Ich habe eine Frau kennengelernt, Benji.«

»Bei dieser Party?«, erwidert der Mann mit einem gesunden Maß an Skepsis.

»Sie war auch da, ja, aber eigentlich kenne ich sie schon länger. Sie haben sie auch schon kennengelernt.«

»Ms Trenchcoat?«

»Ganz genau.« Da mir der Gedanke nicht gefällt, dass Benjis Hirn nun von Bildern von Charlie in ihrem sexy Trench und in High Heels überflutet wird, fahre ich rasch fort: »Sie ist nicht wie andere Frauen. Und sie glaubt an die Liebe.«

»Die Liebe?«

»Na, Sie wissen schon, die wahre. Wo Engelein singen. Und der Himmel voller Geigen hängt.«

Benjis Lächeln ist … Das Wort, nach dem ich suche, ist »onkelhaft«. »Ich habe mich schon gewundert. Sie waren schon eine Weile nicht mehr so … aktiv.«

Ich nicke, da ich an mein Leben vor Charlie nicht denken möchte. An diese Version von mir, die Charlie nicht mag. Ein leiser Zweifel nagt an mir, die Erkenntnis, dass ich hier keinen vollständigen Hundertachtzig-Grad-Schwenk machen kann, nur weil ich mich in eine Frau verliebt habe. Wie viel von mir selbst werde ich unterdrücken müssen, um ihrer Fantasie gerecht zu werden?

Aber ich will es versuchen. Wie Jack Nicholson so schön sagt, sie erweckt den Wunsch in mir, ein besserer Mensch zu sein.

»Sie kommt später noch vorbei, können Sie sie also einfach direkt hochschicken? Sie heißt Charlie Love.« Ihre Mission ist es, Liebe zu erschaffen.

»Mach ich. Brauchen Sie noch etwas aus der Speisekammer? Champagner, Erdbeeren?«

»Klingt gut. Bestellen Sie genau das.« Ich habe Charlie gebeten, heute Nachmittag mit mir abzuhängen. Nur wir zwei. Um uns voneinander zu erzählen. Lücken zu füllen. Etwas aufzubauen.

»Wie geht's Mrs Benji?«

»Die freut sich auf unseren Urlaub. In Galena.«

Eigentlich ist Galena ein Wintersportort, aber im Sommer ist es dort vermutlich auch nett. »Man muss ihnen geben, was sie wollen«, biete ich weise an.

»Genau so ist es. Ach, Mr Henderson, was ich Ihnen noch sagen wollte …« Bevor er den Satz beenden kann, kommt Mrs Gawlik mit ihrem Pudel durch die Eingangstür. Benji tritt in Aktion, und ich verziehe mich.

Heute Morgen hat Charlie viel über sich preisgegeben. Sie hatte wohl begriffen, dass sie ihre Karten auf den Tisch legen muss, bevor sie sich auf irgendeine Weise an mich bindet. Dass sie mir das Herz über Craven ausgeschüttet hat, ist der erste Schritt, um das Band zwischen uns zu festigen.

Als ich aus dem Penthouse-Lift trete, steigt kurz Panik in mir auf. Bin ich gut genug, um mich um Charlies Herz zu kümmern? Leicht gibt sie es nicht her. Bin ich für diese Aufgabe Manns genug?

Ich versuche, dieses mulmige Gefühl abzuschütteln, doch wo mich das Liebesspiel vorhin mit Charlie noch so euphorisch gemacht hat, befällt mich nun eine leise Vorahnung. Das pessimistische Gefühl bleibt, während ich die Tür zu meiner Wohnung aufschließe, die Schlüssel auf dem Foyertisch ablege und dann aus dem Augenwinkel die Sporttasche an der Rückwand des Sofas registriere, die ich nicht kenne.

Glücklich über meine Ankunft rennt Cujo schwanzwedelnd auf mich zu.

Er ist nicht allein.

Ich sehe zu der Gestalt auf, die am offenen Kühlschrank steht, und die leise Vorahnung wird zur bitteren Gewissheit.

»Ich habe Donna verlassen«, sagt Sully. Genau das dachte ich mir schon.

Ich gehe in die Küche und lehne mich an die Insel, möglichst lässig. Schaffe es aber nicht.

»Hast du es ihr gesagt?«

»Ja, sie … äh … hat es nicht gut aufgenommen.«

Eine hochgezogene Augenbraue ist die einzige Antwort, die ich darauf habe.

»Ich hab dir doch schon gesagt, dass es nicht mehr funktioniert hat«, verteidigt sich Sully.

»Hast du alles getan, was ich dir gesagt habe? Hast mit ihr geredet, die Therapie, noch mal mit ihr geredet?«

Er zuckt mit den Achseln, was einem großen, fetten Nein gleichkommt. »Was soll das schon bringen? Wir reden seit Jahren. Na ja, sie übernimmt das Reden ja eh für uns beide.« Der Rest geht im Rauschen in meinen Ohren unter, begleitet von der Erkenntnis, dass Charlie mich garantiert zum Eunuchen machen wird.

Vielleicht sieht sie allerdings ein, dass ich Sully nicht dazu ermutigt habe. Okay, ich habe ihm ein paar Ratschläge gegeben. Ihm einen Anwalt genannt, den er sich nicht leisten kann. Ein paar Websites mit Schilderungen des Ablaufs empfohlen. Schließlich muss er wissen, dass eine Scheidung wahrlich kein Zuckerschlecken ist und gut überlegt sein will. Es kostet Geld und Zeit, ganz zu schweigen davon, was man in emotionaler Hinsicht investiert.

Ich wollte, dass er davor zurückschreckt.

»… Finsters alte Lady wollte mich nicht bei sich aufnehmen, und da bin ich also.«

Das Problem, das in meiner Küche steht, reißt mich aus meinen Gedanken, und mir geht auf, dass mir etwas Wichtiges entgangen ist.

»Du möchtest *hierbleiben*?«

»Mensch, Max, sind wir nicht Kumpel?«

»Ehrlich gesagt, sind meine Absichten dir gegenüber nicht ganz redlich gewesen, Sully. Ich mag dich, doch du bist auch Mittel zum Zweck.«

Sully, der alte Schurke, grinst. »Wusst ich's doch, dass du hinter Charlie her bist.«

»Stimmt. Und das hier könnte alles vermasseln! Ich darf auf keinen Fall für einen von euch Partei ergreifen.« Ich denke an die ganzen Ratschläge, die ich ihm gegeben habe, und frage mich, wie viel davon er Donna erzählt hat. Und wie viel davon sie jetzt Charlie weitererzählt.

Zeit für etwas präventive Schadensbegrenzung. Ich schwenke mein Handy. »Ich ruf sie jetzt an. Sie wird dir schon Vernunft beibringen.«

Ich höre etwas hinter mir und drehe ich mich um. »Was zur Hölle machst du hier?«

Fuck, schon zu spät.

Charlie

Gerade hatte ich die Lobby des *Gloucester* betreten, als mich Donna anrief. Ich fand sie etwas überdramatisch. Und lachte sogar. Meine Eltern lieben einander heiß und innig. Streitereien, Nörgeleien und Tränen habe ich natürlich schon miterlebt, klar. Und habe Sully im Krankenhaus liegen sehen, mit Schläuchen im Hals, leichenblass, und Donna, die nie von seiner Seite wich. Die Basis der Zuneigung ist klar vorhanden.

Das reicht aber offenbar nicht. Einer hysterischen Donna zufolge hat Sully das S-Wort erwähnt – Scheidung –, und ich weiß, dass dieser Gedanke vor ein paar Monaten überhaupt kein Thema gewesen wäre. Zugegeben, Sullys Gesundheitszustand und Pensionierung haben die Parameter ihrer Ehe verändert. Aber daran liegt es nicht, glaube ich.

Ich glaube, das ist ein Max-Henderson-Problem.

Ich schaue sie mir beide an, wie sie da in Max' schicker Küche stehen, ohne eine Sorge in der Welt. Keiner der beiden hat mir meine Frage beantwortet, weshalb ich sie wiederhole.

»Was zur Hölle machst du hier, Sully? Ich habe gerade mit Donna geredet. Sie ist völlig durch den Wind!«

Mein Dad besitzt den Anstand, bei der Erwähnung des Namens seiner Frau ein unbehagliches Gesicht zu ziehen. Gut. Ich habe noch nicht mal angefangen.

»Für sie ist es ein Schock, weißt du?«, sagt er. »Aber es musste gesagt werden.«

»Was? Dass du seit Langem nicht mehr glücklich bist? Dass Donna der Grund ist?«

»Das habe ich nie behauptet! Ich hab ihr gesagt, dass ich nicht glücklich bin, aber ich habe ihr nicht die Schuld dafür gegeben. Das ist was Persönliches.«

Er zuckt hilflos die Achseln, und keinen Moment lang empfinde ich etwas anderes als Liebe für ihn. Er hat im vergangenen Jahr viel durchgemacht. Und stellt jetzt seine Ziele im Leben infrage. Aber wenn man so lange verheiratet ist wie er und Donna, dann vereinen sich Ziele, verflechten sich. Er mag behaupten, sie träfe keine Schuld, aber es fällt schwer, es nicht persönlich zu nehmen, wenn einer die Ehe beenden möchte.

Ich kann ihm nicht böse sein, vor allem nicht, wenn praktischerweise ein Sündenbock vor mir steht. »Warum bist du hier, Sully?«

Er wirft Max einen Seitenblick zu, einen, der mir sagt, dass hier irgendein Bro-Code herumwabert.

»Ich hatte vor, ungebeten Max' Gastfreundschaft in Anspruch zu nehmen. Das hat aber nichts mit ihm zu tun, falls du dich das gefragt haben solltest.«

»Oh, das frage ich mich allerdings!« Ich wende mich Max zu, der die ganze Zeit geschwiegen hat. »Wie lange geht das schon so?«

»Was?«

»Das hier!« Ich deute fahrig zwischen den beiden hin und her. »Wie lange setzt du ihm schon Flausen über eine Scheidung in den Kopf?«

»Charlie …« Er verstummt, als würde die Erwähnung meines Namens reichen, um mich davon abzuhalten, ihm an die Gurgel zu gehen.

»Du hast ihm einen Anwalt genannt!«

»Nur weil er ihn sich nicht leisten kann.«

Ich schüttele den Kopf, und mich packt der Zorn. Diese Idioten sind völlig unfähig zu kapieren, welchen Schmerz sie durch ihre sorglosen und eigensüchtigen Aktionen verursachen!

»Schön. Dann genießt es mal, *Ein seltsames Paar* zu spielen oder welche alberne Sitcom ihr hier auch immer nachstellt. Denkt nicht eine Sekunde an die Menschen, denen ihr wehtut, während ihr hier eine Junggesellenfantasie auslebt, in der man sich an den Eiern kratzt, Bier säuft und Poker spielt!«

Sully tritt vor. »Hör mal, Charlie ...«

»Lass es, Sully. Lass es einfach!«

Ich drehe mich auf wackeligen Beinen um und steuere die Tür an. Das Blut rauscht in meinem Kopf.

Am Lift holt mich Max ein. »Charlie, halt, lass uns darüber reden!«

»Worüber? Über Max Henderson, die Abrissbirne?«

»Hör mal, er ist vor ein paar Minuten aufgetaucht, und ich wollte dich gerade anrufen. Hätte ich ihn abweisen sollen?«

»Du hättest dich überhaupt gar nicht erst einmischen sollen! Ich dachte, du hättest dich geändert. Aber du kannst nicht widerstehen, eine Kluft noch zu vergrößern, wenn du eine entdeckst, die Werkzeuge deines Handwerks anzuwenden, um das zu reparieren, was gar keine Reparatur braucht!«

»Moment mal, Charlie. Dein Vater ist nicht glücklich. Das ist nicht erfunden oder ein Hirngespinst von ihm. Ich habe ihm geraten, mit Donna zu reden, mit einem Therapeuten, mit dir. Aber er ist erwachsen und imstande, seine eigenen Entscheidungen zu treffen. Wenn er nicht glücklich ist, kann er das auch nicht erzwingen.«

»Natürlich kann er das! Darum geht's ja in der Ehe. Wenn's schwierig wird, kämpft man sich durch. Da wirfst du nicht beim ersten Anzeichen von Problemen die Flinte ins Korn.«

Er sieht mich mitfühlend an. »Sie sind seit sechsunddreißig Jahren verheiratet, Charlie. Da wissen sie, was funktioniert und was nicht. Das hier ist keine Laune.«

»Verdammt noch mal, woher willst du das wissen? Seitdem er krank geworden ist, ist er nicht mehr derselbe.«

»Manchmal ist ein Ereignis nötig, das das Leben verändert, um zu merken, dass man auch noch andere Dinge ändern sollte.«

Das ist mir klar. Als Sully seinen Herzinfarkt hatte, habe ich aufgehört, mich in Mitleid zu suhlen, und habe wieder zu daten angefangen. Lebensverändernde Ereignisse sind genau das – Geschenke, die wir nehmen und zu schätzen wissen sollten. Sully kann von Glück reden, dass er lebt, und ich weiß, seine Pensionierung hat ihn schwer getroffen, aber so schwer dann doch auch wieder nicht, oder? Er hätte erkennen müssen, dass er die Momente mit der Frau, die ihm die Hand gehalten hat, ihm (wenn auch grässliche) Mahlzeiten gekocht und ihn wieder aufgepäppelt hat, hochhalten muss.

Das hier dürfte nicht passieren. Und das würde es auch nicht, wenn Max nicht Unfrieden gestiftet hätte.

»Und da kommst du daher und wirfst dich mitten ins Getümmel. Witterst Morgenluft! Ein kleines Problem, und du und deinesgleichen haben nichts Besseres zu tun, als es zu verschlimmern! Du nimmst etwas Reines, Besonderes und Solides und schlägst es in Stücke. Meine Eltern siehst du gar nicht. Nur das kniffelige Problem, das gelöst werden muss – oder aufgelöst! Das hier liebst du, oder?«

Er sieht mich an, als wäre ich verrückt. Vielleicht bin ich

es ja. »Nein. Natürlich nicht. Ich glaube, du überreagierst, um ehrlich zu sein. Das Ganze ist nicht das Ende der Welt.«

»Ach, findest du, ja? Was, wenn das deine Eltern wären, Max? Wärst du dann genauso blasiert?«

Darauf hat er keine Antwort. Er wäre am Boden zerstört – und das weiß er auch.

»Komm wieder mit rein, bitte. Rede mit ihm, aber beruhig dich erst mal ein bisschen.«

»Jepp, genau das, was jede Frau von einem Mann hören will. Ich dachte, du hättest dich verändert, Max. Dachte, du würdest noch die Kurve kriegen ...«

»Zu was, Charlie? Zu deiner Fantasie, wie Ehe auszusehen hat? Hin zu dieser unrealistischen Vision, in der man alles klaglos schluckt und zu einem unwirklichen Schatten seiner selbst wird?«

»Wenn du glaubst, das ist es, was ich im Sinn habe, wenn ich von Ehe rede, von zwei Menschen, die sich eine Beziehung erarbeiten, dann könnten wir nicht unterschiedlicher liegen.«

»Da hast du recht!«

Dass er mir zustimmt, macht mich fertig. Ich bin zwar keine Therapeutin, habe aber schon viele Paare erlebt, die sich einen produktiven Schlagabtausch lieferten. Ehe ist Arbeit, und sie eine Fantasie zu nennen – die Arbeit, die man hineinsteckt, als unrealistisch zu betrachten –, widerspricht allem, was ich hochhalte. Jeder, der erwartet, es liefe die ganze Zeit über perfekt, ist nicht ganz bei Trost.

Max ist nicht ganz bei Trost.

Vor einer Stunde habe ich mich diesem Mann näher gefühlt als bis dato je einem Mann. Wir konnten die Rollen, die wir uns selbst und einander zugewiesen hatten, abstreifen, nehmen, was wir über das Leben und die Liebe gelernt haben, und es zu etwas Wahrhaftigem zusammenweben. Natürlich würde unser Weg mal steinig sein, es gäbe Hürden zu nehmen. Aber gemeinsam würden wir das schaffen.

Scheinbar habe ich mich geirrt. Seine Vergangenheit und sein Job haben diesen Mann vor mir zu sehr verhärtet, als dass er die Möglichkeiten noch sehen könnte.

»Ich fände es schlimm, wenn du ein unwirklicher Schatten deiner selbst würdest, Max.«

»Charlie, das habe ich nicht gemeint. Ich spreche von …«

»… meinen Eltern?«

Er schaut unbehaglich drein. »Charlie, du kannst das nicht per Willenskraft in Ordnung bringen.«

Genauso wenig, wie ich Max per Willenskraft ändern kann. Ich darf nicht die falsche Wahl treffen. Das würde mich umbringen.

Ich sehe diesen Mann an, in den ich mich so sehr verliebt habe, und begreife, dass es schon zu spät ist.

22. KAPITEL

Charlie

Für den unwahrscheinlichen Fall, dass es auf der anderen Seite saftiger ist, wende ich das zu stark gebratene Hackbratenstück. Pech gehabt. Ich esse trotzdem einen Bissen.

»Ich nehme an, sie kocht für ihn«, faucht Donna.

»Wer?«

»Dieses blonde Flittchen.«

Ich habe Donna erklärt, dass es sich bei besagtem Flittchen um einen Cockapoo handelt, doch davon will sie nichts wissen.

»Hunde können nicht kochen, Donna.« Max aber schon. Ich hoffe, sie ersticken gemeinsam an einem Pfeffersteak von *Hello Fresh*.

»Erinnerst du dich an den Abend, als er seinen Herzinfarkt hatte?« Ihre Haut ist müde und grau, ihr Haar strähnig und schlaff. Sie sieht sich um. »Genau hier.«

Ich war nicht anwesend, nicke aber trotzdem.

»Ich dachte nicht, er würde durchkommen. Er hat keine Luft bekommen, und sein Gesicht« – sie steht schnell auf und hält sich neben der Spüle an der Theke fest –, »sein Gesicht war aschfahl. Das ist der richtige Ausdruck, oder? Wie Asche. Und ich dachte, das war's. Ich hab ihm nie ein Kind geschenkt, und das war's. Nicht, dass du …«

»Schon okay, Donna. Ich weiß, wie du das meinst.«

»Und als er im Krankenhaus aufgewacht ist, da warst du noch nicht da.«

»Ich hab im Verkehr festgesteckt.«

»Er hat zuerst nach dir gefragt. Da hätte ich es wissen müssen.«

Ich versuche, ihre Worte sacken zu lassen. Das, was sie eben nicht sagt.

»Er war verwirrt, hatte höllische Schmerzen.«

»Du kannst ja nichts dafür, Charlie. Seitdem du zu uns gekommen bist, warst du seine Mission. Es ist schwer, mit dem Band zu konkurrieren, das zwischen euch beiden besteht.«

Mir fällt keine Antwort ein, die es besser machen würde. Kinder geben sich ja oft die Schuld an der Scheidung, aber wie oft beschuldigen Eltern ihre erwachsenen Kinder?

»Seit er im Ruhestand ist, ist er nicht mehr derselbe, Donna. Hat nicht gewusst, was er mit sich anfangen soll, und ich glaube, das muss er erst noch herausfinden. Als er noch gearbeitet hat, da hat er ja gar nicht die Zeit gehabt, seine Midlife-Crisis auszuleben. Und nun steckt er mittendrin, mit zwanzigjähriger Verspätung. Es ist nur eine Phase.«

Ich weigere mich, zu denken, es könnte mehr sein. Ich stehe auf und lege ihr einen Arm um die Schultern.

»Ich rede mit ihm. Bisher war ich zu wütend dazu.«

»Auf Frank oder Max?«

»Auf beide!«

Donna nimmt meinen Teller vom Tisch und geht zum Abfalleimer.

»Ich bin noch gar nicht fertig!« Es klingt halbherzig, und Donnas Miene pflichtet mir bei.

»Was immer dein Vater getan hat, es ist nicht Max' Schuld.«

»Und genau da irrst du dich. Damit verdient er sich

schließlich seine Brötchen! Er hat noch nie eine Ehe gesehen, von der er nicht meint, sie würde durch sein Eingreifen profitieren. Er hat Sully auf dumme Gedanken gebracht.«

Donna runzelt die Stirn. »Sully und ich hatten die Probleme schon lange, bevor dein Max auf der Bildfläche erschienen ist.«

»Er ist nicht *mein* Max!«

»Ach, nein? Warum bist du dann so sauer auf ihn?«

Weil ich ihn liebe. Weil ich mich verraten fühle. Ich habe eine Million anderer Gründe, die ich gar nicht erst in meinem Kopf auflisten kann, weil Donna in diesem Augenblick etwas Verrücktes gesagt hat. Was war das doch gleich?

»Hast du gerade gesagt, Max hätte dich unterstützt?«

»Ja. Er hat mir einen Wagen geschickt.«

»Wie meinst du das, er hat dir einen Wagen geschickt?«

»Um mich abzuholen und in seine Kanzlei zu bringen. In den *Punch Palace*.«

Ich lege ihr eine Hand auf die Stirn. »Hast du gerade einen Schlaganfall?«

Sie schiebt meine Hand weg. »Nein. Er wollte mir Bescheid geben, wie es Frank geht – als würde mich das interessieren –, und hat mir die Möglichkeit gegeben, in einer sicheren Umgebung wütend auf ihn zu sein.«

»Ich habe keine Ahnung, wovon du redest!«

Sie öffnet den Kühlschrank und holt das Pfefferminzeis mit Schokostückchen von Breyer's heraus. Um Schüsseln scheren wir uns nicht, sondern spachteln es einfach direkt aus dem Behälter.

»Die haben da eine Art Sandsack mit Franks Gesicht darauf. Max sagt, so was hat er da, damit seine Mandantinnen ihre aufgestauten Aggressionen loswerden können.« Sie flüstert: »Es hat sich richtig gut angefühlt, auf ihn einzudreschen.«

»Auf Max?«

»Nein, auf Frank! Na ja, den Fake-Frank. Dann habe ich mit Max und Lucas Tee getrunken. Dazu gab es Milano-Cookies, die mit der Orangenschokolade. Lucas hilft mir dabei, einen Tinder-Account einzurichten. Hast du gewusst, dass er Brite ist?«

Milano-Cookies? Tinder? *Punch Palace?*

Was zur Hölle geht hier ab?

»Sei also nicht sauer auf Max. Er versucht bloß, zu helfen.«

Max Henderson hat genug geholfen. Meine Kindheit war weiß Gott nicht perfekt, aber während meiner Zeit mit Donna und Sully habe ich Glück erlebt. Wenn auch kein lehrbuchartiges. Es gab auch mal richtig Krach, nicht nur ein wenig gehobene Stimmen, keine Betty-Crocker-Glückseligkeit, sondern richtig Krach und außerdem Monopoly und Cubs-Spiele. Donna, die mit mir mein Kleid für den Abschlussball kaufen ging, und Sully, der mir alle Pokertricks beibrachte. Die verschmitzten Blicke, die sie tauschten, wenn sie mir irgendwie auf die Sprünge geholfen hatten oder wenn sie dachten, ich würde nicht hinschauen.

Es war keine Bilderbuchliebe, aber wahre Liebe mit ihren vielen Facetten. Als Max behauptete, meine Version der Ehe sei unrealistisch, dass man dafür viel schlucken müsse und zum unwirklichen Schatten seiner selbst würde, da wusste ich, er kapiert überhaupt nichts.

Liebe kann wehtun, aber der Lohn ist um so vieles größer. Max will sich nicht anstrengen müssen, damit etwas daraus wird. Er möchte, dass Liebe so aussieht wie in einem dieser alten Filme, von denen er so besessen ist: Romantik pur, und das Ende steht von vornherein fest.

Max möchte sie in Reinstform und perfekt serviert. Ich

brauche einen Mann, der erkennt, dass Liebe Arbeit macht, dass eine Beziehung renovierungsbedürftig sein könnte.

Auf weniger werde ich mich nicht einlassen – und auf Max schon mal ganz sicher nicht.

Nathan stellt mir einen Grande Iced Mocha auf den Schreibtisch und entfernt sich dann langsam wieder.

Ich sehe auf, dann nieder. »Äh, danke?«

»Wie geht's dir heute?«

»Gut.« Furchtbar. Ich bin krank vor Sorge um Donna und wütend auf Sully. Es ist drei Tage her, und noch immer ist er nicht zur Vernunft gekommen. Warum muss ich hier die Erwachsene sein?

Nathan setzt sich an meinen Schreibtisch. »Penny und ich finden, dass du dich vielleicht mal blicken lassen solltest.«

»Hab ich doch schon, vergessen? Gestern Abend habe ich mit euch ein Fläschchen Cabernet gekippt und mir die beruhigenden Laute deiner Frau angehört.«

»Nein, bei Max. Denn da befinden sich deine zwei aktuellen Probleme nun mal.«

Bei *seiner* Erwähnung sträubt sich alles in mir. »Max Henderson ist kein Problem. Bis darauf, dass er einen Flüchtigen unterstützt und aufhetzt, habe ich den überhaupt nicht auf dem Radar.«

»Einen Flüchtigen? Was für eine bezaubernde Einstellung zur Ehe du hast!«

»Ach, halt die Klappe.« Ich trinke einen ordentlichen Schluck von dem Mokka. »Und danke für den hier. Nett von dir!«

Mein Telefon klingelt, doch natürlich ruft niemand an, von dem ich es mir wünschte. Ich gehe dran und ärgere mich sofort darüber. Als ich auflege, sieht Nathan mich besorgt an.

»Du siehst aus, als hätte jemand auf deinem Grab gerade einen Gruppenstepptanz hingelegt.«

Ich schweige, während ich fieberhaft nach einer Lösung des Problems suche, das gerade auf mich abgeladen wurde. Zwei Minuten darauf ist Nathan eingeweiht, und wir beide zermartern uns das Hirn. In diesem Moment kommt mir die rettende Idee, vor der mir aber umgehend graut.

Ich schicke eine Nachricht ab, bevor ich es mir anders überlegen kann.

Kannst du mir die Telefonnummer deiner Mutter geben? 🙂

Gerade als ich mich frage, ob das lächelnde Smiley nicht übertrieben ist, antwortet Max: *Du verpetzt mich bei Susanne? Wie uncool.*

Unwillkürlich muss ich lachen. Dann zieht sich mein Herz schmerzvoll zusammen.

Wieder klingelt mein Telefon, und er ist dran. Da ich mich vor Nathan nicht mit ihm streiten möchte, fällt meine Begrüßung fünfzigmal fröhlicher aus, als es die Situation erfordert. »Hi, du.«

»Charles«, ertönt seine schöne Stimme, die mir durch und durch geht. »Was gibt's?«

»Ich habe ein Problem und möchte James und Gina vorerst noch nicht alarmieren. Ich glaube, deine Eltern könnten helfen.« Aber nicht du. *Dich* brauche ich nicht.

»Willst du mir mehr erzählen?«

Nein. Aber ich möchte ihn fragen, wie es ihm geht, wie es meinem Vater geht, ja sogar, wie es Cujo geht. Ich möchte wissen, wie ich den Schmerz loswerde, der jeden Teil meines Körpers versengt.

»Nicht wirklich. Es ist nichts, worüber du dir Sorgen zu

machen brauchst. Wenn du mir einfach nur die Nummer deiner Mutter geben könntest, bin ich auch schon unterwegs.« Das sind mal Cheerleader-Qualitäten!

Am anderen Ende der Leitung herrscht Stille.

»Max?«

Er seufzt resigniert. »Klar.«

»Charlie!«

Mrs Henderson ergreift meine Hände und lotst mich ins Innere ihres schönen Heims. Sie trägt einen Sonnenhut und über einer Jeans ein Herrenhemd, dessen Ärmel sie aufgekrempelt hat. Ich vermute, es gehört ihrem Mann, und das wirkt merkwürdig liebenswert und ganz schön sexy.

»Danke, dass ich so kurzfristig zu Ihnen kommen durfte. Ich habe so viele Anrufe getätigt, und nachdem nur noch zwei Tage bleiben …«

»Kein Problem! Ich hoffe, durch das Feuer wurde niemand verletzt.«

»Nein, niemand.« Dieser Anruf, den ich erhielt, der mich zwang, mich an Max zu wenden? Der Ballsaal im *Peninsula* ist nicht mehr betretbar, nachdem dort in der Nacht ein Feuer ausgebrochen war. Im Grunde ist das der schlimmste Albtraum jeder Hochzeitsplanerin. Kein Veranstaltungsort? Keine Hochzeit.

Doch dann hatte ich die zündende Idee.

Susanne führt mich durchs Haus, und das ganz ohne Small Talk, den ich vermutlich unhöflicherweise sowieso ignorieren würde. Sie weiß, was ich möchte. Wir treten auf die Terrasse hinaus.

Dort sitzt Max an einem gusseisernen Tisch, nippt an etwas Limonadenartigem und sieht aus wie der Gutsherr persönlich.

Bei seinem Anblick hüpft mein Herz. Dummes Herz! »Bist du mit dem Helikopter hergekommen?«

»Tja, ich fahre einfach besser als du, Charles.«

»Bei sonnigem Wetter werdet ihr ein Zelt brauchen«, meint Susanne, als wäre es völlig normal, dass Max mitten an einem Arbeitstag hier ist. »Keiner mag Fliegen in seinem Horsd'œuvre. Aber mit der Zeremonie im Garten, das könnte klappen.«

Den Rasen der Hendersons als »Garten« zu bezeichnen, ist, als würde man Adele als ein Chormädchen beschreiben, das »eine Melodie halten kann«.

»Max sagt, Sie pflegen das hier alles selbst, Mrs Henderson.« Ich spreche beharrlich über ihn, als wäre er gar nicht da. Und das, obwohl ich seine Bewegungen hinter mir höre, merke, wie er mir näher kommt, seinen männlichen Duft rieche, meine Droge und mein Untergang. Ich versuche, mich auf das dringlichste Problem zu konzentrieren.

»Oh, mein Sohn hält mich für verrückt, aber es macht mich glücklich. Und das, was uns glücklich macht, müssen wir tun, oder nicht?«

Ich nicke. »Sie wären also damit einverstanden, die Hochzeitsfeier hierher zu verlegen?«

»Natürlich. Nichts würde uns glücklicher machen.«

Puh! »James und Gina wissen es noch nicht. Um den Schlag abzumildern, möchte ich es ihnen als *Fait accompli* präsentieren.«

»Ich weiß gar nicht, wieso wir nicht schon früher darauf gekommen sind, andererseits ging alles dermaßen Schlag auf Schlag, und ich mische mich für gewöhnlich nicht ins Leben meiner Söhne ein.«

Der Blick, mit dem sie mich bedenkt, sagt, dass sie drauf und dran ist, diese Regel zu brechen. »Ich bin dann mal in der Küche. Schauen Sie doch noch rein, bevor Sie gehen, Charlie.« Sie geht ins Haus und lässt mich mit Max und meinem wummernden Herzen zurück.

»Danke, dass du mir ihre Nummer gegeben hast.«

»Das war das Wenigste, was ich tun konnte.«

»Natürlich wird das *Peninsula* den Raum nicht mehr berechnen, aber am einfachsten wär's, sie würden weiterhin das Catering übernehmen. Die sind uns einen riesigen Gefallen schuldig, insofern können wir das Ganze problemlos hierher verlegen. Und den Preis werde ich noch runterverhandeln. Mit den anderen Dienstleistern habe ich auch schon gesprochen – oh, der Zelebrant! Ich muss schauen, dass er mit der neuen Location klarkommt.«

Ich plappere, aber mein Ruf steht auf dem Spiel, und mein Planerinnenhirn wird gleichzeitig in eine Million verschiedene Richtungen gerissen. Meinem Herzen geht es auch mehr schlecht als recht. Aufgrund des beschränkten Zeitrahmens werden James und Gina nicht in einer Kirche heiraten, stattdessen wird der Pastor, ein alter Freund der Familie, die Zeremonie im Hotel durchführen.

Mit nur leicht zitternder Hand hole ich mein Handy hervor.

Max legt die Hand auf meine. Einerseits beruhigt mich diese Berührung, andererseits bringt sie mich fast um. »Ich habe ihn schon angerufen. Der Ortswechsel ist kein Problem.«

»Hast du?« Zuvor konnte ich ihn nicht ansehen, nun kann ich nicht mehr wegsehen.

»Als du aufgelegt hast, nachdem du von mir das Gewünschte bekommen hattest« – er grinst mich frech an –, »habe ich meine Mom nach ein paar Minuten angerufen, um zu erfahren, was Sache ist. Es klang, als hättest du viel um die Ohren, weshalb ich die eine oder andere Person angerufen habe, ohne die, wie ich weiß, die Show nicht läuft.«

»Oh, lieb von dir.«

»Für dich tue ich doch alles. Das weißt du.«

Weiß ich das? Natürlich meint er: als Freund. Vielleicht erreichen wir diesen Punkt ja irgendwann. Ich schätze, Max würde einen besseren Freund abgeben als einen Lover oder Mann. Er würde mir alles über seine neueste Eroberung anvertrauen, und ich würde aus dem Lachen gar nicht mehr rauskommen, die Arme bemitleiden und meinen Sternen danken, so glücklich davongekommen zu sein. Was für einen Spaß wir haben werden, wenn es erst mal so weit ist!

Er verändert seine Körperhaltung, sodass er nahe genug ist, dass mir schummerig wird. »Wie geht's Donna?«

»Mal so, mal so. Ist ja schon eine ganz schöne Veränderung für sie.«

»Veränderungen sind schwierig. Eigentlich das Schwierigste, was wir durchmachen müssen.« Er sieht mich auf eine Weise an, die mir den Atem raubt.

»Ich … ich hab gehört, du hättest sie zum Tee eingeladen. Und auch, dass du *Mission-Impossible*-artige Masken für eine Art Therapie zur Hand hättest?«

»Hab's dir doch gesagt, Charlie. Ich tue alles, was ich kann, damit es mit meinen Mandantinnen bergauf geht.« Er zuckt zusammen. »Nicht, dass Donna eine Mandantin ist, aber ich möchte klarstellen, dass ich mich auf keine Seite schlage. Nun, das stimmt nicht ganz. Ich bin auf deiner.«

Da ich keine Ahnung habe, wie ich mit dieser Aussage umgehen soll, gehe ich darüber hinweg. Als sich meine Lunge wieder mit Luft gefüllt hat, frage ich: »Wie geht's deinem neuen Wohnungsgenossen? Muss nett sein, einen Hundeausführer direkt im Haus zu haben.«

Sein Blick ist extrem skeptisch und so Max in Reinform, dass ich fast lache. »Das Penthouse ist nicht annähernd groß genug, Charlie. Aber ich habe noch nicht aufgegeben.«

»Ihn wieder rauszukriegen?«

»Ihn wieder dorthin zu kriegen, wohin er gehört. U… und anderen Kram.« Er schüttelt den Kopf. »Herrje, nur bei dir.«

»Nur bei mir, was?«

»Nur bei dir mutiere ich wieder zu diesem stammelnden Schuljungen. Ich dachte, das läge alles hinter mir, aber ein Blick von dir, und ich bin wieder aufgeschmissen.«

Ich schweige. Zu viel ist passiert. Zu viele Verletzungen haben sich eingeschlichen und mein Herz belagert. Ich bin nicht sicher, ob ich Max noch für Sullys Benehmen verantwortlich mache, doch die Situation hat die krassen Unterschiede zwischen unseren Weltsichten enthüllt. Da können Sex und gegenseitige Anziehung das Schiff auch nur auf begrenzte Zeit über Wasser halten.

»Ich sollte gehen.« Ich weiche einen Schritt zurück und habe das Gefühl, einen Fehler zu machen. Ich bin voller Zweifel, aber was Max angeht, kann ich meinen Instinkten nicht trauen. Konnte es nie.

»Vergiss nicht, dich bei Susanne zu verabschieden.«

»Nein, keine Bange.«

23. KAPITEL

Max

Ich reiße die Tür zu Lucas' Büro auf und entdecke Grant, der sich über das Zeichenbrett beugt, das auf einer Seite des Raums aufgestellt ist. Normalerweise hat Lucas immer ein halb fertiges Puzzle in Arbeit, und genau damit ist Grant jetzt beschäftigt: Er setzt ein Puzzlestück an Ort und Stelle und dreht sich dann zu mir um.

Lucas ist in eine eidesstattliche Aussage vertieft und sieht bei meinem Erscheinen kaum auf. Mir kommt das alles hier ein bisschen zu beschaulich vor. Allerdings bin ich nach dem, was ich gerade erfahren habe, auch noch ziemlich dünnhäutig.

»Spinnt ihr irgendwelche Ränke hinter meinem Rücken?«

Grant zieht die Brauen zusammen. »Wirfst du mir irgendetwas vor?«

»Ich glaube, er wirft mir etwas vor, mein Freund«, sagt Lucas und setzt sich grinsend etwas aufrechter. Grinsend! »Woran denkst du dabei, Maxie?«

»Oh, ich denke, das weißt du. Mitzi ist mir heute Morgen über den Weg gelaufen.«

Lucas' grinst weiterhin, demnach muss alles, was Mitzi gesagt hat, zutreffen.

»Willst du mir ernsthaft erzählen, du hast mit ihr ausgeheckt, mir Cujo aufzuhalsen?«

»Wer ist Cujo?«, fragt Grant.

»Mein Hund.«

Lucas deutet auf mich. »Exakt!«

Ich knalle die Tür zu und höre Sadie »Hey!« rufen. Sie mag es nicht, wenn sie unseretwegen bei der Hausverwaltung um Reparaturen bitten muss.

»Exakt?«, frage ich Lucas, doch es kommt eher wie ein unmännliches Kreischen heraus. »*Exakt?* Was zum Fuck soll das heißen?«

»Du sagtest ›mein Hund‹, was nur beweist, dass du inzwischen an ihm hängst.«

»Natürlich hänge ich an ihm! Es gibt keine einzige Stelle in meiner Wohnung mehr, auf die dieses Viech noch nicht gepinkelt oder einen Haufen gesetzt hat! Das verbindet einen auf eine sehr spezielle Weise. Ich verstehe den Sinn dahinter bloß nicht. Warum sollte Mitzi auf mich zukommen, während ich mit …« Ich schaffe es nicht mal, Charlies Namen auszusprechen. Ich habe sie gestern im Haus meiner Mom getroffen, und es fühlt sich bereits an, als wäre sie in meine Vergangenheit hinübergeglitten – ein schreckliches Gefühl. »Warum zur Hölle habt ihr das getan, und wann zur Hölle habt ihr euch mit Mitzi von Stueben verbündet?«

Lucas steht auf und kommt um den Schreibtisch herum, was so tapfer wie dämlich ist, weil er mir nun schutzlos ausgeliefert ist.

»Grant, mein Freund, was, meinst du, ist das liebenswerteste Merkmal unseres Maxie-Boys?«

Grant mustert mich. »Hm, er ist solide. Zuverlässig. Lässt dich nie im Stich.«

»Danke«, sage ich.

»Jepp, das ist er alles, er ist aber auch ein bisschen …« Lucas macht eine aufmunternde Geste in Grants Richtung.

»Äh, festgefahren in seinen Gewohnheiten. Keiner, der mal was Neues ausprobiert. Veränderungen sind ihm ein Graus!«

Et tu, Grant?

»Genau. Du sagst es.« Lucas verschränkt die Arme, als hätte er damit vor einem fiktiven Richter ein überzeugendes Argument vorgebracht: *Fall abgeschlossen.* »Ja, also, das war so: Ich habe gerade meinen allmorgendlichen Gesundheitslauf gemacht, als vor mir Mitzi und ihre fantastische Kehrseite in Sicht kam. *Oh, du bist doch ein Freund von Max* meinte sie zu meiner Überraschung, als ich zu ihr aufgeschlossen hatte, dabei sagte mir ihr Gesicht überhaupt nichts. Kann aber verstehen, warum du sie mit mehr als deinem üblichen *Nur-einmal-und-das-war's* bedacht hast. Jedenfalls, ehe ich mich versah, saß ich zusammen mit ihr bei einem grünen Tee, einem miesen Gebräu übrigens, und erfuhr von ihr, wie schwer du dich mit der Liebe tust. Ich nickte zu allem, was sie sagte, weil ich dachte, auf die Art kriege ich die hübsche Stueben ins Bett, na, und dann fing sie an, sich über den Hund auszubreiten, den ihr beide gemeinsam großziehen wolltet.«

»Weißt du, was, Mitzi«, erwiderte ich, »warum erteilst du ihm nicht eine Lektion? Typen wie Max Henderson sollte man nicht einfach mit vagen Versprechungen über ein gemeinsames Großziehen von Haustieren davonkommen lassen. So was tut man nicht.«

»So was tut man nicht?«, frage ich fassungslos. Ich bin von Lucas einiges gewohnt, aber das übertrifft alles. »Du meinst, du hast ihr vorgeschlagen, einen Hund zu kaufen und ihn mir dann irgendwo aufzudrängen?«

Er grinst stolz. »So langsam geht ihm ein Licht auf.«

Ich drehe mich zu Grant. »Fuck, bin ich der Einzige, der das total hirnverbrannt findet?«

Grant zuckt die Achseln. »Hat doch irgendwie Leben in deine Bude gebracht, oder?«

Lucas wirft Grant einen anerkennenden Blick zu. »Das war superclever von dir, Grant! Seit du mit Becca Schluss gemacht hast, warst du immer Mr Routine, Maxie. Hast dich donnerstags immer in derselben Bar mit James getroffen. Bist immer in dieselben Restaurants gegangen, bist immer dieselbe Strecke gelaufen.«

»Ich schlafe nicht immer mit derselben Frau. So viel zur Routine!«

»Aber nur, damit du dich auf niemanden einlassen musst. Du behältst immer die Kontrolle, Maxie. Du bist der Mann mit dem Plan, der Typ, der vögelt und vergisst, damit nur ja nichts deinen Schutzwall zum Bröckeln bringen kann. Tja, dieses kleine Hündchen hat's geschafft. Und Charlie Love.«

Sein Lächeln ist erloschen. Er stützt sich auf dem Schreibtisch auf und geht in Abwehrstellung – oder vielleicht auch nicht. Er rechnet damit, dass ich handgreiflich werde. Wenn ich es täte, würde er nicht mehr dazu kommen, auch nur eine Hand zu heben.

Ich gehe zum Sofa hinüber und setze mich darauf. Sonst könnte ich tatsächlich in Versuchung kommen, ihn wie Bob den Torso zu behandeln.

»Woher hast du gewusst, dass ich Cujo nicht weggebe? Ihn nicht in ein Tierheim stecke?«

»Weil du ein Romantiker bist, Maxie. Und mit deiner Besessenheit für alte Hitchcock-Filme und die Cubs, diese Loser, unter der rauen Schale einen weichen Kern besitzt. Du bist ein Liebeskomödiant, der nach einem Drehbuch sucht. Ein süßer Hund und die richtige Frau – mehr hast du nicht gebraucht.«

Ernsthaft? Das klingt viel zu simpel, doch manchmal gibt

es für die komplexesten Probleme ja tatsächlich ganz einfache Lösungen.

Ich reibe mir die Augen. »Charlie gibt mir die Schuld an der Trennung ihrer Eltern. Glaubt, ich hätte ihrem Dad eingeredet, sich scheiden zu lassen.« Der Dad, der immer noch bei mir wohnt, übrigens.

Grant setzt sich neben mich. »Stimmt das denn?«

»Nein. Na ja, vielleicht. Ich habe versucht, Realist zu sein, aber es handelt sich um ihre Eltern, wie soll sie das da objektiv betrachten können?« Ich lege mein Gesicht in meine Hände. »Ich liebe sie, aber sie glaubt mir nicht.«

»Hast du ihr das denn gesagt?«, fragt Lucas.

»Die Chance dazu hab ich ja gar nicht bekommen. Ich wusste, es würde wie ein Spielzug rüberkommen. Sie findet, unsere Weltanschauungen sind diametral entgegengesetzt, aber mit ihr ...«

»... könntest du an die Liebe glauben«, ergänzt Grant.

Ja, mit ihr könnte ich das.

Was ich zu Charlie gesagt habe, meinte ich auch so: Ich habe noch nicht aufgegeben, Sully wieder dort hinzubringen, wohin er gehört. Was bedeutet, dass ich mir meinen anderen Hut aufsetzen muss – den des Eheberaters.

Alle denken, uns Anwälten ginge es nur um verrechenbare Stunden und die Freude, die gegnerische Seite aufs Kreuz zu legen, und, klar, Geld ist nett und zu gewinnen noch netter. Aber totale Fieslinge sind wir auch wieder nicht. Ich war nie so verzweifelt, einen Ehebund aufzulösen, wenn es Anzeichen gab, dass eine Versöhnung der bessere Weg sein könnte. Manchmal möchte eine Frau ihrem Mann einfach nur einen Denkzettel verpassen, oder noch öfter *denkt* sie, ihre Ehe wäre am Ende, wo ich aber sehen kann, dass noch

Liebe im Spiel ist und die beiden einfach nur an ihrer Beziehung arbeiten müssen.

Man könnte sich fragen, warum ich Sully nicht auf die Straße gesetzt habe. Die Antwort: Schuldgefühle. Ich kann nicht mit hundertprozentiger Sicherheit sagen, dass das Ganze meine Schuld ist, aber *es fühlt sich so an*! Ob es nun an meiner lässigen Haltung gegenüber seinen Eheproblemen lag oder meinen tief sitzenden Bindungsängsten, die in unseren Unterhaltungen durchschimmerten, ich habe jedenfalls das Gefühl, es ist an mir, das Problem aus der Welt zu schaffen.

Nach vier Tagen komme ich, noch vor der morgendlichen Laufrunde, in die Küche und entdecke Sully, der vor dem geöffneten Kühlschrank steht und hineinsieht, als würde er die Geheimnisse des Universums enthalten. Ich habe mich viel in der Kanzlei beschäftigt, daher sehen wir uns jetzt in grob sechsunddreißig Stunden das erste Mal wieder.

»Morgen!«, sage ich.

Nichts.

»Sully?«

Er zwinkert in meine Richtung, schüttelt den Kopf und verkündet: »Senf!«

»Was ist damit?«

»Du hast keinen.«

»Natürlich habe ich welchen.« Mir ist nicht ganz klar, warum wir uns um sechs Uhr fünfzehn über Senf unterhalten. Ich klaube ein Glas Senf aus der Kühlschranktür und halte es in die Höhe. Cujo beobachtet uns beide erwartungsvoll.

Sully blinzelt, und seine Mund verzieht sich höhnisch. »Italienische Feigen*mausekacke*.«

»Das ist Gourmetsenf!«

»Grauenhafte Pampe ist das!«

Ich stelle das Glas zurück und schließe die Tür. Hier geht es zweifellos um etwas anderes als meine armselige Senfauswahl. Wenn ich mich recht erinnere, gab es bei Chez Sullivan mehrere Sorten im Angebot. Könnte der Mann Würzmittel zum Überbringen einer Botschaft einsetzen?

Entschlossen, sie zu entschlüsseln, lehne ich mich an die Kücheninsel und verschränke die Arme. »Was ist los, Sully?«

Er reibt sich das stoppelige Kinn. »Hast du je daran gedacht, den Löffel abzugeben?«

Ah, das wird einer dieser Tage. »Nicht direkt, aber es ist nur menschlich, gelegentlich daran zu denken, normalerweise, wenn man von jemandem hört, der auf irgendeine sinnlose und beliebige Art gestorben ist. Nur in dem Fall durch die Gnade Gottes und all das.«

Er nickt. »Ohne mich hat Donna es besser.«

Ich überlege, in welchem Zusammenhang seine letzten beiden Feststellungen stehen könnten, brauche aber mehr Information. »Glaubst du, du müsstest in absehbarer Zeit abtreten, Frank?«

»Irgendwann müssen wir alle gehen. Und ich habe letztes Jahr auf meinem Ticket schon eines meiner Leben abstempeln lassen.«

Okay, okay, … Ach herrje! Genau das meine ich damit, wenn ich sage, die Ehe macht aus vernünftigen Menschen Irre. »Meinst du wirklich, du machst es Donna dadurch leichter? Ist das eine dieser ›Freundlichkeitsscheidungen‹?«

Seiner Miene nach zu urteilen, schätzt er meinen Sarkasmus nicht. »Sie hatte ein höllisches Jahr, musste sich immer um mich kümmern. Ich hab ihr alles abverlangt, und jetzt bin ich ihr den ganzen Tag im Weg. Sie hat's echt schwer mit mir!« Sully deutet ungestüm auf mich, als wäre ich an seiner

Sturheit schuld. »Wenn ich mich jetzt davonmache, kann sie sich daran gewöhnen, solange sie noch die Energie dazu hat.«

»Und vielleicht ein neueres Modell finden?«

»Ja – nun, nein!« Er wirkt alarmiert. »Aber ich ...« Er zögert. Ein trauriger Ausdruck tritt in sein Gesicht, der mir einen Stich versetzt. »Nun frage ich mich, ob die Kur schlimmer ist als die Krankheit.«

Gott bewahre mich vor verliebten Idioten. »Seit deinem Herzinfarkt und deiner Pensionierung geht's dir schlecht, aber deine größte Sorge ist, ob du Donna unglücklich machst, während sie sich um den Ehemann kümmert, den sie liebt. Dazu hat sie sich verpflichtet. In Gesundheit und Krankheit, mein Freund. Bring ihr die nötige Achtung entgegen und lass sie selbst entscheiden, ob ihr das zu viel ist oder nicht.«

»Na ja, sie wäre immer noch besser dran«, murmelt er, greift nach Cujos Leine und marschiert zur Tür hinaus.

Ich sehe zu Cujo hinunter, den es mächtig zu verwirren scheint, zurückgelassen worden zu sein.

»Ja, ja«, ruft Frank von der Tür aus, gibt ein scharfes Pfeifen von sich, und schon flitzt Cujo zu ihm, so schnell ihn seine kurzen Beine tragen.

Im Geiste führe ich einen Freudentanz auf und grinse über das ganze Gesicht.

Es könnte sein, dass Frank »Sully« Sullivan allmählich einknickt.

Der Hochzeitsmorgen bricht hell und sonnig an, es herrscht Bilderbuchwetter. Und nein, es ist nicht merkwürdig, in James' altem Zimmer herumzuhängen, während er sich fertig macht. Verdammt, noch immer sind die Wände mit Postern von Sammy Sosa vollgehängt. Erinnert ihr euch an den Typen und die magische Saison von 1998, als er sich mit

Mark McGwire ein Duell um einen neuen Homerun-Rekord lieferte? James und ich waren von Sosa besessen, diesem verrückten Spieler, der den Cubs zu diesem speziellen Zeitpunkt Hoffnung gab.

»Hilfst du mir mal bitte?« James deutet auf seine ungebundene Krawatte.

»Nervös?«

»Kein bisschen.«

Bravo! Währenddessen ist der König in Maxlandia völlig fertig, weil er den Toast aussprechen muss. Ich sollte es nicht sein, da ich jeden in Grund und Boden reden kann, doch die Vorstellung, vor Leute zu treten, die die Zukunft meines Bruders feiern, macht mir Angst. Ich möchte mich ihm gegenüber anständig verhalten und mit meinem zu kleinen Scheidungsanwaltsherzen nicht als das Klischee eines Zynikers rüberkommen.

»Gina ist genauso ruhig wie du«, sage ich.

Er sieht mich mit hochgezogener Augenbraue an.

»Okay, sie flucht wie eine Lehrerin. Etwas von wegen ihr Strumpfband sei bis zum Anschlag gedehnt, weil sie bereits ein paar Babypfunde zugelegt hat?« Mit Schaudern erinnere ich mich an meinen vor Kurzem stattgefundenen Besuch in einem der Gästezimmer, wo Gina gerade auf Vordermann gebracht wurde, wie sie es ausdrückte. Ihre Schwester und ihre Mom waren da, die Schwester aufmerksam, die Mutter eher nicht.

Das erinnert mich an Charlie, die die ganze Zeit über für Gina da war. Die weit mehr als ihre Pflicht tat, damit Gina während all dieser Lebensveränderungen Ruhe bewahrte. Aber so ist Charlie Love eben. Diese Frau kriegt einfach alles geregelt!

Nachdem ich James geholfen habe, sich herzurichten,

wandere ich zum Fenster seines Zimmers mit Blick auf den Rasen. Das Zelt wurde bereits errichtet. Die Stühle – alle zweihundert – sind beiderseits eines Gangs, der an einer mit Blumen geschmückten Gartenlaube endet, in perfekten Reihen aufgestellt. Anscheinend kann man all solche Sachen mieten.

Jetzt steht Charlie unter der Laube, das flachsblonde Haar fällt ihr in Wellen bis zu den Schultern, und alles, woran ich denken kann, sind diese Sommersprossen, die ich einst mit meiner Zunge kartografieren durfte. Sie hat dieselbe Bluse an, die sie am Abend des berüchtigten Cubs-Spiels trug, diesmal allerdings zu einem pinkfarbenen Rock, der um ihre wohlgeformten Beine flattert. Sie telefoniert, doch dabei fällt ihr Blick auf jemanden, der das Hochzeitsprogramm auf den Stühlen verteilt, und sie geht zu ihm und gibt ihm Anweisungen. In Ms Loves Welt bleibt nichts dem Zufall überlassen.

James legt mir eine Hand auf die Schulter. »Bereit?«

»Das sollte ich eigentlich dich fragen.«

Er zuckt die Achseln. »Ich bin schon seit dem Tag bereit, an dem ich Gina kennengelernt habe. Lediglich gesellschaftliche Gepflogenheiten haben mich davon abgehalten, sie gleich am ersten Abend zu bitten, den Rest ihres Lebens mit mir zu verbringen. Ich hatte Angst, ich könnte verrückt rüberkommen.«

Ich war dabei, stellte mich vor einem Blackhawks-Spiel mit James zum Bierkaufen an. Gina hatte keinen einzigen Blick für mich übrig, denn sobald sie James sah, war es um sie geschehen.

»So sicher warst du dir?«

»Ja.«

Als ich Charlie zum ersten Mal sah, packte mich die Lust, doch bis die Liebe angeschlichen kam, dauerte es noch eine

Weile. Und sie kam wirklich angeschlichen, sicher war da erst mal überhaupt nichts. Die letzten drei Monate war ich ständig hin- und hergerissen zwischen Verlangen, Zweifel, Übelkeit und Bedürfnis.

»Ich möchte es richtig hinkriegen.«

James drückt mir die Schulter. »Dafür gibt es keine Blaupause, Maxie. Deine Herangehensweise wird immer anders sein, aber das macht das, was du mit Charlie hast, nicht weniger real. Du bist vorsichtiger – das musstest du ja seit Becca, und so bist du halt auch –, und vielleicht tust du dich schwer damit, deinen Instinkten zu vertrauen. Betrachte es einfach mal so. Es muss nicht von Anfang an perfekt sein« – sein Lächeln ist das eines verliebten Mannes –, »aber am Ende schon.«

Ich hatte eine Rede vorbereitet. Sie schloss eine Diashow von Jim-Jam mit ein und den Gips, den er bekommen hatte, nachdem er sich mit zwölf das Bein gebrochen und ich ihm Ameisen in seinen Gips gesteckt hatte. Urkomisch! Die Leute würden lachen, und dann wollte ich am Ende ein paar nette Worte über Gina und ihre bedingungslose Liebe für die Pittsburgh Penguins vorbringen, die für ein Mädchen aus Nebraska keinen Sinn ergibt. Applaus würde aufbranden und ich mich im Schein eines gut gemachten Jobs sonnen.

Ich stehe auf und befinde mich unvermittelt wieder im Debattierclub der Junior High. Courtney Ellison sitzt da irgendwo (im übertragenen Sinne), und ich habe ein halbes Jahr fast ohne Stottern hinter mir. Damals trug ich jeden Rückschlag in einem Notizbuch ein – meinem F-Buch, wobei das F für »Fehlschlag« stand, bevor es eine andere Bedeutung erhielt (zwinker).

Ich lächele James zu, doch nur knapp. Er nickt mir unmerklich zu, um mir zu sagen, ich schaffe das. Tue ich aber nicht. Echt nicht.

Ich muss Charlie sehen, aber sie ist wohl weg, sieht zu, dass alles glattläuft. Eine Feldherrin in High Heels.

Die Anwesenden werden unruhig.

»Liebe bedeutet Arbeit«, beginne ich.

Kein furchtbar vielversprechender Start, und es würde sich wohl auch keiner diese Weisheit auf ein Kissen sticken. Jemand hustet in die Stille hinein, ein quälender, trockener Husten, der wie ein Todesrasseln klingt. Doch bin ich es, der hier stirbt. An der Seite, außerhalb der geöffneten Zeltplanen, blitzt etwas Pinkfarbenes auf. Ich blinzele, aber da ist es schon wieder verschwunden.

»In meinem Job erlebe ich täglich, wie viel Arbeit in der Liebe steckt und dass Leute entsprechend zu dem Schluss kommen, das würde sich nicht rentieren. Und damit meine ich nicht Geld. Sie haben das Gefühl, sie würden nicht anständig entlohnt, bekämen aus der Ehe nicht das, was sie reingesteckt haben. Dabei sind es die kleinen Dinge, die eine Ehe zusammenhalten: ein freundliches Wort, ein Kuss an der Tür, eine Fußmassage am Ende eines langen Tages.« Ich lächele meinen kleinen Bruder an, betrachte seine schöne Frau. Die Zeremonie war perfekt, und sogar ich wurde ein wenig von Rührung übermannt. »Vergesst die kleinen Dinge nicht, ihr zwei. Wenn es tough wird, und das wird es, könnten genau die euch über Wasser halten, während ihr zu kämpfen habt. Während ihr an den Prüfungen arbeitet, die das Leben euch stellt, um euch herauszufordern, erinnert euch an den Grund, warum ihr diese verrückte Achterbahnfahrt begonnen habt, und kümmert euch um einander.« Ich erhebe ein Glas, damit klar wird, dass mein Material für die Hochzeitsansprache damit erschöpft ist. »Auf James und Gina!«

Gina wischt sich Tränen weg und formt lautlos das Wort »Blödmann«, während James völlig verstört dreinschaut. Ich setze mich, und alle applaudieren. Ich höre Mom »Meine Jungs!« schluchzen, was mir sagt, dass ich einen Volltreffer gelandet habe, da ihr britischer Hintergrund eigentlich maximal die Gefühlsregungen eines Terminators zulässt.

»Ich glaube, sie haben etwas anderes erwartet«, raune ich James zu.

»Das haben wir alle, glaube ich.« Er umfasst meinen Unterarm. »Danke, Maxie.«

24. KAPITEL

Charlie

»Charlie!« Mrs Henderson hält mich auf einer meiner Kontrollrunden am Rande des Tanzzelts fest.

»Hey, Mrs Henderson!«

»Susanne«, tadelt sie mich. »Ein fantastisches Fest! Ich glaube nicht, dass jemand anderes das so hinbekommen hätte.«

»Danke.« Stolz lasse ich den Blick durchs Zelt schweifen. »Ich finde es auch gelungen.«

Eine weitere Frau, ebenso elegant und voller Diamantklunker, bleibt beim Anblick Susannes stehen. »Suzy! Was für ein tolles Fest!«

Susanne umarmt sie und erinnert sich dann an mich. »Elizabeth, das ist Charlie Love. Sie hat dieses ganze Fest erschaffen, und sie …« Susanne drückt meine Hand und sieht mich mit glänzenden Augen an. »… sie ist so bezaubernd obendrein! Und jetzt erzähl mir, wer war dieser Augenschmaus, in dessen Begleitung ich dich vorhin gesehen habe?«

Elizabeth lächelt heiter. »Ja, weißt du, ich habe mit Capoeira angefangen. Das ist wie Brasilianisches Kickboxen, aber kreativer. Alles auf Max' Betreiben, natürlich. Und Gustavo ist mein Personal Trainerin. Ein bisschen jung für mich, aber er tröstet mich über meine Enttäuschung hinweg.« Sie zuckt mit der Schulter. »Kann man nichts machen!«

»Max hat Elizabeth durch ihre Scheidung geholfen«, erklärt mir Susanne.

»Ich weiß gar nicht, was ich ohne Max getan hätte. Wer hätte das gedacht, nachdem er mir damals in den Pool gepinkelt hat?«

Okay. Ein äußerst elegant und weltmännisch wirkender Mann, halb so alt wie Elizabeth, kommt angetanzt und verkündet theatralisch: »Elisabetta, dieser Tanz gehört mir!«

Das Gesicht der Frau färbt sich, doch ihr Grinsen ist ansteckend. »Okay, Gustavo, zeigen wir's ihnen!«

»Mmm, wirklich subtil«, murmele ich, während Gustavo mit ihr entschwindet.

Aus dem Augenwinkel erwische ich Max' Mom beim Grinsen. »Ich möchte doch nur, dass mein Sohn glücklich ist.«

»Mrs Henderson …«

»Susanne.«

»Susanne. Ich denke, ich weiß, was Sie hier zu tun versuchen, aber letzten Endes sind Max und ich zu unterschiedlich. Wir betrachten das Leben aus verschiedenen Blickwinkeln.«

»Mag sein, aber das muss ja kein Deal Breaker sein. Wissen Sie, ich habe mir über Max' Arbeit immer Sorgen gemacht, die Fachrichtung, die er einschlug. Ich dachte, sie würde ihn zynisch machen. Sein Herz verhärten.«

»Und das hat sie auch«, sage ich, doch sobald ich die Worte ausgesprochen habe, geht mir auf, wie falsch sie sind. Zynisch mag er ja sein, aber ist sein Herz so verhärtet?

Susanne sieht zu den Tänzern hinüber und winkt Lucas zu, der eine Conga-Line anführt, als hätten wir 1975. »Sie mögen denken, Sie bringen die Menschen zusammen, während Max sie auseinanderreißt, aber eigentlich ist so viel mehr dran.

Das Ganze hier …«, sie macht eine ausholende Geste, »… ist nur ein Spektakel. Ein wunderbarer Start in die Zukunft, aber nun fängt die echte Arbeit an. Die meisten Paare finden im Sturm der Leidenschaft zusammen, doch nicht alle lernen die Kunst der Konfliktlösung. Sie denken gern, wir könnten uns die schwindelerregende Freude unseres Hochzeitstages bewahren und damit alle Risse kitten. Eigentlich besteht das Rezept für immerwährende Liebe aber darin, dass ein Paar lernt, anständig zu streiten – effektiv zu argumentieren und Probleme produktiv durchzuarbeiten.«

Ihre Worte bringen mich um.

»Mit Konflikten komme ich nicht gut klar«, sage ich, obwohl ich sie die letzten Wochen über als eherettende Maßnahme beworben habe. »Da gehen gern die Gefühle mit mir durch, und ich vermute, Max könnte mich bei einem Streit locker in die Tasche stecken. Ich würde immer das Gefühl haben, als hätte er Oberwasser. Dadurch, dass er Paare in ihren schlimmsten Moment erlebt, hat er schon so viele Erfahrungen.« Ich bin nicht sicher, ob ich mit jemandem zusammen sein möchte, der mich argumentativ so effektvoll niederwalzen kann.

Susanne lächelt milde. »Das tut er, aber er ist auch einer, der Sachen gern in Ordnung bringt. Mit seiner Tätigkeit gibt er seinen Mandantinnen und Mandanten einen Abschluss. Macht es ihnen möglich, nach vorn zu schauen. Für sie alle ist Max zugleich Anwalt, Priester, Therapeut und eine Schulter zum Ausweinen. Wenn sie zu ihm kommen, sind sie fertig mit der Welt. Wenn der Prozess vorbei ist, schon weniger. Er versetzt sie in die Lage, sich wieder zu verlieben, was wirklich ziemlich speziell ist und nicht annähernd genug Anerkennung erfährt. Was sein eigenes persönliches Leben angeht, so haben seine Erfahrungen seine Wahrnehmung gefärbt, doch ich glaube, für seine Mandantinnen sieht er grundsätzlich Hoffnung. Ich wünschte nur, er könnte für sich selbst auch daran glauben.«

»Ich kann aus ihm keinen anderen Menschen machen, Susanne.«

»Das haben Sie bereits. Sie haben seine Ansprache gehört. Der Max von vor drei Monaten hätte so etwas nie gesagt.«

Während der Reden stand ich außerhalb des Zelts, weil ich nicht stören wollte, aber Max' Worte waren doch zu mir durchgedrungen und hatten mich berührt. *Erinnert euch an den Grund, warum ihr diese verrückte Achterbahnfahrt begonnen habt, und kümmert euch um einander.* Das ist alles, was wir wollen, jemanden, der sich um einen kümmert.

Schlichte, aber herzzerreißende Worte, die allerdings nicht bedeuten, dass er selbst daran glaubt, oder? Ich jedenfalls möchte es, vielleicht ja genug für uns beide.

An meinem Platz draußen an der Laube ist die Musik nur schwach zu hören. Alle Stühle sind bereits zusammengeklappt und in Trucks verstaut worden, bereit, für den großen Tag anderer aufgehübscht zu werden.

Mein Telefon meldet einen Anruf von Sully. Kurz erwäge ich, nicht dranzugehen, aber wenn es ihm hilft, mit mir zu reden, dann kann ich ihm das nicht verweigern.

»Hey, Frank!« So nenne ich ihn, wenn ich wütend auf ihn bin.

»Charlie! Ich bin wieder zu Hause, aber Donna zeigt mir die kalte Schulter.«

Endlich ist er zur Vernunft gekommen! Dass ihn Donna nicht gleich mit offenen Armen empfängt, dämpft meine Freude kein bisschen. Ich frage mich, wie viel davon Max' Werk ist.

»Hast du etwa erwartet, du könntest einfach wieder angetanzt kommen, ohne dass Fragen gestellt würden, und alles wäre wieder in Butter? Du hast sie wirklich verletzt!«

»Ich weiß, ich weiß.« Er schnieft, verärgert, dass ich die ganze Sache nicht aus seiner Sicht betrachte. Muss Max so etwas den ganzen Tag ertragen? Muss er versuchen, gegensätzliche Blickwinkel zusammenzuführen, ohne dabei auszuticken?

Ich bin nicht Max. Diese Beherrschung besitze ich nicht.

»Das ist genauso, als würdest du ein Geschenk zurückgeben, das dir nicht gefällt, Frank. Es geht um deine Frau, und im Grunde hast du ihr gesagt, dass sie dir nichts mehr bringt.«

»Das habe ich nie gesagt!«

»Das musstest du gar nicht. Deine Aktionen sagten alles.« Ich atme tief durch. »Es bringt nichts, sich nur von seinen Gefühlen leiten zu lassen. Du hättest mit ihr reden, ihr darlegen sollen, warum du unglücklich bist. Ich kann nicht fassen, dass du so viele Ehejahre hinter dich gebracht hast, ohne besser mit Konflikten umgehen zu können!«

»So ist das seit jeher gewesen. Reden ist …«

»… schmerzvoll?«, beende ich den Satz für ihn.

»Ja.«

Bei diesem schlichten Wort zieht sich mein Herz zusammen. Ich bin ihm so ähnlich, ich scheue mich auch immer, etwas von mir preiszugeben, aus Angst, eins draufzukriegen.

»Ich weiß, Sully. Ich weiß, es ist hart.«

»Ein Weilchen bin ich durchgedreht, Charlie. Donna ist so eine Heilige. Sie ist mein … verdammt, mein Ein und Alles, und ich dachte einfach, dass es so vielleicht einfacher für sie wäre. Ihr Zeit geben würde, sich daran zu gewöhnen, dass ich gehe.«

Oh, Sully. »Du gehst nirgendwohin, hörst du? Wenn ich jede einzelne Zigarre in den Abfall werfen oder dich mit Salaten zwangsernähren muss, ich werde alles tun, was nötig ist, damit du uns alle überlebst.« Ich schreie quasi, sodass einer vom Catering-Personal fragend zu mir sieht. Ich senke meine Stimme zu einem beschwörenden Flüstern. »Und wann immer du dich down fühlst oder nicht … nicht würdig, musst du mit uns reden. Mit Donna. Mit mir. Glaub bloß nicht, du weißt es immer am besten, denn so ist es eindeutig nicht.«

Er schnieft. »Ich hab mich nutzlos gefühlt, und dann ist alles auf einmal auf mich eingeprasselt.«

»Ich weiß, wie das ist. Und ich weiß auch, dass ich nicht das beste Vorbild bin.«

»Sweetheart, *ich* sollte *dir* ein Vorbild sein!«

»Wer behauptet das? Wer sagt, dass wir nicht alle voneinander lernen können?«

Sullys Schweigen sagt mir, dass er das anders sieht. Aber wenn er wieder lernen kann, mit der Frau zu reden, an die er vor all den Jahren sein Herz verloren hat, dann kann ich bestimmt dasselbe mit dem Mann tun, in den ich mich vor ein paar Wochen so sehr verliebt habe.

Schließlich erfordert Liebe Arbeit.

Mein Vater hüstelt bedeutsam. »Wirst du bei Donna ein gutes Wort für mich einlegen?«

»Nein. Das ist dein Job, und es wäre nicht verkehrt, das Ganze mit einem Plan anzugehen. Nicht nur mit einem allgemeinen ›Lass uns darüber reden‹-Plan, sondern einem, der professionelle Unterstützung mit einschließt. Einen Therapeuten, mit dem man über eine Depression nach einer Krankheit sprechen kann, oder einen Eheberater.«

»Diesen ganzen Unsinn brauchen wir nicht.« Auf mein

Räuspern hin setzt er hinzu: »Äh, ich frage Donna, ob sie so etwas machen mag. Wenn sie denn je wieder mit mir redet.«

Es ist ein Anfang, um mehr kann ich nicht bitten. Ich verabschiede mich und lege auf, bevor er alles mit irgendeiner idiotischen Macho-Äußerung kaputt machen kann.

Als ich mich umdrehe, stoße ich mit Max zusammen. Diesmal trete eindeutig ich ihm auf den Fuß.

»Autsch!« (Max)

»Ups!« (Ich)

Bei seinem Lächeln wird mir warm ums Herz. Mit seinen starken Händen hilft er mir, das Gleichgewicht wiederzufinden, und lässt mich auch danach nicht los. Aber das macht mir nichts aus, merke ich. Diese Nähe habe ich vermisst.

»Sorry, als ich auf dich zugegangen bin, war mir nicht klar, dass du telefonierst, und dann konnte ich nicht wegschleichen, ohne dass es merkwürdig ausgesehen hätte. Bis zum Zelt ist es ja doch ein ganz schönes Stück.«

Nebenbei bemerkt, hat noch kein Mann in einem Smoking besser ausgesehen. »Ein weiterer Überfall, Max?«

»So bin ich nun mal.«

So ist es. Max Henderson pflegt sich anzuschleichen und mich zu überrumpeln. Genau wie jetzt, er überrascht mich erneut.

»Tanz mit mir, Charlie!«

Ich befürchte, ihm nicht widerstehen zu können, und während er mein Schweigen als Zustimmung auslegt, weiß ich, ich kann es nicht. Die Klänge von Nat King Cole's *Unforgettable* erreichen uns über den Rasen, als er mich in seine starken Arme nimmt.

»Es war eine gute Hochzeit«, murmelt er mir ins Ohr.

»Stimmt«, erwidere ich. »Ich glaube, sie werden glücklich sein, solange sie sich um die kleinen Dinge kümmern.«

Er löst sich ein wenig von mir und hält meinen Blick mit der üblichen Max-Henderson-Intensität gefangen. Ich versuche nicht, etwas zu verbergen. Ich bitte ihn mit den Augen, mir das Ganze leicht zu machen.

»Du bist ziemlich gut darin, Charles.«

»Darin?«

»Charlie Love ist ihr Name. Liebe zu erschaffen ihre Gabe.«

»Tue ich ja gar nicht. Die Paare kommen ja bereits verliebt zu mir. Ich helfe ihnen lediglich dabei, Erinnerungen zu erschaffen.«

Wir wiegen einander in unseren Armen. »Ich meine das nicht in Bezug auf andere, auch wenn du darin zugegebenermaßen großartig bist. Was ich meine, ist, wie du diesen Klumpen da in mir genommen und zu einem Herzen geformt hast.«

Das ist einfach … *oh!*

»Es war immer da, Max.« Ich berühre seine Brust mit den Fingerspitzen, verinnerliche den Schlag, der mir alles bedeutet. »Es hat bloß eine kleine Starthilfe gebraucht.«

»Es brauchte dich!« Max' Herz schlägt fester gegen seinen Brustkorb, als würde ich es mit unsichtbaren Magneten in meinen Fingern kontrollieren. »Ich werde Fehler machen, Charlie. So viele. Ich habe gute Vorbilder, sehe aber auch regelmäßig Sachen, die den Durchschnittsmenschen den Glauben verlieren lassen könnten.«

»Du bist kein Durchschnittsmensch. Du bist Max Henderson, der Typ, der mit seiner Wortgewandtheit alle niederredet, der Probleme löst, der immer nur … immer nur versucht hat zu helfen. Ich habe eine Weile gebraucht, um das zu erkennen. All die kleinen Dinge, um die du dich gekümmert hast, die sind wie Notizen, die zusammengebunden ein

Buch voller Verbindungen ergeben. Mit meinen Eltern. Mit mir. Mit James und Gina. Tut mir leid, wie ich reagiert habe. Es war einfacher, einen Schritt zurückzumachen als einen Glaubenssprung nach vorn.«

»Rückwärts ist immer einfacher als vorwärts. Im Übrigen hattest du recht. Liebe erfordert Arbeit, und Arbeit erfordert Kommunikation.«

Das ist so wahr. »Sully ist zu Donna zurückgekehrt. Du hast nicht zufällig was damit zu tun?«

Er zuckt die Achseln. »Ich glaube, er hatte einfach einen echten Aussetzer. Das kommt doch bei jedem mal vor. Und es hat *uns* geholfen – wir haben diesen Paukenschlag gebraucht, um zu sehen, woraus wir gemacht sind.«

Vielleicht, aber was hat es ihm über mich gezeigt? Ich bin reizbar, emotional, bereit, in ihm das Schlimmste zu sehen.

»Ich weiß nicht, ob ich die Richtige für dich bin. Für überhaupt jemanden …«

»Charlie …«

Ich höre zu tanzen auf und umklammere seine Schultern. »Ich neige zu impulsivem Handeln, zu dummem sogar. Wenn ich sauer bin, schreie ich. Wenn ich aufgebracht bin, zeige ich es. Ansatzweise hast du es ja erlebt, aber seit … seit meiner letzten Beziehung versuche ich, diesen Teil von mir zu verbergen, da es abschreckend wirkt.«

»Auf mich nicht. Genau das liebe ich an dir. Deine Leidenschaft, dein Feuer. Versteck es nicht. Sei dir einfach darüber im Klaren, dass es nichts gibt, was wir nicht gemeinsam schaffen. Ich hatte noch nie Angst vor harter Arbeit, allerdings hat mir der Gedanke Angst gemacht, bei einer Beziehung auch so vorzugehen. Ich wollte immer, dass es von Anfang an stimmig ist. Wollte nicht versagen wie meine Mandanten. Inzwischen weiß ich, dass es bei allem, was wir tun, einen Push-und-Pull-Effekt gibt, und bei der Liebe insbesondere. Nichts ist schwarz und weiß. Es geht auch nicht darum, vom Start weg einen Sprint zu gewinnen. Wir begehren, ja respektieren und lieben uns. Liebe. Alles Weitere kriegen wir heraus, während wir voranstolpern, aber immer miteinander reden. Niemals unsere Gefühle unterdrücken oder versuchen, eine gute Miene zu machen, wenn uns nicht danach ist. Liebe bedeutet zu erkennen, dass diese eine Person, die für dich perfekt ist, dich vermutlich manchmal nervt, und das ist okay. Das ist kein Grund für eine Trennung …«

»Außer dass man sich vielleicht mal für eine kleine Max-Zeit aufs Dach verzieht.«

Er grinst. »Honey, das Dach wird unsere Ehe retten.«

Mein Herz schlägt Purzelbäume. »Ehe?«

»Irgendwann. Bald. Ich würde mich gern darauf einlassen – auf uns einlassen. Von ganzem Herzen. Ich bin mir nämlich sicher, wir kriegen das hin.«

Ich schließe die Augen, dankbar, dass er mich immer noch festhält. Als ich sie wieder aufschlage, ist er erstaunlicherweise weiterhin da, meine Gestalt gewordene Fantasie.

»Und was ist mit mir? Wie werde ich Dampf ablassen, wenn du mich in den Wahnsinn treibst?«

Sein Grinsen ist klassisch Max.

»Womöglich auf eine Art und Weise, die nicht umgehend deinem Schwanz zugutekommt, Henderson?«

»Nun, mein bezaubernder, ordinärer Engel, es gibt da diesen Ort namens *Punch Palace*, und er ist der perfekte Ort, um diese ganzen Charlie-Love-Aggressionen zu kanalisieren. Solltest du je das Bedürfnis verspüren, mir ein Knie in die Eier zu rammen, zähl bis zehn, zieh dir diese Boxhandschuhe über und schlage der Maske von Max die Seele aus dem Leib.«

Ich seufze auf, wiege mich zu den herüberwehenden Klängen von Neil Diamonds *I am … I said.*

»Hast du diese Musik ausgesucht?«

»Keine Verführung ist vollständig ohne ein bisschen Neil, Charles. Und ich bin mir sicher, wir können ein paar Cognacschwenker auftreiben. Was den Kaminvorleger angeht …«

Ich lache. »Vielleicht könntest du das ja noch toppen. Hast du nicht irgendwelche Debattiertrophäen, die du mir zeigen könntest?«

Er zieht mich fest an sich, sodass ich jeden Muskel seines Körpers spüren kann – und damit meine ich wirklich jeden. »Ich habe den größten aller Preise direkt vor mir. Aber wenn du auf eine Einladung in mein Jugendzimmer aus bist, damit ich auf meinem schmalen Bett ›sweet, sweet love‹ mit dir machen kann, dann, zur Hölle, ja, du bist eingeladen!«

Ich lasse mich von ihm führen in dem Wissen, dass Abenteuer vor mir liegen – und lebenslange Liebe.

So viel Liebe.

EPILOG

Max

Habt ihr eine Hochzeit erwartet? So weit sind wir noch nicht ganz, ihr Romantiker. Ich weiß, ich sagte, ich würde es von ganzem Herzen wollen, aber Ms Love hat es nicht eilig. Ich vermute, meine Geschichte, mein Job und unser wirbelwindartiges Liebeswerben lassen sie zögern. Sie möchte nicht, dass ich auch nur das leiseste Bedauern verspüre. Insofern liefen unsere Unterhaltungen in den letzten Wochen ungefähr so ab:

»Malediven.« (Ich)

»Was ist damit?« (Sie)

»Toll für Flitterwochen. Perfektes Wetter im November.«

Süßes Rümpfen der Nase. »Bis dahin sind es ja keine drei Monate mehr hin. Außer du sprichst vom nächsten Jahr.«

Ich halte inne, um ihr für einen Moment die Illusion zu lassen, dass ich von einer fünfzehnmonatigen Vorbereitungszeit zu einer Hochzeit rede (diese in die Länge gezogenen Planungsprozesse verschaffen ihr schließlich Beschäftigungssicherheit), und zerschlage ihre Hoffnung dann.

»Nein, dieses Jahr.«

Sie bückt sich und nimmt Cujo hoch, um etwas zu tun zu haben. »Da bleibt nicht viel Zeit.«

Richtig, aber ich habe schon mit Nathan beratschlagt, wie wir das hinbekommen: Er sorgt dafür, dass ihr Terminkalender um diese Zeit frei bleibt und wir jederzeit starten könnten. Na, und zur Not organisiere ich das Catering mit *Hello Fresh*.

Es heißt, Anwälte seien durchtrieben, manipulativ und regelrecht hinterhältig. Wenn ich Charlie Love mithilfe dieser Eigenschaften dazu bewegen kann, meinen Ring zu tragen, dann betrachte ich sie als Ehrenzeichen!

Heute Abend sehen wir uns auf unseren üblichen Plätzen ein Cubs-Spiel an. Es ist später August, rund sechs Wochen nach James' und Ginas Hochzeit. Muller pfeift das Spiel heute nicht, und das ist gut so, denn sosehr mich der Anblick meiner Lady in Rage auch anturnt, ziehe ich eine friedliche Charlie diesmal doch vor. Ich schwanke auch, ob meine Nichte oder Neffe in spe von so viel Negativität umgeben sein sollte.

Dann geh mit ihm/ihr zu keinem Ballspiel, höre ich euch sagen.

Worauf ich antworte: *Das Kind muss früh erkennen, dass es sich auf ein Leben voller Schmerz und Enttäuschung gefasst machen muss.*

Klar, die Cubbies haben vor ein paar Jahren die World Series gewonnen, aber kein Chicagoer fühlt sich als Fan eines Gewinnerteams wohl. Schließlich haben wir lang und hart an unserem Underdog-Status gearbeitet, und er passt uns. Die Cubs liegen zwei Punkte hinter den Giants zurück, gerade läuft die zehnminütige Auszeit zur Mitte des siebten Innings. Stehend singen wir *Take Me Out to the Ballgame*, angeführt von dem Bühnen- und Bildschirmstar Bill Murray, einem Chicagoer Urgestein. Gina und James sind unterwegs zur Toilette, da die Blase meiner Schwägerin die Größe einer Erdnuss hat.

Der Song verklingt.

Mein Herz klopft immer lauter.

Ich bin so verdammt nervös.

Hinter uns beugt sich Casper vor und tippt Charlie auf die Schulter. »Du heißt Charlie, stimmt's?« Casper weiß das *ganz genau*, weil ich im letzten Monat mindestens viermal mit ihr zu Spielen gegangen bin und sie immer mit ihm plaudert wie mit einem alten Freund.

Sie grinst, worauf sich seine teigige Haut krebsrot färbt. Der Typ ist in sie verschossen, und wer könnte es ihm verdenken? »Aber sicher, George.«

Offenbar heißt er George. Charlie weiß das, denn sie kann gut mit Menschen umgehen, viel besser als ich.

Casper-George fasst sich an den Ohrhörer. Er hört sich gern die Sportkommentare aus der Kabine an. »Die Jungs oben unterhalten sich über die Spielstände der anderen Spiele.« Er deutet auf die Anzeigetafel, und das ist einfach perfekt, weil ich somit gar nichts mehr zu tun brauche. Was euch über die manuelle Anzeigetafel im Wrigley vielleicht nicht bekannt ist: Sie zeigt nicht nur den Spielstand des Heimspiels der Cubs an, sondern hält alle auch darüber auf dem Laufenden, was sonst in der restlichen Baseballwelt gerade so los ist. Die ersten sieben Innings über zeigten die beiden Zeilen über dem Cubs-Stand den des Spiels der Dodgers gegen die Reds an. (Cincinnati geht gerade unter.) Doch während der zehnminütigen Pause wurde er durch folgendes literarisches Meisterwerk ersetzt:

MAX ♥ CHARLIE

Bin ich Mr Romantik, oder was?

Charlie dreht sich zu mir und sieht mich mit glühenden Wangen und offenem Mund erstaunt an.

»Aber … aber … wie?«

»Wink Sully zu, Charles«, sage ich und deute mit dem Kopf zur Anzeigetafel. Frank lehnt an einer der Öffnungen, die Cubs-Kappe auf dem Kopf, und hebt die Hand zum Gruß. Benommen winkt sie zurück.

»Du hast diese Anzeigeplatte speziell anfertigen lassen?«

»Hab ich, ja. Morgen hänge ich sie in meine Wohnung, damit bei dir keine Zweifel darüber aufkommen, was ich denke, fühle und weiß.« Ich nehme ihre Hand, verschränke unsere Finger und führe sie an meine Lippen. »Du hast Angst, es ist zu früh, ich weiß. Du möchtest, dass ich mir sicher bin. Vielleicht möchtest du dir ja sicherer über deine Gefühle für mich sein …«

»Das ist es nicht. Ich bin mir sicher. Ich will dich, das weiß ich.« Sie spricht leise, wohlüberlegt. »Ich weiß, dass es niemanden sonst gibt, der mich so aufstacheln beziehungsweise beruhigen kann wie du.«

»Und ich weiß, dass keine andere Frau mich je so verstehen wird wie du. Für mich gibt es niemanden sonst. Du bist die Grace zu meinem James, die Deborah zu meinem Cary, die …«

»… Demi zu deinem Patrick?«

»Jetzt wollen wir mal nicht übertreiben.« Ich grinse, fühle mich aber etwas aufgewühlt. Humorvolle Ablenkung hilft da gerade auch nicht. »Verbring dein Leben mit mir, Charlie. Koch mit mir, schlaf mit mir, streit mit mir, verzeih mit mir. Lass Cujos Traum, der Ringträger auf der Hochzeit zu sein, wahr werden. Lass uns keine weitere Sekunde mehr vergeuden, unser gemeinsames Leben zu beginnen.«

Die Cubs erzielen einen Run, und alle um uns herum springen auf. Wir bleiben sitzen, in die erste von, wie ich mir vorstellen könnte, vielen Verhandlungen zur Stärkung unserer Ehe vertieft.

»Wir brauchen einen Ehevertrag«, meint sie.

»Mal sehen.«

»Das ist nur vernünftig und hat überhaupt nichts mit gegenseitigem Misstrauen zu tun.«

Ich umfasse ihr süßes Kinn und hauche ihr einen Kuss auf den Wangenknochen, streife mit den Lippen ihr Ohr. »Hier ist dein Ehevertrag. Sollten wir uns scheiden lassen, bekommst du genau einen mickrigen Dollar.«

Sie lacht. »Soll mich das dazu bewegen, mit dir verheiratet zu bleiben?«

»Wenn du mich je verlässt, nimmst du auch mein Herz mit.«

Mir steigen Tränen in die Augen, und ich reibe meine Nase an ihrer. *Ich bin mit ganzer Seele dabei, Love. Vertraue deinem Herzen. Vertraue darauf, dass dein Herz dir den Weg weist. Ich verspreche, mich darum zu kümmern.*

»Ja«, flüstert sie. »Ich heirate dich, Max.«

Erleichtert schließe ich die Augen und merke, dass meine Hände zittern. Damit das aufhört, umfasse ich ihren Nacken und küsse sie, bis mein Puls wieder normal schlägt.

Es ist ein langer Kuss.

Mein Handy meldet eine Nachricht von Sully: *Hat alles hingehauen?*

Keine zwei Sekunden darauf bekomme ich eine weitere Nachricht, diesmal von Lucas: *Maxie, mein Freund! Sag mir, dass ich meine Wette mit Sadie soeben gewonnen habe!! Hat sie Ja gesagt?*

Dann, wieder von Lucas: *Ich kann nicht glauben, dass ich mir ein verdammtes Baseballspiel anschaue!*

Ich halte Charlie mein Display hin.

Sie lächelt. »Können es einfach noch ein paar Minuten nur du und ich sein?«

James und Gina kommen jede Sekunde zurück, und ich werde Sully und Lucas nicht mehr viel länger auf die Folter spannen können. Wenn jemand überglücklich ist, will jeder ein Stück davon abhaben.

Vampire!

Mit einem Nicken, mir fehlen nämlich wieder die Worte – diese Frau! –, stecke ich mein Telefon weg, ergreife die Hand meiner Verlobten und konzentriere mich wieder auf das Spiel.

Die Cubbies verlieren, doch ausnahmsweise ist mir das egal.

Ende … na ja, noch nicht ganz …

Charlie

Habt ihr gedacht, ich würde Max Henderson das letzte Wort überlassen?

Keine! Chance!

Ich konnte den Tag leider nicht selbst planen – viel zu nervös –, aber Nathan hat sich des Falls zusammen mit Unterstützung von Max angenommen. Gegen das Alfred-Hitchcock-Thema musste ich ein Veto einlegen *(nur ein paar Vögel entlang des Ganges, Charles!)*, aber abgesehen davon hat mein Mann es fertiggebracht, aus unserer Hochzeit ein absolut filmreifes Märchen zu machen.

Es ist früher November, und ich stehe in einem Nebenraum der Saint James Chapel in Downtown Chicago. Sully sieht in seinem Anzug sehr elegant aus. Er sieht auch so aus, als würde er jeden Moment in Tränen ausbrechen.

»Charlie« – *schnief* –, »du siehst so« – *schnief* – »schön aus!« *Schnief.*

Ich kann nur dankend nicken. Ich hake mich bei ihm ein und mache erst einen, dann einen weiteren Schritt auf meine Zukunft zu.

Die Menschen, die ich liebe und die mich ohne Wenn und Aber zurücklieben, lächeln mir entgegen, hinter ihnen, auf den bunten Bleiglasfenstern, eine himmlische Kulisse aus Engeln und Heiligen. Mit jedem, den ich auf meiner Reise ins Glück sehe, ergießt sich Liebe in mein Herz. Als ich am Ende des Gangs angelangt bin, ist es randvoll, erst recht beim Anblick Donnas, der in der ersten Reihe Tränen über die Wangen laufen. Sully stellt sich neben sie, streicht ihr über den Rücken und murmelt: »Du machst es nur schlimmer, meine Liebe.«

Und da ist er. Max Henderson, der Zyniker persönlich. Gott, wie gut er aussieht!

Wir sind uns nicht in allem einig, mein Max und ich, in den wichtigen Dingen aber schon. Es erfordert Mut, einem anderen die Seele zu öffnen, doch wenn man sich in einer Blase abschottet, bleibt das Leben öde und grau. Ich dachte immer, ich wäre in einer Monochrom-Beziehung am besten aufgehoben, aber im Grunde bin ich eine Technicolor-Frau, und das seit jeher. Ich habe einen Mund so groß wie mein Herz, und das muss mein Partner erkennen. Muss es *lieben*.

Endorphine tragen mich durch die Zeremonie, bis dieser besondere Augenblick kommt, in dem wir uns aufeinander einlassen mit Körper und Seele.

Als ich »Ja« sage und sehe, wie auf seinem schönen Gesicht ein verschmitztes Lächeln erscheint, wird mir klar, dass ich einstweilen das letzte Wort habe.

Bestimmt nicht lange, aber verdammt, alles andere wäre auch langweilig.

Danksagung

Dem ganzen Team vom Loveswept-Verlag ein herzliches Danke, dass sie die Veröffentlichung meines ersten Buches dort zu so einer großartigen Erfahrung gemacht haben, vor allem Sue, Madeleine und Gina.

Ich habe zwar Rechtswissenschaft studiert, allerdings in Irland, und vieles wird in den Staaten anders gehandhabt – einen Dank an Robin Covington, der mich in puncto Scheidungsrecht auf den neuesten Stand gebracht hat. Sämtliche Fehler sind natürlich ganz allein auf mich zurückzuführen.

Leseprobe

Lust auf noch mehr heiße Scheidungsanwälte?

Hier ein kleiner Einblick in das aufregende Leben von Lucas Wright.

Kate Meader
Love Maker –
Nach allen Regeln der Verführung
Laws of Attraction 2
Roman
ISBN 978-3-492-06272-5

1. KAPITEL

Lucas

Erinnert ihr euch an den Song von Queen mit dem legendären Bass-Riff? *Dindin-din-din-din, another one bites the dust* … So sieht gerade mein Leben aus. Ich bin in der *Library*, einem geschmackvollen kleinen Raum im Untergeschoss der *Gilt Bar*, wo wir einem aus unserer Crew zu einem ordentlichen Abschied verhelfen. James Henderson ist ein Freund von mir und der Bruder von Max, einem Partner in unserer Anwaltskanzlei Wright, Lincoln and Henderson. In ein paar Wochen heiratet er nach einer mehr als stürmischen Romanze. Ich vermute, da ist was unterwegs, aber Jimbo hüllt sich in Schweigen.

Max hat für den Junggesellenabschied eine Whiskyverkostung organisiert. Ich bin ja mehr der Ale-Trinker, bilde mich aber gern weiter und bin gespannt, welche Unterschiede es zwischen einem Glas mit gelbem Gesöff und einem anderem mit gelbem Gesöff gibt.

»Na, mein Freund, und wann schlagen die Stripteasetänzerinnen denn dann hier auf?«, frage ich mit meinem frechsten Grinsen.

Max lässt sein perfektes amerikanisches Gebiss aufblitzen.

»Kipp dir ein paar Drinks hinter die Binde, und die Bühne gehört dir, Wright.«

Ich springe auf und wackele mit meinem Prachthintern. »Fuck, das mach ich doch glatt!«

Das bringt die anderen zum Lachen, aber als ich mich umdrehe und wieder setzen will, fällt mein Blick auf eine schwarze Frau, die mich anschaut, als wäre ich verrückt. Was aber viel wichtiger ist: Diese Frau trägt einen Catsuit!

Er schmiegt sich an jede ihrer Kurven – und davon hat sie eine Menge – und bedeckt sämtliche Körperteile, die ich mir normalerweise genauer anschauen würde. Und, verdammt, das ist sexyer, als wenn sie nackt wäre.

Das Einzige, was ich sehe:

1. Füße in Riemchensandalen und purpurrot lackierte Zehennägel. Was Gutes verheißt, da Purpurrot Königlichkeit (denkt an den inzwischen verstorbenen großartigen Prince) wie auch Weisheit, Würde, Unabhängigkeit, Kreativität, Geheimnis und Magie symbolisiert.
2. Durchtrainierte Arme mit einem asiatischen Symbol auf einem davon.
3. Ihr Gesicht. Na klar! Hattet ihr gedacht, sie würde wie Catwoman eine Maske tragen?

Der Reißverschluss des Catsuits ist bis zum Kinn hochgezogen, doch das Allerbeste befindet sich sowieso darüber: ein Gesicht, das, gleich dem Helenas, tausend Schiffe in Bewegung setzen könnte.

Oder Ständer.

Okay, *meinen* Ständer.

Es ist eher beeindruckend als hübsch, dieses Gesicht. Königlich sogar. Große schokoladenbraune Augen. Wangenknochen, die fast mit meinen konkurrieren. Warme, braune Haut mit goldenen Untertönen. Ein glitzernder Nasenring, der mir sagt, dass sie gern gegen den Strom schwimmt. Und ihre Haare … die gibt es en masse, eine mahagonifarbene Welle mit kupferfarbenen und roten Strähnchen. Ich könnte fortfahren, doch sie hat sich schnell vom Anblick meiner Tanzeinlage erholt und verteilt nun Papierbögen.

»Hi, Jungs, ich bin Trinity. Willkommen in der *Library* und zu eurer Whiskyverkostung.«

Alle erwidern etwas, und ich hasse sie alle dafür, dass sie mit ihr zu reden wagen. Ihre Stimme hat eine natürliche Rauheit, mega-sexy. Ich versuche, ihre Aufmerksamkeit mit einem meiner umwerfenden Lächeln zu gewinnen, doch sie ist schon unterwegs, um die erste Runde Drinks zu holen.

Ich beobachte sie dabei, eifersüchtig auf jede Interaktion mit anderen. Ich betrachte mich als ausgezeichneten Menschenkenner und bin mir der Vibes, die wir ausstrahlen, überaus bewusst. Die Leute reagieren gut auf Trinitys Energie. Ein schnelles Lächeln und Armtätscheln für jemanden, an dem sie vorbeikommt, ein Winken zu jemandem, der gerade hereinkommt, ein vertrautes Schulterknuffen für einen ihrer Kollegen hinter der Bar.

»Andere zuerst« – das ist die Schwingung, die ich bei Trinity erspüre. Welchen Eindruck ich wohl auf sie gemacht habe? Laut der Zeitschrift *Chicago* bin ich ein »Chi-Town-Hottie auf dem Weg nach oben« – so lautete der Ausdruck zwar nicht, könnte er aber – aka einer der besten und intelligentesten Scheidungsanwälte der City. Und noch immer Single, Ladys! Zügig bekomme ich das Etikett des naseweisen Emporkömmlings verpasst. Des vergnügungssüchtigen Briten. Solche Unterstellungen kontere ich gern mal mit einem Zitat von Rilke und Konsorten. Mir macht man so schnell nichts vor.

Zurück in unserer Umlaufbahn stellt Trinity ein Tablett

mit Gläsern auf den Tisch, die jeweils einen Finger hoch mit Whisky gefüllt sind.

»Als Erstes solltet ihr die Farbe prüfen«, erklärt sie. »Dreht eure Bögen auf die leere Seite um und haltet den Whisky dagegen. Ihr könntet dann Blassgold zu sehen bekommen, Stroh, Bernstein …«

»Pisse«, werfe ich ein, da ich offenbar an verbalem Durchfall leide. Als mich alle böse anfunkeln, verbessere ich mich: »Verzeihung, Urin!«

Die wunderbaren dunklen Augen Trinitys verengen sich unmerklich, und sie verkündet: »Das ist keine Standardfarbe.«

»Sorry, den kann man wirklich nirgendwohin mitnehmen!«, erklärt James, der Bräutigam in spe, auch wenn er sich das Lachen nur mühsam verkneifen kann.

»Wie bist du zu einer Whiskyexpertin geworden, Trinity?«, erkundige ich mich, da ich unbedingt eine Verbindung zu ihr herstellen möchte.

»Jahrelanges Training. Als Nächstes bewertet ihr die Klarheit und Viskosität …«

Derart abgefertigt, folge ich ihren Anweisungen. Natürlich muss ich zu allem meinen Senf dazugeben. Meine sogenannten Freunde sollten mich auffordern, die Klappe zu halten, aber es ist, als wäre ein Hydrant der Dummheit aufgedreht worden und ich könnte ihn nun nicht mehr zudrehen.

Den Bogen fülle ich folgendermaßen aus und füge auch noch einen Kommentar an – gratis!

Aussehen: Ich bleibe bei Urin, weil ich so gut damit ankam.

Duft: Motorenöl mit Anklängen von Vanille und Kohl. Sicher, warum nicht?

Geschmack: Umami. Ich weiß zwar nicht, ob das korrekt ist, aber ich sage das Wort so gern. Sprecht mir nach, Kinder.

Umami.

Ich vermute, das ist ohnehin alles Unsinn, da eines der Duftprofile »Heftpflaster« lautet. Das kann ja wohl nicht stimmen, oder?

»Warum zur Hölle sollten wir etwas trinken, das nach Band-Aids schmeckt?« Nicht, dass dieser spezielle Whisky es täte – denke ich –, doch nun, da ich noch mal davon probiere, schmecke ich eine medizinische Note heraus, die mir zuvor nicht aufgefallen war. »Wieso sollte das jemanden ansprechen? Es behauptet doch auch niemand, dass Wein nach Heftpflaster schmeckt …«

»Heftpflaster?« Max zieht eine Augenbraue nach oben.

»Heftpflaster, Wundpflaster …« Ich schwenke mein Glas, sodass der verbleibende Rest überschwappt. »Im Land meiner Vorväter wird es Band-Aid genannt, Maxie. Versuch mal, auf dem Laufenden zu bleiben. Wenn jemand sagen würde: ›Nippen Sie einmal von diesem siebenundzwanzig Jahre gereiften Whisky, er hat einen wunderbaren Band-Aid-Geschmack‹, würde sich doch jeder normale Mensch *tout de suite* aus dem Staub machen. Von der Geschmacksrichtung ›Waldboden‹ ganz zu schweigen.«

Meine Tirade gegen die Tyrannei der Geschmacksprofile von Whisky hat die gesamte Gruppe verstummen lassen. Ich blicke auf und entdecke, dass Trinity mich auf eine Art anfunkelt, die Bewegung in meine Hose bringt!

»Gib es zu, Love, das ist alles völliger Bockmist, oder?«

Einen Moment sieht sie mich abwägend an und findet mich eindeutig in jeder Hinsicht unterbelichtet. »Nein, tatsächlich handelt es sich um Wissenschaft. Scotch *aus Schottland*, weißt du, wird aus gemälzter Gerste hergestellt, sprich: aus in Wasser eingeweichter und über Torffeuer gedörrter Gerste. Torf besitzt chemische Komponenten, die sich Kresolen nennen, die wiederum eine Unterkategorie von Phenolen beziehungsweise Karbolsäure ist, die sich auch in Produkten wie etwa Sagrotan, Permanentmarkern oder …«

»… Band-Aids findet«, sage ich, denn das ist mir tatsächlich bekannt.

»Band-Aids«, bestätigt sie, eindeutig nicht erfreut darüber, dass ich das letzte Wort haben musste.

Ich benehme mich unmöglich, aber ich kann einfach nicht anders. Ich stehe nun mal auf lässig zur Schau gestellte Beschlagenheit, und im Verein mit Trinitys selbstbewusster Schönheit macht mich das nervös. Oder sagen wir: albern, denn nervös macht mich rein gar nichts.

»Gentlemen, ich hole mal die nächste Runde.« Sie betont das Wort *Gentlemen*, um anzudeuten, dass ich damit eindeutig nicht gemeint bin. »Trinkt unterdessen viel Wasser.«

Sobald sie außer Hörweite ist, dreht sich Max mit erhobenen Händen zu mir.

»Wenn du jetzt versuchen willst, sie zu beeindrucken, dann verkackst du es aber ordentlich.«

»Meinst du?« Mit dem Blick folge ich ihr zur Bar. Sie ignoriert mich dabei demonstrativ, das kleine Biest. »Ich dachte, ich kriege sie gerade herum.«

»Verrat ihr doch die Farbe deines letzten Stuhlgangs«, murmelt Grant. »Das würde ihr garantiert gefallen!«

Alle lachen, zumal der Ausspruch von dem gewöhnlich so wortkargen Grant stammt. Er ist mein anderer Partner in der Kanzlei, auch wenn er und Max sich näherstehen, da sie zusammen studiert haben. Grant kommt aus Georgia, sieht aus wie ein Vollstrecker der russischen Mafia und ist eher langsam und methodisch drauf. Das perfekte Gegenstück zu meiner aufgedrehten Persönlichkeit.

Trinity, Love, mach dich darauf gefasst, erobert zu werden.

Trinity

Reiche Macker, die nicht von ihrem ausschweifenden Studentenleben lassen wollen, in schicken, überteuerten Anzügen. Im Fall einer Zombie-Apokalypse wären diese Typen als Erste dran.

»Im Fall einer Zombie-Apokalypse gäbe es niemanden mehr, dem wir für fancy Whisky-Tastings völlig überzogene Preise berechnen könnten«, erklärt Gideon, mein Kollege und engster Kumpel. Anscheinend habe ich meine Beobachtung laut vor mich hingemurmelt.

»Du glaubst also nicht, dass Zombies ein edles Tröpfchen zu schätzen wüssten?«

Schmunzelnd streicht er sich über den Hipsterbart. Ich bin kein Fan davon, liebe den Kerl aber trotzdem.

»Ich glaube, dass uns unsere Feinschmeckergaumen in der neuen Weltordnung nichts bringen werden. Da heißt es töten oder getötet werden, Trin. Aber du siehst ja eh aus wie Lara Croft in deinem …« Er deutet auf mich in meiner ganzen Catsuit-Pracht – »… was auch immer du da anhast. Ich werde mich einfach Schutz suchend hinter dir verstecken!«

Damit entlockt er mir ein Lachen, dabei ist das bei mir derzeit Mangelware. Vierunddreißig Jahre alt, doch ich scheine nicht in die Gänge zu kommen: weder in puncto Karriere noch Liebesleben, ja, nicht einmal was meine Familienbeziehungen angeht. Ich muss an meine Schwester Emily denken und verspüre einen Hauch nur zu vertrauten schlechten Gewissens. Sie liegt gerade mit ihrem Mann in Scheidung, einem echten Ekelpaket. Ich bemühe mich, sie zu unterstützen, doch auf meiner Schulter sitzt ein kleiner Teufel und möchte die ganze Zeit *Ich hab's dir doch gesagt!* schreien.

Ich fülle für die zweite Runde der Junggesellenparty jeweils kleine Probemengen in Whiskygläser. Augenblicklich sind Whiskyverkostungen in gewissen Kreisen ausgesprochen hip, und ich sollte mich freuen, da ich eine Nischenfrau in einer Nischenbranche bin. Eine Schwarze in einem äußerst weißen, äußerst männlichen Umfeld. Die Blicke, mit denen ich bedacht werde, wenn ich einen Verkostungsraum betrete, reichen von *Hä?* bis hin zu Abscheu.

Meine Schwester versteht meine Berufswahl nicht. Genauso gut könnte ich »im Stehen pinkeln«, meint sie. Klar, durch meinen Job hänge ich eher mit Typen ab – und damit ist weniger Drama angesagt –, andererseits verzichte ich auf das Drama, das meine Schwester zu verfolgen scheint, wirklich sehr gern!

Allerdings hätte ich nichts gegen ein wenig Action einzuwenden …

Ich werfe einen Blick zu der Junggesellenparty und entdecke, dass *er* zu mir schaut: Hottie Brit. Sofort wende ich meinen Blick ab, bekomme aber noch mit, wie er den Mundwinkel selbstzufrieden nach oben zieht. Er denkt, er hätte mich am Haken.

Alle sehen sie entsetzlich gut aus, selbst der Typ mit den Ringkämpferqualitäten. Jemand hat ihn Grant genannt, glaube ich. Die beiden Brüder Max und James Henderson kenne ich bereits aus der Zeit, als ich noch oben in der *Gilt Bar* hinter dem Tresen stand. Max ist Scheidungsanwalt, ich schätze also, ein paar der anderen sind auch so etwas in der

Art. Bei ihrem Erscheinen ist mir der redselige Brite als Erster aufgefallen, weil: Wie denn auch nicht? Wangenknochen hat er wie der junge Jonathan Rhys Meyers. Haare wie später Harry Styles. Der Anzug ist … na ja, von Anzügen habe ich keine Ahnung, aber dieser ist eindeutig teuer. Zudem glänzt er, wie Haifischhaut. Ob sich das glitschig anfühlt, wenn man ihn am Arm berührt?

Dann hat er den Mund aufgemacht, und das erste Wort war *Pisse*.

Sein Akzent ist mir erst aufgefallen, als er *Urin* hinzusetzte, und das auf die britische Art aussprach. Hut ab, dass er Pisse einen exotischen Klang geben kann!

Er wirkt jünger als der Rest, sowohl von seinem Verhalten her als auch von der liebevollen Nachsicht, die die anderen ihm gegenüber zeigen. Als wäre er ein durchgeknallter Irrer in ihrer Obhut, der kleine Bruder, den man nicht aus den Augen lassen darf, weil man nie weiß, was er als Nächstes anstellt oder sagt. In der Hinsicht bin ich durch meine Schwester ausgelastet genug. Da brauche ich diese Dynamik bestimmt nicht mit einem Mann.

Schade, denn mir wird allein schon davon ganz anders, ihm beim Reden zuzuhören …

Der Abend schreitet programmgemäß voran. Wann immer ich am Tisch der Junggesellenparty Halt mache, wartet Hottie Brit mit einem weiteren shakespearehaften Monolog auf.

Der Letzte: »Leder und Teer? Ich liebe es, wenn mein Drink nach dem Boden der Tasche eines Biker-Messengers schmeckt.«

Jedes Mal formt Max darauf mit dem Mund ein lautloses *Tut mir leid* in meine Richtung, dabei prallt es eh an mir ab – man legt sich schnell ein dickes Fell zu, wenn man in

Bars arbeitet – und das gleich noch mehr, als mir Max, bevor er mit der Truppe abzieht, ein paar Hundertdollarscheine in die Hand drückt.

»Es hat einen Riesenspaß gemacht, Trinity«, sagt er. »Und das mit Lucas tut mir leid.«

Damit scheint er wohl diesen Briten zu meinen. »Kein Problem. Freut mich, dass ihr euren Spaß hattet.«

Leicht gequält verzieht er das Gesicht. »Jetzt geht's weiter zur Abba-Nacht mit den Bachelorettes. Der Spaß fängt also gerade erst an!«

Ich lache wirklich, anstatt nur so zu tun, wie bei den meisten Kunden. Max Henderson würde einen netten Ehemann abgeben, und nachdem er in der Scheidungsbranche arbeitet, vermutlich auch einen netten Ex-Ehemann. Als sich die Gruppe verzieht, sieht Hottie Brit – Lucas – noch mal zurück, doch ich drehe mich einfach weg.

Auf deine hübschen Wangenknochen falle ich nicht herein!

»Ich leg mal eine Pause ein«, erkläre ich Gideon, der sein Okay gibt. Es ist früher Juli, und normalerweise würde ich auf die Gasse hinaustreten, nicht um eine zu rauchen, sondern um etwas frische, leicht müllgeschwängerte Luft zu schnappen, während ich mein Insta checke und mich für den Rest meiner Schicht wappne.

Heute Abend allerdings nicht. Nach *dem* Vorfall schon seit Wochen nicht mehr.

Während ich drinnen in sicherer Nähe des hinteren Büros stehe, schicke ich eine Nachricht an meinen Neffen Chase ab: *Was geht?*

Als Antwort erhalte ich ein augenrollendes Emoji. Fünf Minuten sich duellierender Emojis später, gehe ich wieder hinein, und mir fällt beinahe die Kinnlade runter, als ich sehe, wer an der Bar sitzt.

Hottie Brit ist zurückgekehrt. Oder war er nie weg?

Noch hat er mich nicht entdeckt, und ich nutze die Gelegenheit, ihn mir in Ruhe anzuschauen. Er hat seine langen Finger um ein Pintglas geschlungen, die wir hier nicht oft zu sehen kriegen. Die *Library* ist eigentlich für seine raffinierten Cocktails bekannt. Sein dunkles, zu langes Haar ist zerzaust, als hätte es zum Zügeln seiner überschüssigen Energie herhalten müssen. Eine kleine Narbe, die eine seiner Augenbrauen zweiteilt, macht ihn ein bisschen weniger hübsch, dafür aber wesentlich interessanter.

Selbst wenn er still dasitzt, vibriert die Luft um ihn herum. Ganz so, als würde jeden Augenblick ein Broadway-Musical beginnen.

Mit einem Blick sagt mir Gideon, dass ich nur etwas zu sagen brauche, und Hottie Brit fliegt raus. Ich lächele, um ihn wissen zu lassen, dass ich die Sache im Griff habe. Vielleicht ist HB nicht meinetwegen geblieben, doch insgeheim weiß ich, dass es so ist. Bei dem Gedanken beschleunigt sich mein Puls. Es ist eine Weile her - eine lange, einsame Weile -, dass jemand derart Attraktives sich für mich interessiert hat.

Nachher werde ich mich davon tragen lassen und mich mit Fantasien in Stimmung bringen, in denen ein britischer Akzent eine Rolle spielt.

Sobald HB mich sieht, schaltet er sein Handy aus und legt es mit dem Display nach unten auf die Bar. Was mich eigenartig rührt.

»Hello, again! Lucas Wright zu Ihren Diensten!« Seltsam förmlich bietet er mir die Hand.

Das verblüfft mich so sehr, dass ich tatsächlich seine Hand schüttele. Wow, fühlt sich das gut an! »Trinity Jones. Im wahrsten Sinne des Wortes zu Ihren Diensten.«

Sein schiefes Lächeln lässt seine Augen aufleuchten,

unterstreicht seine Wangenknochen und sendet Lustsignale in meinen ausgesprochen vernachlässigten Unterleib. Seine Augen sind so blau wie ein Blue-Curacao-Cocktail, und zwar eines mit einem Brennen im Nachklang.

Noch immer hat er meine Hand nicht losgelassen. »Ich bin eigentlich kein Whiskytrinker, daher meine …«

»… Widerborstigkeit bei der Verkostung?«

»Über Dinge, die man nicht versteht, macht man sich doch gerne lustig, nicht? Für ein nettes Pint bin ich aber immer zu haben.« Seine Selbstironie bringt mich kurz aus dem Konzept, und während ich noch darüber nachgrübele, wie kalkuliert sie ist, beugt er sich leicht zu mir. »Heißt das etwa, wir können keine Freunde sein?«

Meine Einstellung ihm gegenüber ist alles andere als freundschaftlich, allerdings auch nicht feindselig. Sie ist mir jedenfalls nicht geheuer, denn ich spüre ein Kribbeln in meinem Magen und ein Schlingern in meinem Brustkorb. Ersteres führe ich auf Anziehung zurück, Zweiteres … hm, da bin ich noch nicht sicher.

Ich lasse seine Hand los. »Jemand wie du hat doch bestimmt viele Freunde!«

»Man kann nie genug Freunde haben, Trinity.«

»Oder freundliche Barkeeperinnen kennen, bei denen man seine Sorgen abladen kann.«

Er wirft einen Blick zu Gideon hinüber, der uns aus halbsicherem Abstand beobachtet, bereit, beim ersten Anzeichen von Problemen einzuschreiten. »Also Baumbart da drüben schaut ja nicht so freundlich drein.«

Baumbart? Das trifft es perfekt. Ich kann es gar nicht erwarten, Gideon davon zu erzählen. »Er ist nur fürsorglich. Wir passen aufeinander auf.«

HB hält abwehrend die Hände hoch. »Ich wurde gewarnt!« Dann winkt er Gideon zu und erntet dafür einen finsteren Hipsterblick. Ich muss grinsen, drehe mich aber weg und schnappe mir ein Barhandtuch, ehe Lucas es sehen kann. Zu leicht kann ich es ihm schließlich nicht machen.

»So, Trinity, ich möchte dir ein Angebot machen.«

»Ach ja?«

»Jepp. Auch wenn ich mir vorstellen kann, dass man so eins öfter bekommt, wenn man hier arbeitet.« Er deutet – leicht überschwänglich – im Raum herum. In diesem Typen stecken Entertainer-Gene. Singen und tanzen kann er garantiert auch.

»Ich habe schon ein paar … Angebote bekommen.«

»Darauf wette ich. Von schmierigen, übergriffigen alten Lustmolchen, die nicht imstande sind, Augenkontakt herzustellen, und die ganze Bar vollsabbern.« Er starrt demonstrativ auf eine Stelle, die einen halben Meter unterhalb meines Gesichts liegt.

Ich deute auf meine Brust. »Äh, müsstest du nicht hierher gucken?«

Er grinst. »Ich führe die Lüsternheit lediglich zu ihrem logischen Schluss. Der Lüstling ist so betrunken, dass er nicht mal mehr richtig lüstern kann.«

»Ich glaub ja nicht, dass *lüstern* ein Verb ist.«

»Wenn ich das Wort verwende, schon.«

Das ergibt keinen Sinn, doch ich lache, frei heraus und aufrichtig, und fange aus dem Augenwinkel Gideons Blick auf. Ihm passt das Ganze nicht. Egal! Schließlich kann ich über witzige, heiße, Unsinn redende Briten lachen, wenn ich möchte. Deshalb lasse ich noch lange nicht zu, dass er sich seinen Weg in mein Bett schäkert. Es ist einfach nett, sich ausnahmsweise mal im Visier eines attraktiven Mannes zu befinden.

»Ja, Trinity, was nun dieses Angebot angeht …«

»Hmm.« Davon will ich eigentlich noch gar nichts hören, wenn ich doch die Jagd gerade so genieße.

»Machst du auch Privatverkostungen?«

Die Frage wirkt wie ein Eimer kaltes Wasser. Dabei hatte sich HB gerade so geschickt angestellt!

Vielleicht braucht er Inspiration. »Ich habe immer Lust, die Liebe zu Hochprozentigem zu verbreiten.«

Er nickt. »Ausgezeichnet. Ich kenne nämlich eine Frau, die wirklich, wirklich auf dich abfahren würde.«

Mein Hirn kommt quietschend zum Stillstand, stolpert ein paar Schritte und knallt gegen meinen Schädel. Autsch!

»Eine Frau?«

»Richtig. Sie ist zwar manchmal schlecht drauf, und es ist irgendwie eigenartig, da sie die Ex-Frau eines meiner Freunde ist, doch sind wir immer noch befreundet, auch wenn ich es hasse, mich auf eine Seite zu schlagen, vor allem, wenn gute Freunde im Spiel sind. Na, auf jeden Fall bist du genau ihr Typ, und ich habe ihr gesagt, ich würde da was arrangieren, und …«

Er verstummt, weil ich ihm Dreiviertel eines Ale-Pints über den Kopf gegossen habe.

»Hey!« Er steht theatralisch auf und schüttelt sich den Kopf wie ein Hund, der aus dem Wasser kommt – das ebenfalls theatralisch –, mit dem Erfolg, dass etliche Tropfen auf einem finster dreinblickenden Mann zwei Barhocker rechts von ihm landen.

»Perversling!«, zische ich.

»Hä? Wieso das denn?«

»Du lernst eine Frau gerade erst kennen, und dann bietest du ihr einen … Dreier an?« Ich denke, genau das hat er vorgeschlagen, doch kaum ist es heraus, kommen mir Zweifel.

Lucas beugt sich über die Bar und schnappt sich ein Handtuch, eine geschulte Bewegung, die ahnen lässt, dass er nicht zum ersten Mal Alkoholisches über den Kopf geschüttet bekommen hat. »Mein Angebot an die Frau, die ich gerade kennengelernt habe, ist rein geschäftlicher Natur. Eine Anwaltskollegin möchte für Frauen aus der Rechtsbranche ein After-Work-Event organisieren, und ich dachte mir, das wäre doch eine gute Idee!«

Ich erstarre, entsetzt über jedes Wort und meine Aktion von vor zwanzig Sekunden. »Aber du hast doch gesagt, ich wäre ihr Typ!«

»Stimmt. Beide seid ihr krasse Profis und absolut beschlagen in eurem Fach.«

Ohne auf das Kompliment einzugehen, setze ich zu einer Verteidigung an. »Ich hab gedacht …«

»… dass ich mich auf die Art an dich heranmachen will? Und als Taktik eine andere Frau mit ins Spiel bringe? Um irgendein schmutziges Treffen zu arrangieren?«

Mit jeder seiner Fragen wird mir klarer, dass ich mich gerade megamäßig zum Affen gemacht habe.

O Gott, wie habe ich die Signale nur so falsch deuten können? Aber weshalb dann das Geplänkel, das Lächeln, die Blicke? Ich könnte es auch meinem Gemütszustand dieser letzten Monate seit *dem* Vorfall zuschreiben. Seitdem sehe ich überall Gespenster, wittere Enttäuschungen.

Gideon erscheint rund dreißig Sekunden zu spät und packt HB an der Schulter. »Okay, raus!«

Lucas reibt sich mit dem Handtuch seinen Anzug ab. »Ich geh mich jetzt sauber machen und warte, bis Sie sich wieder beruhigt haben, Ms Jones.« Er löst sich aus Gideons Griff, wirft mir einen ausgesprochen verdienten bösen Blick zu und steuert die Toilette an.

Gideon macht ein verwirrtes Gesicht. »Was war das denn gerade?«

»Du warst ein bisschen zu spät dran damit, meine Ehre zu verteidigen, Dude.«

»Ich stand immerhin auf der anderen Seite der Bar. Sobald ich das Wort *Perversling* gehört habe, habe ich in den Spiderman-Modus geschaltet.«

»War ja klar.« Ich zucke die Achseln. »Kann allerdings gut sein, dass ich da was missverstanden habe. Bin ja schon ein Weilchen aus dem Spiel.«

Als Lucas nach ein paar Minuten noch immer nicht zurück ist, mache ich mich auf den Weg zu den Toiletten. Nicht, dass er am Ende heult, ohnmächtig geworden ist oder sich gerade eine Line Koks reinzieht! (So was erleben wir hier alles.) Im Flur davor laufe ich ihm in die Arme. Das vom Bier verklebte Haar und sein Eau de Ale sollte wirklich von seiner Hotness ablenken. Aber keine Spur!

Ich steige mit einem »Sorry!?« ins Gespräch ein.

»Klingt mir ein bisschen zu sehr nach einer Frage!«

Aha, noch immer auf Drama eingestellt. »Äh, du hast mich reingelegt. Wenn ich für jedes *Machst du Privatverkostungen*, das ich hier zu hören bekomme, ein Fünfcentstück bekäme, müsste ich hier nicht mehr arbeiten.«

Da ist dieses leichte Zucken des Mundwinkels. Ich schlage ihn mit dem Barhandtuch, das ich bei mir habe. »Du wolltest, dass ich das denke!«

»Ach was. Na, okay, vielleicht. Ich habe mir nur einen kleinen Spaß erlaubt. Dabei hätte mir klar sein sollen, dass eine Frau wie du die Waffen einsetzt, die ihr zur Verfügung stehen.«

»Irgendwie habe ich nicht das Gefühl, als könnten meine Waffen deinen je das Wasser reichen.« Ich verenge die Augen, obwohl ich sie eigentlich ganz weit aufreißen möchte, um seine ganze Pracht in mir aufzunehmen. Wie unfair das Leben manchmal ist! »Bist du auch ein Rechtsanwalt wie Max?«

»Nicht wie Max. Besser als Max.«

Er meint das tatsächlich ernst. Wir grübeln eine Weile darüber nach, bis ich das Schweigen breche.

»Du wolltest mir also wirklich einen Job vermitteln?«

»Das will, oder vielmehr wollte ich, bevor du dich für die Bierduschen-Option entschieden hast. Aubrey ist eine Anwaltsfreundin von mir, die für unsere Kolleginnen manchmal After-Work-Networking-Events organisiert. Weinverkostungen sind da gang und gäbe, insofern dachte ich, deine Variante könnte mal eine nette Abwechslung für sie sein.«

Wieso eigentlich nicht? Außerdem könnten die Whisky-Women-and-Song-Events, die ich auf den Weg zu bringen versuche, dadurch zu Frischblut kommen.

»Das ist nett von dir. Wenn du meine Karte immer noch weiterreichen möchtest …« Ich ziehe den Reißverschluss meines Catsuits ein Stück auf, hole aus meinem BH eine Karte hervor und reiche sie ihm.

»Cool.« Er fährt mit dem Daumen über die Karte, als ob er die Wärme der Haut absorbieren wolle, der sie noch vor Kurzem so nahe war. Dann steckt er sie in die Brusttasche seines Anzugjacketts und klopft darauf, einmal, zweimal. Bei dem Gedanken an diese sinnliche Verbindung zwischen uns erschauere ich.

»Warte mal, ich gebe dir auch meine.« Mit der Hand streift er den Bund seiner Hose und – zack! – öffnet sie.

Öffnet. Seine. Hose.

Momentchen mal! Er wird doch nicht … Nein, nein, nein. Das *kann* nicht sein!

Bedächtig, ganz bedächtig zieht er den Reißverschluss nach unten.

Hier? Nein, nein, nein, nicht *hier*!

»Da bewahrst du deine Visitenkarten auf?«

»Nope.« Er lacht schallend. »Das war nur eine kleine Retourkutsche.«

Mir fällt der Mund auf. Hätte er weitergemacht, wenn ich nicht … Puh, keine Ahnung. Seine Unberechenbarkeit finde ich cool. Und das, obwohl ich mich nach so einigen unerwarteten Wendungen in meinem Leben eigentlich nach Beständigkeit sehne. Für manche bin ich eine Art Fels in der Brandung, daher kann ich es mir gar nicht leisten, mich mal … so richtig auszuleben.

Aber verdammte Hacke, mit Lucas Wright würde ich das gerne tun.

»Ich werde es dir nicht einfach machen, Trinity.«

»Ach, nein?« Visionen von Lucas, der es mir nicht einfach macht – es mir tatsächlich sogar sehr hart macht –, wirbeln durch mein sexhungriges Hirn.

»Hast du wirklich gedacht, ich würde dich um ein Date bitten?« Er macht eine ausholende Bewegung. »In einer Bar? Einfach so?« Die Klischeehaftigkeit der Idee scheint ihn zu entsetzen.

Einmal mehr überrumpelt, schlucke ich. Er ist nicht interessiert. Überhaupt nicht.

So allmählich verliere ich wirklich mein Bauchgefühl.

Ich lache es weg. »Du glaubst ja nicht, was ich schon alles erlebt habe.«

»Das dachte ich mir schon, deshalb bitte ich dich auch nicht um eine Verabredung. Zumindest noch nicht. Du bist dir unsicher, was mich angeht, Trinity. Findest mich zu jung, zu flatterhaft oder zu albern. Denkst, ich bin aalglatt und ein bisschen jungenhaft. Nun, was immer du denkst, ich hab's bestimmt schon eine Million Male gehört. Möchtest du wissen, was ich denke?«

»Du wirst es mir vermutlich verraten.«

»*Ich denke* … dass wir gut daran täten zu warten.«

Ich kann mich kaum noch zurückhalten, ihn anzubrüllen, einfach mit mir zu schlafen. Diese herumschwirrenden Signale, die ihre Ziele verfehlen, verwirren mich ziemlich.

Er neigt den Kopf und sieht mir tief in die Augen. Mein Herz schlägt Purzelbäume. Ein weiteres Klopfen auf seine Brusttasche, als wäre meine Karte ein Talisman, und mein Puls fängt bei dem Gedanken, wie nahe sie seinem Herzen ist, an zu rasen. Dämlich, wirklich.

Doch sein nächster Move ist gar nicht dämlich. Sondern gefährlich. Denn er fährt mit einem seiner langen Finger an meinem Kinn entlang. Seine Augen weiten sich, seine Nasenflügel blähen sich.

»W-was tust du?«

»Bin mir noch nicht sicher.«

Küss mich.

Sage ich es? Ich habe die Angewohnheit, Selbstgespräche zu führen und meine geheimsten Gedanken laut auszusprechen. Noch hat er seine Lippen nicht auf meine gedrückt, ich schätze also, ich habe es nicht. Doch etwas geschieht hier. Er küsst mich mit seinen Augen, verführt mich mit seiner Intensität, mit jedem scharfen Atemzug, um den er fast schon ringt.

Kurz umfasst er mein Kinn und schlingt dann seine Hand um meinen Nacken. Mir wird ganz anders, und ich nehme alles übermäßig wahr. Seine vollen Lippen. Seine Augenbrauennarbe. Die verschmitzten kobaltblauen Augen. Die Supermodel-Wangenknochen. Ein Hauch von Rostrot in seinem leichten Bartschatten.

Die Tatsache, dass wir uns erst noch küssen müssen …

Und doch ist mir ganz anders. Meine Brüste fühlen sich schwer an, zwischen meinen Beinen ist es heiß und feucht. Was erregte Vorfreude so alles mit einem macht!

»Trinity?«

»Ja?« Ich aale mich im warmen Schein meiner Fantasien.

»Ich finde immer noch, wir sollten warten.« Der Schein verblasst und schockgefriert. Ehe ich protestieren kann, setzt er hinzu: »Sobald wir nämlich anfangen, gibt es für mich kein Halten mehr.«

»Sobald wir *was* anfangen?« Ich bringe die Worte kaum heraus. Ja verflixt!

»Den Ritt unseres Lebens, Trinity.«

Er schenkt mir ein weiteres Lächeln, das mich benommen zurücklässt. Ich habe keine Ahnung, was hier geschieht, aber ich fühle mich wuschig und sehr, sehr unzufrieden mit meinem Lucas-freien Leben.

»Wir sehen uns, Whisky-Woman.«

Und dann ist er weg.